HEYNE BÜCHER

W0222048

SCIENCE FICTION

Herausgegeben
von Wolfgang Jeschke

SPIDER UND
JEANNE ROBINSON

STERNENTANZ

Science Fiction-Roman

Deutsche Erstveröffentlichung

WILHELM HEYNE VERLAG
MÜNCHEN

Heyne-BUCH Nr. 06/4082
im Wilhelm Heyne Verlag, München

Titel der amerikanischen Originalausgabe
STARDANCE
Deutsche Übersetzung von Irene Holicki
Das Umschlagbild schuf Jobst Teltschik

Redaktion: Rainer Michael Rahn

Printed in Germany 1984
Umschlaggestaltung: Atelier Ingrid Schütz, München
Satz: Schaber, Wels
Druck und Bindung:
Elsnerdruck GmbH, Berlin

ISBN 3-453-31045-4

Dieses Buch ist
Luanna Mountainborne gewidmet,
die uns vielleicht
eines Tages zu Propheten
machen wird ...

»Um seinen Platz
in der Unendlichkeit des Seins
zu finden,
muß man ebenso fähig sein,
zu trennen
wie zu vereinen.«

I GING

Danksagung

An dieser Stelle möchten wir all denen danken, ohne die dieses Buch nicht hätte fertiggestellt werden können, im Gegensatz zu – wenn auch nicht unter Ausschluß – der Clique von Freunden und Verwandten, die für unseren Lebensunterhalt aufkamen, während wir es schrieben; sie hätten das in jedem Fall getan, mit oder ohne Buch, und ihnen sollte man auf andere Art danken.

Zu den ersteren und teilweise den letzteren gehören: Ben Bova, Gordon R. Dickson, unser Agent Kirby McCauley, unser Verleger und Freund Jim Frenkel, Joe W. Haldeman, Jerry Pournelle, Ph. D., und Laurence Janifer, die uns alle mit Informationen, Ratschlägen und Hilfe über die Freundespflicht hinaus beistanden, alles auf Kosten von Arbeits- oder Freizeit oder von beidem. Wir möchten ganz klarstellen, daß keine der obengenannten Personen dafür verantwortlich ist, was wir aus ihren Informationen und ihrer Unterstützung gemacht haben: Alle Fehler gehen auf unser Konto.

Auf einer weniger persönlichen aber ebenso grundlegenden Ebene hätte dieses Buch auch nie werden können, was es jetzt ist, ohne ›A House in Space‹, Henry S. F. Coopers faszinierenden Bericht über das Leben bei Nullschwerkraft in Skylab; G. Harry Stines ›The Third Industrial Revolution‹, das Skyfac vor unserem geistigen Auge erstehen ließ; ohne die neueren Werke von John Varley und Frank Herbert, die etwa zur gleichen Zeit (wenigstens so weit wir wissen) die Vorstellung vorbereiteten, von der der Schluß dieses Buches abhängt; ohne die ausgezeichneten, bewegenden Artikel von Murray Louis in ›Dance-Magazine‹, die Bücher, die früheren Ratschläge und die gegenwärtige Zuneigung von Stephen Gaskin; ohne den Tanz des ›Toronto

Dance Theatre‹, der uns inspirierte, ohne Murray Louis, Pilobolus, das Contact Improv Movement und all unsere Tänzerkollegen in Nova Scotia; ohne das Lebenswerk von Robert Heinlein, Theodore Sturgeon, Edgar Pangborn und John D. MacDonald; ohne den Whisky von Mr. Jameson, den Kaffee von Jamaica und die Musik von Frank Zappa, Paul Simon und Yes.

I

Sternentanz

Kapitel 1

Ich kann eigentlich nicht sagen, daß ich sie kannte, sicher nicht so, wie Seroff Isadora kannte. Was ich von ihrer Kindheit und Jugend weiß, sind die Anekdoten, die sie zufällig in meiner Gegenwart erzählte – gerade so viel, um mir die Sicherheit zu geben, daß alle drei der einander widersprechenden Biographien in den gegenwärtigen Bestsellerlisten frei erfunden sind. Von ihrem Leben als Erwachsene kenne ich die vergleichsweise wenigen Stunden, die sie mit mir und auf meinen Monitoren verbrachte – und das ist mehr als genug, um mir zu sagen, daß jeder Zeitungsbericht, den ich gelesen habe, frei erfunden ist. Carrington glaubte wahrscheinlich, sie besser zu kennen als ich, und in einem begrenzten Sinne hatte er recht – aber er hätte nie darüber geschrieben, und jetzt ist er tot.

Aber ich war ihr Videomann, schon seit den Tagen, als man die Kamera noch mit der Hand bediente, und ich kannte sie auch hinter den Kulissen: eine Art von Beziehung, wie es sie auf oder außerhalb der Erde nicht noch einmal gibt. Ich glaube nicht, daß man sie irgend jemandem, der nicht in diesem Beruf ist, beschreiben kann – man kann sie sich irgendwo zwischen Arbeitskollegen und Kampfgefährten angesiedelt denken. Ich war bei ihr an dem Tag, als sie nach Skyfac kam, verängstigt und entschlossen, ihr Leben für einen Traum aufs Spiel zu setzen. Ich sah ihr bei der Arbeit zu und arbeitete mit ihr während der ganzen zwei Monate, endlose Proben hindurch, ich habe sämtliche Bänder davon aufbewahrt, und sie sind nicht zu verkaufen.

Und ich habe natürlich den ›Sternentanz‹ gesehen. Ich war dabei. Ich habe ihn aufgezeichnet.

Vermutlich kann ich Ihnen so einiges über sie erzählen.

Zuallererst einmal war es nicht so wie Cahills ›Shara‹ und von Derskis ›Tanz ohne Fesseln: Die Schöpfung der Neuen Moderne‹ nahelegen, daß eine lebenslange Begeisterung für den Weltraum und die Raumfahrt sie dazu gebracht hätte, die erste Tänzerin ihrer Rasse bei Nullschwerkraft zu werden. Der Weltraum war für sie ein Mittel, nicht das Ziel, und seine gewaltige, leere Unermeßlichkeit schüchterte sie zuerst ein. Es stimmt auch nicht, was Melbergs Sensationsblatt in Buchform ›Die wirkliche Shara Drummond‹ behauptet, daß sie nämlich nicht genügend Talent gehabt hätte, um es als Tänzerin auf der Erde zu schaffen. Wenn Sie glauben, daß das Tanzen im freien Fall einfacher ist als konventioneller Tanz, dann versuchen Sie es nur einmal. Vergessen Sie aber die Tüten für die Fallkrankheit nicht.

In Melbergs Verleumdung steckt jedoch, wie in jeder guten Verleumdung, ein Körnchen Wahrheit. Sie konnte es auf der Erde wirklich nicht schaffen – aber das lag nicht daran, daß es ihr an Talent gefehlt hätte.

Ich sah sie zum erstenmal im Juli 1989 in Toronto. Ich leitete damals die Videoabteilung des ›Toronto Dance Theater‹ und haßte diese Arbeit in jeder einzelnen Minute. In jenen Tagen haßte ich alles. An diesem Tag stand auf dem Plan, daß ich den ganzen Nachmittag damit zu verbringen hatte, Tanzschüler aufzunehmen, eine Verschwendung von Zeit und Bändern, die ich mehr als alles andere haßte, abgesehen von der Telefongesellschaft. Ich hatte die Ernte des neuen Jahres noch nicht gesehen und war auch nicht neugierig darauf. Ich sehe gerne zu, wenn gut getanzt wird – die Bemühungen eines Anfängers hingegen sind für mich gewöhnlich ebenso erfreulich wie für Sie ein Geigenschüler im ersten Jahr, der in der Wohnung nebenan übt.

Mein Bein machte mir mehr zu schaffen als gewöhnlich, als ich ins Studio hinüberging. Norrey sah mein Gesicht, ließ eine Gruppe hoffnungsvoller Anfänger stehen und kam herüber. »Charlie ...?«

»Ich weiß, ich weiß. Es sind zarte Küken, ihr Ego ist so zerbrechlich wie ein Osterei im Dezember. Beiß sie nicht,

Charlie. Belle sie nicht einmal an, Charlie, wenn es sich vermeiden läßt.«

Sie lächelte. »So ungefähr. Das Bein?«

»Das Bein.«

Norrey Drummond ist eine Tänzerin, die es sich leisten kann, wie eine Frau auszusehen, weil sie klein ist. Sie wiegt ungefähr 115 Pfund und besteht hauptsächlich aus Herz. Sie ist etwa ein Meter sechzig groß und fähig, anscheinend auch den größten Schüler zu überragen. Sie hat mehr Energie als die Überlandleitung von Nordamerika und setzt sie so wirkungsvoll ein wie eine Windpumpe (kennen Sie das Prinzip einer Standardkolbenpumpe? Dann schlagen Sie jetzt das Prinzip einer Windpumpe nach.). Ihr Tanz ist so einmalig wie eine Unterschrift und das ist der einzige Grund, den ich mir vorstellen kann, warum sie so wenige der wirklich interessanten Rollen in den Produktionen der Truppen bekam, bis die Moderne der Neuen Moderne weichen mußte. Ich mochte sie, weil sie mich nicht bemitleidete.

»Es ist nicht nur das Bein«, gab ich zu. »Ich hasse es, wenn ich zusehen muß, wie die zarten Küken aus deiner Choreographie Hackfleisch machen.«

»Dann brauchst du dir keine Sorgen zu machen. Die Nummer, die du heute aufzeichnest, ist von ... von einer meiner Schülerinnen.«

»Oh, wie schön. Ich wußte doch, daß ich mich besser hätte krankmelden sollen.« Sie verzog das Gesicht. »Wo ist der Haken?«

»Wie?«

»Warum hat deine Stimme gerade so komisch geklungen, als du ›eine meiner Schülerinnen‹ gesagt hast?«

Sie wurde rot. »Verflixt noch mal, sie ist meine Schwester.«

Norrey und ich kennen uns schon sehr lange, aber von einer Schwester hatte ich bisher nie etwas gewußt – heutzutage nicht ungewöhnlich, nehme ich an. Meine Augenbrauen gingen in die Höhe. »Dann muß sie gut sein.«

»Na vielen Dank, Charlie.«

»Quatsch. Ich mache entweder ehrliche Komplimente oder gar keine – und ich rede nicht von Vererbung. Ich meine, du bist so hoffnungslos moralisch, daß du lieber einen Salto rückwärts machen würdest, um jeglicher Vetternwirtschaft aus dem Weg zu gehen. Wenn du deine eigene Schwester so groß rausbringst, muß sie phantastisch sein.«

»Das ist sie, Charlie«, sagte Norrey schlicht.

»Wir werden ja sehen. Wie war doch gleich ihr Name?«

»Shara.« Norrey zeigte sie mir, und ich verstand, wo der zweite Haken war. Shara Drummond war zehn Jahre jünger als ihre Schwester – gute achtzehn Zentimeter größer und um fünfzehn oder achtzehn Kilo schwerer. Ich stellte mechanisch fest, daß sie betörend schön war, aber das minderte meine Bestürzung nicht – Sophia Loren hätte selbst in ihren besten Jahren nie eine Tänzerin der Moderne werden können. Wo Norrey wenig hatte, hatte Shara viel, und wo Norrey schon viel hatte, hatte Shara noch mehr. Wenn ich sie auf der Straße gesehen hätte, hätte ich vielleicht anerkennend gepfiffen – aber im Studio runzelte ich die Stirn.

»Mein Gott, Norrey, sie ist ja riesig.«

»Der zweite Mann meiner Mutter war Fußballspieler«, sagte sie betrübt. »Sie ist schrecklich gut.«

»Wenn sie gut ist, ist das wirklich schrecklich. Armes Kind. Nun, was willst du von mir?«

»Wie kommst du auf die Idee, daß ich etwas von dir will?«

»Du stehst immer noch hier.«

»Oh. Ja, das stimmt wohl. Nun ... kommst du mit uns essen, Charlie?«

»Warum?« Ich wußte ganz genau, warum, aber ich erwartete eine Höflichkeitslüge.

Aber nicht von Norrey Drummond. »Weil ihr beide, glaube ich, etwas gemeinsam habt.«

Ich honorierte ihre Aufrichtigkeit damit, daß ich nicht zusammenzuckte. »Das kann schon sein.«

»Dann kommst du also mit?«

»Gleich nach der Stunde.«

Sie blinzelte mir zu und ging. In bemerkenswert kurzer

Zeit hatte sie aus dem Studio voll umherschlendernder, plaudernder junger Leute so etwas wie eine Tanztruppe gemacht, wenn man nicht zu genau hinschaute. Die Schüler wärmten sich auf während der zwanzig Minuten, die ich brauchte, um meine Geräte aufzustellen und zu überprüfen. Ich postierte eine Kamera vor ihnen, eine hinten, und eine behielt ich in der Hand, damit ich herumgehen und Großaufnahmen machen konnte. Ich nahm sie kein einziges Mal in Betrieb.

Es gibt ein Spiel, das man im Geist spielt. Jedesmal, wenn man auf Leute aufmerksam wird oder gemacht wird, beginnt man, über sie Vermutungen anzustellen. Man versucht, von ihrem Aussehen auf ihren Charakter und ihre Gewohnheiten zu schließen. Der da? Mürrisch, unordentlich – schraubt die Zahnpastatube nicht zu und trinkt Bier mit Schnaps. Die dort? Typ der Kunststudentin, benützt wahrscheinlich ein Diaphragma und schreibt Briefe in einer stilisierten Schönschrift eigener Erfindung. Die dort drüben? Sehen aus wie Lehrer aus Miami, sind wahrscheinlich hergekommen, um zu sehen, wie Schnee aussieht, besuchen eine Tagung. Manchmal treffe ich es ziemlich genau. Ich weiß nicht mehr, wie ich Shara Drummond in jenen ersten zwanzig Minuten einordnete. In dem Augenblick, als sie zu tanzen anfing, verschwanden alle Vorurteile aus meinen Gedanken. Sie wurde ursprünglich, undurchschaubar, eine lebendige Brücke zwischen unserer Welt und derjenigen, in der die Musen leben.

Ich weiß auf intellektueller, theoretischer Ebene so ungefähr alles, was es über den Tanz zu wissen gibt, und konnte doch den Tanz, den sie an jenem Nachmittag zeigte, nicht einordnen oder klassifizieren oder auch nur wirklich verstehen. Ich sah ihn, er gefiel mir sogar, aber mir fehlte das Organ, um ihn zu verstehen. Meine Kamera baumelte direkt neben meinem Kinn von meinem Arm. Tänzer sprechen von ihrem ›Zentrum‹, von dem Punkt, um den ihre Bewegungen kreisen, und der oft dem physikalischen Schwerpunkt ziemlich nahe ist. Man bemüht sich, ›aus seinem Zentrum herauszutanzen‹, und der Gedanke der ›Kontraktion und Entspannung‹, der dem Tanz der Moderne weitgehend zugrundeliegt, braucht dieses Zentrum als Sammelpunkt seiner Energie. Sharas Zentrum schien sich aus eigener Kraft im Raum umherzubewegen und die Gliedmaßen hinter sich herzuziehen, die eher aus freiem Willen mit ihm verbunden schienen, nicht gezwungenermaßen. Wie nennt man den äußersten Teil der Sonne, den Teil, der bei einer Sonnenfinsternis immer noch zu sehen ist? Korona? Genau das waren ihre Gliedmaßen: vier übermäßig lange Flammenzungen, die dem Zentrum auf seiner exzentrischen, wirbelnden Kreisbahn folgten und sich fließend um seine Oberfläche herumwanden. Daß die unteren beiden häufig mit dem Boden in Berührung kamen, schien Zufall – ja, die beiden anderen berührten den Boden beinahe ebenso regelmäßig.

Auch andere Schüler tanzten. Ich weiß das, weil die beiden automatischen Videokameras im Gegensatz zu mir ihre Pflicht taten und die Nummer als Ganzes aufzeichneten. Sie hieß ›Gebären‹ und schilderte die Entstehung einer Galaxis, die schließlich Andromeda ähnlich war. Es war keine genaue, wörtliche Darstellung, aber das war auch nicht beabsichtigt. Symbolisch wurde die Geburt einer Galaxis vermittelt.

Im Rückblick. Damals war ich mir nur des Herzens der Galaxis bewußt: Shara. Von Zeit zu Zeit wurde sie von Schülern verdeckt, und ich bemerkte das einfach nicht. Es tat weh, ihr zuzusehen.

Wenn Sie auch nur eine Ahnung vom Tanzen haben, muß sich das alles für Sie ganz fürchterlich anhören. Ein Tanz über einen Sternennebel? Ich weiß, ich weiß. Die Vorstellung ist lächerlich. Und doch funktionierte es. Auf einer emotionalen, unbewußten Zellebene funktionierte es – nur war Shara im Vergleich zu den anderen um sie herum zu gut. Sie gehörte nicht in diese eifrige Gruppe unbeholfener, halb ausgebildeter Lehrlinge. Es war, als hörte man zu, wie der selige Stephen Wonder versuchte, mit einer willkürlich zusammengewürfelten Band in einer Bar in Montreal zu arbeiten.

Aber nicht das tat weh.

Le Maintenant war ein schäbiges Lokal, aber das Essen war gut und das Gras der Hausmarke war ausgezeichnet. Wenn man hier eine Diners Club Karte vorzeigte, führte einen Fat Humphrey garantiert in eine Küche voll schmutzigen Geschirrs. Das Lokal gibt es jetzt nicht mehr. Norrey und Shara wollten nicht rauchen, aber mir hilft das bei der Arbeit. Außerdem brauchte ich ein bißchen Auftrieb. Wie soll man einem bildhübschen Mädchen beibringen, daß ihr liebster Traum unerfüllbar ist?

Ich brauchte Shara nicht zu fragen, um zu wissen, daß das Tanzen ihr liebster Traum war. Mehr: Tanzen als Beruf. Ich habe oft über die Motive professioneller Künstler nachgedacht. Manche suchen narzißtisch die Versicherung, daß andere tatsächlich bares Geld dafür bezahlen, sie zu sehen oder zu hören. Manche sind so unfähig oder untüchtig, daß sie sich auf keine andere Weise durchs Leben schlagen können. Andere haben eine Botschaft, von der sie glauben, sie müsse ausgedrückt werden. Ich nehme an, die meisten Künstler vereinigen Aspekte aller drei Motive in sich. Ich will mich nicht darüber beklagen – was sie für uns tun, ist notwendig. Wir sollten dankbar dafür sein, daß es überhaupt Motive gibt.

Aber Shara war eine seltene Ausnahme. Sie tanzte einfach, weil sie tanzen mußte. Sie mußte Dinge sagen, die auf keine andere Weise gesagt werden konnten, und sie konnte ihre Bedeutung und ihren Lebenswandel nur daraus beziehen, daß sie sie sagte. Alles andere hätte die wesentliche Aussage ihres Tanzes erniedrigt und entwertet. Ich wußte das, allein, weil ich diesen einen Tanz gesehen hatte.

Ich nahm einen Zug, behielt den Rauch im Mund und nahm dann einen zweiten (eine kleine Aufmunterung, um den leichten Tiefpunkt, den das Essen verursacht, auszugleichen), und so dauerte es mehr als eine halbe Stunde, bis ich außer einer gelegentlichen, gegrunzten Erwiderung auf das Geplauder der Damen etwas sagen mußte. Als der Kaffee kam, blickte mir Shara in die Augen und sagte: »Können Sie auch sprechen, Charlie?«

Sie war wirklich Norreys Schwester.

»Nur dummes Zeug.«

»Nichts dergleichen. Vielleicht sind die Leute dumm.«

»Tanzen Sie gerne, Miß Drummond?«

Sie fragte ernsthaft zurück. »Wie definieren Sie ›gerne‹?«

Ich öffnete vielleicht dreimal meinen Mund und machte ihn wieder zu. Versuchen Sie es doch einmal.

»Und sagen Sie mir um Himmels willen, weshalb Sie so versessen darauf sind, nicht mit mir zu sprechen. Sie machen mich richtig unruhig.«

»Shara!« Norrey schien bestürzt.

»Still. Ich will es wissen.«

Ich nahm einen Anlauf. »Shara, bevor Bertram Ross starb, war es mir vergönnt, ihn kennenzulernen. Ich hatte ihn gerade tanzen sehen. Ein Produzent, der mich kannte und gut leiden konnte, nahm mich mit hinter die Bühne, so wie man ein Kind mitnimmt, um ihm den Nikolaus zu zeigen. Ich hatte erwartet, daß er abseits der Bühne älter aussehen würde, ruhiger. Er wirkte sogar noch jünger, als könne er die unglaubliche Bewegung in sich kaum unter Kontrolle halten. Er sprach mit mir. Nach einiger Zeit gab ich es auf, den Mund aufzumachen, weil doch nie etwas dabei herauskam.«

Sie sagte nichts, weil sie erwartete, daß ich weitersprach. Erst allmählich begriff sie das Kompliment und seine Ausmaße. Ich hatte angenommen, es sei offensichtlich. Die meisten Künstler erwarteten, daß man ihnen Komplimente macht. Als sie kapierte, wurde sie weder rot, noch lächelte sie geziert. Sie legte auch den Kopf nicht schief und sagte nicht: »Oh, kommen Sie.« Sie sagte nicht: »Sie schmeicheln mir.« Sie schaute nicht weg.

Sie nickte langsam und sagte: »Danke, Charlie. Das ist viel mehr wert als müßiges Geschwätz.« In ihrem Lächeln war eine Spur von Traurigkeit, als teilten wir einen bitteren Witz miteinander.

»Gern geschehen.«

»Um Himmels willen, Norrey, wieso schaust du so entsetzt drein?«

Jetzt hatte die Katze Norreys Zunge gefressen.

»Sie ist enttäuscht von mir«, sagte ich. »Ich habe das Falsche gesagt.«

»Das soll falsch gewesen sein?«

»Es hätte heißen sollen: ›Miß Drummond, ich glaube, Sie sollten das Tanzen aufgeben.‹«

»Es hätte heißen sollen: ›Shara, ich glaube‹ ... *was?*«

»Charlie ...« setzte Norrey an.

»Ich sollte Ihnen sagen, daß wir nicht alle Berufstänzer sein können, daß auch die am Meer leben, die nur im Sand herumlaufen und waten. Shara, ich sollte Ihnen sagen, Sie sollten den Tanz zum Teufel jagen – ehe er Sie zum Teufel jagt.«

In meinem Bemühen, aufrichtig mit ihr zu sein, war ich brutaler geworden als nötig, fand ich. Ich mußte erst noch lernen, daß Shara Drummond sich von einem offenen Wort nie erschrecken ließ. Sie verlangte danach.

»Warum Sie?« Mehr sagte sie nicht.

»Wir sitzen im gleichen Boot, Sie und ich. Uns juckt es beide an einer Stelle, wo wir uns nicht kratzen können.«

Ihre Augen wurden weich. »Wo juckt es Sie?«

»An der gleichen Stelle wie bei Ihnen.«

»Wie?«

»Der Mann sollte am Donnerstag kommen und das Telefon reparieren. Meine Zimmergenossin Karen und ich hatten den ganzen Tag Probleme. Wir hinterließen eine Nachricht. ›Lieber Telefonmann, wir mußten weg und konnten Sie unmöglich anrufen, ha, ha. Bitte holen Sie sich beim Hausmeister den Schlüssel und kommen Sie herein; das Telefon ist im Schlafzimmer.‹ Der Telefonmensch tauchte nie auf. Wie es immer ist.« Meine Hände schienen zu zittern. »Wir kamen über die Hintertreppe vom Durchgang herauf.

Das Telefon war immer noch tot, aber ich dachte nicht daran, den Zettel von der Eingangstür herunterzunehmen. Am nächsten Morgen wurde ich krank. Krämpfe, Erbrechen. Karen und ich waren nur befreundet, aber sie blieb zu Hause und kümmerte sich um mich. Vermutlich erschien die Notiz an einem Freitagabend noch einleuchtender. Er öffnete die Tür mit einem Plastikstreifen, und Karen kam aus der Küche, als er gerade das Kabel der Stereoanlage herauszog. Er war so empört, daß er auf sie schoß. Zweimal. Der Krach erschreckte ihn; als ich dazukam, war er schon halb aus der Tür. Er hatte gerade noch Zeit, mir eine Kugel ins Hüftgelenk zu setzen, dann war er fort. Sie haben ihn nie erwischt. Es ist nicht einmal jemand gekommen, um das Telefon zu reparieren.« Jetzt hatte ich meine Hände unter Kontrolle. »Karen war eine verdammt gute Tänzerin, aber ich war noch besser. In meinem Kopf bin ich es immer noch.«

Ihre Augen waren ganz rund. »Sie sind doch nicht Charlie ... Charles *Armstead*?«

Ich nickte.

»Oh, mein Gott. Dahin sind Sie also verschwunden.«

Ich war erschrocken darüber, wie erschrocken sie dreinsah. Das holte mich von der kalten, windigen Grenze des Selbstmitleids zurück. Sie begann mir wieder ein wenig leid zu tun. Ich hätte mir vorstellen können, wie tief ihr Mitgefühl sein würde. In der Beziehung, die wirklich zählte, waren wir einander tatsächlich verdammt ähnlich – wir teilten wirklich den gleichen, bitteren Witz miteinander. Ich fragte mich, warum ich sie hatte erschrecken wollen.

»Konnte man das Gelenk nicht in Ordnung bringen?« fragte sie leise.

»Ich kann wunderbar gehen, wenn auch nicht symmetrisch. Wenn ein genügend starker Grund vorliegt, kann ich über kurze Strecken sogar laufen. Aber tanzen kann ich nicht für einen Penny.«

»Und so sind Sie Videomann geworden?«

»Vor drei Jahren. Leute, die sich im Video und im Tanz

auskennen, sind heutzutage etwa so häufig wie Strumpfbänder. Oh, man zeichnet seit den siebziger Jahren Tanznummern auf – gewöhnlich mit der Phantasie eines Nachrichtenkameramannes. Wenn man aus dem Orchestergraben heraus mit zwei Kameras ein Schauspiel filmt, ergibt das dann einen Fim?«

»Sie versuchen also, für den Tanz das zu tun, was die Filmkamera für das Drama getan hat?«

»Der Vergleich ist recht passend. Aber er stimmt nicht ganz, weil der Tanz mehr mit der Musik als mit dem Drama zu vergleichen ist. Man kann nicht so einfach anhalten und neu anfangen oder zurückgehen und eine Szene noch einmal aufnehmen, die nicht richtig im Kasten war oder den zeitlichen Ablauf ändern, um einen anständigen Aufnahmeplan zu bekommen. Das Ereignis findet statt, und man zeichnet es auf. Ich bin etwas, wofür die Plattenindustrie Spitzengehälter bezahlt: ein Mischer, der genügend von der Sache versteht, um zu wissen, an welcher Stelle im Augenblick etwas los ist, und der dann diese Stelle hochdreht – und der soviel Verstand hat, daß er den schlimmsten Nullen die besten Mikrophone gibt. Es gibt noch ein paar wie mich. Ich bin der Beste.«

Das nahm sie genauso wie das Kompliment an sie selbst – für bare Münze. Gewöhnlich kümmere ich mich einen Dreck darum, was für eine Reaktion ich hervorrufe, wenn ich solche Sachen sage, vielleicht bin ich auch gerade geladen und hoffe auf Entrüstung. Aber es freute mich, daß sie es so aufnahm, es freute mich so sehr, daß ich beunruhigt war. Eine leichte Gereiztheit ließ mich wieder brutal werden, obwohl ich genau wußte, daß es nichts helfen würde. »Es läuft also alles darauf hinaus, daß Norrey hoffte, ich würde Ihnen eine ähnliche Form der Sublimierung empfehlen. Denn ich werde es als Tänzer noch eher schaffen als Sie.«

Jetzt schaltete sie auf stur. »Das kaufe ich Ihnen nicht ab, Charlie. Ich weiß, wovon Sie sprechen, ich bin ja kein Narr, aber ich glaube, damit werde ich fertig.«

»Aber sicher. An ihnen ist viel zu viel dran, mein Fräulein. Sie haben Titten wie die Hälften einer preisgekrönten Honigmelone und einen Hintern, für den jede Schauspielerin in Hollywood ihre Eltern verhökern würde, und das ist der Grund, warum Sie für den Tanz der Moderne gestorben sind, *tot,* Sie haben keine Chance! Damit fertigwerden? Eher rennen Sie sich den Schädel ein, genau wie ich, was Norrey?«

»Um Himmels willen, Charlie!«

Ich ließ mich erweichen. Ich kann Norrey nicht auf die Palme bringen – dazu mag ich sie zu gerne. Einmal wären wir beinahe zusammengezogen, früher. »Tut mir leid, Schatz. Mein Bein macht mir die Hölle heiß, und ich bin stinkwütend. Sie sollte es schaffen – und sie wird es nicht schaffen. Sie ist deine Schwester, und deshalb macht es dich traurig. Nun, ich bin ein völlig Fremder, und mich macht es wütend.«

»Was glauben Sie, welche Gefühle ich dabei habe?« fuhr Shara auf und erschreckte uns beide. Ich hatte nicht gewußt, daß sie so viel Stimme hatte. »Ich soll also einpacken und mir eine Kamera mieten, was, Charlie? Oder vielleicht vor dem Studio Äpfel verkaufen?« Ein Zucken lief ihren Kiefer entlang. »Nun, ich will von allen Göttern Südkaliforniens verdammt sein, wenn ich einpacke. Gott hat mir einen großzügigen Körperbau verliehen, aber ich habe kein Pfund zuviel drauf, meine Figur paßt zu mir wie ein Handschuh, ich kann bei Gott damit tanzen, und ich werde es tun. Vielleicht haben Sie recht – vielleicht renne ich mir vorher den Schädel ein. Aber ich werde nicht aufgeben.« Sie holte tief Luft. »Jetzt danke ich Ihnen für Ihre freundlichen Absichten, Char ... Mister Armst ... ach Scheiße.« Jetzt kamen ihr die Tränen, sie stand hastig auf und goß Norrey eine Vierteltasse kalten Kaffee in den Schoß.

»Charlie«, sagte Norrey mit zusammengebissenen Zähnen, »warum mag ich dich bloß so gerne?«

»Tänzer sind blöd.« Ich gab ihr mein Taschentuch.

»Oh.« Sie tupfte eine Zeitlang auf ihrem Schoß herum. »Und wieso magst du mich?«

»Videoleute sind schlau.«

»Ach so.«

Ich verbrachte den Nachmittag in meiner Wohnung und sah mir die Bänder an, die ich an diesem Morgen aufgenommen hatte, und je mehr ich sie ansah, desto wütender wurde ich.

Tanzen erfordert intensive Motivation in einem außerordentlich frühen Alter – man muß sich blind hingeben, auf noch nicht realisierte Potentiale von Vererbung und Erziehung setzen. Früher war das Risiko beim Ballett höher, aber in den späten Achtzigern war es beim Tanz der Moderne genauso schlimm geworden. Man kann, sagen wir mit sechs, beim klassischen Ballett anfangen – und wenn man dann mit vierzehn breitschultrig ist, sind die Jahre totaler Anstrengung völlig vergeudet. Shara hatte als Kind ihren Blick auf den Tanz der Moderne gerichtet – und zu spät herausgefunden, daß Gott ihr den Körper einer Frau gegeben hatte.

Sie war nicht dick – Sie haben sie ja gesehen. Sie war groß, mit schweren Knochen, und dieser schwere Rahmen war von einem vollen reifen Frauenkörper umgeben. Während ich die Bänder von ›Gebären‹ wieder und wieder ablaufen ließ, wurde der Schmerz in mir immer stärker, bis ich sogar die allgegenwärtige Pein in meinem eigenen Bein vergaß. Es war, als sähe man einem höchst begabten Baseballspieler zu, der nur einen Meter zwanzig groß war.

Um es heute im Tanz der Moderne zu etwas zu bringen, muß man unbedingt zu einer großen Truppe kommen. Man kann nicht gesehen werden, wenn man nicht sichtbar ist. (Die staatlichen Unterstützungen basieren auf dem Prinzip, daß groß gleich besser ist – eine traurige Prophezeiung, die sich selbst erfüllt. Die kleineren Truppen und die Unabhängigen haben immer bis aufs Messer um jeden Penny gegeneinander kämpfen müssen – aber seit den frühen achtziger Jahren gibt es keine Pennies mehr.)

»Merce Cunningham hat sie tanzen sehen, Charlie. Martha Graham hat sie tanzen sehen, ganz kurz vor ihrem Tod.

Beide haben sie sehr gelobt, für ihre Choreographie wie für ihre Technik. Aber eine Stelle hat ihr keiner von beiden angeboten. Ich kann nicht einmal sagen, daß ich ihnen deshalb böse bin – irgendwo verstehe ich es, das ist das Teuflische daran.«

Norrey konnte das nur zu gut verstehen. Es war ihr eigener Makel, hundertfach vergrößert: Einmaligkeit. Ein Mitglied einer Truppe muß zu ausgezeichneter Soloarbeit fähig sein – aber es muß auch fähig sein, sich in eine Gruppe nahtlos einzufügen, in einem Ensemble mitzuarbeiten. Allein Sharas Einmaligkeit machte sie als Mitglied einer Truppe faktisch unbrauchbar. Sie konnte gar nicht anders, als alle Augen auf sich zu ziehen.

Und wenn sie sie einmal angezogen hatte, würden zumindest die Augen der Männer sie nicht mehr loslassen. Tänzer der Moderne müssen heutzutage manchmal nackt arbeiten, und daher ist es notwendig, daß sie den Körper vierzehnjähriger Knaben haben. Wir können hier oben Frauen tanzen lassen, die wenig oder gar nichts anhaben, mein Gott, das ist Kunst. Eine Schauspielerin, eine Musikerin, Sängerin oder Malerin darf üppig gepolstert sein, köstliche Rundungen haben – aber eine Tänzerin muß beinahe so geschlechtslos sein wie ein Modell der Haute Couture. Vielleicht weiß Gott, warum. Shara hätte aus ihrem Tanz ihre Sexualität nicht heraushalten können, selbst wenn sie daran interessiert gewesen wäre, und als ich sie auf meinem Monitor und vor meinem geistigen Auge tanzen sah, wußte ich, daß das nicht der Fall war.

Warum mußte ihr Genie sich auf den einzigen Beruf außer Modell und Nonne beschränken, in dem es ein Hindernis ist, sexy zu sein? Es brach mir das Herz, weil ich mich durch mein vergleichbares Schicksal sehr gut hineinfühlen konnte.

»Es ist miserabel, nicht wahr?«

Ich fuhr herum und bellte: »Verdammt, jetzt habe ich mich auf die Zunge gebissen.«

»Das tut mir leid.« Sie trat durch die Tür in mein Wohnzimmer. »Norrey sagte mir, wie ich hierherkomme. Die Tür war nur angelehnt.«

»Ich habe vergessen, sie zuzumachen, als ich nach Hause kam.«

»Sie lassen sie offen?«

»Ich habe meine Lektion aus der Geschichte gelernt. Kein Süchtiger, ganz gleich, wie sehr er unter Druck steht, wird eine Wohnung betreten, in der die Tür angelehnt ist und das Radio spielt. Da ist offensichtlich jemand zu Hause. Und Sie haben recht, es ist verdammt noch mal miserabel. Setzen Sie sich.«

Sie setzte sich auf die Couch. Ihr Haar war jetzt offen, und es gefiel mir besser so. Ich schaltete den Monitor aus und ließ das Band herausspringen, dann warf ich es auf ein Regal.

»Ich bin gekommen, um mich zu entschuldigen. Ich hätte beim Essen nicht so auf Sie losgehen dürfen. Sie wollten mir ja nur helfen.«

»Sie wollten es nicht anders. Ich stelle mir vor, daß Sie inzwischen eine ganz schöne Wut im Bauch haben.«

»Seit fünf Jahren angestaut. Ich dachte mir, ich würde in den Staaten anfangen, anstatt in Kanada. Um schneller vorwärts zu kommen. Jetzt bin ich wieder in Toronto, und ich glaube, daß ich es auch hier schaffen werde. Sie haben recht, Mr. Armstead – an mir ist zu viel dran. Amazonen tanzen nicht.«

»Ich heiße immer noch Charlie. Passen Sie auf, ich wollte Sie noch etwas fragen. Diese letzte Geste am Ende von ›Gebären‹, was war das? Ich dachte, es sei ein Winken. Norrey sagt, es sei eine Abschiedsgebärde, und jetzt, nachdem ich das Band noch einmal abgespielt habe, sieht es aus wie eine Bewegung, die Sehnsucht ausdrückt, ein Ausgreifen.«

»Dann ist es richtig rausgekommen.«

»Wie bitte?«

»Ich fand, zur Geburt einer Galaxis gehörten alle drei Dinge. Sie sind im Wesen so dicht beieinander, daß es mir albern schien, jedem eine eigene Bewegung zu geben.«

»Mmm.« Es wurde immer schlimmer. Stellen Sie sich mal vor, Einstein hätte unter Sprachstörungen gelitten. »Warum konnten Sie keine miserable Tänzerin sein? Dann wäre es nur Ironie. So« – ich deutete auf das Band – »ist es eine große Tragödie.«

»Wollen Sie mir jetzt nicht sagen, daß ich doch immer noch für mich selbst, zu meinem Vergnügen tanzen kann?«

»Nein. Für Sie wäre das schlimmer, als überhaupt nicht zu tanzen.«

»Mein Gott, Sie kennen sich vielleicht aus. Oder bin ich so leicht zu durchschauen?«

Ich zuckte die Schultern.

»O Charlie«, brach es aus ihr heraus, »was soll ich tun?«

»Das fragen Sie besser nicht mich.« Meine Stimme klang komisch.

»Warum nicht?«

»Weil ich mich schon zu zwei Drittel in Sie verliebt habe. Und weil Sie nicht in mich verliebt sind und es nie sein werden. Und deshalb ist das eine der Fragen, die Sie mir nicht stellen sollten.«

Das erschütterte sie ein wenig, aber sie fing sich schnell wieder. Ihre Augen wurden weich, und sie schüttelte langsam den Kopf. »Sie wissen sogar, warum nicht, stimmt's?«

»Und warum Sie es niemals sein werden.«

Ich hatte entsetzliche Angst davor, daß sie sagen würde: »Charlie, es tut mir leid«, aber wieder überraschte sie mich. Sie sagte nämlich: »Ich kann an den Zehen eines Fußes abzählen, wieviele erwachsene Männer ich jemals kennengelernt habe. Ich bin Ihnen dankbar. Ich nehme an, ironische Tragödien treten immer paarweise auf.«

»Manchmal.«

»Nun ja, jetzt brauche ich mir nur noch zu überlegen, was ich mit meinem Leben anfangen soll. Damit dürfte das Wochenende ausgefüllt sein.«

»Werden Sie mit dem Unterricht weitermachen?«

»Warum nicht? Es ist nie Zeitverschwendung, etwas zu lernen. Norrey bringt mir so einiges bei.«

Ganz plötzlich ließ mein Geist etwas durchsickern. Der Mensch ist ein rationales Wesen, richtig? Richtig? »Und wenn ich eine bessere Idee hätte?«

»Jede andere Idee, die Sie haben können, ist besser. Reden Sie.«

»Müssen Sie unbedingt ein Publikum haben? Ich meine, muß es lebendig sein?«

»Wie meinen Sie das?«

»Vielleicht kommen wir durch die Hintertür rein. Sehen Sie, heutzutage baut man in alle Fernsehgeräte Videoanschlüsse ein, und inzwischen hat jeder alle alten Filme und Ernie-Kovacs-Sendungen und was die Leute sonst noch immer so wollten, gesammelt, und jetzt sucht man nach neuen Sachen. Exotischen Sachen, die für die Sender oder die Regionalprogramme zu ausgefallen sind, Sachen, die ...«

»Sie reden von den unabhängigen Videogesellschaften.«

»Richtig. TDT möchte auf den Markt kommen, und die Graham-Truppe ist schon dabei.«

»Und?«

»Angenommen, wir gehen als Freischaffende. Sie und ich. Sie tanzen, und ich zeichne auf: ein rein geschäftliches Abkommen. Ich habe einige Verbindungen und kann noch mehr bekommen. Ich könnte Ihnen sofort zehn Nummern in der Musikbranche nennen, die nie auf Tournee gehen – die nur immer und immer wieder aufzeichnen. Warum umgehen Sie die Tanztruppen nicht einfach und riskieren es mit dem Publikum? Vielleicht könnte eine Propaganda von Mund zu Mund ...«

Ihr Gesicht hellte sich langsam auf wie eine Kürbislaterne. »Charlie, glauben Sie, das ginge? Glauben Sie das wirklich?«

»Ich glaube nicht, daß es soviel Chancen hat wie ein Schneeball.« Ich ging durch das Zimmer, öffnete den Bierkühlschrank, nahm den Schneeball heraus den ich dort im Sommer aufbewahre, und warf ihn ihr zu. Sie fing ihn auf, aber nur knapp, und als sie sah, was es war, lachte sie laut heraus. »Ich habe gerade so viel Vertrauen in die Idee, um meine Arbeit bei TDT aufzugeben und meine Zeit da hineinzustecken. Ich werde meine Zeit, meine Bänder, meine Ausrüstung und meine Ersparnisse investieren. Ihr Einsatz bitte.«

Sie versuchte, wieder ernst zu werden, aber der Schneeball vereiste ihr die Finger und sie brach erneut in Gelächter aus. »Ein Schneeball im Juli. Sie verrückter Kerl. Sie können mit mir rechnen. Ich habe ein bißchen Geld gespart. Und ... sehr viele andere Möglichkeiten habe ich wohl nicht, oder?«

»Vermutlich nicht.«

Kapitel 2

Die nächsten drei Jahre waren mit die aufregendsten meines Lebens, unserer beider Leben. Während ich zusah und aufzeichnete, verwandelte sich Shara von einer potentiell großen Tänzerin in etwas wirklich Ehrfurchteinflößendes. Sie machte etwas, was ich vielleicht gar nicht erklären kann.

Sie wurde das tänzerische Gegenstück zu einem Jazzmusiker.

Tanzen war für Shara reine, schlichte Selbstkundgabe, zu Anfang, am Ende, immer. Sobald sie sich einmal von dem Bestreben freigemacht hatte, sich in die Welt des Tanzes in der Truppe einzufügen, kam sie so weit, daß sie die Choreographie an sich als Hindernis für ihre Selbstkundgabe betrachtete, als eine vorprogrammierte Fahrspur, unerbittlich wie ein Drehbuch und ebenso einschränkend. Und so entwertete sie sie.

Ein Jazzmusiker spielt vielleicht ›Night in Tunisia‹ ein Dutzend Abende hintereinander, und jedesmal erlebt man es anders, weil er die Melodie je nach seiner augenblicklichen Stimmung immer wieder neu interpretiert. Völlige Einheit des Künstlers mit seiner Kunst: spontane Schöpfung. Der melodische Ausgangspunkt unterscheidet das Ergebnis von reiner Anarchie.

Genau auf dic gleiche Weise entwertete Shara die vor der Ausführung liegende Choreographie zu einem Ausgangspunkt, einem Rahmen, auf dem sie aufbaute, was immer der Augenblick erforderte, und um den herum sie dann improvisierte. Sie lernte in diesen drei arbeitsreichen Jahren, die Trennwand zwischen sich und ihrem Tanz niederzureißen. Tänzer haben schon immer dazu tendiert, sich auf Kosten des improvisierten Tanzes lustig zu machen, sogar noch während sie ihn im Studio praktizierten, weil er Gelöstheit vermittelte. Sie übersahen dabei, daß *geplante* Improvisation, Improvisation um ein Thema herum, das im Vorhinein voll durchdacht war, der natürliche nächste Schritte im Tanz war. Shara machte diesen Schritt. Man muß sehr, sehr gut sein, um sich so viel Freiheit erlauben zu können. Sie war gut genug.

Es hat keinen Sinn, die beruflichen Wechselfälle von ›Drumstead Enterprises‹ während dieser drei Jahre im einzelnen aufzuführen. Wir arbeiteten hart, wir produzierten ein paar großartige Bänder, und wir konnten sie nicht einmal als Briefbeschwerer verkaufen. Eine Industrie für Heimvideokassetten entwickelte sich wirklich – und die Leute dort verstanden vom Tanz der Moderne ungefähr so viel wie die Schallplattenindustrie in ihren Anfängen vom Blues verstanden hatte. Die großen Firmen wollten Referenzen, die kleinen Firmen suchten billige Talente. Schließlich waren wir sogar so verzweifelt, daß wir es mit Schundfirmen versuchten – und erfuhren, was wir schon wußten. Sie hatten nicht das Verteilernetz, das Prestige und die technischen Spezialisten, um die Kritiker auf sich aufmerksam zu machen. Mund-zu-Mund-Propaganda ist wie ein Genpool – wenn man nicht gleich zu Anfang eine bestimmte Minimalgröße hat, kommt man damit nie auf einen grünen Zweig. »Spider« John Koerner ist ein unglaublich begabter Musiker und Liedermacher, der seit 1972 seine Schallplatten selbst produziert und verkauft. Wie viele von Ihnen haben je von ihm gehört?

Im Mai 1992 öffnete ich meinen Briefkasten in der Halle und fand den Brief von VisuEnt Inc., in dem sie unseren Vertrag mit dem tiefsten Bedauern und ohne Abfindung beendeten. Ich ging gleich in Sharas Wohnung hinüber, und mein Bein fühlte sich an, als sei das Knochenmark durch Thermit ersetzt und angezündet worden. Es war ein sehr langer Weg.

Sie arbeitete an ›Gewicht ist ein Wort‹, als ich hinkam. Es hatte viel Zeit, Energie, Gehirnschmalz und eine fette Bestechungssumme an den Hauswirt gekostet, ihr Wohnzimmer in ein Studio zu verwandeln, aber in Anbetracht der Kulissen, die wir wollten, war es billiger, als uns zeitweise ein Studio zu mieten. An diesem Tag sah es aus wie eine Hochgebirgslandschaft, und ich hängte meinen Hut an eine künstliche Erle, als ich eintrat.

Sie warf mir ein schnelles Lächeln zu und machte weiter, baute sich zu immer größeren Sprüngen auf. Sie sah aus wie die schönste Gemse, die ich je gesehen hatte. Ich war miserabler Laune und hätte gerne die Musik ausgeschaltet (McLaughlin und Miles gemeinsam, die auch noch ihre Sprünge machten), aber ich konnte Shara nie unterbrechen, wenn sie tanzte. Sie baute die Nummer allmählich auf, mit einem Richtungskontrapunkt, bis sie sich in die Luft zu schleudern schien, dort verharrte, bis sie völlig fertig und bereit war, und sich dann wieder herunterstürzte. Manchmal rollte sie ab, wenn sie auftraf, und manchmal landete sie auf den Händen, und immer wurde die Energie des Sturzes in irgendeine neue Bewegung umgesetzt, anstatt absorbiert zu werden. Es war ein totaler Ausstoß von Energie, und als sie fertig war, hatte ich mich so weit beruhigt, daß ich unserem beiderseitigen, beruflichen Ruin beinahe mit philosophischer Gelassenheit ins Auge sehen konnte.

Sie endete in sich zusammengesunken, den Kopf geneigt, köstlich erniedrigt in ihrem Versuch, der Schwerkraft zu trotzen. Ich mußte einfach applaudieren. Es wirkte kitschig, aber ich konnte nicht anders.

»Danke, Charlie.«

»Hol mich der Teufel. Gewicht ist wirklich nur ein Wort. Ich habe dich für verrückt gehalten, als du mir den Titel gesagt hast.«

»Es ist eines der stärksten Worte im Tanz – das stärkste, glaube ich – und du kannst *alles* damit machen.«

»Fast alles.«

»Wie?«

»VisuEnt hat unseren Vertrag zurückgegeben.«

»Ach.« Ihre Augen verrieten nichts, aber ich wußte, was sich dahinter abspielte. »Nun, wer steht als nächstes auf der Liste?«

»Auf der Liste kommt niemand mehr.«

»Ach.« Diesmal war es sichtbar. »Ach.«

»Wir hätten daran denken sollen. Große Künstler werden nie geschätzt, solange sie noch leben. Wir müßten einfach tot umfallen – dann wären wir gemachte Leute.«

Ich versuchte auf meine Art, für sie stark zu sein, und sie wußte es und versuchte, für mich stark zu sein.

»Vielleicht sollten wir eine Lebensversicherung für Künstler aufmachen«, sagte sie. »Wir bezahlen dem Kunden Prämien gegen eine Kontrollbeteiligung an einem Vermögen und garantieren ihm, daß er sterben wird.«

»Da können wir gar nicht verlieren. Und wenn er zu Lebzeiten berühmt wird, kann er sich freikaufen.«

»Phantastisch. Hör auf damit, sonst lache ich mich noch tot.«

»Ja.«

Sie schwieg lange Zeit. Meine eigenen Gedanken rasten mit aller Kraft, aber das Getriebe schien kaputt zu sein – ich kam nicht voran. Schließlich stand sie auf und schaltete die Anlage aus, die, seitdem das Band zu Ende war, ständig leise gewinselt hatte. Ein lautes ›Klick‹ war zu hören.

»Norrey hat auf der Prince Edward Insel ein Stück Land«, sagte sie und wich meinem Blick aus. »Ein Haus ist auch dabei.«

Ich versuchte, sie mit dem Witz von dem Jungen abzulenken, der im Zirkus den Elefantenkäfig ausschaufelt und dem sein Vater anbietet, ihn zurückzunehmen und ihm eine anständige Beschäftigung zu verschaffen. »Was? Und ich soll das Schaugeschäft verlassen?«

»Zum Teufel mit dem Schaugeschäft«, sagte sie leise. »Wenn ich jetzt auf die Prince Edward Insel gehe, kann ich vielleicht rechtzeitig mit dem Roden und Pflügen fertig sein, um einen Garten anzulegen.« Ihr Gesichtsausdruck veränderte sich. »Und was ist mit dir?«

»Mit mir? Da fehlt nichts. TDT hat mich gebeten zurückzukommen.«

»Das war vor sechs Monaten.«

»Jetzt haben sie wieder angefragt. Letzte Woche.«

»Und du hast nein gesagt. Trottel.«

»Vielleicht, vielleicht auch nicht.«

»Die ganze verdammte Sache war Zeitverschwendung. Die ganze Zeit. Die ganze Energie. Die ganze Arbeit. Ich hätte genausogut das Land auf der Edward Insel bewirtschaften können – inzwischen würde der Boden schon anfangen, etwas zu tragen. Was für eine Verschwendung, Charlie. Was für eine schauerliche Verschwendung.«

»Nein, das finde ich nicht, Shara. Es klingt oberflächlich, wenn man sagt, ›nichts sei vergeudet‹, aber – nun, es ist wie mit dem Tanz, an dem du gerade gearbeitet hast. Du kannst die Schwerkraft vielleicht nicht besiegen – aber es ist auf jeden Fall etwas Schönes, wenn man es versucht.«

»Ja, ich weiß. Erinnere dich an die Leichte Brigade. Denk an Alamo. Die haben es auch versucht.« Sie lachte bitter.

»Ja, und das gleiche gilt für Jesus von Nazareth. Hast du es um einer materiellen Belohnung willen getan, oder weil es getan werden mußte? Denn selbst wenn wir sonst nichts erreicht haben, so haben wir jetzt doch mehrere hunderttausend Meter der großartigsten Tanzaufzeichnungen auf Band, Handelswert gleich Null, wirklicher Wert unermeßlich, und das empfinde ich nicht als Verschwendung. Jetzt ist es vorbei und wir werden beide zum nächsten Punkt übergehen, aber Verschwendung war es nicht.« Ich merkte, daß ich schrie und hielt inne.

Sie machte den Mund zu. Nach einer Weile versuchte sie ein Lächeln: »Du hast recht, Charlie. Es war keine Verschwendung. Ich tanze jetzt besser als je zuvor.«

»Verdammt richtig. Du bist über die Choreographie hinausgewachsen.«

Sie lächelte wehmütig. »Ja. Sogar Norrey glaubt, daß das eine Sackgasse ist.«

»Es ist keine Sackgasse. Poesie ist mehr als nur Haiku und Sonnett. Tänzer müssen nicht unbedingt Roboter sein, die mit ihrem Körper auswendig gelernte Zeilen wiedergeben.«

»Das tun sie aber, wenn sie sich ihren Lebensunterhalt verdienen wollen.«

»Wir werden es in ein paar Jahren noch einmal versuchen. Vielleicht wird man dann soweit sein.«

»Sicher. Ich hole uns etwas zu trinken.«

In dieser Nacht schlief ich mit ihr, zum ersten und letzten Mal. Am Morgen montierte ich die Kulissen im Wohnzimmer ab, während sie packte. Ich versprach zu schreiben. Ich versprach zu kommen und sie zu besuchen, wenn ich konnte. Ich trug ihr die Taschen zum Wagen hinunter und verstaute sie. Ich küßte sie und winkte zum Abschied. Dann machte ich mich auf die Suche nach etwas zu trinken, am nächsten Morgen um vier Uhr entschied ein Ganove, ich sähe betrunken genug aus, und ich brach ihm den Kiefer, die Nase und zwei Rippen, dann setzte ich mich auf ihn und heulte. Am Montagmorgen ging ich ins Studio, mit dem Hut in der Hand und einem Mund wie der Aschenbecher eines Busbahnhofs, und kroch auf meinen alten Posten zurück. Norrey stellte keine Fragen. Bei den steigenden Preisen für Nahrungsmittel hörte ich auf, etwas anderes außer Bourbon zu mir zu nehmen, und nach sechs Monaten war ich entlassen. So ging es lange Zeit.

Ich schrieb ihr niemals. Immer wieder blieb ich nach »Liebe Shara ...« hängen.

Als ich so weit war, daß ich meine Videoausrüstung für Schnaps verkaufen wollte, klickte irgendwo ein Relais, und ich machte Inventur bei mir selbst. Das Zeug war alles, was mir vom Leben noch blieb, und so ging ich zu den örtlichen Anonymen Alkoholikern anstatt zur Pfandleihe und wurde nüchtern. Nach einer Weile wurde meine Seele taub und ich zuckte nicht mehr zurück, wenn ich aufwachte. Hundertmal wollte ich die Bänder löschen, die ich von Shara noch hatte – sie besaß ihre eigenen Kopien –, aber schließlich brachte ich es doch nicht über mich. Von Zeit zu Zeit fragte ich mich, wie es ihr wohl ginge, aber ich ertrug es nicht, mich danach zu erkundigen. Wenn Norrey etwas wußte, sagte sie es mir nicht. Sie bemühte sich sogar, mir meinen Posten ein drittes

Mal zu verschaffen, aber es war aussichtslos. Ein Ruf kann eine schreckliche Sache sein, wenn man ihn sich einmal versaut hat. Ich hatte Glück, daß ich eine Stelle bei einer pädagogischen Fernsehgesellschaft in New Brunswick bekam.

Es waren zwei lange Jahre.

1995 kamen die Vidiphone heraus, und ich ließ einen Apparat ohne Wissen der Telefongesellschaft, die ich noch immer mehr als alles andere haßte, darauf umrüsten. Als eines Abends im Juni die kleine Glühbirne, mit der ich die verdammte Klingel ersetzt hatte, sanft auf- und abzublinken begann, legte ich den Hörer auf die Schalldose und setzte die Röhre unter Strom für den Fall, daß der Anrufer ebenfalls mit Sichtschirm ausgestattet war. »Hallo?«

Sie war ausgestattet. Als Sharas Gesicht erschien, ballte sich in meiner Magengrube ein kalter Würfel der Angst zusammen, denn ich hatte aufgehört, ihr Gesicht überall zu sehen, als ich mit dem Trinken aufgehört hatte, und in letzter Zeit hatte ich daran gedacht, wieder zur Flasche zu greifen. Als ich blinzelte und sie immer noch da war, fühlte ich mich ein wenig besser und versuchte zu sprechen. Es ging nicht.

»Hallo, Charlie. Es ist lange her.«

Beim zweiten Versuch funktionierte es. »Mir kommt es vor wie gestern. Wie das Gestern von jemand anders.«

»Ja, so ist es. Ich brauchte Tage, um dich zu finden. Norrey ist in Paris, und sonst wußte niemand, wohin du verschwunden warst.«

»Tja. Was macht die Landwirtschaft?«

»Ich ... ich habe damit Schluß gemacht, Charlie. Es ist sogar noch kreativer als Tanzen, aber es ist nicht das gleiche.«

»Was machst du dann?«

»Ich arbeite.«

»Tanzen?«

»Ja, Charlie, ich brauche dich. Ich meine, ich habe Arbeit für dich. Ich brauche deine Kameras und deine Augen.«

»Keine Einschränkungen. Jede Art von Bedarf genügt.

Wo bist du? Wann geht das nächste Flugzeug dorthin? Welche Kameras soll ich einpacken?«

»New York, in einer Stunde, und keine davon. Ich meinte nicht wörtlich ›deine Kameras‹ – es sei denn, du benützt in letzter Zeit eine GLX-5000 und ein Hamilton-Schaltpult.«

Ich stieß einen Pfiff aus. Mein Mund tat weh dabei. »Das trägt das Budget nicht. Außerdem bin ich altmodisch. Ich halte sie gern in der Hand.«

»Für diese Sache wirst du das Hamilton benützen,und es wird eine brandneue Masterchrome mit Input 20 sein.«

»Hast du auf dieser Farm Mohn angebaut? Oder bist du nur mit der Pflugschar auf Diamanten gestoßen?«

»Du wirst dein Gehalt von Bryce Carrington bekommen.«

Ich blinzelte.

»Würdest du jetzt bitte dieses Flugzeug nehmen, damit ich dir alles erzählen kann? Im ›New Age‹. Frag nach der Präsidentensuite.«

»Zum Teufel mit dem Flugzeug, ich komme zu Fuß. Das geht schneller.« Ich legte auf.

Laut ›Time Magazine‹ im Wartezimmer meines Zahnarztes war Bryce Carrington das Genie, das zum Multimillionär geworden war, indem es eine Anzahl von Industriegiganten überredet hatte, bei Skyfac einzusteigen, dem großen Komplex im Orbit, der den Kristallmarkt – und unzählige andere Märkte dazu – aus den Angeln hob. Wie ich mich erinnerte, hatte irgendeine seltene Krankheit ähnlich der Kinderlähmung seine beiden Beine geschädigt und ihn an den Rollstuhl gefesselt. Aber die Beine hatten nur ihre Kraft verloren, nicht ihre Gebrauchsfähigkeit – bei verringerter Schwerkraft funktionierten sie sogar ganz gut. So schuf er Skyfac, richtete Bergarbeiterschichten auf Luna ein, die es mit billigem Rohmaterial versorgten, und verbrachte die meiste Zeit im Orbit bei verringerter Schwerkraft. Auf dem Bild sah er aus wie ein recht erfolgreicher Autor (im Gegensatz zu einem Schriftsteller). Weiter wußte ich nichts von ihm. Ich interessierte mich wenig für Nachrichten und für Nachrichten aus dem Weltraum überhaupt nicht.

Das ›New Age‹ war zu dieser Zeit ›das Hotel‹ in New York, es war auf den Trümmern des Sheraton erbaut. Hyperwirksame Sicherheitsmaßnahmen, kugelsichere Fenster, ein Teppich dicker als die Luft draußen und eine Eingangshalle in einer architektonischen Geschmacksrichtung, die John D. MacDonald einmal ›Frühe Zahnprothese‹ genannt hatte. Es stank nach Geld. Ich war froh, daß ich mir die Mühe gemacht hatte, eine Krawatte aufzustöbern, und wünschte, ich hätte mir die Schuhe geputzt. Ein unglaublicher Mann versperrte mir den Weg, als ich durch die Luftschleuse hereinkam. Vom Körperbau und von den Bewegungen her war er der zäheste, schnellste Rausschmeißer, den ich je gesehen hatte, und er kleidete und benahm sich wie Gottes eigener Butler. Er sagte, sein Name sei Perry, als erwarte er nicht, daß ich es glaube. Er fragte, ob er mir helfen könne, so als hielte er das nicht für wahrscheinlich.

»Ja, Perry. Würden Sie bitte mal einen Fuß heben?«

»Warum?«

»Ich wette zwanzig Dollar, daß Sie auch noch die Sohlen poliert haben.«

Eine Hälfte seines Mundes lächelte, und er bewegte sich keinen Zentimeter. »Wen wünschen Sie zu sprechen?«

»Shara Drummond.«

»Nicht eingetragen.«

»In der Präsidentensuite.«

»Ach so.« Es dämmerte. »Die Dame von Mr. Carrington. Das hätten Sie gleich sagen sollen. Warten Sie bitte hier.«

Während er telefonierte, um sich zu versichern, daß ich erwartet wurde, mich dabei im Auge und eine Hand in der Nähe seiner Tasche behielt, unterdrückte ich mein Herzklopfen und legte mein Gesicht in die richtigen Falten. So war das also. Na gut. Dann war es eben so.

Perry kam zurück und gab mir den kleinen Knopfsender, mit dem ich durch die Gänge des ›New Age‹ gehen konnte, ohne von automatischem Laserfeuer niedergeschmettert zu werden, und er erklärte mir ausführlich, daß der Sender ein ziemlich großes Loch in mich reißen würde, falls ich versuchen sollte, das Gebäude zu verlassen, ohne ihn zurückzugeben. Aus seinem Verhalten schloß ich, daß ich auf der gesellschaftlichen Leiter gerade vier Stufen übersprungen hatte. Ich bedankte mich bei ihm, obwohl ich verdammt sein will, wenn ich weiß wofür.

Ich folgte den grünen Leuchtpfeilen, die auf der lampenlosen Decke erschienen, und kam nach einem langen, landschaftlich eindrucksvollen Spaziergang zur Präsidentensuite. Shara erwartete mich an der Tür, sie trug so etwas wie einen Engelspyjama. Der üppige Körper wirkte darin richtig zart. »Hallo Charlie.«

Ich gab mich jovial und herzlich. »Hi, Kindchen. Tolle Bude hier. Wie hast du dich denn so durchgebracht?«

»Überhaupt nicht.«

»Nun, wie hat dich also Carrington durchgebracht?« Ganz ruhig, alter Junge.

»Komm herein, Charlie.«

Ich trat ein. Es sah aus wie die Räumlichkeiten der Queen, wenn sie in der Stadt war, und es gefiel ihr sicher. Man hätte im Wohnzimmer mit einem Flugzeug landen können, ohne im Schlafzimmer jemanden aufzuwecken. Es gab zwei Klaviere. Nur einen offenen Kamin, kaum groß genug, um einen Büffel zu grillen – irgendwo mußte wohl gespart werden, nehme ich an. Im Radio spielte Roger Kellaway, und einen wilden Augenblick lang dachte ich, er sei tatsächlich in der Suite und spiele auf dem dritten Piano, das nicht zu sehen war. Ja, so war es eben.

»Kann ich dir etwas anbieten, Charlie?«

»Oh, sicher. Haschöl, Citrolli Supreme, und Dom Perignon für die Stimmbänder.«

Ohne den Anflug eines Lächelns ging sie zu einem Schrank, der wie eine Miniaturkathedrale aussah, und brachte genau, was ich verlangt hatte. Ich behielt meinen ergriffen strahlenden Gesichtsausdruck bei. Die Bläschen kitzelten mich in der Kehle, und die Wirkung war köstlich. Ich spürte, wie ich mich entspannte, und als das Mundstück der Wasserpfeife ein paarmal zwischen uns hin- und hergegangen war, spürte ich, wie auch sie sich entspannte. Wir sahen uns an – sahen uns wirklich an –, dann schauten wir im Zimmer herum und dann sahen wir uns wieder an. Gleichzeitig brüllten wir auf vor Lachen, ein Lachen, das allen Reichtum aus dem Zimmer fegte und Fülle hereinließ. Ihr Lachen war noch das gleiche laute, kreischende, aus dem Bauch kommende Gebrüll, an das ich mich so gut erinnerte, ein ungehemmtes, vitales Gelächter, und das beruhigte mich gewaltig. Ich war so erleichtert, daß ich selbst nicht aufhören konnte zu lachen, und dadurch mußte auch sie weiterlachen, und jedesmal, wenn wir vielleicht hätten aufhören können, schürzte sie wieder die Lippen und prustete ein gestottertes Arpeggio heraus. Es gibt eine alte Audioaufzeichnung, die ›Lachplatte von Spike Jones‹, da versucht der Tubabläser, den ›Flug der Biene‹ zu spielen und fällt vor Lachen um, die ganze Band bricht auseinander und wiehert zwei volle Minuten lang; jedesmal, wenn den anderen die Luft ausgeht, versucht der Tubabläser wieder eine Passage und brüllt los, und wieder brechen alle auseinander, und als Shara einmal deprimiert gewesen war, wettete ich mit ihr um zehn Dolar, daß sie diese Platte nicht anhören konnte, ohne wenigstens zu kichern, und ich gewann die Wette. Als ich jetzt begriff, daß sie auf diese Platte anspielte, schauderte ich und löste mich erneut in brüllendem Gelächter auf, eine Minute später hatten wir das Stadium erreicht, wo wir vor Lachen buchstäblich von den Stühlen fielen und auf dem Boden lagen und uns vor Heiterkeit wanden, kraftlos auf den Boden schlugen und heulten. Hin und wieder hole ich dieses Lachen jetzt aus meiner Erinnerung hervor und spiele es mir vor – aber nicht oft, denn solche Aufzeichnungen verlieren gewaltig, wenn man sie zu oft spielt.

Schließlich fielen wir in keuchendes Grinsen zurück, und ich half ihr auf die Beine.

»Was für ein absolut entsetzlicher Ort«, sagte ich immer noch glucksend.

Sie blickte um sich und schauderte. »O Gott, wirklich,

Charlie. Es muß schrecklich sein, wenn man so viel Fassade braucht.«

»Eine Zeitlang hatte ich den schaurigen Verdacht, du wärst diejenige, die sie braucht.«

Sie wurde ernst und blickte mir in die Augen. »Charlie, ich wünschte, ich könnte dir dafür böse sein. In gewisser Weise brauche ich sie wirklich.«

Meine Augen wurden schmal. »Was willst du damit sagen?«

»Ich brauche Bryce Carrington.«

»Diesmal kannst du ruhig mit den näheren Einschränkungen aufwarten. *Wie* brauchst du ihn?«

»Ich brauche sein Geld«, schrie sie.

Wie kann man sich gleichzeitig entspannen und versteifen? »Oh, verdammt Shara! Willst du auf diese Weise zum Tanzen kommen? Dir die Karriere erkaufen? Wie sind heutzutage die Preise für einen Kritiker?«

»Charlie, hör auf damit. Ich brauche Carrington, um gesehen zu werden. Er wird mir einen Saal mieten, das ist alles.«

»Wenn das alles ist, dann verschwinden wir jetzt sofort aus dieser Bruchbude. Ich kann genügend Geld auftreiben, um dir jeden Saal der Welt zu mieten, und ich bin genauso bereit, mein Geld zu riskieren.«

»Kannst du mir Skyfac beschaffen?«

»Häh?«

Ich konnte mir um nichts in der Welt vorstellen, warum sie zum Tanzen nach Skyfac wollte. Warum nicht Antarctica?

»Shara, du weißt noch weniger über den Weltraum als ich, aber selbst dir muß doch klar sein, daß eine Satellitensendung nicht von einem Satelliten aus gemacht werden muß.«

»Idiot. Ich brauche die Umgebung.«

Darüber dachte ich nach. »Rein optisch wäre der Mond besser. Berge, Licht. Kontraste.«

»Der optische Aspekt ist sekundär. Ich will nicht ein Sechstel G, Charlie. Ich will Schwerelosigkeit.«

Mir blieb der Mund offen stehen.

»Und ich möchte, daß du mein Videomann wirst.«

Gott, sie war schon ein seltenes Exemplar. Was ich damals brauchte, waren ein paar Minuten, in denen ich mit offenem Mund dasitzen und nachdenken konnte. Genau die ließ sie mir und wartete geduldig, bis ich mir das alles auseinandersortiert hatte.

»Gewicht ist kein Wort mehr, Charlie«, sagte sie schließlich. »Jener Tanz schloß mit der Behauptung, daß man die Schwerkraft nicht besiegen könne – das hast du selbst gesagt. Nun, diese Feststellung ist unrichtig – veraltet. Der Tanz des 21. Jahrhunderts wird das anerkennen müssen.«

»Und genau das brauchst du, um es zu schaffen. Eine neue Art von Tanz für eine neue Art von Tänzerin. Einmalig. Das wird den Blick der Öffentlichkeit fesseln, und du müßtest das Feld eigentlich auf Jahre hinaus für dich allein haben. Das gefällt mir, Shara. Aber kannst du die Sache auch durchziehen?«

»Ich habe über das nachgedacht, was du gesagt hast: daß man die Schwerkraft nicht besiegen kann, daß es aber schön ist, es zu versuchen. Das ging mir monatelang nicht aus dem Kopf. Und dann habe ich eines Tages einen Nachbarn besucht, der ein Fernsehgerät hatte, und habe einen Bericht über die Mannschaft gesehen, die auf Skyfac Zwei arbeitet. Ich war die ganze Nacht wach und dachte nach, und am nächsten Morgen kam ich in die Staaten und besorgte mir eine Stellung bei Skyfac Eins. Ich war beinahe ein Jahr dort oben und kam ganz in Carringtons Nähe. Ich kann es, Charlie. Ich kann es schaffen.« Über ihren Kiefer lief ein Zucken, das ich schon einmal gesehen hatte – als sie mir in Le Maintenant die Meinung gesagt hatte. Es war ein Zucken der Entschlossenheit.

Trotzdem runzelte ich die Stirn. »Mit Carringtons Unterstützung.«

Ihre Augen ließen die meinen los. »Du kriegst dein Mittagessen nirgends umsonst.«

»Was verlangt er?«

Sie antwortete nicht, so lange, daß ich meine Antwort hatte. In diesem Augenblick begann ich zum erstenmal seit Jahren wieder an Gott zu glauben, nur damit ich ihn hassen konnte.

Aber ich sagte nichts. Sie war alt genug, um ihre Finanzen selbst zu regeln. Der Preis für einen Traum steigt von Jahr zu Jahr. Teufel, halb und halb hatte ich seit dem Augenblick damit gerechnet, als sie mich angerufen hatte.

Aber nur halb.

»Charlie, jetzt sitz nicht mit verkniffenem Gesicht da. Sag etwas. Beschimpfe mich, sag, daß ich eine Hure bin, sag irgend etwas.«

»Bin ich verrückt? Kümmere du dich nur selbst um dein Gewissen; ich habe mit meinem eigenen genug zu tun. Du willst tanzen. Du hast einen Gönner. Und jetzt hast du auch einen Videomann.«

Den letzten Satz hatte ich überhaupt nicht sagen wollen.

Seltsamerweise schien sie zuerst beinahe enttäuscht darüber. Aber dann entspannte sie sich und lächelte. »Danke, Charlie. Kannst du dort, wo du gerade arbeitest, sofort aufhören?«

»Ich arbeite für einen pädagogischen Sender in Shediac. Ich durfte sogar ein paar Meter Tanz schießen. Einen Tanzbären aus dem Londoner Zoo. Erstaunlich war nur, wie gut er tanzte.« Sie grinste. »Ich kann aufhören.«

»Das freut mich. Ich glaube nicht, daß ich diese Sache ohne dich machen könnte.«

»Ich arbeite für dich. Nicht für Carrington.«

»In Ordnung.«

»Wo ist der große Mann eigentlich? Beim Tiefseetauchen in der Badewanne?«

»Nein«, kam eine ruhige Stimme von der Tür her. »Ich war beim Fallschirmspringen im Foyer.«

Sein Rollstuhl war ein fahrbarer Thron. Er trug einen erdbeereisfarbenen Fünfhundertdollaranzug, einen pulverblauen Rollkragenpulli und einen goldenen Ohrring. Seine Schuhe waren aus echtem Leder. Die Uhr war von der neumodischen, bandlosen Art, die einem die Zeit buchstäblich sagt. Er war nicht groß genug für sie, und seine Schultern waren lächerlich breit, obwohl sich der Anzug alle Mühe gab, beides zu kaschieren. Seine Augen waren wie zwei Heidelbeeren. Er lächelte wie ein Hai, der sich fragt, welcher Teil wohl am besten schmecken wird. Ich hätte ihm am liebsten den Kopf zwischen zwei Felsbrocken zerquetscht.

Shara war aufgestanden. »Bryce, das ist Charles Armstead. Ich habe dir erzählt ...«

»Ach ja. Der Videobursche.« Er rollte heran und streckte mir eine makellos manikürte Hand hin. »Ich bin Bryce Carrington, Armstead.«

Ich blieb sitzen, die Hände im Schoß. »Ach ja, der reiche Bursche.«

Eine seiner Augenbrauen ging einen gesitteten Viertelzoll in die Höhe. »O je. Schon wieder so ein Grobian. Nun, wenn Sie so gut sind, wie Shara sagt, haben Sie ein Recht dazu.«

»Ich bin miserabel.«

Sein Lächeln verschwand. »Hören wir auf zu streiten, Armstead. Ich erwarte von kreativen Leuten nicht, daß sie Manieren haben, aber wenn ich bedeutsame Verachtung brauche, kann ich über viel mehr davon verfügen, als Sie zu bieten haben. Jetzt bin ich müde von dieser verdammten Schwerkraft. Der Tag war fürchterlich, weil ich für einen Freund eine Aussage machen mußte, und es sieht so aus, als würde man mich morgen noch einmal vorladen. Wollen Sie den Posten haben oder nicht?«

Jetzt hatte er mich. Ich wollte. »Ja.«

»Also gut dann. Ihre Zimmernummer ist 2772. Wir werden in zwei Tagen nach Skyfac hinauffliegen. Seien Sie um acht Uhr früh hier.«

»Wir werden uns noch darüber unterhalten müssen, was du brauchst, Charlie«, sagte Shara. »Ruf mich morgen an.«

Ich fuhr herum und sah sie an, und sie zuckte vor meinem Blick zurück.

Carrington bemerkte es nicht. »Ja, machen Sie bis heute abend eine Liste von allem, was Sie benötigen, damit es mit uns hinaufgeht. Knausern Sie nicht – was Sie sich jetzt nicht holen, darauf müssen Sie verzichten. Gute Nacht, Armstead.«

Ich sah ihn an. »Gute Nacht, Mr. Carrington. Sir.«

Er wandte sich der Wasserpfeife zu, und Shara beeilte sich, den Brenntopf und die Wasserschale nachzufüllen. Ich drehte mich hastig um und ging zur Tür. Mein Bein tat so weh, daß ich auf dem Weg dorthin beinahe hingefallen wäre, aber ich biß die Zähne zusammen und schaffte es. Als ich die Tür erreichte, sagte ich zu mir: Du wirst jetzt die Tür aufmachen und hinausgehen, und dann drehte ich mich auf dem Absatz herum: »Carrington!«

Er blinzelte, überrascht zu entdecken, daß es mich noch gab. »Ja?«

»Sind Sie sich überhaupt bewußt, daß sie Sie nicht im mindesten liebt? Macht Ihnen das überhaupt nichts aus?« Meine Stimme war schrill und meine Fäuste fest geballt.

»Ach«, sagte er, und dann noch einmal: »Ach. Das ist es also. Ich dachte mir schon, daß Erfolg allein nicht so viel Verachtung verdient.« Er legte das Mundstück beiseite und verschränkte seine Finger. »Lassen Sie sich eines gesagt sein, Armstead. Soweit ich weiß, hat mich niemand je geliebt. Diese Suite hier liebt mich auch nicht.« Seine Stimme ließ zum erstenmal menschliches Gefühl erkennen. »Aber sie gehört *mir*. Und jetzt raus.«

Ich machte den Mund auf, um ihm zu sagen, wo er sich seinen Posten hinstecken könne, aber dann sah ich Sharas Gesicht, und der Schmerz darin beschämte mich plötzlich tief. Ich verließ das Zimmer, und als die Tür sich hinter mir schloß, erbrach ich mich auf einen Teppich, der kaum weniger wert war als ein Hamilton Masterchrome Schaltpult. Und es tat mir jetzt leid, daß ich eine Krawatte angezogen hatte.

Die Reise zum Raumhafen Pike's Peak war wenigstens ästhetisch erfreulich. Ich fliege gerne, genieße es, inmitten stattlicher Wolken dahinzugleiten und die vorbeirollende Prozession von Bergen und Ebenen zu beobachten, zu sehen, wie die riesigen Schachbrettmuster des Ackerlandes und die komplizierten Mosaiken der Vorstädte sich unten entfalten.

Aber der Sprung nach Skyfac hinauf in Carringtons persönlicher Fähre ›Jener erste Schritt‹ hätte ebensogut die Neuauflage eines alten Weltraumfilms sein können. Ich weiß, daß man in Raumschiffe keine Luken machen kann – aber verdammt, bei einer Videoschaltung sind Rasterung, Farbwerte oder Nähe zum Geschehen nicht besser, als man sie auf seiner Röhre im eigenen Wohnzimmer bekommt. Der einzige Unterschied ist, daß die Sterne sich nicht ›bewegen‹, um einem die Illusion der Reise zu vermitteln, und daß kein Regenwasser den Aufnahmewinkel bearbeitet, um dramatisch interessante Einstellungen zu bekommen.

Ästhetisch gesprochen. Der Unterschied im Erleben besteht darin, daß einem, während man sich den Weltraumfilm ansieht, niemand Hämorrhoidenmittel verkauft und einen auf eine Liege schnallt, daß man nicht mit Donnerschlägen geprügelt wird, unvernünftig lange mehr als fünfhundert Kilo wiegen muß und dann über den Rand der Welt in die Gewichtslosigkeit geworfen wird. Die Körpersäfte begannen, nach oben zu steigen, die Ohren dröhnten mir und meine Nase lief; ich ›errötete‹ tief. Ich war auf Übelkeit gefaßt gewesen, aber was dann kam, erschreckte mich noch mehr: das plötzliche, beispiellose, völlige Fehlen von Schmerz in meinem Bein. Shara bekam die Übelkeit für uns beide, sie schaffte es kaum, ihre Fallkrankheitstüte rechtzeitig aufzufalten. Carrington schnallte sich ab und verabreichte ihr mit sicheren Bewegungen eine Injektion gegen die Übelkeit. Es schien ewig zu dauern, bis das Mittel wirkte, aber dann trat eine gewaltige Veränderung ein. Farbe und Kraft kehrten schnell zurück, und Shara hatte sich anscheinend völlig erholt, als der Pilot verkündete, wir setzten zum

Andocken an, jeder solle sich bitte anschnallen und den Mund halten. Ich erwartete halb und halb, Carrington würde ihn anfauchen, um ihm Manieren beizubringen, aber anscheinend war der Industriemagnat doch nicht so ein Narr. Er hielt den Mund und schnallte sich an.

Mein Bein schmerzte nicht im geringsten. Überhaupt nicht.

Der Skyfac-Komplex sah aus wie ein unordentlicher Haufen von Fahrradreifen und Wasserbällen in verschiedenen Größen. Der Ring, auf den unser Pilot zuhielt, war eher wie ein Traktorrad. Wir paßten ihm unseren Kurs an, wurden zur Achse des Reifens, glichen uns dem Drall an, und dann ließ sich das verdammte Ding eine Speiche wachsen, die uns genau in der Luftschleuse erwischte. Die Luftschleuse befand sich ›über‹ unseren Liegen, aber wir betraten und verließen sie mit den Füßen voran. Ein paar Meter innerhalb der Speiche wurde die Richtung, in der wir uns bewegten, ›abwärts‹, und die Handgriffe wurden zu einer Leiter. Mit jedem Schritt stieg das Gewicht, aber selbst als wir ein ziemlich großes, würfelförmiges Abteil erreicht hatten, war es weit geringer als normalerweise auf der Erde.

Trotzdem begann mein Bein sich wieder zu melden.

Der Raum bemühte sich, wie eine klassische Empfangshalle in großem Stil auszusehen (Bitte nehmen Sie Platz. Seine Majestät wird Sie binnen kurzem empfangen.), aber die niedrige Schwerkraft, und die Druckanzüge, die an zwei Wänden aufgereiht waren, machten die Wirkung zunichte. Anders als die Panzer in den Weltraumfilmen sehen die wirklichen Druckanzüge am ehesten so aus wie ein Sack in Menschenform, und in Ruhestellung wirken sie besonders albern. Ein junger, dunkelhaariger, in Tweed gekleideter Mann erhob sich hinter einem mit allen technischen Finessen ausgestatteten Schreibtisch und lächelte. »Schön, Sie zu sehen, Mr. Carrington. Ich hoffe, Sie hatten einen angenehmen Sprung.«

»Ja, danke, Tom. Sie erinnern sich natürlich an Shara. Das ist Charles Armstead. Tom McGillicuddy.« Wir bleckten beide unsere Zähne und sagten, wir seien entzückt, uns kennenzulernen. Ich konnte sehen, daß McGillicuddy hinter seiner höflichen Maske über etwas bestürzt war.

»Nils und Mr. Longmire warten in Ihrem Büro, Sir. Man ... Es sind wieder welche gesichtet worden.«

»Verdammt noch mal«, setzte Carrington an und unterbrach sich dann selbst. Ich starrte ihn an. Der volle Beschuß mit meinem besten Sarkasmus hatte diesem Mann nichts anhaben können. »Gut. Kümmern Sie sich um meine Gäste, während ich mir anhöre, was Longmire zu sagen hat.« Er ging auf die Tür zu, wobei er sich bewegte wie ein Wasserball in Zeitlupe, aber mit eigenem Antrieb. »O ja – die ›Schritt‹ ist bis zu den Schandeckeln mit sperrigen Geräten beladen, Tom. Lassen Sie sie zu den Lagerzellen hinüberbringen. Verstauen Sie die Geräte in Nummer sechs.« Er verließ mit besorgter Miene den Raum. McGillicuddy aktivierte seinen Schreibtisch und gab die nötigen Anweisungen.

»Was ist los, Tom?« fragte Shara, als er fertig war.

Ehe er antwortete, sah er mich an. »Entschuldigen Sie die Frage, Mr. Armstead, aber – sind Sie Reporter?«

»Charlie. Nein. Ich bin Videomann, aber ich arbeite für Shara.«

»Hm. Nun, Sie werden es früher oder später ohnehin erfahren. Vor etwa zwei Wochen erschien innerhalb der Umlaufbahn von Neptun ein Objekt, es tauchte einfach aus dem Nichts auf. Es gab ... noch bestimmte, andere Anomalien. Das Ding blieb einen halben Tag, wo es war, dann verschwand es wieder. Das Raumfahrtkommando hat alles vertuscht, aber an Bord von Skyfac weiß jeder Bescheid.«

»Und jetzt ist das Ding wieder aufgetaucht?« fragte Shara.

»Gleich außerhalb der Saturnbahn.«

Das alles interessierte mich nur am Rande. Zweifellos gab es für dieses Phänomen eine Erklärung, aber da Isaac Asimov nicht erreichbar war, würde ich ganz bestimmt kein Wort davon verstehen. Die meisten von uns glaubten nicht mehr an nichtmenschliche, intelligente Wesen, seitdem das

Projekt Ozma ohne Ergebnis geblieben war. »Kleine grüne Männchen vermutlich. Können Sie uns das Foyer zeigen, Tom? Wie ich hörte, ist es der gleiche Raum wie der, in dem wir arbeiten sollen.«

Er schien froh über den Themawechsel. »Sicher.«

McGillicuddy führte uns durch eine Druckschleuse gegenüber von der, die Carrington benützt hatte, durch lange Gänge, deren Boden sich vor und hinter uns nach oben wölbte. Jeder war anders ausgestattet, jeder war voll von geschäftigen, zielbewußten Menschen, und jeder erinnerte mich irgendwie an das Foyer des ›New Age‹ oder vielleicht an den alten Film ›2001‹. Futuristischer Überfluß, so untertrieben, daß er richtig schrie. Die Wall Street voll und ganz in den Orbit hinaufversetzt – sogar die Uhren waren auf Wall-Street-Zeit gestellt. Ich versuchte mir einzureden, daß in kurzer Entfernung in jeder Richtung kalter, leerer Weltraum war, aber das war unmöglich. Schließlich kam ich zu der Überzeugung, es sei gut, daß Raumschiffe keine Luken hatten – wenn sich ein Mann einmal an die niedrige Schwerkraft gewöhnt hatte, könnte er vielleicht vergessen, wo er war und eine Luke aufmachen, um eine Zigarette hinauszuwerfen.

Unterwegs studierte ich McGillicuddy. Er war in jeder Beziehung untadelig, von seinem Krawattenknoten bis zum Nagellack, und er trug überhaupt keinen Schmuck. Sein Haar war kurz und schwarz, sein Bart wachstumsgehemmt und seine Augen blickten überraschend warm aus seinem berufsmäßig sterilen Gesicht. Ich fragte mich, wofür er wohl seine Seele verkauft hatte. Hoffentlich hatte er den gewünschten Preis bekommen.

Wir mußten zwei Ebenen hinuntersteigen, um ins Foyer zu kommen. Die Schwerkraft auf der oberen Ebene wurde auf einem Sechstel der normalen gehalten, teils wegen der Leute vom Mond, den einzigen, regelmäßigen Pendlern auf Skyfac, und hauptächlich (natürlich) wegen Carrington. Aber der Abstieg bewirkte eine geringfügige Gewichtssteigerung auf vielleicht ein Fünftel oder ein Viertel G. Mein

Bein beklagte sich bitter, aber ich entdeckte zu meiner Überraschung, daß mir der Schmerz lieber war als sein Fehlen. Es ist ein bißchen unheimlich, wenn einen ein alter Freund einfach so verläßt.

Das Foyer war größer, als ich erwartet hatte, für unsere Zwecke wirklich groß genug. Es umfaßte alle drei Ebenen, und die eine Wand war ein einziger, gewaltiger Videoschirm, über den schwindelerregend Sterne flitzten, denen sich gelegentlich immer wieder eine Scheibe von Mutter Terra zugesellte. Der Fußboden war vollgestellt mit Stühlen und Tischen in verschiedenen Gruppierungen, aber ich sah, daß er, wenn er leergeräumt war, Shara völlig ausreichend Raum zum Tanzen bieten würde. Aus langer Gewohnheit begannen meine Füße den Boden zu betasten, um sich über seine Eignung als Tanzfläche zu informieren. Dann fiel mir ein, wie wenig Verwendung der Boden vermutlich finden würde.

»Nun«, sagte Shara lächelnd zu mir, »so wird also für die nächsten sechs Monate unser Zuhause aussehen. Das Foyer auf Ring Zwei ist genau das gleiche wie dies hier.«

»Sechs?« fragte McGillicuddy. »Kommt nicht in Frage.«

»Was soll das heißen?« fragten Shara und ich gleichzeitig.

Er blinzelte angesichts unserer vereinigten Lautstärke. »Nun, Sie werden es wahrscheinlich so lange aushalten, Charlie. Aber Shara hat schon ein Jahr in niedriger Schwerkraft hinter sich, als sie in der Schreibgruppe war.«

»Und?«

»Sehen Sie, Sie wollen sich doch über längere Zeitabstände hinweg im freien Fall aufhalten, wenn ich das richtig verstanden habe?«

»Zwölf Stunden pro Tag«, stimmte Shara zu.

Er verzog das Gesicht. »Shara, ich sage das wirklich nicht gerne ... aber es würde mich überraschen, wenn Sie das einen Monat lang aushalten. Ein Körper, der für eine Umgebung von ein G ausgerichtet ist, funktioniert bei Nullschwerkraft nicht richtig.«

»Aber er paßt sich doch an, oder nicht?«

Er lachte freudlos. »Sicher. Deswegen wechseln wir doch das ganze Personal turnusmäßig alle vierzehn Monate aus und schicken die Leute auf die Erde zurück. Ihr Körper wird sich anpassen. In einer Richtung. Da gibt es kein Zurück. Wenn Sie sich einmal voll angepaßt haben, hört Ihr Herz zu schlagen auf, sobald Sie zur Erde zurückkehren – wenn nicht vorher ein anderer, größerer Teil des Systems versagt, Sehen Sie, Sie waren jetzt gerade drei Tage lang auf der Erde – hatten Sie Schmerzen in der Brust? Schwindelanfälle? Verdauungsschwierigkeiten? Fallkrankheit auf dem Weg hier herauf?«

»Alles«, gab sie zu.

»Da haben wir es schon. Sie waren nahe an der Sollgrenze von vierzehn Monaten, als Sie fortgingen. Und Ihr Körper wird sich noch schneller umstellen, wenn er gar keiner Schwerkraft ausgesetzt ist. Den Rekord hat ein Skyfac-Bautrupp mit schweren Terminproblemen aufgestellt, der sich acht Monate im freien Fall aufgehalten hat – und die Leute hatten nicht vorher ein Jahr unter einem Sechstel Schwerkraft gelebt, und sie haben ihr Herz nicht so belastet, wie Sie es tun werden. Zum Teufel, auf Luna sind jetzt vier Männer vom ersten Bergwerkstrupp, die die Erde niemals wiedersehen werden. Acht ihrer Kollegen vom gleichen Trupp haben es versucht. Wissen Sie beide denn gar nichts vom Weltraum? Hat Ihnen Carrington denn nichts gesagt?«

Ich hatte mich schon gefragt, warum Carrington sich die Mühe gemacht hatte, unsere ärztliche Untersuchung vor Flugantritt zurückstellen zu lassen.

»Aber ich brauche mindestens vier Monate. Vier Monate richtige Arbeit, jeden Tag. Das *muß* ich haben.« Sie war bestürzt, bemühte sich aber eisern um Beherrschung.

McGillicuddy wollte den Kopf schütteln, aber dann überlegte er es sich anders. Seine warmen Augen musterten Sharas Gesicht. Ich wußte genau, was er dachte, und es machte ihn mir sympathisch.

Er dachte: ›Wie soll man einem bildhübschen Mädchen beibringen, daß ihr liebster Traum unerfüllbar ist?‹

Dabei wußte er nicht einmal die Hälfte. Ich wußte, wieviel Shara schon jetzt – unwiderruflich – in diesen Traum investiert hatte, und in mir schrie etwas auf.

Und dann sah ich das Zucken über ihren Kiefer laufen, und ich wagte wieder zu hoffen.

Doktor Panzella war ein drahtiger, alter Mann mit Augenbrauen wie zwei pelzige Raupen. Er trug einen enganliegenden Jumpsuit, der sich nicht in die Dichtungen eines Druckanzugs einklemmen würde, wenn er schnell einen anziehen mußte. Sein schulterlanges Haar, das wie eine Mähne von diesem mächtigen Schädel hätte herabwallen sollen, war für den Fall eines plötzlichen Schwerkraftausfalls fest nach hinten geklammert. Ein vorsichtiger Mann. Um eine veraltete Metapher zu gebrauchen, er war der Typ für Hosenträger *und* Gürtel. Er sah sich Shara an, führte sofort Tests durch und gab ihr knapp eineinhalb Monate. Shara bemerkte einiges dazu. Ich bemerkte einiges dazu. McGillicuddy bemerkte auch noch so einiges. Panzella zuckte die Schultern, machte weitere, sehr sorgfältige Tests und verzichtete widerwillig auf die Hosenträger. Zwei Monate. Keinen Tag mehr. Möglicherweise weniger, das hing davon ab, was künftige Überprüfungen der Reaktionen ihres Körpers auf längere Schwerelosigkeit ergaben. Dann ein Jahr auf der Erde, ehe sie es wieder riskieren konnte. Shara schien zufrieden.

Ich sah nicht, wie wir es schaffen sollten.

McGillicuddy hatte uns versichert, Shara würde mindestens einen Monat brauchen, nur um zu lernen, sich bei null G angemessen zu bewegen, vom Tanzen ganz zu schweigen. Daß sie mit einem Sechstel G vertraut war, würde, so prophezeite er, eher ein Hindernis als ein Vorteil sein. Dann mußte man mit drei Wochen für Choreographie und Proben rechnen, mit einer Woche für die Aufzeichnung, wir konnten vielleicht gerade einen Tanz senden, ehe Shara zur Erde zurückkehren mußte. Das reichte nicht. Sie und ich hatten ausgerechnet, daß wir drei Nummern hintereinander brauchten, von denen jede einzelne gut ankommen mußte, um in die Welt des Tanzes eine so große Bresche zu schlagen, daß Shara sich hineinquetschen konnte. Ein Jahr war ein viel zu langer Zeitraum, um diese Wirkung zu erreichen – und wer wußte denn, wie bald Carrington ihrer überdrüssig werden würde? Also brüllte ich Panzella an.

»Mister Armstead«, gab er hitzig zurück, »es ist mir aufgrund eines besonderen Vertrages verboten, dieser jungen Dame zu gestatten, Selbstmord zu begehen.« Er machte ein saures Gesicht. »Man sagte mir, das sei eine furchtbar schlechte Reklame.«

»Charlie, es geht schon in Ordnung«, beharrte Shara. »Ich kann drei Tänze unterbringen. Vielleicht müssen wir ein wenig Schlaf opfern, aber wir können es schaffen.«

»Ich habe einmal zu einem Mann gesagt, nichts sei unmöglich. Darauf hat er mich gefragt, ob ich mit Skiern durch eine Drehtür fahren kann. Du hast ...«

Mein Gehirn schaltete auf Hyperantrieb, dachte nach, trat sich ein paarmal in den Hintern und kehrte rechtzeitig in die Wirklichkeit zurück, um zu hören, wie mein Mund ohne Stocken den Satz beendete »... aber kaum eine andere Wahl. Gut, Tom, lassen Sie dieses verdammte Foyer in Ring Zwei ausräumen, ich will es nackt und fleckenlos haben, und jemand soll diese verdammte Videowand überstreichen, im gleichen Farbton wie die anderen drei Wände, und ich meine wirklich den gleichen Farbton. Shara, sieh zu, daß du aus diesen Kleidern heraus und in dein Trikot kommst. Doktor, in zwölf Stunden sehen wir uns wieder; gaffen Sie mich nicht an, Tom, sondern bewegen Sie sich – wir gehen sofort dort hinüber; wo zum Teufel sind meine Kameras?«

McGillicuddy stotterte nur noch.

»Ich brauche einen Schweißtrupp – ich will, daß in die Wände Löcher gemacht werden, an sechs Stellen, dahinter kommen Kameras, einseitig durchsichtiges Glas, dann einen Raum, der an das Foyer grenzt, so groß wie das Cockpit eines Düsenflugzeugs, für ein Mischpult. Und schrauben Sie direkt neben dem Stuhl eine Norelco Kaffeemaschine fest. Außerdem brauche ich noch einen Raum zur Bearbeitung der Bänder, völlig ungestört und absolut dunkel, so groß wie eine leistungsfähige Küche, und noch eine zweite Norelco.«

Schließlich brachte mich McGillicuddy zum Schweigen. »Mister Armstead, wir sind hier auf dem Hauptring des Komplexes Skyfac Eins. Hier befinden sich die Verwaltungsbüros einer der wohlhabendsten Firmen, die es gibt. Wenn Sie glauben, daß der ganze Ring Ihretwegen kopfstehen wird ...«

Also gingen wir mit dem Problem zu Carrington. Er sagte McGillicuddy, daß Ring Zwei fürderhin uns allein gehören würde und daß wir auf jegliche Unterstützung rechnen könnten, die wir benötigten. Er wirkte ziemlich zerstreut. McGillicuddy wollte ihm sagen, um wieviele Wochen durch das alles die Eröffnung des Komplexes Skyfac Zwei verzögert würde. Carrington erwiderte ganz ruhig, er könne sehr gut addieren und subtrahieren, vielen Dank, und McGillicuddy wurde blaß und schwieg.

Das muß ich Carrington lassen. Er gab uns völlig freie Hand.

Panzella begleitete uns auf der Fähre hinüber nach Skyfac Zwei. Wir wurden von Astronautentypen mit ausgeprägten Kieferknochen chauffiert, auf Fahrzeugen, die für alle Welt wie schwangere Besenstiele aussahen. Es war gut, daß wir den Doktor dabeihatten, denn Shara wurde unterwegs ohnmächtig. Ich selbst beinahe auch, und ich bin sicher, daß auf diesem Besenstiel noch die Abdrücke meiner Schenkel zu sehen sind. Durch den Weltraum zu stürzen, ist beim erstenmal ein unheimliches Erlebnis. Manche Menschen gewöhnen sich nie daran. Die meisten Menschen. Shara reagierte großartig, sobald wir sie wieder an Bord hatten, und glücklicherweise stellte sich auch die Fallkrankheit bei ihr nicht mehr ein. Übelkeit kann im freien Fall lästig sein, in einem Druckanzug ist sie eine Katastrophe. Als meine Kameras und der Mischer eingetroffen waren, war sie wieder auf den Beinen und wirkte recht schüchtern. Und während ich eine schwitzende Gruppe ausgeliehener Techniker tyrannisierte, damit sie die Geräte schneller aufbauten, als es menschenmöglich war, begann Shara zu lernen, wie man sich bei Nullschwerkraft bewegt.

Innerhalb von drei Wochen waren wir bereit für die erste Aufzeichnung.

Kapitel 3

Man richtete uns notdürftig eine Unterkunft und minimale lebenserhaltende Systeme auf Ring Zwei ein, so daß wir, wenn wir wollten, rund um die Uhr arbeiten konnten, aber wir verbrachten beinahe die Hälfte unserer sogenannten ›Freizeit‹ in Skyfac Eins. Shara war verpflichtet, sich die Hälfte von drei Tagen pro Woche bei Carrington aufzuhalten, und einen ziemlich großen Anteil ihrer verbleibenden, sogenannten Schlafenszeit verbrachte sie draußen im Weltraum in einem Druckanzug. Zuerst bemühte sie sich bewußt, ihre rein körperliche Angst vor all dieser Leere zu überwinden. Bald wurde diese Zeit ihre Meditation, ihre Zuflucht, ihre künstlerische Träumerei, ein Versuch, aus der Betrachtung der kalten schwarzen Tiefen soviel Einsicht in die Bedeutung außerirdischer Existenz zu gewinnen, um davon zu tanzen.

Ich selbst verbrachte die Zeit damit, mich mit Ingenieuren, Elektrikern, Technikern und einem verdammten Narren von einem Gewerkschaftsfunktionär herumzustreiten, der darauf bestand, daß das zweite Foyer, fertig oder nicht, der hypothetischen zukünftigen Besatzung und dem Verwaltungspersonal gehöre. Als ich mir endlich seine Genehmigung gesichert hatte, dort arbeiten zu dürfen, war meine Kehle wundgescheuert und die ganze Isolierung meiner Nerven zerfetzt. Viel zu viele Nächte verbrachte ich mit Saufen anstatt mit Schlafen. Nur ein kleines Beispiel: jede Innenwand in dem ganzen, verdammten Zweiten Ring war in dem gleichen türkisfarbenen Ton gestrichen, und sie schafften es nicht, ihn zu kopieren, um diese gottverlassene Videowand im Foyer damit zuzudecken. McGillicuddy rettete mich schließlich davor, in schnatternden Wahnsinn zu verfallen – auf seinen Vorschlag hin wusch ich die dritte Latexschicht herunter, baute die Außenbordkamera ab, die den Wandschirm versorgte, brachte die Kamera ins Innere und befestigte sie so, daß sie eine Innenwand in einem angrenzenden Raum abtastete. So wurden wir wieder Freunde.

Alles war so: zusammengebastelt, improvisiert, zurechtgefeilt und mit Farbe überdeckt. Wenn eine Kamera ausfiel, verbrachte ich meine Schlafenszeit damit, mit Ingenieuren, die gerade keinen Dienst hatten, zu sprechen und mich zu erkundigen, welche Teile auf Lager waren und passend gemacht werden konnten. Es war einfach zu teuer, irgend etwas aus dem gewaltigen Schwerkraftloch der Erde heraufzubefördern, und auf Luna gab es das nicht, was ich brauchte.

Übrigens arbeitete Shara noch schwerer als ich. Man muß seinen Körper völlig neu koordinieren, wenn er ohne Gewicht funktionieren soll – sie mußte buchstäblich alles vergessen, was sie je vom Tanzen gewußt oder gelernt hatte, und eine ganze Reihe neuer Fertigkeiten erwerben. Das erwies sich als noch schwieriger als wir erwartet hatten. McGillicuddy hatte recht gehabt: was Shara in ihrem Jahr bei einem Sechstel Schwerkraft gelernt hatte, war ein übertriebener Versuch, irdische Koordinationsmuster *beizubehalten*. Sie völlig aufzugeben, das war eigentlich für mich leichter als für sie.

Aber ich konnte mit ihr nicht Schritt halten – ich mußte jeden Gedanken an Aufnahmen mit der Kamera in der Hand aufgeben und meine Pläne allein auf die sechs fest montierten Kameras gründen. Glücklicherweise hat die GLX-5000 eine Befestigung mit Kugelgelenk: selbst hinter diesen verdammten, einseitig durchsichtigen Glasscheiben hatte ich bei jeder etwa vierzig Grad Schwenk. Mit mir geschah etwas Außerordentliches, während ich lernte, alle sechs Kameras gleichzeitig auf dem Hamiltonpult zu koordinieren: ich wurde die eine, letzte Stufe zur Einheit mit meiner Kunst hinaufgehoben. Ich entdeckte, daß ich lernen konnte, mit meinem geistigen Auge alle sechs Monitore gleichzeitig zu beobachten, beinahe sphärisch wahrzunehmen – nein, nicht meine Aufmerksamkeit auf alle sechs zu verteilen – sondern sie alle zu umfassen, wie ein Geschöpf mit sechs Augen aus vielen Winkeln gleichzeitig zu sehen. Mein geistiges Auge wurde holographisch, mein Bewußtsein vielschichtig. Ich begann zum erstenmal wirklich zu begreifen, was Dreidimensionalität war.

Der Haken war die vierte Dimension. Shara brauchte zwei Tage, um zu erkennen, daß sie ihre Bewegungen im freien Fall unmöglich so beherrschen konnte, um in der erforderlichen Zeit eine Nummer von einer halben Stunde durchzuhalten. So überdachte sie ihren Arbeitsplan neu und paßte die Choreographie den Anforderungen der Situation an. Sie legte sechs schwere Tage unter normaler Erdschwerkraft ein.

Und auch für sie war diese Anstrengung die eine, letzte Stufe zur Apotheose.

Am Montag der vierten Woche begannen wir ›Befreiung‹ aufzuzeichnen.

Einführungsbild: Eine große, türkisfarbene Kiste, von innen gesehen. Ausmaße unbekannt, aber die Farbe vermittelt irgendwie den Eindruck von Unermeßlichkeit, von gewaltigen Entfernungen. An der gegenüberliegenden Wand bescheinigt ein schwingendes Pendel, daß es sich um eine Umgebung mit Standardschwerkraft handelt; aber das Pendel schwingt so langsam und ist von der Konstruktion her so ausdruckslos, daß man unmöglich seine Größe schätzen und von daher auf die Größe des Raumes schließen kann.

Wegen dieser optischen Täuschung erscheint der Raum eigentlich kleiner, als er wirklich ist, als sich die Kamera zurückzieht, und wir werden durch das Erscheinen von Shara, regungslos, das Gesicht dem Boden zugeneigt, den Kopf in unsere Richtung gedreht, in die richtige Perspektive gezwungen.

Sie trägt ein beigefarbenes Trikot. Ihr Haar, von der Farbe feinen Mahagonis, ist in einem losen Pferdeschwanz zurückgenommen, der über das eine Schulterblatt schwingt.

Sie scheint nicht zu atmen. Sie scheint nicht lebendig zu sein.

Die Musik setzt ein. Das alternde Mahavishnu führt auf einem veralteten Nylonschallgerät ganz ohne Hast e-moll ein. Ein Paar kleine Kerzen erscheinen, in einfachen Messinghaltern auf beiden Seiten des Raumes eingelassen. Sie sind übergroß, aber neben Shara wirkten sie klein. Keine Kerze brennt.

Ihr Körper ... es gibt kein Wort dafür. Er bewegt sich nicht im Sinne motorischer Aktivität. Man könnte sagen, daß ihn ein Zucken durchläuft, nur geht die Bewegung deutlich von ihrem Zentrum nach allen Seiten aus. Sie schwillt auf, als würde der erste Lebenshauch gleichzeitig von ihrem ganzen Körper aufgenommen. Sie lebt. Die beiden Dochte beginnen zu glühen, oh, ganz schwach. Die Musik verfällt in ein leises Drängen.

Shara hebt den Kopf zu uns. Ihre Augen blicken irgendwo hinter die Kamera, aber nicht ins Unendliche. Ihr Körper windet sich in Wellen, und die Dochte glühen auf wie Kohlen (daß dieses Hellwerden in Zeitlupe stattfindet, ist nicht erkennbar).

Eine heftige Kontraktion reißt sie hoch in die Hocke, läßt ihren Pferdeschwanz über die Schulter strömen. Das Mahavishnu beginnt einen zyklischen Wasserfall von Läufen in sich steigerndem Tempo. Lange, suchende, gelborangefarbene Flammenzungen beginnen von den beiden Dochtkohlen, die jetzt blau werden, nach unten zu blühen.

Die Lösung der Kontraktion schleudert sie auf die Füße. Die beiden Flammenschürzen um die Dochte drehen sich nach oben zusammen, winden sich wütend und werden zu gewöhnlichen Kerzenflammen, die jetzt in Normalzeit flakkern. Kleine Handtrommeln, Tambouras und ein gestrichener Saitenbaß schließen sich der Gitarre an, und sie gehen über in ein lebhaftes Wechselspiel um eine kleine Sept, die ständig vergeblich ihre Auflösung in der Sext finden will. Die Kerzen bleiben in der gleichen Entfernung, werden aber immer kleiner, bis sie schließlich verschwinden.

Shara beginnt, die Möglichkeiten der Bewegung zu erforschen. Zuerst bewegt sie sich nur senkrecht zur Achse der Kamera und erforscht diese Dimension. Bei jeder Bewegung der Arme, der Beine oder des Kopfes ist deutlich der Widerstand gegen die Schwerkraft zu erkennen – der Widerstand gegen eine Kraft, die so unerbittlich ist wie der radioaktive Zerfall, wie die Entropie selbst. Die heftigsten Energiewellen haben nur eine gewisse Zeit Erfolg – das hochgeschleuderte Bein fällt, der hinausgestoßene Arm sinkt herab. Sie muß dagegen ankämpfen, sonst stürzt sie. Sie pausiert und denkt nach.

Ihre Hände und Arme strecken sich der Kamera entgegen, und genau in diesem Augenblick wechseln wir auf einen neuen Blickpunkt von der linken Wand her. Man sieht von rechts, wie sie in diese neue Dimension ausgreift und bald beginnt, sich darin zu bewegen. (Als sie sich rückwärts aus dem Bereich der Kamera herausbewegt, verschiebt sich das ganze Bild auf unserem Schirm nach rechts, weggedrängt von dem hereinkommenden Bild einer zweiten Kamera, die sie aufnimmt, als die erste sie ohne sichtbare Nahtstelle verliert.)

Auch die neue Dimension kann Sharas Sehnsucht nach Freiheit von der Schwerkraft nicht stillen. Die Verbindung der beiden ermöglicht jedoch so viele Bewegungsverschiebungen, daß sie sich für eine Weile ganz berauscht dem Experimentieren hingibt. In der nächsten Viertelstunde werden Sharas ganzer Hintergrund und ihre Geschichte als Tänzerin aufgerollt, in einer blendenden Gewalttour, die Elemente des Jazz, der Moderne und der graziöseren Aspekte des Bodenturnens auf olympischem Niveau in sich vereinigt. Fünf Kameras sind beteiligt, einzeln und paarweise auf unterteiltem Bildschirm, während die ›Trickkiste‹, die während eines ganzen Lebens des Studierens und Improvisierens angesammelt wurde, neu entdeckt und von einem großartig trainierten, beweglichen Körper vorgeführt wird, in einem Feuerwerk der Darstellung, das jubelnde Freude verkünden würde, wenn Sharas Gesichtsausdruck dabei nicht distanziert, beinahe arrogant bliebe. ›Das ist das Opfer‹, scheint sie zu sagen, ›das du nicht annehmen wolltest. Das allein war dir nicht gut genug.‹

Und es ist auch nicht gut genug. Trotz seiner rasenden Energie, trotz totaler Beherrschung kehrt ihr Körper wieder und wieder zum letzten Kompromiß bloßen Aufrechtstehens zurück, jener einfachen, letzten Weigerung zu stürzen.

Sie beißt die Zähne zusammen und baut eine Reihe von Sprüngen auf, immer länger, immer höher. Schließlich scheint sie ganze Sekunden in der Luft zu hängen in dem Bestreben zu fliegen. Als sie dann unvermeidlich stürzt, tut sie es widerstrebend, erst im letztmöglichen Augenblick krümmt sie sich zusammen und rollt auf die Füße zurück. Die Musiker sind in einer sich immer weiter steigernden Raserei begriffen. Wir sehen Shara jetzt nur mit der einzigen, ersten Kamera, und die beiden Kerzen sind wieder da, klein, aber heftig brennend.

Die Sprünge verlieren an Intensität und Höhe, sie braucht länger, um jeden einzelnen aufzubauen. Sie tanzt jetzt seit beinahe zwanzig Minuten mit vollem Einsatz; so, wie die Kerzenflammen schwächer werden, läßt auch ihre Kraft nach. Schließlich zieht sie sich an eine Stelle unter dem gleichgültigen Pendel zurück, konzentriert sich mit letzter Verzweiflung und rast nach vorne auf uns zu. Sie erreicht auf eine kurze Strecke eine unglaubliche Geschwindigkeit, wirft sich in eine Doppelrolle, stößt sich mit einem Fuß ab, springt hoch in die Luft, eine ganze Sekunde später scheint sie sich aus dem Nichts noch einige Zentimeter weiter hinaufzuschieben. Ihr Körper wird starr, ihre Augen und ihr Mund sind weit aufgerissen, die Flammen erreichen ihre höchste Leuchtkraft, die Musik steigt auf zum Gipfel im gequälten Wimmern einer elektrischen Gitarre und – dann stürzt sie, kann sich kaum noch rechtzeitig in einer Rolle abfangen, kommt nur bis zur Hocke wieder hoch. Sie hält diese Stellung einen langen Augenblick, allmählich sinken ihr Kopf und ihre Schultern herab, besiegt, bis auf den Boden. Die Kerzenflammen ziehen sich seltsam in sich selbst zurück und scheinen zu verlöschen. Der Streichbaß sägt alleine weiter und moduliert nach d-Moll herunter.

In Sharas Körper gibt ein Muskel nach dem anderen den Kampf auf. Die Luft um die Kerzendochte herum scheint zu zittern, die Kerzen sind jetzt beinahe so groß geworden wie ihr geduckter Körper.

Shara hebt mit offensichtlicher Anstrengung das Gesicht zur Kamera. Ihr Gesicht ist voll Qual, die Augen sind beinahe geschlossen. Ein langer Herzschlag.

Ganz plötzlich reißt sie die Augen weit auf, strafft die Schultern und zieht sich zusammen. Es ist die köstlichste, absoluteste Kontraktion, die man sich je erträumen konnte, in Normalzeit aufgenommen, aber es sieht fast wie Zeitlupe aus. Sie hält die Pose. Das Mahavishnu läßt sich wieder mit der Gitarre vernehmen, baut in immer schneller werdendem Tempo von einer niedrig gestimmten Baßsaite bis zu einem D-Akkord mit erniedrigter Dominante auf. Shara hält die Pose.

Wir wechseln erstmals zu einer oben angebrachten Kamera, die aus großer Höhe auf sie hinunterschaut. Als sich die Zupfgeschwindigkeit des Mahavishnu bis zu dem Punkt steigert, wo der Akkord ein anhaltendes Summen geworden scheint, hebt Shara langsam den Kopf, sie hält die Kontraktion immer noch, bis sie direkt zu uns heraufstarrt. In dieser Stellung bleibt sie eine Ewigkeit lang, wie eine Feder, die bis zum Zerspringen aufgezogen wurde – und dann explodiert sie nach oben auf uns zu, steigt höher und schneller, als sie es in einem Schwebeflug, der jetzt tatsächlich in Zeitlupe gefilmt ist, eigentlich kann, aber sie kommt näher und näher, bis ihre Hände auf beiden Seiten verschwinden und ihr Gesicht die Leinwand ausfüllt, flankiert von zwei Kerzen, die in einem einzigen Moment zu gelben Flammenbrocken erblüht sind. Die Gitarre und der Baß ertrinken in einem Orchester.

Beinahe sofort wirbelt sie von uns weg, und der Blickpunkt wechselt auf die erste Kamera, auf der wir sehen, wie sie sich aus zehn Metern Höhe auf den Boden hinunterschleudert, mitten im Flug umkehrt und sich verdreht. Sie kommt aus der Rolle in einer ganz flachen Flugbahn, die sie über die ganze Länge des Raumes trägt. Mit einem Krach, der noch über die Musik hinweg zu hören ist, prallt sie gegen die Wand gegenüber, das bewegungslose Pendel wird zertrümmert. Ihre Schenkel nehmen die kinetische Energie auf und geben sie wieder frei, und von neuem rast sie auf uns zu, das Haar steht ihr waagrecht nach hinten ab, auf dem Bildschirm wird ihr breites, triumphierendes Lächeln immer größer.

In den nächsten fünf Minuten versuchen alle sechs Kameras vergeblich, ihr zu folgen, während sie wie ein Kolibri, der versucht, sich den Weg aus seinem Käfig zu hämmern, in dem gewaltigen Raum von allen Seiten abprallt, dabei die Wände, die Decke und den Boden benützt wie ein Meister der Jai Alai und in drei Dimensionen existiert. Die Schwerkraft ist besiegt. Die grundlegende Voraussetzung allen Tanzes ist überwunden.

Shara ist verwandelt.

Sie kommt schließlich in einem senkrechten Zentrum in der Vorderseite des Würfels zur Ruhe, Arme-Beine-Finger-Zehen streben nach außen, ihr Körper dreht sich sanft um sich selbst. Alle vier Kameras, die sie im Bild haben, kommen auf einem vierfach unterteilten Bildschirm zusammen, das Orchester löst sich im E-Dur-Schlußakkord auf und – es wird ausgeblendet.

Ich hatte weder die Zeit noch die nötigen Mittel, um die Spezialeffekte zu schaffen, die Shara brauchte. Also fand ich Wege, um die Wirklichkeit meinen Bedürfnissen entsprechend zu verändern. Der erste Abschnitt mit den Kerzen war ein Doppelbild von einer Kerze, die von oben her ausgeblasen wird – in extremer Zeitlupe und im Rücklauf. Der zweite Abschnitt zeichnete einfach lineare Wirklichkeit auf. Ich hatte die Kerze angezündet, begann zu filmen – und ließ die Drehung des Rings anhalten. Eine Kerze verhält sich bei Schwerelosigkeit seltsam. Die Verbrennungsgase mit ihrer niedrigen Dichte steigen von der Flamme nicht nach oben, so daß die Luft von unten an sie herankommen könnte. Die Flamme erlischt nicht, sie ruht.

Wenn man etwa innerhalb einer Minute die Schwerkraft wieder herstellt, flammt die Kerze zu neuem Leben auf. Ich tat nichts anderes, als ein wenig mit den Geschwindigkeiten herumzuspielen, um mich der Musik und Sharas Tanz anzupassen. Die Idee dazu bekam ich von Harry Stein, dem Bauleiter von Skyfac, der mir half, Dinge zu entwerfen, die Shara für den nächsten Tanz brauchen würde.

Ich ließ das Band auf der Videowand im Foyer von Ring Eins laufen, und jeder in Skyfac, der von der Arbeit wegkonnte, drängte sich hinein, um die Sendung zu sehen. Die Leute sahen genau das gleiche, was über eine weltweite Satellitengemeinschaftsschaltung gesendet wurde – (Carrington hatte fünfundzwanzig Minuten Sendezeit ohne Unterbrechung durch Werbespots vereinbart) – beinahe eine ganze halbe Sekunde vor der Welt.

Ich verbrachte die Sendezeit im Funkraum und kaute an meinen Fingernägeln. Aber alles lief reibungslos, und ich schaltete mein Mischpult aus und kam rechtzeitig ins Foyer, um die letzte Hälfte der im Stehen vorgebrachten Beifallskundgebung mitzuerleben. Shara stand vor dem Schirm, Carrington saß neben ihr, und ich fand es sehr lehrreich, wie unterschiedlich der Gesichtsausdruck der beiden war. Sharas Gesicht spiegelte weder Verlegenheit noch Bescheidenheit. Sie hatte immer voll an sich geglaubt, hatte dieses Band zur Sendung freigegeben – sie war sicher mit jener unglaublichen Distanziertheit, deren so wenige Künstler fähig sind, bewußt, daß der rauschende Beifall nur das war, was ihr gebührte. Aber ihr Gesicht zeigte, daß sie höchst überrascht – und zutiefst dankbar – war, daß sie bekam, was ihr gebührte.

Carrington andererseits ließ einen Triumph erkennen, der seltsam mit Erleichterung untermischt war. Auch er glaubte an Shara und hatte in diesen Glauben viel investiert – aber er glaubte als Geschäftsmann an ein Wagnis, das sich, wie er meinte, auszahlen wird, und als ich seine Augen beobachtete und den Schweiß sah, der auf seiner Stirn glitzerte, erkannte ich, daß kein Geschäftsmann je ein teures Wagnis auf sich nimmt, ohne Angst zu haben, es könnte vielleicht doch das Fiasko sein, das den Verlust seiner einzigen, wesentlichen Wertsache einleiten wird: seines Gesichts.

Als ich diese Art von Triumph neben dem ihren sah, verdarb mir das den Augenblick, und anstatt für Shara begeistert zu sein, entdeckte ich, daß ich sie beinahe haßte. Sie sah mich und winkte mir, ich solle neben sie treten, vor die jubelnde Menge, aber ich wandte mich ab und stürzte förmlich aus dem Raum. Ich lieh mir von Harry Stein eine Flasche und besoff mich.

Am nächsten Morgen hatte ich einen Kopf wie eine 15-Ampere-Sicherung an einem 40-Ampere-Stromkreis; nur noch die Oberflächenspannung schien mich zusammenzuhalten. Plötzliche Bewegungen erschreckten mich. Es ist ein langer Sturz von diesem Wagen, selbst bei einem Sechstel G.

Das Telefon klingelte – ich hatte noch keine Zeit gehabt, es umzurüsten – und ein junger Mann, den ich nicht kannte, verkündete mir höflich, Mr. Carrington wünsche mich in seinem Büro zu sehen. Sofort. Ich sagte etwas von einem Stacheldrahtzäpfchen und was Mr. Carrington damit tun könne, sofort. Ohne eine Miene zu verziehen, wiederholte er seine Botschaft und ging aus der Leitung.

Also kroch ich in meine Kleider, beschloß, mir einen Bart stehen zu lassen und ging. Unterwegs fragte ich mich, wofür ich eigentlich meine Unabhängigkeit hergegeben hatte, und warum.

Carringtons Büro war bedrückend geschmackvoll eingerichtet, aber wenigstens war die Beleuchtung gedämpft. Das Beste war, daß das Filtersystem mit Rauch fertig wurde – der süße Dunst von Pot lag in der Luft. Ich nahm einen Riesenjoint ›Maoi-Zowie‹ von Carrington an, wobei ich fast so etwas wie Dankbarkeit verspürte, und machte mich daran, meinen Kater zu bekämpfen.

Shara saß neben Carringtons Schreibtisch, sie trug ein Trikot und glänzte vor Schweiß. Offenbar hatte sie den Morgen damit verbracht, für den nächsten Tanz zu proben. Ich schämte mich und wurde folglich schnippisch, wich ihrem Blick aus und erwiderte ihr ›Hallo‹ nicht. Panzella und McGillicuddy kamen gleich nach mir herein und plauderten über die letzte Beobachtung des geheimnisvollen Objekts aus dem tiefen Weltraum, das diesmal im Asteroidengürtel aufgetaucht war. Sie stritten sich, ob es Anzeichen von Empfindung zeige oder nicht, und ich wünschte, sie würden den Mund halten.

Carrington wartete, bis wir uns alle gesetzt hatten und rauchten, dann stützte er sich mit einer Hüfte gegen seinen Schreibtisch und lächelte. »Also, Tom?«

McGillicuddy strahlte. »Besser als wir erwartet haben, Sir. Alle Beurteilungen stimmen darin überein, daß wir eine Einschaltquote von ungefähr vierundsiebzig Prozent des Weltpublikums hatten ...«

»Zum Teufel mit den Nielsens«, fauchte ich. »Was haben die Kritiker gesagt?«

McGillicuddy blinzelte. »Nun, die allgemeine Reaktion ist bisher, daß Shara eine Sensation war. Die Times ...«

Wieder schnitt ich ihm das Wort ab. »Wie war die weniger-als-allgemeine Reaktion?«

»Nun, nichts ist jemals einhellig.«

»Genauer. Die Tanzpresse? Liz Zimmer? Migdalski?«

»Hm. Nicht ganz so gut. Lob – ja; nur ein Blinder hätte diese Show in die Pfanne hauen können. Aber vorsichtiges Lob. Hm, Zimmer nannte es einen großartigen Tanz, der aber durch die Mätzchen am Ende verdorben worden sei.«

»Und Migdalski?« beharrte ich.

»Er überschrieb seine Kritik: ›Aber was macht man beim nächstenmal?‹« gestand McGillicuddy. »Seine Grundthese war, daß es eine reizende, einmalige Sache sei. Aber die Times ...«

»Danke, Tom«, sagte Carrington ruhig. »Etwa, was wir erwartet hatten, nicht wahr, mein Liebes? Es hat mächtig gespritzt, aber noch ist niemand bereit, von einer Flutwelle zu sprechen.«

Sie nickte. »Aber das kommt noch, Bryce. Die nächsten beiden Tänze werden es schaffen.«

Panzella ergriff das Wort. »Miß Drummond, darf ich fragen, warum Sie das Ganze so aufgezogen haben? Das Zwischenspiel bei Nullschwerkraft nur als Zusatz zum herkömmlichen Tanz zu verwenden – Sie haben doch sicher damit gerechnet, daß die Kritiker da von Mätzchen sprechen würden.«

Shara lächelte und antwortete: »Um ehrlich zu sein, Doktor, mir blieb gar nichts anderes übrig. Ich lerne gerade erst, mit meinem Körper im freien Fall umzugehen, aber es ist immer noch eine bewußte Anstrengung, beinahe eine Pantomime. Ich brauche noch ein paar Wochen, bis es mir zur zweiten Natur wird, und so muß es sein, wenn ich eine ganze Nummer durchhalten soll. Also habe ich einen herkömmlichen Tanz aus dem Koffer geholt, habe einen fünfminütigen Schluß angehängt, in dem ich jede Nullschwerkraftbewegung verwendete, die ich kannte, und habe zu meiner höchsten Erleichterung entdeckt, daß die beiden zusammen thematisch einen Sinn ergaben. Ich sagte Charlie, was ich mir vorstellte, und er führte es optisch und dramatisch aus – die ganze Geschichte mit den Kerzen stammt von ihm, und das hat besser als jede Kulisse, die wir hätten aufbauen können, unterstrichen, was ich sagen wollte.«

»Sie haben also noch nicht vollendet, wozu Sie hergekommen sind?« wollte Panzella wissen.

»O nein. Keineswegs. Der nächste Tanz wird der Welt zeigen, daß Tanzen mehr ist als kontrolliertes Stürzen. Und der dritte – für den dritten habe ich all das auf mich genommen.« Ihr Gesicht leuchtete auf, wurde lebhaft. »Der dritte Tanz wird der sein, den ich mein ganzes Leben lang tanzen wollte. Ich kann ihn mir noch nicht im Ganzen vorstellen, noch nicht – aber ich weiß, sobald ich fähig bin, ihn zu tanzen, werde ich ihn schaffen, und es wird mein größter Tanz sein.«

Panzella räusperte sich. »Wie lange werden Sie dazu brauchen?«

»Nicht lange« sagte sie. »Ich werde in zwei Wochen für die Aufzeichnung des nächsten Tanzes bereit sein und kann dann fast sofort mit dem letzten anfangen. Wenn wir etwas Glück haben, ist er im Kasten, ehe mein Monat abgelaufen ist.«

»Miß Drummond«, sagte Panzella ernst, »ich fürchte, Sie haben keinen Monat mehr Zeit.«

Shara wurde schneeweiß, und ich erhob mich halb von meinem Platz. Carrington schien fasziniert.

»Wieviel Zeit habe ich?« fragte Shara.

»Ihre jüngsten Tests waren nicht ermutigend. Ich hatte angenommen, daß die dauernde Anstrengung durch Proben und Übungen die Anpassung Ihres Systems eher verlangsamen würde. Aber Sie haben meistens in völliger Schwerelosigkeit gearbeitet, und ich habe nicht berücksichtigt, in welchem Ausmaß Ihr Körper an ständige Anstrengung gewöhnt ist – in einer irdischen Umgebung. Es gibt schon jetzt Anzeichen des Davis-Syndroms in ...«

»Wieviel Zeit?«

»Zwei Wochen. Möglicherweise drei, wenn Sie jeden Tag dreimal eine Stunde hart bei zwei G trainieren. Wir können das einrichten, wenn ...«

»Das ist lächerlich«, platzte ich heraus. »Haben Sie denn keine Ahnung vom Rückgrat einer Tänzerin? Bei zwei G könnte sie sich ruinieren.«

»Ich brauche unbedingt vier Wochen«, sagte Shara.

»Miß Drummond, es tut mir sehr leid.«

»Ich brauche vier Wochen.«

Panzella sah sie mit demselben Ausdruck hilflosen Kummers an wie McGillicuddy und ich bei früheren Gelegenheiten, und ich hatte es plötzlich unendlich satt, daß die Leute Shara immer wieder so ansehen mußten. »Verdammt«, brüllte ich, »sie braucht vier Wochen.«

Panzella schüttelte seinen zottigen Kopf. »Wenn sie vier Wochen bei Schwerelosigkeit arbeitet, kann sie sterben.«

Shara sprang von ihrem Stuhl auf. »Dann sterbe ich eben«, schrie sie. »Das riskiere ich. Ich muß einfach.«

Carrington hüstelte. »Das kann ich leider nicht zulassen, Liebling.«

Sie wirbelte wütend zu ihm herum.

»Dieser Tanz von dir ist ausgezeichnete Reklame für Skyfac«, sagte er ruhig, »aber wenn er dich töten sollte, könnte er zum Bumerang werden, glaubst du nicht?«

Ihr Mund zuckte, und sie kämpfte verzweifelt um Beherrschung. Mir schwirrte selbst der Kopf. Sterben? Shara?

»Außerdem«, fügte Carrington hinzu, »habe ich dich inzwischen recht liebgewonnen.«

»Dann werde ich hier oben im Weltraum bleiben«, platzte sie heraus.

»Wo? Die einzigen Bereiche, in denen ständig Schwerelosigkeit herrscht, sind Fabriken, und du bist nicht qualifiziert, dort zu arbeiten.«

»Dann gib mir in Gottes Namen eine von den neuen Hülsen, den kleineren Kugeln. Bryce, ich werde dir für deine Investition eine höhere Rendite einbringen als eine Fabrikhülse, und ich werde ...« Ihre Stimme veränderte sich. »Ich werde dir immer zur Verfügung stehen.«

Er lächelte träge. »Ja. Vielleicht, aber möglicherweise *will* ich dich gar nicht immer, Liebling. Meine Mutter hat mich eindringlich davor gewarnt, was Frauen angeht, unwiderrufliche Entscheidungen zu treffen. Besonders informelle. Außerdem finde ich Sex bei Schwerelosigkeit auf die Dauer einfach zu anstrengend.«

Ich hatte meine Sprache beinahe wiedergefunden, und jetzt verschlug es sie mir von neuem. Ich war froh, daß Carrington ihr einen Korb gab, aber die Art, wie er es tat, ließ mich nach seinem Blut lechzen.

Auch Shara war eine Zeitlang sprachlos. Als sie wieder etwas sagte, klang ihre Stimme leise, eindringlich, beinahe flehentlich. »Bryce, es ist eine Sache des Timings. Wenn ich in den nächsten vier Wochen noch zwei Tänze sende, habe ich eine Welt, in die ich zurückkehren kann. Wenn ich zur

Erde zurück und ein oder zwei Jahre warten muß, wird dieser dritte Tanz spurlos vorübergehen – niemand wird ihn sich ansehen und niemand wird sich noch an die ersten beiden erinnern. Es ist meine einzige Chance, Bryce – laß es mich riskieren. Panzella kann nicht garantieren, daß mich vier Wochen umbringen werden.«

»Ich kann nicht garantieren, daß Sie überleben«, sagte der Arzt.

»Sie können auch nicht garantieren, daß irgendeiner von uns diesen Tag überleben wird«, sagte sie bissig. Sie wirbelte wieder zu Carrington herum, hielt ihn mit den Augen fest.

»Bryce, laß es mich riskieren.« In ihrem Gesicht arbeitete es gewaltig, dann brachte sie ein Lächeln zustande, das mir wie ein Messer ins Herz schnitt. »Du wirst es nicht zu bereuen haben.«

Carrington kostete dieses Lächeln und die völlige Unterwerfung in ihrer Stimme genießerisch aus, wie ein Mann einen guten Rotwein genießt. Ich hätte ihn am liebsten mit meinen Händen und Zähnen umgebracht, und ich betete, er möge doch die letzte Grausamkeit hinzufügen und ihr einen Korb geben. Aber ich hatte seine wirklichen Fähigkeiten in bezug auf Grausamkeit noch unterschätzt.

»Mach weiter mit deinen Proben, meine Liebe«, sagte er schließlich. »Wenn die Zeit kommt, werden wir eine endgültige Entscheidung treffen. Ich muß darüber nachdenken.«

Ich glaube, ich habe mich noch nie in meinem Leben so hoffnungslos, so ... machtlos gefühlt. Obwohl ich wußte, daß es vergebens war, sagte ich: »Shara, ich kann nicht zulassen, daß du dein Leben aufs Spiel setzt.«

»Ich werde das tun, Charlie«, unterbrach sie mich, »mit dir oder ohne dich. Niemand sonst kennt meine Arbeit so gut, daß er sie anständig aufzeichnen kann, aber wenn du aussteigen willst, kann ich dich nicht halten.« Carrington beobachtete mich mit distanziertem Interesse. »Nun?« stichelte sie.

Ich gebrauchte einen unanständigen Ausdruck.
»Du kennst die Antwort.«
»Also dann, an die Arbeit.«

Neulinge werden auf den schwangeren Besenstielen transportiert. Alte Hasen hängen sich außen an die Luftschleuse, baumeln von Handgriffen an der Außenfläche des sich drehenden Rings (kein Problem bei weniger als einem halben G). Sie schauen in die Drehrichtung, und wenn ihr Ziel unter den Horizont sinkt, lassen sie sich einfach fallen. Schubdüsen, die in Handschuhen und Stiefeln eingebaut sind, ermöglichen die notwendigen Kurskorrekturen. Die Entfernungen, um die es dabei geht, sind gering. Aber es gibt sehr wenige alte Hasen.

Shara und ich waren alte Hasen, denn wir hatten mehr Stunden in der Schwerelosigkeit zugebracht als manche Techniker, die seit Jahren auf Skyfac arbeiteten. Wir machten sparsamen und wirkungsvollen Gebrauch von unseren Schubdüsen, hauptsächlich, um die Energie abzufangen, die durch die Drehung des Rings, den wir verließen, auf uns übertragen wurde. Wir hatten Kehlkopfmikrophone und Empfänger in der Größe von Hörgeräten, aber auf dem Weg durch die Leere wurde nicht gesprochen. Keine Ortsvertikale – kein festes ›oben‹ und ›unten‹ – zu haben, ist verwirrender und bestürzender, als sich das jemand vorstellen kann, der die Erde nie verlassen hat. Genau aus diesem Grund sind alle Gebäude von Skyfac nach der gleichen gedachten ›Ekliptik‹ ausgerichtet, aber das hilft nicht sehr viel. Ich fragte mich, ob ich mich jemals daran gewöhnen würde – und ich fragte mich noch mehr, ob ich mich je daran gewöhnen würde, daß mein Bein nicht mehr schmerzte. Sogar bei Drehungen schien es in diesen Tagen weniger weh zu tun.

Wir landeten, viel weniger heftig als ein Fallschirmspringer, auf der Oberfläche des neuen Studios. Es war eine riesige Stahlkugel, dicht besetzt mit Sonnenenergiezellen und Wärmespeichern, verbunden mit drei weiteren Kugeln in verschiedenen Stadien der Fertigstellung, an denen die Jungs von Harry Stein auch jetzt arbeiteten. McGillicuddy hatte mir gesagt, daß der Komplex nach seiner Fertigstellung für ›kontrollierte Verdichtungsprozesse‹ verwendet würde, und als ich sagte, »wie schön«, fügte er noch hinzu, »Dispersionsschaum und Gußvorgänge bei veränderlichen Drücken«, als wäre damit alles erklärt. Vielleicht war es auch so. Im Augenblick war es gerade Sharas Studio.

Durch die Luftschleuse kam man zu einer ziemlich kleinen Arbeitsfläche rund um eine kleinere Innenkugel mit etwa fünfzig Metern Durchmesser. Auch sie stand unter Druck, sollte eigentlich ein Vakuum enthalten, aber die Schleusen standen offen. Wir zogen unsere Druckanzüge aus, und Shara schnallte die Schubdüsenarmbänder von einer Klammerstrebe ab und legte sie an, dabei hing sie an den Knöcheln von der Strebe. Die Knöchelbänder kamen als nächstes an die Reihe. Als Schmuck waren sie ein wenig zu massiv – aber jedes konnte zwanzig Minuten lang ständig benützt werden, und bei normaler Atmosphäre und Beleuchtung war nichts zu sehen, wenn sie in Betrieb waren. Ohne sie wäre ein Tanz bei Nullschwerkraft unheimlich viel schwieriger gewesen.

Als sie den letzten Riemen festschnallte, schwebte ich vorne an ihr vorbei und packte die Strebe. »Shara ...«

»Charlie, ich kann es schaffen. Ich werde bei *drei* Schwerkrafteinheiten trainieren, wenn nötig, und bei zweien schlafen, und ich werde diesen Körper zum Durchhalten zwingen. Ich weiß, daß ich es kann.«

»Du könntest ›Masse ist ein Wort‹ auslassen und direkt zum ›Sternentanz‹ übergehen.«

Sie schüttelte den Kopf. »Ich bin noch nicht so weit – und das Publikum auch nicht. Ich muß mich und die Zuschauer zuerst durch den Tanz in einer Kugel führen – in einem geschlossenen Raum –, ehe ich bereit bin, im leeren Raum zu tanzen, oder sie, das zu würdigen. Ich muß meinen Geist – und den ihren – von so ziemlich jeder vorgefaßten Meinung über den Tanz freimachen und alle Postulate verändern.

Schon zwei Stufen sind zu wenig – aber sie sind das absolute Minimum, das kann nicht mehr unterschritten werden.« Ihre Augen wurden weich. »Charlie – ich muß.«

»Ich weiß«, sagte ich schroff und wandte mich ab. Tränen im freien Fall sind etwas Lästiges – sie fließen nirgendwohin, bilden nur alberne, sich ausbreitende, kugelförmige Kontaktlinsen, in denen die Welt schwimmt. Ich begann, mich an der Oberfläche der inneren Kugel entlangzuziehen, auf den Kamerastand zu, an dem ich arbeitete, und Shara betrat die Innenkugel, um mit den Proben zu beginnen.

Ich betete, während ich an meinen Geräten arbeitete, Kabel zwischen den Klammerstreben hindurchschlängelte und sie mit schwebenden Terminals verband. Zum erstenmal seit Jahren betete ich, betete darum, daß Shara es schaffen möge. Daß wir beide es schaffen würden.

Die nächsten zwölf Tage waren die anstrengendsten meines Lebens. Shara arbeitete genauso hart wie ich. Sie verbrachte die Hälfte jedes Tages mit der Arbeit im Studio, die Hälfte der übrigen Zeit mit Training bei zweieinviertel G (mehr gestattete Dr. Panzella nicht) und die Hälfte des Rests in Carringtons Bett, wo sie versuchte, ihn so zufriedenzustellen, daß er sie die Zeitgrenzen ausdehnen ließ. Vielleicht schlief sie in den paar Stunden, die noch verblieben. Ich weiß nur, daß sie nie müde aussah, nie ihre Gelassenheit oder ihre zähe Entschlossenheit verlor. Widerwillig, ganz langsam, verlor ihr Körper seine Schwerfälligkeit, gewann Anmut sogar in einer Umgebung, wo Anmut enorme Konzentration erfordert. Wie ein Kind laufen lernt, so lernte Shara fliegen.

Ich begann mich sogar daran zu gewöhnen, daß mein Bein nicht mehr schmerzte.

Was kann ich Ihnen von ›Masse‹ erzählen, wenn Sie den Tanz nicht gesehen haben? Man kann ihn nicht beschreiben – nicht einmal schlecht – mit mechanistischen Ausdrücken, so wie man eine Symphonie mit Worten darstellen könnte. Die herkömmliche Tanzterminologie ist durch die ihr innewohnenden Voraussetzungen mehr als nutzlos, und wenn man überhaupt mit der neuen Nomenklatur vertraut ist, muß man mit ›Masse ist ein Wort‹ vertraut sein, denn daraus bezieht sie die ihr innewohnenden Voraussetzungen.

Auch über die technischen Aspekte von ›Masse‹ kann ich nicht viel sagen. Es gab keine Spezialeffekte; nicht einmal Musik. Raoul Brindles großartige Partitur wurde erst nach dem Tanz komponiert und mit meiner Genehmigung dem Band zwei Jahre später hinzugefügt, aber den Emmy bekam ich für die ursprüngliche, stumme Fassung. Mein ganzer Beitrag bestand, abgesehen von der Bearbeitung und der Aufstellung der beiden Trampoline darin, Batterien von weitstreuenden Lichtquellen in Trauben um jedes Kameraauge herum anzuordnen und sie so zu verdrahten, daß sie nur dann Energie bekamen, wenn sie von der Kamera aus gesehen, die gerade aufnahm, nicht im Bild waren – dadurch wurde sichergestellt, daß Shara immer von vorne angeleuchtet wurde und zwei (nicht immer kongruente) Schatten warf. Ich machte keinen Versuch, mit der Kamera irgendwelche Effekte zu erzielen, ich zeichnete einfach auf, was Shara tanzte, und veränderte den Blickpunkt nur, wenn sie es tat.

Nein, ›Masse ist ein Wort‹ kann nur symbolisch beschrieben werden und auch dann nur schlecht. Ich kann sagen, Shara demonstrierte, daß Masse und Trägheit ebenso wie die Schwerkraft fähig sind, den dynamischen Konflikt zu liefern, der für den Tanz wesentlich ist. Ich kann Ihnen erzählen, daß sie aus den beiden Faktoren eine Art von Tanz herausdestillierte, den sich nur eine Gruppe von Köpfen, bestehend aus einem Akrobaten, einem Stuntman, einem Himmelsschreiber und einer Unterwasserballerina hätte ausdenken können. Ich kann sagen, daß sie die letzte Trennwand zwischen sich und der völligen Freiheit der Bewegung niederriß, daß sie ihrem Körper ihren Willen und dem Weltraum selbst ihre Bedürfnisse aufzwang.

Und damit habe ich Ihnen noch weniger als nichts gesagt. Denn Shara suchte mehr als Freiheit – sie strebte nach Bedeutung. ›Masse‹ war vor allem ein geistiges Ereignis – der Anklang an ›Masse‹ im Titel spiegelte die thematische Doppelsinnigkeit zwischen dem technologischen und dem theologischen Bereich wider. Shara machte aus der menschlichen Konfrontation mit der Existenz einen Akt des Übergangs, sie kam Gott buchstäblich auf halbem Wege entgegen. Ich will damit nicht etwa andeuten, daß ihr Tanz zu irgendeiner Zeit an einen äußeren Gott gerichtet gewesen wäre, an ein eigenständiges Wesen mit oder ohne weißen Bart. Ihr Tanz richtete sich an die Realität, verlieh den drei Ewigen Fragen die jedes menschliche Wesen stellt, das je gelebt hat, nacheinander Ausdruck.

Ihr Tanz beobachtete ihr Ich und fragte: »Wie kommt es, daß ich hier bin?«

Ihr Tanz beobachtete das Universum, in dem das Ich existierte, und fragte: »Wie kommt es, daß dies alles mit mir hier ist?«

Und schließlich, bei der Beobachtung des Ich in Beziehung zu seinem Universum: »Warum bin ich so alleine?«

Und als sie diese Frage mit jedem Muskel und jeder Sehne, die sie besaß, gestellt hatte, hielt sie inne, hing schwebend im Mittelpunkt der Kugel, Körper und Seele zum Universum hin geöffnet, und als keine Antwort kam, zog sie sich zusammen. Nicht auf die dramatische Art einer Spiralfeder, wie in ›Befreiung‹, eine Verdichtung von Energie und Spannung. Dies hier war physisch ähnlich, aber als Phänomen völlig anders. Es war ein Akt der inneren Einkehr, das Auge des Geistes (der Seele?) richtete sich nach innen, auf sich selbst, um Antworten zu suchen, die nirgendwo sonst zu finden waren. Deshalb schien sich auch ihr Körper in sich zusammenzufalten, ihre Masse so gleichmäßig zusammengedrängt, daß ihre Stellung im Weltraum keinerlei Veränderung erfuhr.

Und sie griff in ihr Inneres hinein und umschloß eine Leere.

Die Kamera blendete aus, ließ sie alleine zurück, starr, in sich abgekapselt, voll Sehnsucht. Der Tanz endete, ohne daß ihre drei Fragen eine Antwort fanden, die Spannung des Fragens wurde nicht gelöst. Der Ausdruck geduldigen Wartens auf ihrem Gesicht milderte allein die schockierende Schärfe des Nicht-Endens, machte sie erträglich, ein kleines, gesegnetes Zeichen, das flüsterte: ›Fortsetzung folgt‹.

Am achtzehnten Tag hatten wir den Tanz im Kasten, in Rohfassung. Shara verschwendete keinen Gedanken mehr darauf und begann sofort mit der Choreographie des ›Sternentanzes‹, aber ich verbrachte zwei schwere Tage damit, das Band zu bearbeiten, ehe ich bereit war, es für die Sendung freizugeben. Ich hatte vier Tage Zeit bis zu der halben Stunde Hauptsendezeit, die Carrington gekauft hatte, aber nicht dieser Termin saß mir ständig spürbar im Nacken.

McGillicuddy kam in meinen Arbeitsraum, während ich an dem Band arbeitete, und obwohl er sah, wie mir die Tränen übers Gesicht liefen, sagte er kein Wort. Ich ließ das Band laufen, er sah es sich schweigend an, und bald war auch sein Gesicht naß. Als das Band schon lange zu Ende war, sagte er sehr leise: »Eines Tages werde ich diesen Scheißposten aufgeben müssen.«

Ich sagte nichts.

»Früher war ich Karatelehrer. Ich war ziemlich gut. Ich könnte wieder unterrichten, vielleicht ein paar Vorführungen machen und zehn Prozent von dem verdienen, was ich jetzt bekomme.«

Ich sagte nichts.

»Ich sah euch beide in der Luftschleuse, als ihr das letztemal zurückgekommen seid. Ich sah, wie sie zusammenbrach. Ich sah, wie du sie wieder aufgeweckt hast. Ich hörte, wie du ihr versprechen mußtest, Dr. Panzella nichts zu sagen.«

Ich wartete. Hoffnung regte sich in mir.

Er trocknete sich das Gesicht ab. »Ich bin hergekommen, um dir zu sagen, daß ich zu Panzella gehen und ihm erzählen wollte, was ich gesehen habe. Er würde Carrington sofort die Hölle heiß machen, damit er sie nach Hause schickt.«

»Und jetzt?« fragte ich.

»Jetzt habe ich das Band gesehen.«

»Und du weißt, daß der ›Sternentanz‹ sie wahrscheinlich töten wird?«

»Ja.«

»Und du weißt auch, daß wir es zulassen müssen?«

»Ja.«

Die Hoffnung erstarb. Ich nickte. »Dann mach, daß du hier rauskommst und laß mich arbeiten.«

Er ging.

In der Wall Street und an Bord von Skyfac war es später Nachmittag, als das Band schließlich zu meiner Zufriedenheit bearbeitet war. Ich rief Carrington an, sagte ihm, er solle mich in einer halben Stunde erwarten, duschte, rasierte mich, zog mich an und ging.

Ein Major des Raumkommandos war bei ihm, als ich hinkam, aber er wurde mir nicht vorgestellt, und daher achtete ich nicht auf ihn. Shara war auch da, sie trug einen Fummel aus orangefarbenem Rauch, der ihre Brüste unbedeckt ließ, offensichtlich hatte Carrington verlangt, daß sie das anzog, so wie ein Gör schmutzige Worte auf einen Altar schreibt, aber sie trug es mit einer seltsamen, widernatürlichen Würde, die ihn ärgerte, das spürte ich. Ich sah ihr in die Augen und lächelte.

»Hallo, Kleine. Das Band ist gut.«

»Lassen Sie sehen«, sagte Carrington. Er und der Major nahmen hinter dem Schreibtisch Platz, Shara setzte sich daneben.

Ich legte das Band in die Videoanlage ein, die in die Wand des Büros eingelassen war, dämpfte das Licht und setzte mich gegenüber von Shara. Das Band lief zwanzig Minuten ohne Unterbrechung, ohne Tonspur, völlig nackt.

Es war kolossal.

›Entgeistert‹ ist ein komisches Wort. Um entgeistert zu sein, muß man an einer Stelle getroffen werden, die noch nicht mit Zynismus überpanzert ist. Ich bin anscheinend als

Zyniker geboren; ich war, soweit ich mich erinnern kann, dreimal entgeistert. Das erstemal, als ich im Alter von drei Jahren die Erfahrung machte, daß es Leute gab, die mit Absicht kleinen Kätzchen weh tun konnten. Das zweitemal, als ich im Alter von siebzehn erkannte, daß es Leute gab, die tatsächlich LSD nehmen und dann anderen Leuten zum Spaß weh tun konnten. Das drittemal war, als ›Masse ist ein Wort‹ zu Ende war und Carrington in völlig normalem Gesprächston sagte: »Sehr hübsch, sehr graziös. Es gefällt mir«, denn da machte ich im Alter von fünfundvierzig Jahren die Erfahrung, daß es Menschen gab, weder Narren noch Schwachsinnige, sondern intelligente Menschen, die Shara Drummond tanzen sehen konnten, ohne zu *sehen*. Wir alle, sogar die größten Zyniker, haben immer irgendeine Illusion, an der wir hängen.

Shara ließ es einfach irgendwie an sich abfallen, aber ich konnte sehen, daß der Major entgeistert war wie ich und nur mit sichtlicher Anstrengung seine Gesichtszüge unter Kontrolle behielt.

Ich war plötzlich dankbar für eine Ablenkung von meinem Abscheu und meiner Bestürzung, sah ihn mir genauer an und fragte mich zum erstenmal, was er hier wohl machte. Er war in meinem Alter, hager und hartgesottener als ich, mit Silberflaum auf dem Schädel und einem äußerst korrekten Schnurrbart im Gesicht. Ich hatte ihn für einen Kumpel von Carrington gehalten, aber drei Dinge veranlaßten mich, meine Meinung zu ändern. Etwas Unbeschreibliches an seinen Augen verriet mir, daß er Soldat mit langer Kampferfahrung war. Etwas ebenso Unbeschreibliches an seiner Haltung verriet mir, daß er im Augenblick im Dienst war. Und etwas ziemlich gut zu Beschreibendes an der Linie seines Mundes verriet mir, daß er die Aufgabe, die ihm da zugefallen war, verabscheute.

Als Carrington in höflichem Tonfall fortfuhr: »Was meinen Sie, Major?«, ließ sich der Mann einen Augenblick Zeit, um seine Gedanken zu sammeln und seine Worte zu wählen. Als er dann sprach, wandte er sich nicht an Carrington.

»Miß Drummond«, sagte er ruhig, »ich bin Major William Cox, Kommandant des Raumkreuzers ›Champion‹, und es ist mir eine Ehre, Sie kennenzulernen. Was ich da gerade gesehen habe, hat mich so tief bewegt wie noch nie zuvor etwas.«

Shara dankte ihm ganz ernst. »Das hier ist Charles Armstead, Major Cox. Er hat das Band aufgenommen.«

Cox betrachtete mich mit neuer Hochachtung. »Eine großartige Leistung, Mister Armstead.« Er streckte mir die Hand hin, und ich schüttelte sie.

Carrington begann langsam zu begreifen, daß wir drei an etwas teilhatten, von dem er ausgeschlossen war. »Freut mich, daß es Ihnen gefallen hat, Major«, sagte er ohne eine sichtbare Spur von Aufrichtigkeit. »Sie können es morgen abend auf Ihrem Fernsehgerät noch einmal sehen, falls Sie zufällig dienstfrei haben. Und mit der Zeit werden natürlich Kassetten in den Handel kommen. Jetzt können wir vielleicht zum Nächstliegenden übergehen.«

Cox' Gesicht verschloß sich, als sei ein Reißverschluß zugezogen worden, es wurde steif und formell. »Wie Sie wünschen, Sir.«

Überrascht begann ich mit dem, was ich für das Nächstliegende hielt. »Ich möchte gern, daß diesmal Ihr eigener Nachrichtenchef die eigentliche Übertragung überwacht, Mr. Carrington. Shara und ich werden zu beschäftigt sein, um …«

»Mein Nachrichtenchef wird die Sendung überwachen, Armstead«, unterbrach mich Carrington, »aber ich glaube allerdings nicht, daß Sie so besonders beschäftigt sein werden.«

Ich war halb betäubt, weil ich zu wenig geschlafen hatte; daher begriff ich nur langsam.

Er berührte ganz leicht seinen Schreibtisch. »McGillicuddy, melden Sie sich sofort bei mir«, sagte er und nahm die Hand wieder weg. »Wissen Sie, Armstead, Sie und Shara kehren beide zur Erde zurück. Sofort.«

»Was?«

»Bryce, das kannst du nicht machen«, schrie Shara. »Du hast es mir versprochen.«

»Wirklich? Meine Liebe, wir hatten letzte Nacht keine Zeugen. Insgesamt gesehen war es auch besser so, glaubst du nicht auch?«

Ich war sprachlos vor Wut.

McGillicuddy trat ein. »Hallo, Tom«, sagte Carrington freundlich. »Sie sind entlassen. Sie werden sofort zur Erde zurückkehren, zusammen mit Miß Drummond und Mr. Armstead an Bord von Major Cox' Schiff. Abreise in einer Stunde, und lassen Sie nichts zurück, was Ihnen teuer ist.« Er blickte von McGillicuddy zu mir. »Von Toms Schreibtisch aus kann man jedes Vidiphon in Skyfac anzapfen. Von meinem Schreibtisch aus kann man Toms Schreibtisch anzapfen.«

Sharas Stimme war leise. »Bryce, zwei Tage. Verdammt. Sag mir, was du verlangst.«

Er lächelte leicht. »Tut mir leid, Liebling. Als Dr. Panzella von deinem Zusammenbruch erfuhr, reagierte er höchst eindeutig. Keinen einzigen Tag mehr. Lebendig bist du eindeutig ein Gewinn für das Image von Skyfac – du bist mein Geschenk an die Welt. Tot bist du ein Mühlstein um meinen Hals. Ich kann dir nicht erlauben, auf meinem Besitz zu sterben. Ich habe vorausgesehen, daß du dich weigern würdest abzureisen, daher habe ich mit einem Freund in den« – er blickte Cox an – »*höheren* Rängen des Raumkommandos gesprochen, und der war so freundlich und hat den Major hierhergeschickt, damit er dich nach Hause geleitet. Du stehst nicht unter Arrest im gesetzlichen Sinne – aber ich versichere dir, daß du keine Wahl hast. Hier läßt sich so etwas wie Schutzhaft rechtfertigen. Leb wohl, Shara.« Er griff nach einem Stapel von Berichten auf seinem Schreibtisch, und ich überraschte mich selbst beträchtlich.

Ich sprang mit einem Satz über den Schreibtisch und erwischte Carrington mit eingezogenem Kopf voll am Brustbein. Sein Stuhl war mit Bolzen am Deck befestigt, daher brach es glatt auseinander. Ich erholte mich soweit, daß ich

Zeit für einen prachtvollen rechten Schwinger hatte. Wissen Sie, wie ein Basketball vom Boden abprallt, wenn man voll mit der Faust draufschlägt? Genau das tat sein Kopf in Zeitlupe, wegen der niedrigen Schwerkraft.

Dann hatte mich Cox hochgezogen und schubste mich in die andere Ecke des Zimmers. »Schluß«, sagte er zu mir, und in seiner Stimme mußte eine Menge dessen gewesen sein, was man ›befehlsgewohnt‹ nennt, denn ich hörte sofort auf. Ich stand da und keuchte schwer, während Cox Carrington auf die Beine half.

Der Multimilliardär betastete seine eingeschlagene Nase, betrachtete prüfend das Blut an seinen Fingern und sah mich mit unverhohlenem Haß an. »Sie werden nie wieder im Videogeschäft arbeiten, Armstead. Sie sind erledigt. Am Ende. Ar-beits-los, haben Sie das begriffen?«

Cox tippte ihm auf die Schulter, und Carrington fuhr zu ihm herum. »Was zum Teufel wollen Sie?« bellte er.

Cox lächelte. »Carrington, mein seliger Vater sagte einmal: ›Bill, mach dir deine Feinde bewußt, nicht zufällig.‹ Im Lauf der Jahre habe ich herausgefunden, daß das ein ausgezeichneter Rat war. Sie bluffen.«

»Und nicht einmal besonders gut«, stimmte Shara zu.

Carrington zwinkerte. Dann schwollen seine unnatürlich breiten Schultern an, und er brüllte: »Hinaus, alle miteinander! Runter von meinem Eigentum, sofort!«

In stummem Einverständnis warteten wir auf Tom, der sein Stichwort kannte. »Mister Carrington, es ist ein seltenes Privileg, und eine große Ehre, von Ihnen entlassen worden zu sein. Ich werde diese Tatsache immer als Pyrrhusniederlage im Gedächtnis behalten.« Dann machte er eine halbe Verbeugung, und wir gingen, jeder erfüllt von einem kindlichen Triumphgefühl, das auf jeden Fall zehn Sekunden lang anhielt.

Kapitel 4

Das Gefühl zu stürzen, das einen packt, wenn man zum erstenmal in die Schwerelosigkeit kommt, entspricht genau der Wahrheit – aber es wird ganz schnell schwächer, wenn der Körper lernt, es als Illusion zu betrachten. Jetzt war ich zum letztenmal etwa eine halbe Stunde schwerelos, dann würde ich wieder in das Schwerkraftfeld der Erde eintreten, und mir war, als stürzte ich. Als würde ich in irgendein bodenloses Schwerkraftloch taumeln, hinuntergezogen von dem Amboß, der mein Herz war, die Fetzen des Traumes, der mich hätte oben halten sollen, flatterten über mir.

Die ›Champion‹ war dreimal so groß wie Carringtons Yacht, was mir eine kindische Freude bereitete, bis mir wieder einfiel, daß er sie hierhergerufen hatte, ohne auch nur einen Penny für Treibstoff oder Besatzung zu bezahlen. Ein Posten an der Schleuse salutierte, als wir aufs Schiff kamen. Cox führte uns nach achtern zu dem Abteil, wo wir uns anschnallen sollten. Er bemerkte unterwegs, daß ich mich nur mit der linken Hand weiterzog, und als wir anhielten, sagte er: »Mr. Armstead, mein seliger Vater hat mir auch noch gesagt: ›Auf die weichen Teile schlägt man mit der Hand. Für die harten Teile sollte man ein Werkzeug benützen.‹ Abgesehen davon habe ich an Ihrer Technik nichts auszusetzen. Ich wünschte, ich könnte Ihnen die Hand schütteln.«

Ich versuchte zu lächeln, aber es gelang mir nicht. »Ich bewundere Ihren Geschmack in der Wahl Ihrer Feinde, Major.«

»Mehr kann ein Mann nicht verlangen. Leider kann ich keine Zeit erübrigen, um Ihre Hand untersuchen zu lassen, ehe wir gelandet sind. Wir setzen sofort zum Rücksturz an.«

»Vergessen Sie's. Bringen Sie Shara hinunter, schnell und bequem.«

Er verbeugte sich vor Shara, sagte ihr *nicht*, wie tief und so weiter, wünschte uns allen eine angenehme Reise und ging. Wir schnallten uns auf die Beschleunigungsliegen und warteten auf den Schub. Es folgte ein langes, drückendes Schweigen, das aus einer beiderseitigen Traurigkeit bestand, die durch Tapferkeit nur noch hätte unterstrichen werden können. Wir sahen uns nicht an, so als könnte eine Vereinigung unseres Kummers zu einer Art von kritischer Masse führen. Das Leid machte uns stumm, und ich glaube, daß bemerkenswert wenig davon Selbstmitleid war.

Aber dann hatte es den Anschein, als sei eine ganze Menge Zeit vergangen. Aus dem nächsten Abteil hörte man ziemlich viel Geschnatter über Interkom, aber unser Gerät war nicht angeschlossen. Schließlich begannen wir zu sprechen, sprangen von einem Thema zum anderen, unterhielten uns über die wahrscheinlich kritische Reaktion auf ›Masse ist ein Wort‹, darüber, ob eine Analyse sich lohne oder ob das Theater wirklich tot sei, über alles außer über unsere Pläne für die Zukunft. Schließlich gab es sonst nichts mehr zu sagen, also verstummten wir wieder. Ich glaube, man kann sagen, wir waren im Schock.

Aus irgendeinem Grund fand ich als erster heraus. »Wieso zum Teufel brauchen die denn so lange?« bellte ich gereizt.

Tom wollte mich irgendwie beschwichtigen, dann blickte er auf seine Uhr und japste. »Du hast recht. Es ist mehr als eine Stunde vergangen.«

Ich schaute auf die Wanduhr, geriet hoffnungslos durcheinander, bis ich begriff, daß sie nicht auf Wall Street sondern auf Greenwichzeit eingestellt war, und dann erkannte ich, daß er recht hatte. »Himmelherrgott«, schrie ich, »die ganze verdammte Übung hat doch nur den einen Sinn, Shara nicht zu lange dem freien Fall auszusetzen. Ich gehe nach vorne!«

»Charlie, warte.« Tom konnte sich mit seinen zwei heilen Händen schneller abschnallen als ich. »Verdammt, bleib hier und beruhige dich. Ich sehe mal nach, wo es hängt.«

Er kam innerhalb von ein paar Minuten zurück, und sein Gesicht war ganz schlaff. »Wir fliegen nirgends hin. Cox hat Befehl, sich nicht von der Stelle zu rühren.«

»Was? Tom, was zum Teufel redest du da eigentlich?«

Seine Stimme klang ganz komisch. »Rote Glühwürmer. Eigentlich mehr wie Bienen. In einem Ballon.«

Er konnte einfach jetzt keine Witze machen, das bedeutete, er mußte irgendwie völlig den Verstand verloren haben, und das hieß wiederum, daß ich irgendwie in meinen Lieblingsalptraum hineingetappt war, wo jeder außer mir verrückt wird und beginnt, mich anzuschnattern. Daher senkte ich den Kopf wie ein gereizter Stier und raste so schnell aus dem Raum, daß die Tür kaum mehr Zeit hatte, vor mir zurückzuweichen.

Es wurde nur noch schlimmer. Als ich die Tür zur Brücke erreichte, war ich so schnell, daß mich höchstens eine Barrikade aus Körpern hätte aufhalten können, und die Leute von der Besatzung, die dort standen, erwischte ich kalt. Es gab ein kurzes Gerangel an der Tür, dann war ich auf der Brücke und entschied, daß ich auch verrückt geworden sein mußte, und das brachte alles irgendwie wieder in Ordnung.

Die Vorderwand der Brücke war ein gewaltiger Videoschirm – und gerade so weit neben dem Zentrum, um mich etwas zu irritieren, schwärmte gegen die schwarze Tiefe, so deutlich sichtbar wie Zigarettenglut in einer Dunkelkammer, tatsächlich ein riesiger Haufen roter Glühwürmer.

Durch die Überzeugung, das sei alles nicht wahr, konnte ich es akzeptieren. Aber dann riß mich Cox mit einem gebrüllten »Runter von dieser Brücke, Mister« wieder in die Wirklichkeit zurück. Wenn ich mich in normaler Geistesverfassung befunden hätte, hätte mich dieser Schrei aus der Tür und in die entfernteste Ecke des Schiffs gefegt; in meinem gegenwärtigen Zustand erschütterte er mich immerhin so weit, daß ich einsah, wie unmöglich die Situation war. Ich schüttelte mich wie ein nasser Hund und wandte mich ihm zu.

»Major«, sagte ich verzweifelt. »Was ist eigentlich hier los?«

Wie ein König sich über einen unverschämten Knappen amüsieren mag, der es ablehnt, vor ihm zu knien, so war Cox durch das Phänomen verwirrt, daß jemand ihm nicht gehorchte. Dadurch kam ich zu einer Antwort. »Wir haben intelligente, fremde Lebewesen vor uns«, sagte er knapp. »Ich halte sie für empfindungsfähige Plasmawesen.«

Niemals hatte ich auch nur einen Augenblick lang geglaubt, das mysteriöse Objekt, das wie ein Frosch im Sonnensystem herumhüpfte, seitdem ich nach Skyfac gekommen war, sei lebendig. Ich versuchte mir klarzumachen, was das hieß, dann gab ich es auf und kehrte zu meinem Hauptanliegen zurück. »Selbst wenn es acht winzige Rentiere wären, wäre es mir egal; Sie müssen diese Kiste jetzt sofort auf die Erde zurückbringen.«

»Sir, dieses Schiff ist auf höchster Alarmstufe und in Kampfbereitschaft. In diesem Augenblick wird in ganz Nordamerika überall das Abendessen kalt, ohne daß jemand es merkt. Ich werde mich glücklich schätzen, wenn ich die Erde jemals wiedersehe. Und jetzt verlassen Sie meine Brücke.«

»Aber Sie verstehen nicht. Shara ist dicht an der Schwelle; wenn wir weiter so herumtrödeln, bringt sie das um. Genau das sollten Sie doch verhindern, verdammt noch mal.«

»MISTER ARMSTEAD! Sie befinden sich hier auf einem Kriegsschiff. Wir stehen vor mehr als fünfzig intelligenten Wesen, die vor zwanzig Minuten hier in der Nähe aus dem Hyperraum auftauchten, Wesen also, die einen Antrieb benützen, der über meine Vorstellungskraft hinausgeht, ohne sichtbare Teile. Wenn es Ihnen etwas nützt, ich bin mir bewußt, daß ich einen Passagier an Bord habe, der für meine Gattung von größerem inneren Wert ist als dieses Schiff hier und alle, die an Bord sind, und wenn es ein Trost für Sie ist, so bedeutet dieses Wissen für mich schon eine Ablenkung, die ich genauso dringend brauche wie einen künstlichen Darmausgang. Ich kann diesen Orbit genausowenig verlassen, wie ich mir Hörner wachsen lassen kann. Würden Sie jetzt bitte von dieser Brücke gehen, oder sollen wir Sie wegschleppen?«

Ich bekam keine Chance, mich zu entscheiden; ich wurde geschleppt.

Andererseits hatte Cox, als ich zu unserem Abteil zurückkam, unseren Vidiphonschirm an die Anlage auf der Brücke angeschlossen. Shara und Tom studierten das Bild mit gebannter Aufmerksamkeit. Da ich nichts Besseres zu tun hatte, studierte auch ich es.

Tom hatte recht gehabt. Sie verhielten sich eher wie Bienen mit ihren schwärmenden, blitzschnellen Bewegungen. Ich konnte sie nicht genau zählen: ungefähr fünfzig. Und sie waren wirklich in einem Ballon – einem zarten, kaum sichtbaren Ding an der dünnen Grenze zwischen Durchsichtigkeit und Lichtdurchlässigkeit. Obwohl sie wie wütende rote Mücken umherschossen, blieben sie innerhalb des kugelförmigen Ballons – niemals schienen sie ihn zu verlassen oder seine Innenwand zu berühren. Während ich zusah, wurde das letzte Adrenalin aus meinen Nieren gespült, aber ein Gefühl, es eilig zu haben und aufgehalten zu werden, blieb zurück. Ich versuchte mit der Tatsache fertigzuwerden, daß diese Spezialeffekte aus einer Weltraumoper etwas darstellten, was wichtiger war als Shara. Es war ein Gedanke, der gegen meine tiefsten Instinkte ging, aber ich konnte ihn nicht von mir weisen.

In meinem Geiste waren zwei Stimmen, jede brüllte mir aus voller Kehle Fragen zu, jede ignorierte die Fragen der anderen. Eine gellte: ›Sind diese Wesen freundlich gesinnt? Oder feindselig? Kennen sie solche Begriffe überhaupt? Wie groß sind sie? Wie weit entfernt? Von wo kommen sie?‹ Die andere Stimme war weniger eifrig, aber genauso laut; sie sagte immer und immer wieder nichts als: ›Wie lange kann Shara noch im freien Fall bleiben, ohne sich endgültig dem Untergang zu weihen?‹

Sharas Stimme war von Staunen erfüllt. »Sie ... sie tanzen.«

Ich schaute genauer hin. Wenn in dem Haufen Fliegen auf einem Müllberg, als der sie sich darstellten, ein Muster vorhanden war, konnte ich es nicht entdecken. »Sieht für mich ganz willkürlich aus.«

»Charlie, schau doch. So viel wütende Aktivität, und sie stoßen nie zusammen oder prallen gegen die Wand jener Hülle um sie herum. Sie müssen sich in Umlaufbahnen bewegen, die ebenso sorgfältig choreographiert sind wie die von Elektronen.«

»Tanzen denn Atome?«

Sie warf mir einen seltsamen Blick zu. »Tun sie das nicht, Charlie?«

»Laserstrahl«, sagte Tom.

Wir sahen ihn an.

»Die Dinger müssen Plasmawesen sein – der Mann, mit dem ich sprach, sagte, sie seien auf dem Tiefenradar zu erkennen. Das heißt, es sind irgendwelche ionisierten Gase – sowas hat früher die Ufo-Berichte ausgelöst.« Er kicherte, dann nahm er sich zusammen. »Ich möchte wetten, wenn man mit einem Laser durch diese Hülle schneiden könnte, könnte man sie recht gut deionisieren – außerdem muß diese Hülle ihre lebenserhaltenden Systeme enthalten, wie immer ihr Metabolismus auch beschaffen ist.«

Mir war ganz schwindlig. »Dann sind wir also nicht wehrlos?«

»Ihr redet beide wie Soldaten«, platzte Shara heraus. »Ich sage euch, sie tanzen. Tänzer kämpfen nicht.«

»Komm, Shara«, fauchte ich. »Selbst wenn diese Wesen zufällig eine entfernte Änlichkeit mit uns haben sollten, das ist nicht wahr. T'ai chi, Karate, Kung Fu – auch das ist Tanz.« Ich nickte zum Bildschirm hin. »Alles, was wir über diese beseelten Funken wissen, ist, daß sie im interstellaren Raum umherreisen. Das reicht, um mir Angst zu machen.«

»Charlie, sieh sie dir an«, befahl sie.

Ich tat es.

Bei Gott, bedrohlich sahen sie nicht aus. Und tatsächlich, je mehr ich ihnen zusah, desto mehr schien es mir, als bewegten sie sich auf tänzerische Weise, wirbelten in verrückten Adagios herum, die ein wenig zu schnell waren, als daß das Auge ihnen hätte folgen können. Überhaupt nicht wie herkömmlicher Tanz – eher mit dem zu vergleichen, was Shara mit ›Masse ist ein Wort‹ angefangen hatte. Ich ertappte mich dabei, wie ich auf eine andere Kamera wechseln wollte, um eine Kontrastperspektive zu bekommen, und das ließ mein Gehirn endlich aufwachen. Zwei Ideen kamen an die Oberfläche, die zweite war notwendig, um Cox die erste zu verkaufen.

»Wie weit sind wir deiner Schätzung nach von Skyfac entfernt?« fragte ich Tom.

Er schürzte die Lippen. »Nicht weit. Wir hatten nicht viel mehr als Steuerbeschleunigung. Die verdammten Dinger hatten es wahrscheinlich von vornherein auf Skyfac abgesehen – es muß das am leichtesten zu entdeckende Zeichen intelligenten Lebens in diesem System sein.« Er schnitt eine Grimasse.

»Vielleicht verwenden sie gar keine Planeten.«

Ich griff nach vorne und schaltete die Akustikverbindung ein. »Major Cox.«

»Gehen Sie aus dieser Leitung.«

»Möchten Sie diese Wesen nicht gerne mehr aus der Nähe sehen?«

»Wir bleiben, wo wir sind. Und jetzt hören Sie auf, mich ständig anzustupsen und gehen Sie aus der Leitung, sonst ...«

»Würden Sie mir bitte zuhören? Ich habe vier bewegliche Kameras im Weltraum. Fernbedienung, mit eigener Energiequelle und Beleuchtung, und mit besserer Rasterung, als Sie sie haben. Sie wurden installiert, um Sharas nächsten Tanz aufzunehmen.«

Er schaltete sofort. »Können Sie sie mit meinem Schiff verbinden?«

»Ich glaube schon. Aber ich muß zum Hauptschaltpult in Ring Eins zurück.«

»Dann hat es keinen Sinn. Ich kann nicht an einem Kreisel festmachen. Was ist, wenn ich kämpfen oder fliehen muß?«

»Major – wie weit ist es zu Fuß?«

Diese Frage brachte ihn ein wenig aus dem Konzept. »Zwei Kilometer, wie der Vogel fliegt. Aber Sie sind eine Bodenratte.«

»Ich habe mich zwei Monate lang die meiste Zeit im freien Fall aufgehalten. Wenn Sie mir ein tragbares Radar geben, kann ich auch auf Phobos landen.«

»Mmm. Sie sind Zivilist – aber verdammt, ich brauche ein besseres Videobild. Genehmigung erteilt.«

Jetzt kam die erste Idee. »Warten Sie – noch etwas. Shara und Tom müssen mitkommen.«

»Blödsinn. Das ist doch kein Ausflug ins Gelände.«

»Major Cox – Shara muß so schnell wie möglich in ein Schwerkraftfeld zurück. Ring Eins genügt – er wäre sogar ideal, wenn wir ihn durch die ›Speiche‹ im Zentrum betreten. Sie kann sehr langsam absteigen und sich allmählich akklimatisieren, so wie ein Taucher stufenweise beim Auftauchen den Druck verringert, aber umgekehrt. Tom wird mitkommen und bei ihr bleiben müssen – wenn sie ohnmächtig wird und die Röhre hinunterfällt, könnte sie sich sogar bei einem Sechstel G ein Bein brechen. Außerdem ist er im freien Raum besser als wir beide.«

Er überlegte. »Gehen Sie.«

Und wir gingen.

Der Weg zurück zu Ring Eins war länger als jeder, den Shara und ich je zurückgelegt hatten, aber unter Toms Führung schafften wir es mit minimalen Kurskorrekturen. Der Ring, die ›Champion‹ und die Fremden bildeten ein gleichseitiges Dreieck mit etwa fünf oder sechs Kilometern Seitenlänge. Von außen gesehen nahmen die Fremden etwa zweimal so viel Raum ein wie eine Kugel mit dem Durchmesser von Ring Eins – ein verdammt großer Ballon. Sie setzten ihre verrückten Kreisbewegungen ohne Pause und unermüdlich fort, aber irgendwie hatte es den Anschein, als beobachteten sie uns bei der Überquerung der Lücke nach

Skyfac. Es kam mir vor, als ob ein Biologe die seltsamen Possen einer neuen Gattung studierte. Wir ließen unsere Funkgeräte in den Anzügen ausgeschaltet, um jede Ablenkung zu vermeiden, und dadurch wurde ich noch ein klein wenig empfänglicher für Einbildungen.

Ich bemerkte nicht einmal das Fehlen einer Ortsvertikale. Ich war zu beschäftigt.

Tom blieb bei Shara, und ich nahm beim Sturz durch die Röhre sechs Sprossen auf einmal. Carrington erwartete mich im Empfangsraum mit zwei Lakaien. Es war deutlich zu erkennen, daß er Todesängste ausstand, aber das versuchte er mit Zorn zu überdecken. »Verdammt, Armstead, die verfluchten Kameras gehören mir.«

»Halten Sie den Mund, Carrington! Wenn Sie diese Kameras dem besten Techniker in die Hand geben, den Sie auftreiben können – nämlich mir –, und wenn ich die Daten in die Hände des besten Strategen im ganzen Weltraum gebe – nämlich Cox –, dann können wir Ihre verdammte Fabrik vielleicht retten. Und für uns andere die menschliche Rasse.« Ich ging weiter, und er gab mir den Weg frei. Das hatte gesessen. Wenn er die ganze Menschheit in Gefahr brachte, könnte das vielleicht schlechte Reklame sein.

Da ich so viel Übung hatte, fiel es mir nicht schwer, die vier mobilen Kameras nach Augenmaß gleichzeitig durch den Raum zu dirigieren. Die Fremden beachteten sie nicht. Der Funktrupp von Skyfac leitete meine Signale an die ›Champion‹ weiter und verband mich über Sprechfunk mit Cox. Auf seine Anweisungen hin postierte ich die Kameras wie Klammern um den Ballon und wechselte den Blickpunkt, wenn er den Befehl dazu gab. Das Hauptquartier des Raumkommandos mußte die Videoübertragung aufgezeichnet haben, aber ich konnte ihre Gespräche mit Cox nicht hören, und ich war dankbar dafür. Ich sendete ihm Rückblenden in Zeitlupe, Nahaufnahmen, Doppelbilder – alles, was mir zur Verfügung stand. Die Bewegungen der einzelnen Glühwürmer erschienen nicht besonders symmetrisch, aber langsam wiederholten sich Muster. In Zeitlupe sah es mehr denn je so aus, als tanzten sie, und obwohl ich nicht sicher war, schien es mir, als steigerten sie ihr Tempo. Irgendwie begann sich die dramatische Spannung des Tanzes aufzubauen.

Und dann wechselte ich den Blickpunkt zu der Kamera, die Skyfac im Hintergrund mit aufnahm. Mein Herz zog sich krampfhaft zusammen und ich schrie in reinem Urentsetzen auf – auf halbem Wege zwischen Ring Eins und dem Schwarm bewegte sich eine Gestalt in einem Druckanzug – es mußte Shara sein – langsam aber unaufhaltsam auf die Fremden zu.

Wie auf ein Stichwort erschien Tom neben mir in der Tür, er stützte sich schwer auf Harry Stein, sein Gesicht war schmerzverzerrt. Er stand auf einem Bein, das andere war offensichtlich gebrochen.

»Jetzt kann ich wohl ... doch keine Vorführungen mehr machen ...« keuchte er. »Sie sagte ... ›tut mir leid, Tom‹ ... ich wußte, sie würde mir eine verpassen ... hat mich jedenfalls außer Gefecht gesetzt. Oh, verdammt, Charlie, es tut mir leid. Er sank in einen leeren Stuhl.

Die Stimme von Cox ertönte drängend. »Was zum Teufel ist da los? Wer ist das?«

Sie *mußte* auf unserer Frequenz sein. »Shara!« schrie ich. »Mach bloß, daß du wieder zurückkommst.«

»Ich kann nicht, Charlie!« Ihre Stimme war erschreckend laut und sehr ruhig. »Als ich die Röhre halb hinuntergestiegen war, bekam ich ganz schreckliche Schmerzen in der Brust.«

»Miß Drummond«, schnarrte Cox, »wenn Sie noch näher an die Fremden herangehen, werde ich Sie vernichten.«

Sie lachte, ein fröhlicher Laut, der mir das Blut in den Adern gefrieren ließ. »So ein Blödsinn, Major. Sie wollen doch wohl in der Nähe dieser Wesen keinen Unsinn mit Laserstrahlen treiben. Außerdem brauchen Sie mich genauso dringend wie Charlie.«

»Was meinen Sie damit?«

»Diese Geschöpfe verständigen sich durch Tanzen. Das

ist ihr Gegenstück zur Sprache, eine verfeinerte Art von Zeichensprache, wie Hula.«

»Das können Sie gar nicht wissen.«

»Ich spüre es. Ich weiß es. Zum Teufel, wie wollen Sie sich im luftleeren Raum anders verständigen? Major Cox, ich bin der einzige qualifizierte Dolmetscher, den die menschliche Rasse im Augenblick hat. Würden Sie jetzt so freundlich sein und Ihren Mund halten, damit ich versuchen kann, ihre Sprache zu erlernen?«

»Ich bin nicht befugt ...«

Da sagte ich etwas Unerwartetes. Ich hätte eigentlich schnattern, hätte Shara anflehen müssen, sie solle zurückkommen, ich hätte eigentlich sogar nach einem Druckanzug flitzen müssen, um sie zurückzuholen. Statt dessen sagte ich: »Sie hat recht. Halten Sie den Mund, Cox.«

»Aber ...«

»Verdammt, vergeuden Sie ihre letzte Tat nicht.«

Da hielt er den Mund.

Panzella kam herein, pumpte Tom mit Schmerzmitteln voll und richtete ihm gleich an Ort und Stelle den Knöchel ein, aber das nahm ich gar nicht wahr. Über eine Stunde lang sah ich zu, wie Shara die Fremden beobachtete. Ich beobachtete sie meinerseits auch, schweigend, in völliger Verzweiflung, und ich konnte um nichts in der Welt ihrem Tanz folgen. Ich zermarterte mir das Gehirn, versuchte, aus dem verrückten Wirbeln eine Bedeutung herauszusaugen und scheiterte. Ich konnte nicht mehr tun, um Shara zu helfen, als für eine hypothetische Nachwelt alles aufzuzeichnen, was sich abspielte. Mehrmals stieß sie einen leisen Schrei aus, kleine, unterdrückte Ausrufe, und ich sehnte mich schmerzlich danach, ihr eine Antwort zurückzurufen, aber ich tat es nicht. Beim letzten Schrei aktivierte sie ihre Schubdüsen, damit sie näher an den Schwarm der Fremden herankam, und dort schwebte sie dann lange Zeit.

Schließlich war ihre Stimme aus dem Lautsprecher zu hören, zuerst mühsam und undeutlich, so als spreche sie im Schlaf.

»Mein Gott, Charlie. Sie sind fremd. So fremd. Ich fange an, sie zu verstehen.«

»Wie?«

»Jedesmal, wenn ich anfange, einen Teil des Tanzes zu verstehen, bringt ... bringt uns das einander näher. Nicht direkt Telepathie. Ich ... ich kenne sie einfach besser. Vielleicht ist es doch Telepathie, ich weiß es nicht. Indem sie tanzen, was sie empfinden, verleihen sie ihm soviel Ausdruckskraft, daß ich es verstehen kann. Ich bekomme von drei Begriffen vielleicht einen mit. Aus der Nähe ist es deutlicher.«

Cox' Stimme klang sanft aber fest. »Was haben Sie erfahren, Shara?«

»Daß Tom und Charlie recht hatten. Sie sind kriegerisch. Zumindest strahlen sie Arroganz aus – sind irgendwie von ihrer Überlegenheit überzeugt. Ihr Tanz ist eine Herausforderung, eine Kampfansage. Ich glaube, daß sie doch Planeten benützen, sagen Sie das Tom.«

»Was?«

»Ich glaube, auf einer bestimmten Stufe ihrer Entwicklung haben sie einen Körper und sind an einen Planeten gebunden. Wenn sie dann genügend gereift sind, werden sie ... werden sie zu diesen Glühwürmern, wie Raupen, die zu Schmetterlingen werden, und dann ziehen sie in den Weltraum.«

»Warum?« kam es von Cox.

»Um Brutgebiete zu finden. Sie wollen die Erde.«

Darauf folgte ein Schweigen, das vielleicht zehn Sekunden andauerte. Dann ergriff Cox ruhig das Wort. »Ziehen Sie sich zurück, Shara. Ich möchte sehen, was man mit Laser machen kann.«

»Nein!« schrie sie, laut genug, um eine wirklich erstklassige Lautsprecherverzerrung zu bewirken.

»Shara, wie Charlie mir erklärt hat, sind Sie nicht nur entbehrlich, sondern Sie sind für keinerlei praktischen Zwecke mehr verwendbar.«

»Nein!« Diesmal war ich es, der schrie.

»Major«, sagte Shara eindringlich. »Auf diese Weise erreichen Sie nichts. Glauben Sie mir, die können allem ausweichen oder standhalten, womit Sie oder die Erde sie angreifen können. Ich weiß es.«

»Hölle und Verdammnis, Weib«, sagte Cox. »Was soll ich denn tun? Soll ich warten, bis sie zuerst schießen? In diesem Augenblick sind Schiffe aus vier Ländern hierher unterwegs, aber sie werden nicht ...«

»Major, warten Sie. Geben Sie mir Zeit.«

Er fing an zu fluchen, dann brach er ab. »Wieviel Zeit?«

Sie gab keine direkte Antwort. »Wenn die Sache mit der Telepathie nur auch in anderer Richtung funktionierte ... es muß gehen. Ich bin für sie nicht fremder als sie für mich, wahrscheinlich sogar weniger, soviel ich verstehe, waren sie schon öfter hier. Charlie?«

»Ja.«

»Jetzt kommt eine Szene.«

Ich wußte es. Ich wußte es, seitdem ich sie auf meinem Monitor im freien Raum gesehen hatte. Und jetzt hörte ich aus dem schwachen Zittern ihrer Stimme heraus, was sie brauchte. Es war alles, was ich hatte, und ich war nur froh, daß ich es ihr geben konnte. Mit äußerst realistischer Fröhlichkeit sagte ich: »Hals- und Beinbruch, Kleines«, und dann schaltete ich mein Mikro aus, ehe sie den Schluchzer hören konnte, der danach kam.

Und sie tanzte.

Es begann langsam, wie Übungen mit einem Finger, während sie trachtete, einen Wortschatz an Bewegungen einzuführen, die die Geschöpfe verstehen konnten. ›Versteht ihr‹, schien sie zu sagen, ›daß diese Bewegung hier ein Ausgreifen ist, ein Sehen? Seht ihr, daß *dies* Zurückweisung ist, *dies* Entfalten, jenes eine stufenweise Abgabe von Energie? Spürt ihr die Zweideutigkeit, mit der ich diese Arabeske verzerre, oder daß die Spannung auf diese Weise gelöst werden kann?‹

Und es schien, als habe Shara recht, als hätte sie unendlich viel mehr Erfahrung mit völlig verschiedenen Kulturen als wir, denn sie waren ausgezeichnete Bewegungslinguisten. Später kam es mir in den Sinn, daß sie sich die Bewegung vielleicht gerade deshalb als Mittel der Verständigung ausgesucht hatten, weil sie so universell war. Der Mensch tanzte, ehe er sprach. Auf jeden Fall wurde der Tanz der Fremden merklich langsamer und weniger intensiv, als Sharas Tanz sich aufzubauen begann, und schließlich schwebten sie reglos im Weltraum und sahen ihr zu.

Bald danach muß Shara zu der Ansicht gelangt sein, sie habe die Voraussetzung genügend klargemacht, jedenfalls ausreichend für eine Verständigung auf Pidginebene, denn jetzt begann sie ernsthaft zu tanzen. Vorher hatte sie nur mit ihren eigenen Muskeln und den sich verschiebenden Massen ihrer Gliedmaßen gearbeitet. Jetzt nahm sie die Schubdüsen dazu, einzeln und in verschiedenen Kombinationen, und bewegte sich in sich ebenso wie im Weltraum. Ihr Tanz wurde ein richtiger Tanz: mehr als eine Sammlung von Bewegungen, etwas, das Bedeutung und Substanz hatte. Es war fraglos der ›Sternentanz‹, genau wie sie ihn vorchoreographiert hatte, wie sie ihn immer hatte tanzen wollen. Daß er völlig fremden Geschöpfen etwas vom Menschen und seinem Wesen zu sagen hatte, war keineswegs Zufall: dieser Tanz war die wichtigste und letzte Aussage der größten Künstlerin ihres Zeitalters, und er hatte selbst Gott etwas zu sagen.

Die Scheinwerfer der Kameras schlugen silberne Blitze aus ihrem Druckanzug, goldene aus den beiden Lufttanks auf ihren Schultern. Hin und her wob sie vor der schwarzen Kulisse des Weltraums die komplizierten Figuren ihres Tanzes in gemächlichen Bewegungen, die irgendwie ein Echo zu hinterlassen schienen. Und die Bedeutung dieser mächtigen Schlingen und Kreisbewegungen wurde erkennbar, mir wurde die Kehle trocken und meine Zähne preßten sich aufeinander.

Denn ihr Tanz sprach von nicht mehr und nicht weniger als von der Tragödie, lebendig zu sein und Mensch zu sein. Er erzählte höchst beredt von der Verzweiflung. Er sprach von dem grausamen Humor, der darin lag, daß grenzenloser Ehrgeiz an begrenzte Fähigkeiten gekoppelt ist, von ewiger Hoffnung, die in ein vergängliches Leben investiert wird, von dem Bedürfnis, das die Menschen dazu treibt, eine unerbittlich vorherbestimmte Zukunft schaffen zu wollen. Er sprach von Angst und Hunger und am deutlichsten von der allem zugrundeliegenden Einsamkeit und Entfremdung des Tieres Mensch. Er beschrieb das Universum aus der Sicht des Menschen: eine feindselige Verkörperung der Entropie, in die jeder von uns alleine hineingeworfen wird, durch sein Wesen daran gehindert, einen anderen Geist zu berühren, es sei denn aus zweiter Hand, über den Stellvertreter. Der Tanz erzählte von der blinden Widersinnigkeit, die den Menschen zwingt, mit aller Kraft nach einem Frieden zu streben, der, sobald er erreicht ist, zur Langeweile wird. Und er sprach von der Torheit, von dem schrecklichen Paradoxon, das den Menschen gleichzeitig zur Vernunft und zur Unvernunft fähig macht, und auf ewig unfähig, auch nur mit sich selbst zusammenzuarbeiten.

Er sprach von Shara und ihrem Leben.

Wieder und wieder begannen zyklische Bekundungen der Hoffnung, nur um in Verwirrung und Zerstörung zusammenzustürzen. Wieder und wieder strebten Kaskaden von Energie nach Auflösung und fanden nur Frustration. Ganz plötzlich glitt Shara in ein Muster, das mir vertraut schien, und Augenblicke später erkannte ich es: Die Schlußbewegung von ›Masse ist ein Wort‹ wurde wiederaufgenommen – nicht als Wiederholung, sondern als Reprise, als Echo, und die ›Drei Fragen‹ bekamen in diesem neuen Kontext eine schreckliche Dringlichkeit. Und wie zuvor folgte darauf diese letzte, unbarmherzige Kontraktion, dieses endgültige Nach-innen-Wenden aller Energie.

Sharas Körper wurde eine verlassene Ruine, er trieb im Raum, das Wesentliche ihres Seins war in ihr Zentrum zurückgenommen und unsichtbar.

Die ruhenden Fremden regten sich zum erstenmal.

Und plötzlich brach sie auf, blühte auf aus der Kontraktion, nicht wie eine Feder sich aufrollt, sondern wie eine Blume aus einem Samen hervorspringt. Durch die Kraft der Entspannungsbewegung wurde sie durch die Leere geschleudert, so als werde sie, wie eine Möwe in einem Hurrikan, von galaktischen Winden herumgestoßen.

Ihr Zentrum schien sich selbst durch Zeit und Raum zu wirbeln und riß ihren Körper mit einem Ruck in einen neuen Tanz hinein.

Und der neue Tanz sagte: ›Das heißt, Mensch zu sein: die wesentliche, existenzielle Vergeblichkeit allen Handelns, allen Strebens zu erkennen – und dennoch zu handeln, zu streben. Das heißt, Mensch zu sein: auf ewig weiter auszugreifen, als man reichen kann. Das heißt, Mensch zu sein: ewig zu leben oder es zu versuchen, und dabei zu sterben. Das heißt, Mensch zu sein: nicht aufzuhören, die Fragen zu stellen, auf die es keine Antwort gibt, in der Hoffnung, daß durch das Fragen irgendwie der Tag schneller kommen wird, an dem sie beantwortet werden. Das heißt, Mensch zu sein: sich im Angesicht des sicheren Scheiterns dennoch zu bemühen. Das heißt, Mensch zu sein: nicht aufzugeben.‹

All das sagte der Tanz mit einer aufsteigenden Reihe zyklischer Bewegungen, die die ganze wogende Majestät einer großen Symphonie enthielten, jede Bewegung so einmalig und von den anderen so verschieden wie Schneeflokken, und einander ebenso ähnlich. Und der neue Tanz lachte, über das Morgen ebenso wie über das Gestern, und am meisten über das Heute.

›Denn das heißt, Mensch zu sein: über das zu lachen, was andere eine Tragödie nennen würden.‹

Die Fremden schienen vor dem Ausbruch wilder Energie zurückzuzucken, erschrocken, von Scheu ergriffen, und vielleicht ein wenig verängstigt durch Sharas unbezähmbaren Geist. Sie schienen darauf zu warten, daß ihr Tanz sich abschwächte, daß sie sich erschöpfte, und ihr Lachen drang aus meinem Lautsprecher, als sie ihre Anstrengungen verdoppelte, zu einem Feuerrad wurde, zu einem Katharinenrad. Sie veränderte den Zielpunkt ihres Tanzes, begann, um die Fremden herumzutanzen, in feuerwerksartigen Bewegungsspritzern, die immer näher an das ungreifbare Sphäroid herankamen, in dem sie sich befanden. Sie krochen vor ihr nach innen, drängten sich in der Mitte der Hülle zusammen, weniger physisch bedroht als eingeschüchtert.

›Dies‹, sagte ihr Körper, ›heißt, Mensch zu sein: mit einem Lächeln Harakiri zu begehen, wenn es notwendig wird.‹

Und vor dieser schrecklichen Gewißheit brachen die Fremden zusammen. Ohne Vorwarnung verschwanden Glühwürmer und Ballon, waren fort, anderswo.

Ich weiß, daß Cox und Tom noch am Leben waren, weil ich sie hinterher sah, und das bedeutet, daß sie, während ich anwesend war und es hören konnte, wahrscheinlich etwas sagten oder taten, aber in diesem Augenblick hörte und sah ich sie nicht. Sie waren für mich ebenso tot wie alles andere außer Shara. Ich rief ihren Namen, und sie näherte sich der beleuchteten Kamera, bis ich ihr Gesicht hinter dem Plastikhelm ihres Druckanzugs erkennen konnte.

»Vielleicht sind wir winzig, Charlie«, stieß sie nach Atem ringend hervor. »Aber bei Gott, wir sind zäh.«

»Shara – komm jetzt herein, los.«

»Du weißt, daß ich das nicht kann.«

»Carrington muß dir jetzt eine Unterkunft im freien Fall geben, wo du leben kannst.«

»Ein Leben im Exil? Wozu? Um zu tanzen? Charlie, ich habe nichts mehr zu sagen.«

»Dann werde ich zu dir hinauskommen.«

»Sei nicht albern. Warum? Damit du einen Druckanzug umarmen kannst? Um zärtlich ein letztesmal die Helme aneinanderzustoßen? Blödsinn. Bis jetzt war es ein guter Abgang – wir wollen ihn nicht verderben.«

»Shara!« Ich verlor jede Beherrschung, klappte einfach zusammen, Schluchzer schüttelten meinen ganzen Körper.

»Charlie, hör mir zu«, sagte sie leise, aber so eindringlich, daß sie mich sogar trotz meiner Verzweiflung erreichte. »Hör mir jetzt zu, denn ich habe nicht viel Zeit. Ich habe etwas für dich. Ich hoffte, du würdest es selbst herausfinden, aber ... wirst du mir zuhören?«

»J – ja.«

»Charlie, Tanzen bei Schwerelosigkeit wird plötzlich unheimlich populär werden. Ich habe die Tür aufgemacht. Aber du weißt ja, wie es mit solchen Marotten ist, man wird alles versauen, wenn du nicht schnell bist. Ich überlasse es dir.«

»Was ... wovon redest du eigentlich?«

»Von dir, Charlie. Du wirst wieder tanzen.«

›Sauerstoffmangel‹, dachte ich. Aber so knapp kann die Luft doch noch gar nicht sein. »In Ordnung, sicher.«

»Hör um Himmels willen auf, mir nach dem Mund zu reden – ich meine es ernst, ich sage es dir. Du hättest es selbst gemerkt, wenn du nicht so völlig vernagelt wärst. Verstehst du nicht, im freien Fall fehlt deinem Bein überhaupt nichts!«

Mir fiel der Unterkiefer herunter.

»Hörst du mich, Charlie? Du kannst wieder tanzen.«

»Nein«, sagte ich und suchte nach einem Grund, warum das nicht ging. »Ich ... du kannst nicht ... es ist ... verdammt, das Bein ist nicht kräftig genug für die Arbeit im geschlossenen Raum«

»Vergiß mal einen Augenblick, daß du weniger als die Hälfte deiner Arbeit im geschlossenen Raum machen wirst. Vergiß es und erinnere dich daran, wie du Carrington den Hieb auf die Nase gegeben hast. Charlie, als du über den Schreibtisch gesprungen bist, da hast du dich mit dem rechten Bein abgestoßen!«

Ich stotterte noch eine Zeitlang herum, dann hielt ich den Mund.

»Das war's, Charlie. Mein Abschiedsgeschenk. Du weißt, daß ich nie in dich verliebt war ... aber du mußt wissen, daß ich dich immer geliebt habe. Und ich tue es immer noch.«

»Ich liebe dich, Shara.«

»Leb wohl, Charlie. Mach es richtig.«

Und dann gingen alle vier Schubdüsen gleichzeitig los.

Ich sah zu, wie sie davonflog. Eine Weile, nachdem sie schon zu weit weg war, als daß ich sie noch hätte sehen können, wölbte sich eine lange, goldene Feuerzunge über die Oberfläche des Globus und flammte dann noch einmal auf, als die Lufttanks hochgingen.

II

Die Sternentänzer

Kapitel 1

Der Flug von Washington war entsetzlich. Wie kann ein Mensch, der im freien Fall gearbeitet hat, luftkrank werden? Schlimmer, ich war an jenem Morgen mit der gleichen scheußlichen Erkältung aufgewacht, die ich nicht mehr loswurde, seitdem ich auf die Erde zurückgekehrt war, und so verbrachte ich den ganzen Flug im Vorgefühl der Messer, die bei der Landung durch meine Ohren gejagt werden würden. Aber den angebotenen Drink lehnte ich ebenso ab wie das Essen.

Ich war nicht einmal deprimiert. Zu viel war in den letzten paar Wochen mit mir geschehen. Ich fühlte mich ausgepumpt, leer, einfach irgendwie ... auf Reserve, nahm unbeteiligt Notiz, während ein Autopilot meinen Körper steuerte. Es war besser, wenn ich an einem vertrauten Ort war – ja, wenn ich so darüber nachdachte, hatte ich, vor etwa tausend Jahren, Toronto nicht als mein Zuhause angesehen?

Als ich durch den Zoll kam, waren natürlich Reporter da, aber bei weitem nicht so viele wie beim erstenmal. Ich hatte einmal als Junge einen Sommer lang in einem Sanatorium für Geisteskranke gearbeitet und dabei eine außergewöhnliche Erfahrung gemacht: Ich lernte, daß jeder Mensch – ganz gleich, wie entschlossen er ist –, den man *völlig* ignoriert, einen mit der Zeit nicht mehr belästigt und weggeht. Ich hatte diese Technik während der letzten drei Wochen so konsequent angewendet, daß es sich herumgesprochen hatte, und jetzt machten sich nur noch die abgebrühtesten Nachrichtenaufzeichner überhaupt die Mühe, mir ein Mikrophon vor die Nase zu halten. Schließlich stand ein Taxi vor mir, und ich nahm es. Gott sei Dank kann man sich bei den Taxifahrern von Toronto darauf verlassen, daß sie niemals jemanden erkennen.

Ich war jetzt ›frei‹.

Das TDT-Studio wieder zu betreten, war ein starkes ›Déjà-vu‹-Erlebnis, beinahe stark genug, um meinen Panzer zu durchdringen. Einmal, vor unendlichen Zeitaltern, hatte ich hier drei Jahre lang gearbeitet, und danach für kurze Zeit noch einmal. Und einmal hatte ich in diesem Gebäude Shara Drummond zum erstenmal tanzen sehen. Der Kreis hatte sich geschlossen.

Ich spürte nichts.

Natürlich das gottverdammte Bein immer ausgenommen. Nach der langen Zeit im freien Fall war der Schmerz viel schlimmer als in meiner Erinnerung, schlimmer als seit den ersten Tagen der Verletzung, die unvorstellbar weit zurücklagen. Ich mußte auf der Treppe nach oben zweimal stehenbleiben und war völlig durchgeschwitzt, als ich endlich oben angekommen war. (Haben Sie sich jemals gefragt, warum Tanzstudios *immer* mindestens eine Treppe hoch liegen? Haben Sie je versucht, eine Fläche dieser Größe auf Parterreebene zu mieten?) Ich wartete auf dem Treppenabsatz und normalisierte meine Atmung, bis ich der Meinung war, daß ich wieder Farbe im Gesicht hatte, und danach wartete ich noch ein paar Sekunden. Ich wußte, daß ich jetzt eigentlich aufgeregt sein sollte, aber ich war immer noch auf Reserve.

Ich öffnete die Tür, und das ›déjà-vu‹ stürzte wieder über mich herein. Norrey war am anderen Ende des altvertrauten Raums, und genau wie früher jagte sie eine Gruppe Schüler durch die Tempi. Es hätten die gleichen Schüler sein können. Nur Shara fehlte. Shara würde immer fehlen. Shara war jetzt verschmutzte Luft, Abfall in den oberen Atmosphäreschichten, viel weiter verstreut, als es den meisten Leichen jemals beschieden ist.

Sie war ganz oben in der Atmosphäre und von ihr verbrannt worden.

Aber ihre ältere Schwester war sehr lebendig. Sie war gerade mittendrin, eine Reihe von Sprungfiguren aus halbem Zehenstand zu demonstrieren, als ich eintrat, und ich hatte

Zeit, einen Eindruck von glühender Haut, gesundem Schweiß und großartigem Muskeltonus in mich aufzunehmen, dann schaute sie auf und sah mich. Sie erstarrte, als würde ein Film angehalten, dann fiel sie buchstäblich aus einer Streckfigur. Automatisch krümmte sie sich und rollte ab, sprang dann auf und rannte mit aller Kraft auf mich zu, weinend und fluchend, die Arme ausgestreckt. Ich hatte kaum Zeit, mein gesundes Bein einzuspreizen, da prallte sie schon wie eine Kanonenkugel gegen mich, und dann wiegten wir uns gegenseitig in den Armen wie zwei beschwipste Riesen, sie fluchte wie ein Matrose und rief weinend meinen Namen. Wir umarmten uns endlos lange, bis mir bewußt wurde, daß ich sie vom Boden hochhielt, und daß meine Schultern beinahe so laut schrien wie mein Bein. ›Vor sechs Monaten hätte es nachgegeben‹, dachte ich flüchtig und setzte sie ab.

»Alles in Ordnung, alles in Ordnung, alles in Ordnung?« fragte ihre Stimme in meinem Ohr.

Ich trat zurück und versuchte zu grinsen. »Mein Bein bringt mich noch um. Und ich glaube, ich habe die Grippe.«

»Verdammt, Charlie, wage bloß nicht, mich mißzuverstehen. Alles in Ordnung?« Ihre Finger packten mich am Hals, als wollte sie einen Klimmzug machen.

Meine Hände senkten sich zu ihrer Taille, ich blickte ihr in die Augen und ließ das Grinsen sein. Ganz plötzlich erkannte ich, daß ich nicht mehr auf Reserve war. Mein Kokon war zerrissen, das Blut rauschte mir in den Ohren, und ich konnte sogar spüren, wie die Luft meine Haut berührte. Zum erstenmal dachte ich darüber nach, warum ich hierhergekommen war, und ich begriff es teilweise. »Norrey«, sagte ich einfach, »mit mir ist alles in Ordnung. Manchmal glaube ich, ich bin besser in Form als in den letzten zwanzig Jahren.«

Der zweite Satz rutschte mir nur so heraus, aber noch während ich ihn aussprach, wußte ich, daß er stimmte. Norrey las die Wahrheit in meinen Augen und schaffte es irgendwie, sich völlig zu entspannen, ohne ihre Umarmung zu lockern. »Oh, Gott sei Dank«, schluchzte sie und zog mich näher an sich. Nach einiger Zeit wurde ihr Schluchzen schwächer, und sie sagte beinahe launisch, mit winziger Stimme: »Ich hätte dir das Genick gebrochen«, und wir grinsten beide wie blöd und lachten laut. Wir lachten uns direkt aus unserer Umarmung heraus, und dann sagte Norrey plötzlich: »OH!«, wurde blutrot und drehte sich auf dem Absatz zu ihrem Kurs herum.

Es hatte den Anschein, als hätten wir die einzige Stelle des Raums belegt, die nicht höchst faszinierend war. Sie wußten Bescheid. Sie sahen fern, sie lasen Zeitungen. Noch während wir hinsahen, trat eine Schülerin heraus und stellte sich vor die anderen. »Also«, sagte sie zu ihnen, »wir fangen von vorne an, ich gebe drei Schläge vor, und – eins.« Und die ganze Gruppe nahm das Training wieder auf.

Die neue Führerin sah Norrey nicht in die Augen, wollte die Dankbarkeit, die darin lag, nicht annehmen oder auch nur erkennen – aber sie schien leicht zu lächeln, während sie tanzte, über nichts Spezielles.

Norrey wandte sich mir wieder zu.

»Ich werde mich umziehen müssen.«

»Nicht allzusehr, hoffe ich.«

Sie grinste wieder und verschwand. Meine Backen juckten, und als ich sie mechanisch kratzte, entdeckte ich, daß sie triefend naß waren.

Der Nachmittag draußen erfüllte uns beide mit Staunen. Neue Farben schienen aus dem Spektrum hervorzubrodeln und sich zur Feier des Herbstes überallhin zu verspritzen. Es war einer jener Oktobertage, von denen man, jedenfalls in Toronto, entweder sagen kann, ›Mensch, ist das kühl‹ oder ›Mensch, ist das warm‹, ohne daß einem widersprochen wird. Wir gingen miteinander Arm in Arm durch diesen Tag, sprachen nur gelegentlich, und dann mit den Augen. Mein betäubter Kopf wurde langsam klar; mein Bein schmerzte weniger.

Le Maintenant gab es damals noch, aber es wirkte schäbiger denn je. Fat Humphrey erblickte uns durch das Küchenfenster, als wir eintraten, und kam heraus, um uns zu begrüßen. Er ist gleichzeitig der dickste glückliche und der glücklichste dicke Mann, den ich je gesehen habe. Ich habe ihn im Februar in Hemdsärmeln im Freien gesehen, und es heißt, daß einmal ein Möchtegerneinbrecher dreimal auf ihn einstach, ohne eine Wirkung zu erzielen. Er stürmte durch die Flügeltür und raste auf uns zu, ein Berg mit einem Lächeln obendrauf. »Mist' Armstead, Miz Drummond! Willkommen!«

»Hallo, Fat!« rief ich und nahm die Filterstöpsel aus meiner Nase. »Gott segne dein Gesicht. Hast du einen guten Tisch?«

»Sicher, im Keller irgendwo. Ich bringe ihn rauf.«

»Tut mir leid, daß ich es aufgebracht habe.«

»Irgendwas stimmt sicher nicht mit deiner Erziehung«, stimmte Norrey trocken zu.

Wenn Fat Humphrey laut lacht, dann ist das wie ein Erdbeben in den Rockies. »Schön, Sie zu sehen. Schön, Sie beide zu sehen. Sie sind zu lange weggewesen, Mist' Armstead.«

»Davon reden wir später, Fat, einverstanden?«

»Sicher. Mal schauen: Sie sehen mir nach etwa einem Pfund Lende, ein paar Bratkartoffeln, Erbsen auf italienisch mit Knoblauch und einem Eimer Milch aus. Miz Drummond, Sie schätze ich auf einen Thunfischsalat auf Vollweizentoast, einen Teller Tomatenscheiben und ein Glas Milch. Salat für beide. Stimmt's?«

Wir platzten beide heraus. »Wieder mal getroffen, wie üblich. Wozu druckst du überhaupt Speisekarten?«

»Sie werden es nicht glauben? Es gibt da so ein Gesetz. Wie wollen Sie das Steak? Medium?«

»Ja, das wäre großartig«, stimmte ich zu und nahm Norreys Mantel und ihre Filtermaske. Fat Humphrey johlte, schlug sich auf einen seiner mächtigen Schenkel und nahm meine Sachen, während ich die von Norrey aufhängte.

»Hab' Sie vermißt hier in der Kneipe, Mist' Armstead. Keiner von diesen anderen Fatzken kann einem richtig 'rausgeben. Da rüber.« Er führte uns zu einem kleinen Tisch im rückwärtigen Teil, und als ich mich setzte, merkte ich, daß es derselbe Tisch war, an dem Norrey, Shara und ich vor so langer Zeit gesessen hatten. Das tat kein bißchen weh: es schien irgendwie ganz richtig so. Fat Humphrey rollte uns aus seinem eigenen Vorrat höchstpersönlich einen Joint und ließ den Beutel und ein Päckchen ›Drums‹ auf dem Tisch liegen. »Rauchen Sie, soviel Sie wollen«, sagte er und kehrte in die Küche zurück, von hinten wirkten seine Hinterbacken wie miteinander ringende Zeppeline.

Ich hatte seit Wochen nicht geraucht; beim ersten Zug wurde mir schwindlig. Norreys Finger berührten die meinen, wenn wir das Stäbchen weitergaben, und die Berührung war warm und elektrisierend. Meine Nase, die sich verstopft hatte, als wir hereinkamen, wurde wieder frei, und zwischen Rauchen und Schneuzen war der Joint zu Ende, ehe wir ein Wort gesprochen hatten. Ich war mir deutlich bewußt, wie albern ich wirken mußte, aber zu gut gelaunt, um mir darüber Gedanken zu machen. Ich versuchte, im Geiste alles durchzugehen, was zu sagen, und alles, was zu fragen war, aber immer wieder stürzte ich in Norreys warme, braune Augen und verlor mich darin. Die Kerze setzte Glanzlichter hinein, auch in ihr schönes braunes Haar. Ich suchte in meinem Kopf nach den richtigen Worten.

»Tja, da sind wir also«, mehr fiel mir nicht ein.

Norrey lächelte ein wenig. »Das ist ja eine fürchterliche Erkältung.«

»Meine Nase hat dichtgemacht, zwanzig Stunden nachdem ich den Boden berührte, und ich habe ihr dafür noch gar nicht richtig gedankt. Hast du überhaupt eine Vorstellung, wie entsetzlich dieser Planet riecht?«

»Ich hätte gedacht, ein geschlossenes System würde noch schlimmer riechen.«

Ich schüttelte den Kopf. »Es gibt einen bestimmten Geruch im Weltraum, in einer Raumstation, meine ich. Und ein Druckanzug kann auch ganz schöne Düfte entwickeln. Aber die Erde ist ein ganzer Eintopf von Gerüchen, und meistens von schlechten.«

Sie nickte verständnisvoll. »Im Weltraum gibt es keine Schornsteine.«

»Und keine Mülldeponien.«

»Keine Kanalisation.«

»Keinen Kuhgestank.«

»Wie ist sie gestorben, Charlie?«

Uff. »Großartig.«

»Ich habe die Zeitungen gelesen. Ich weiß, daß das alles Quatsch ist, und ... und du warst dabei.«

»Ja.« Ich hatte in diesen letzten drei Wochen die Geschichte mehr als hundertmal erzählt – aber einem Freund hatte ich sie nie erzählt, und jetzt entdeckte ich, daß ich das brauchte. Und Norrey hatte auf jeden Fall ein Recht zu hören, wie ihre Schwester gestorben war.

Und so erzählte ich ihr, wie die Fremden gekommen waren, wie Shara intuitiv begriffen hatte, daß sich diese Wesen durch Tanzen verständigten, und wie sie sich sofort entschloß, ihnen zu antworten. Ich erzählte ihr, wie Shara langsam erkannte, daß die Fremden feindselige Absichten hatten, Eroberungsgelüste, daß sie entschlossen waren, unseren Planeten als Brutgebiet zu bekommen. Und ich erzählte ihr, so gut ich konnte, vom ›Sternentanz‹.

»Sie hat sie direkt aus unserem Sonnensystem hinausgetanzt, Norrey. Sie hat alles getanzt, was sie in sich hatte, und sie hatte uns alle in sich. Sie hat getanzt, wie wir sind, wie sie war, und sie hat ihnen eine Todesangst eingejagt. Sie hatten keine Angst vor den Lasern des Militärs, aber sie hat sie so eingeschüchtert, daß sie in den tiefen Raum flüchteten, als sei der Teufel hinter ihnen her. Oh, eines Tages werden sie zurückkommen – warum, weiß ich nicht, aber ich spüre es in den Knochen. Aber vielleicht nicht, solange wir noch leben. Sie hat ihnen gesagt, was es heißt, Mensch zu sein. Sie hat ihnen den ›Sternentanz‹ gezeigt.«

Norrey schwieg lange, dann nickte sie. »Mhm.« Ihr Gesicht verzerrte sich plötzlich. »Aber warum mußte sie sterben, Charlie?«

»Sie war fertig, Schätzchen«, sagte ich und nahm ihre Hand. »Sie hatte sich damals völlig an den freien Fall gewöhnt, und das ist eine Einbahnstraße. Sie hätte niemals zur Erde zurückkehren können, nicht einmal zu einem Sechstel G auf Skyfac. Oh, im freien Fall hätte sie weiterleben können. Aber alles im freien Fall, militärische Objekte ausgenommen, gehört Carrington, und sie hatte keinen Grund mehr, irgend etwas von ihm anzunehmen. Sie hatte ihren ›Sternentanz‹ getanzt, ich hatte ihn aufgezeichnet, sie war fertig.«

»Carrington«, sagte sie, und ihre Finger drückten heftig meine Hand. »Wo ist er jetzt?«

»Ich habe es selbst erst heute morgen erfahren. Er hat versucht, alle Bänder und alles Geld für die Skyfac GmbH, das heißt, für sich selbst in die Finger zu kriegen. Er hatte es jedoch versäumt, Shara einen richtigen Vertrag unterschreiben zu lassen, und Tom McGillicuddy fand ein wasserdichtes, eigenhändig geschriebenes Testament bei ihrem Nachlaß. Darin hinterläßt sie alles je zur Hälfte dir und mir. Also versuchte Carrington, einen Nachlaßrichter zu kaufen, und er erwischte den falschen Richter. Es wäre heute nachmittag in den Nachrichten gekommen. Der Gedanke, daß auch nur ein Satz davon im Bereich von ein G bekanntgeworden wäre, war mehr, als er ertragen konnte. Ich glaube, zum Schluß hat er sich selbst eingeredet, er habe sie wirklich geliebt, denn er hat versucht, ihren Abgang zu kopieren. Er hat es versaut. Er hatte keine Ahnung, wie man von einem rotierenden Ring abspringt, und ließ zu spät los. Das ist der häufigste Anfängerfehler.«

Norrey sah verwirrt drein.

»Anstatt wie sie ein Meteorit zu werden, schwebte er, als man ihn zum letztenmal sah, ungefähr auf Beteigeuze zu. Ich vermute, daß es inzwischen in den Nachrichten ist.« Ich sah auf meine Uhr. »Ich würde sogar schätzen, daß ihm etwa um diese Zeit die Luft ausgeht – falls er den Mumm hatte, so lange zu warten.«

Norrey lächelte und ihre Finger lockerten sich. »Diesen Gedanken sollten wir festhalten«, säuselte sie.

Falls Sie einmal gefangengenommen werden sollten – lassen Sie sich ja nicht den Frauen ausliefern.

Dann kam der Salat. ›Thousand Islands‹ für mich und ›French‹ für Norrey, genau wie wir es bestellt hätten, wenn es uns eingefallen wäre. Die Portionen waren verschieden groß und auf jedem Teller war genau so viel, wie der Empfänger essen wollte. Ich weiß nicht, wie Fat Humphrey das macht. An welchem Punkt wird diese Art von Einfühlungsvermögen zur Telepathie?

Während wir aßen, kam es sporadisch zu weiteren Gesprächen, aber nichts von Bedeutung wurde gesagt. Fat Humphreys Kochkunst verlangte respektvolle Aufmerksamkeit. Das eigentliche Essen kam, als wir gerade mit dem Salat fertig wurden, und als wir uns sattgegessen hatten, waren beide Teller leer und der Kaffee so kühl, daß man ihn trinken konnte. Stücke von Fats Aprikosenkuchen kamen frisch aus dem Ofen und wurden mit Andacht verzehrt. Wieder wurde Kaffee eingegossen. Ich nahm Pseudosephedrin für meine Nase. Die Unterhaltung kam träge wieder in Gang, und jetzt blieb ihr nur noch eine Frage übrig, daher fragte ich zuerst.

»Und was treibst du so die ganze Zeit, Norrey?«

Sie zog ein Gesicht. »Nicht viel.«

Herrliche Antwort. Nachfassen!

»Norrey, an dem Tag, an dem bei dir nicht viel los ist, haben wir in Ottawa eine ehrliche Regierung. Ich hörte, daß du einmal mehr als eine Stunde lang stillgestanden haben sollst, aber der, der mir das erzählte, war ein berüchtigter Lügner. Also komm, du weißt doch, daß ich nicht mehr auf dem laufenden bin.«

Sie runzelte die Stirn, und das war alles, das war der Auslöser. Ich hatte, seitdem ich da im Studio in Norreys Armen meine Reserve aufgegeben hatte, wie ein Verrückter nachgedacht, und mir waren schon viele Dinge klargeworden. Aber der Anblick dieses Stirnrunzelns schloß den Vorgang ab: ganz plötzlich setzte sich der Wirrwarr in meinem Unterbewußtsein mit einem beinahe hörbaren Klicken zu einer Form zusammen. Manchmal kommen sie wirklich so. Blitzartige Erkenntnisse. Mitten in einem Satz, in einer Mikrosekunde macht das Verständnis einen Quantensprung. Man blickt auf zwanzig Jahre blinder Dummheit zurück, ohne zurückzuzucken, und erkennt die unmittelbare Zukunft in allen Einzelheiten. Später wird man sich wunderen – in diesem Augenblick akzeptiert man nur und nickt dazu. Bei den Sizilianern gibt es so etwas auch, sie nennen es ›Blitzschlag‹. Es heißt, er bringe tiefe Ruhe und großen Ernst. Mich ließ er in schallendes Gelächter ausbrechen.

»Was ist so lustig?«

»Ich weiß nicht, ob ich es erklären kann, Schatz. Ich glaube, ich habe gerade herausgefunden, wie Fat Humphrey es macht.«

»Wie?«

»Später. Du wolltest sagen ...«

Das Stirnrunzeln kehrte zurück. »Hauptsächlich habe ich gar nichts gesagt. Was ist mit mir los, in fünfundzwanzig Worten oder weniger? Das habe ich mich schon recht lange selbst nicht mehr gefragt. Vielleicht zu lange.« Sie nippte an ihrem Kaffee. »Na gut. Du kennst das Album von John Koerner, das letzte, das er für den Verkauf gemacht hat? ›Laufen, Springen, Stillstehn‹? Genau das habe ich getan, glaube ich. Ich habe viel Energie aufgewendet, um Dinge zu tun, die mich befriedigen sollten, und ich bin nicht zufrieden. Ich ... ich langweile mich beinahe.«

Sie verhaspelte sich, also beschloß ich, den ›advocatus diaboli‹ zu spielen. »Aber du hast doch genau das erreicht, was du immer wolltest«, sagte ich und begann, mir einen Joint zu drehen.

Sie schnitt eine Grimasse. »Vielleicht ist das die Schwierigkeit. Vielleicht sollte man sich im Leben kein Ziel setzen, das zu erreichen ist – denn was macht man danach? Erinnerst du dich noch an Koerners Film?«

»Ja. ›Das Geräusch des Schlafs.‹ Verrückter Pornoschinken mit hübschen Mädels obendrauf.«

»Weißt du noch, was nach seinen Worten der Sinn des Lebens war?«

»Sicher. ›Mach das nächste!‹« Ich ließ dem Wort die Tat folgen, leckte an meinem Joint, klebte ihn zu und drehte die Enden zusammen, dann steckte ich ihn an. »Fand immer, das sei ein großartiger Rat. Hat mir über ein paar harte Zeiten weggeholfen.«

Sie zog am Joint, hielt den Rauch und stieß ihn aus, dann erwiderte sie: »Ich bin bereit, dieses nächste zu tun – aber ich bin nicht sicher, was es ist. Ich bin mit der Truppe auf Tournee gegangen, habe in New York solo getanzt, habe choreographiert, ich habe die ganze verdammte Schule geleitet, und jetzt bin ich künstlerischer Direktor. Ich habe jetzt volle Autonomie: ich kann sogar Unterricht halten, wenn ich Lust dazu habe. Jahr für Jahr, so lange, bis die Hölle einfriert, wird im Repertoire von TDT eine Nummer von mir enthalten sein, und ich werde immer großartiges Material haben, mit dem ich arbeiten kann. Ich habe mein ganzes Leben lang an Kinderträumen gearbeitet, Charlie, und weiter hatte ich als Kind nicht geträumt. Ich weiß nicht, was das ›nächste‹ ist. Ich brauche einen neuen Traum.«

Sie nahm wieder einen Zug, gab mir den Joint. Ich starrte verschwörerisch auf die glühende Spitze, und sie blinzelte mir zu. »Irgendein Stichwort? Zumindestens eine Richtung?«

Sie atmete sorgfältig aus und sprach zu ihren Händen. »Ich dachte, ich könnte vielleicht versuchen, mit einer dieser Tanzkommunen zu arbeiten, wo jeder jede Nummer choreographiert. Ich würde gerne in der Gruppe arbeiten. Aber es gibt wirklich niemanden, mit dem ich eine aufbauen könnte, auch kenne ich nur eine Truppe, die von den Mitgliedern geleitet wird und mir zusagt, ›New Pilobolus‹ – und dazu müßte ich in Amerika leben.«

»Vergiß es.«

»Ja, zum Teufel. Ich ... Charlie, ich weiß nicht, ich habe mir sogar schon überlegt, ob ich einfach alles liegen und stehen lasse und auf die Prince Edward Insel in die Landwirtschaft gehe. Ich hatte das schon immer vor, und es ist nie wirklich etwas daraus geworden. Shara hat die Farm in gutem Zustand hinterlassen, ich könnte .. ach, es ist verrückt. Eigentlich will ich gar nicht in die Landwirtschaft, ich will einfach etwas Neues, etwas anderes. Unerforschtes Gebiet, etwas, das – Charlie Armstead, was zum Teufel gibt es da zu grinsen?«

»Manchmal ist es reine Zauberei.«

»Was?«

»Horch. Hörst du sie dort oben?«

»Wen soll ich hören?«

»Ich sollte es Humphrey erzählen. Er wird das ganze Dach voll Rentierscheiße kriegen.«

»Charlie!«

»Nur zu, kleines Mädchen, zieh mich nur am Schnurrbart, soviel du willst – er ist echt. Setz dich hierher auf meinen Schoß und gib deine Bestellung auf. Hohoho. Such dir eine Zahl von eins bis zwei aus.«

Jetzt kicherte sie; sie wußte nicht warum, aber sie kicherte. »Charlie ...«

»Such dir eine Zahl von eins bis zwei.«

»Zwei.«

»Das ist eine sehr gute Zahl. Wirklich eine sehr gute Zahl. Du hast gerade einen tadellosen, fabrikneuen Traum mit allem Zubehör und völlig ohne Garantie gewonnen. Dieses Angebot ist im Handel nicht erhältlich. Eine sehr gute Zahl. Wie bald kannst du aus der Stadt weg?«

»Aus der Stadt weg? Charlie ...« Sie bekam nun langsam den Schimmer einer Ahnung. »Du meinst doch wohl nicht ...«

»Was würdest du sagen, wenn du dich zur Hälfte an einem Haufen Vakuum beteiligen solltest, Baby? Ich habe eine Menge Nix, oder ich kann zumindest darüber verfügen, und du darfst dir soviel davon nehmen, wie du nur willst. Und jetzt sag noch mal etwas von obenauf sein.«

Das Kichern war verschwunden. »Charlie, du kannst doch nicht meinen, was ich glaube ...«

»Ich biete dir eine einfache Partnerschaft in einer Tanzkommune an – einer richtigen Tanzkommune. Ich meine, wir werden zumindest in der ersten Saison alle zusammenwohnen müssen. Jede Menge Grundbesitz, aber am Anfang ein wenig Wohnraumknappheit. Wir werden für die Unkosten springen, und es ist ein freier Fall.«

Sie beugte sich über den Tisch, steckte einen Ellbogen in ihren Kaffee und den anderen in den Aprikosenkuchen, packte mich am Rollkragen und schüttelte mich. »Hör endlich auf, dummes Zeug zu schwätzen, und rede vernünftig, verdammt!«

»Das tue ich doch die ganze Zeit, Schätzchen, wirklich. Ich schlage eine Truppe von Choreographen vor, eine richtige Kommune. Anders wird es nicht gehen. Die Mitglieder der Truppe werden zusammen wohnen, jede Nummer miteinander choreographieren, miteinander auftreten, sich gleichmäßig die Gewinne teilen, und ich werde alle Kosten tragen, nur so zum Spaß. O ja, wir sind reich, habe ich dir das schon gesagt? Bald jedenfalls.«

»Charlie!«

»Ich meine es ernst, das sage ich doch. Ich will eine Truppe gründen. Und eine Schule. Ich biete dir eine fünfzigprozentige Beteiligung und eine Vollzeitbeschäftigung das ganze Jahr über, in vollem Ernst, du mußt sofort anfangen, unbedingt. Norrey, ich möchte, daß du im freien Fall tanzt.«

Ihr Gesicht wurde ausdruckslos. »Wie?«

»Ich möchte ein Studio in der Umlaufbahn bauen und eine Truppe aufstellen. Wir werden abwechselnd auftreten und unterrichten, etwa so: drei Monate Unterricht auf der Erde – im wesentlichen Vortanzen – und die, die bestanden haben, dürfen für drei Monate in den Orbit mitkommen und dort arbeiten. Alle, die etwas taugen, werden in die nächsten drei Monate einbezogen, in denen wir Vorführungen aufzeichnen. Dann haben wir uns lange Zeit in der Schwerelosigkeit oder bei niedriger Schwerkraft aufgehalten, unsere Körper werden anfangen, sich anzupassen, also machen wir drei Monate Urlaub auf der Erde und fangen dann wieder von vorne an. Den Urlaub können wir dazu verwenden, mögliche Talente aufzuspüren und anzuwerben – mit anderen Worten, wir werden die Aufführungen abklappern. Es wird ein Riesenspaß, Norrey. Wir werden gleichzeitig Geschichte machen und Geld verdienen.«

»Wie, Charlie? Wie willst du für so etwas die nötige Unterstützung bekommen? Carrington ist tot, und für seine Teilhaber werde ich sicher nicht arbeiten. Und wer außer Skyfac und dem Raumkommando hat schon Weltraumformat?«

»Wir.«

»?«

»Du und ich. Wir sind Besitzer des ›Sternentanz‹-Bandes, Norrey. Ich werde es dir später zeigen. Ich habe eine Kopie in meinem Koffer. Im Augenblick haben vielleicht hundert Leute auf der Erde und ein paar Dutzend im Weltraum dieses Band in seiner Gesamtheit gesehen. Einer davon war der Präsident von Sony. Er hat mir einen Blankoscheck angeboten.«

»Einen Blanko ...«

»Wortwörtlich. Norrey, der ›Sternentanz‹ ist vielleicht die einzige, großartigste künsterlerische Äußerung des Menschen – abgesehen von seiner historischen Bedeutung und seinem Wert für die Medien. Ich würde schätzen, daß ihn innerhalb von fünf Jahren jeder sehfähige Mensch im Sonnensystem kennen wird. Und wir besitzen das einzige Band davon. *Und* ich besitze die einzigen existierenden Aufzeichnungen von Sharas Tanz auf der Erde, Handelswert unermeßlich. Reich? Zum Teufel, wir sind mächtig! die Skyfac GmbH ist so erpicht darauf, möglichst ungeschoren aus der ganzen Sache herauszukommen, daß ich nur zu Ring eins hinaufzutelefonieren und Tokugawa zu fragen brauche, wieviel Uhr es ist, damit er den nächsten Lift nach unten nimmt und mir seine Uhr gibt.«

Ihre Hände lösten sich von meinem Pullover. Ich wischte ihr die Aprikosen von dem einen, schlaffen Ellenbogen und trocknete den anderen ab.

»Ich habe keinerlei Skrupel, aus Sharas Tod Gewinn zu ziehen. Wir haben den ›Sternentanz‹ zusammen gemacht, sie und ich; ich habe mir meine Hälfte verdient, die deine hat sie dir vermacht. Das einzige, was mir nicht gefällt, ist, daß ich dadurch stinkreich werde, und ich will nicht reich sein – nicht auf diesem Planeten. Die einzige Möglichkeit, die mir einfällt, um eine solche Menge Geld so auf den Kopf zu hauen, daß Shara damit einverstanden gewesen wäre, ist, eine Truppe und eine Schule zu gründen. Wir werden uns auf die Außenseiter spezialisieren, auf diejenigen, die aus irgendeinem Grunde hier auf der Erde nicht in die Gußform passen. Wie Shara. Die Tänzer, deren Körper im klassischen Sinne nicht ganz vollkommen sind. Das ist im Weltraum einfach ohne Bedeutung. Wichtiger ist die Fähigkeit, sich zu öffnen, eine ganz neue Art von Tanz zu lernen ... und ... ich weiß nicht, ob dir das überhaupt etwas sagt, einen Winkel von dreihundertsechzig Grad voll zu umschließen. Vorschriften werden wir aufstellen, wie es sich ergibt – und wir werden viele Tänzer beschäftigen, die jetzt keine Arbeit finden. Ich schätze, daß unser Investitionskapital für etwa fünf Jahre ausreichen wird. Bis dahin müßte die Truppe mit ihren Aufführungen soviel verdienen, daß die Kosten gedeckt sind, die Schule getragen und noch Gewinn ausgewiesen werden kann. Alle Mitglieder der Truppe bekommen den gleichen Anteil. Bist du dabei?«

Sie blinzelte, lehnte sich zurück und holte tief Luft. »Wo dabei? Was hast du vorzuweisen?«

»Überhaupt nichts«, sagte ich fröhlich. »Aber ich weiß, was ich brauche. Es wird zwei Jahre dauern, bis wir richtig anfangen können, mindestens. Wir brauchen einen Geschäftsführer, einen Inspizienten und noch drei oder vier Tänzer, die unterrichten können. Einen Bautrupp für den

Anfang natürlich, und jemanden, der den Lift bedient. Aber das sind nur Angestellte. Meine Kameras laufen automatisch, bei Gott, und ich werde selbst den Vorarbeiter machen. Ich kann es schaffen, Norrey – wenn du mir hilfst. Komm – tritt in meine Truppe ein und schau dir die Welt an – aus einer anständigen Perspektive.«

»Charlie, ich ... ich weiß nicht einmal, ob ich mir vorstellen kann, was es heißt, im freien Fall zu tanzen. Ich meine, ich habe Sharas beide Nummern natürlich mehrmals gesehen, und sie haben mir sehr gefallen – aber ich weiß immer noch nicht, wo man von da aus weitermachen könnte. Ich kann mir kein Bild machen.«

»Natürlich nicht! Du steckst noch immer im ›unten‹ und ›oben‹ fest, bist verdorben durch ein ganzes Leben in einem Schwerkraftloch. Aber du wirst es schon kapieren, sobald du dort oben bist, glaube mir.« (Ein Jahr später sollte mich mein munteres Selbstvertrauen noch heimsuchen.) »Du kannst lernen, sphärisch zu denken, ich weiß es, und das übrige ist nur eine Neukoordination, wie wenn man sich den Seemannsgang angewöhnt. Zum Teufel, wenn ich in meinem Alter es kann, kann es jeder. Du wirst eine gute Tanzpartnerin sein.«

Beim erstenmal hatte sie es überhört. Jetzt wurden ihre Augen groß.

»Eine gute *was*?«

Norrey und ich kennen uns schon sehr lange, und ich müßte fast alles über diese Zeit erzählen, wenn ich erklären wollte, wie mir in diesem Augenblick zumute war. Wissen Sie noch, wie Alistair Sim als Scrooge gerade aus seinem Alptraum aufgewacht ist und gelobt, alles wieder gutzumachen? Und wie er immer mehr kichern muß, je netter er sich benimmt und je mehr ihn die Leute völlig fassungslos anstarren? Und wie er sich schließlich selbst eine Ohrfeige gibt und sagt: »Ich verdiene es gar nicht, so glücklich zu sein«, und wie er versucht, wieder nüchtern zu werden, wie es sich gehört? Und wie er wieder kichern muß und sagt: »Aber ich kann einfach nicht anders«, und wieder in Gelächter ausbricht. Genauso war mir zumute. Wenn man ein Problem hat, das einen Freund seit so vielen Jahren belastet, und wenn man das ganz plötzlich nicht nur erkennt, sondern auch weiß, daß die Bürde jetzt von allen beiden genommen ist, dann ist es eine ganz köstliche Freude, diese gute Nachricht miteinander zu teilen.

Wissen Sie noch, wie Scrooge Bob Cratchit damit überrascht? »... und haben Sie mir keinen anderen Ausweg gelassen – als Ihr Gehalt zu erhöhen!« Auf die gleiche, kindische Weise hatte ich mir meine Enthüllung, meine eigentliche Nikolausüberraschung für den Schluß aufgespart. Ich hatte die Absicht, den Augenblick voll auszukosten.

Aber dann sah ich ihre Augen und sagte es einfach gerade heraus.

»Norrey, im freien Fall funktioniert mein Bein. Ich habe hart trainiert, jeden Tag, seitdem ich wieder auf der Erde bin. Es ist ein wenig steif und ich – wir – werden bei der Choreographie immer ein wenig Rücksicht darauf nehmen müssen. Aber ich kann alles damit machen, was ein schwereloser Tänzer braucht. Ich kann wieder tanzen.«

Sie schloß die Augen, und ihre Lider bebten. »O mein Gott.« Dann öffnete sie sie, lachte und weinte zugleich: »O mein Gott, Charlie, o mein Gott, mein Gott.« Und sie griff über den Tisch, packte mich am Hals und zog mich an sich, und ich kriegte nun selbst Aprikosen und Kaffee auf die Ellenbogen, und, ach, ihre Tränen fühlten sich heiß an an meinem Hals.

Das Lokal hatte sich gefüllt, während wir miteinander sprachen; niemand schien uns zu bemerken. Ich hielt ihren Kopf in meiner Halsgrube und staunte. Das einzige, wirkliche Maß für den Schmerz ist die Erlösung davon – erst in diesem Augenblick, als ganze Schichten von Narbengewebe sich von meinem Herzen schälten, erkannte ich zum erstenmal, wie schwer sie in Wirklichkeit gewesen waren.

Schließlich hatten wir uns beide ausgeheult, ich löste mich von ihr und suchte ihren Blick. »Ich kann wieder tanzen, Norrey. Shara hat es mir gezeigt, ich war zu verdammt blöde, um es selbst zu sehen, zu vernagelt, um es zu merken. Es war so ungefähr das letzte, was sie getan hat. Ich kann das jetzt nicht wegwerfen, ich muß wieder tanzen, verstehst du? Ich werde in den Weltraum zurückkehren und tanzen, verdammt, auf meinem eigenen Besitz und zu meinen eigenen Bedingungen werde ich wieder tanzen.

Und ich will mit *dir* tanzen, Norrey, ich will dich als Partnerin. Ich möchte, daß du zu mir kommst und mit mir tanzt. Wirst du kommen?«

Sie setzte sich kerzengerade auf und sah mir in die Augen. »Weißt du, was du da von mir verlangst?«

Dranbleiben – jetzt geht's los! Ich holte tief Luft. »Ja. Ich bitte dich um eine volle Partnerschaft.«

Sie lehnte sich in ihrem Stuhl zurück und bekam einen entrückten Blick. »Wie lange kennen wir uns jetzt schon, Charlie?«

Ich mußte nachdenken. »Ich bringe vierundzwanzig Jahre zusammen. Mit Unterbrechungen.«

Sie lächelte. »Ja. Mit Unterbrechungen.« Sie hob den vergessenen Joint auf, zündete ihn von neuem an, nahm einen tiefen Zug. »Wieviel von dieser Zeit haben wir deiner Schätzung nach zusammen verbracht?«

Noch eine Rechenaufgabe; ich rauchte, während ich überlegte. »Sagen wir, sechs oder sieben Jahre.« Ausatmen. »Vielleicht acht.«

Sie nickte nachdenklich und nahm den Joint zurück. »Eine ganz schön zerstückelte Sache.«

»Norrey ...«

»Halt den Mund, Charlie. Du hast vierundzwanzig Jahre gewartet, bis du mir einen Antrag gemacht hast, jetzt kannst du auch noch so lange den Mund halten und warten, bis ich dir meine Antwort gegeben habe. Wie oft bin ich deiner Schätzung nach ins Säuferbecken hinuntergekommen und habe dich ausgelöst?«

Ich wich nicht aus. »Zu oft.«

Sie schüttelte den Kopf. »Einmal weniger als zu oft. Ich

habe dich reingelassen, wenn du es gebraucht hast, und dich rausgeworfen, wenn du es gebraucht hast, und ich habe nicht ein einzigesmal das Wort ›Liebe‹ in den Mund genommen, weil ich wußte, daß dich das abschrecken würde. Du hattest so verdammt viel Angst davor, daß irgend jemand dich lieben könnte, denn dann hätte er dich ja bemitleiden müssen, weil du ein Krüppel warst. Und so bin ich dagesessen und habe zugesehen, wie du dein Herz nur Leuten geschenkt hast, die es nicht haben wollten – und hinterher habe ich jedesmal die Scherben aufgesammelt.«

»Norrey ...«

»Halt den Mund«, sagte sie. »Rauch dein Stäbchen und halt den Mund. Ich habe dich schon geliebt, Charlie, als du mich noch gar nicht gekannt hast, noch ehe dein Bein zermanscht wurde, als du noch getanzt hast. Ich kannte dich, ehe du ein Krüppel warst. Ich habe dich schon geliebt, bevor ich dich außerhalb der Bühne gesehen habe. Ich kannte dich, bevor du ein Säufer warst, und ich habe dich seither all die Jahre geliebt, so, wie du es gewollt hast. Und jetzt kommst du auf zwei Beinen daher. Du hinkst zwar noch, aber ein Krüppel bist du nicht mehr. Fat Humphrey, der Telepath, gibt dir keinen Wein zum Essen, und als ich dich im Studio küsse, merke ich, daß du im Flugzeug nichts getrunken hast. Du lädst mich zum Essen ein, faselst etwas daher von reich und mächtig sein, willst mir irgendeinen hirnrissigen Plan von Tanz im Weltraum verkaufen, du hast die gottverdammte Frechheit, mir das alles zu erzählen und kein einzigesmal das Wort ›Liebe‹ in den Mund zu nehmen und mich zu bitten, wieder deine andere Hälfte zu sein.« Sie riß mir den Stummel aus der Hand. »Verdammt noch mal, Cratchit, Sie lassen mir keinen anderen Ausweg ...«

Und hier machte sie tatsächlich eine Pause, nahm einen Zug, hielt ihn und atmete aus, ehe sie das Lächeln aufkommen ließ.

»... als Ihr beschissenes Gehalt zu erhöhen.«

Und dann hielten wir beide inmitten der Aprikosen Händchen und grinsten wie die Gibbons. In meinen Ohren rauschte das Blut; ich zitterte tatsächlich in einem unerträglich starken Gefühl. Ich suchte nach einem reinigenden Witz, um die Spannung zu lösen. »Wer sagt eigentlich, daß ich das Essen bezahle?«

Neben mir sagte eine hohe, näselnde Stimme: »Ich bezahle, Mr. Armstead.«

Wir blickten auf und entdeckten bestürzt, daß die Welt um uns noch immer existierte. Und wir wurden noch weiter überrascht.

Er war ein kleiner, schmächtiger, junger Mann. Der erste Eindruck, den ich von ihm hatte, waren Löckchen, Kaskaden von außerordentlich krausem, schwarzem Haar, dahinter lugte ein Gesicht hervor wie die Zeichnung eines koboldhaften Zwergs von Brian Froud. Die Brille bestand aus zwei Rechtecken aus Draht und Glas, dicker als das Glas in Luftschleusentüren, und sie saß ihm im Augenblick auf der Nasenspitze. Er schielte über sie hinweg auf uns herunter und bemühte sich nach Kräften, würdig auszusehen. Das war ziemlich schwierig, denn Fat Humphrey hatte ihn am Kragen gepackt und hielt ihn glatt dreißig Zentimeter über dem Boden mit einer seiner tellergroßen Hände. Der Mann war teuer und sehr geschmackvoll angezogen, aber seine Stiefel waren phantastisch schäbig. Er versuchte ohne Erfolg, nicht mit den Füßen zu strampeln.

»Jedesmal, wenn ich an Ihrem Tisch vorbeikomme, trete ich ihm auf die Ohren«, erklärte Humphrey, schob den kleinen Kerl dabei näher heran und senkte die Stimme. »Ich denk' mir also, er ist ein Spitzel oder einer von der Presse und will ihm die Landstreicherbehandlung verpassen. Aber wenn er vom Bezahlen redet, müssen Sie das entscheiden.«

»Was sind wir nun, Freundchen? Schnüffler oder Presse?«

Soweit es möglich war, richtete er sich auf. »Ich bin Künstler.«

Ich stellte Norrey mit den Augen eine Frage und bekam eine Antwort.

»Laß den Mann runter und gib ihm einen Stuhl, Fat. Über die Rechnung reden wir später.«

So geschah es, der Junge nahm den Rest des Stummels an, zog seinen Umhang zurecht und schob seine Brille wieder hoch.

»Mr. Armstead, Sie kennen mich nicht, und ich kenne die Dame hier nicht, aber ich habe nun mal phantastische Ohren und schäme mich auch überhaupt nicht. Ich heiße Raoul Brindle und ...«

»Ich habe schon von Ihnen gehört«, sagte Norrey. »Ich habe ein paar Alben von Ihnen.«

»Ich auch«, stimmte ich zu. »Das vorletzte war großartig.«

»Charlie, das war aber gemein.«

Raoul blinzelte heftig. »Nein, er hat recht. Das letzte war Mist. Ich war etwas schuldig und habe bezahlt.«

»Nun, mir hat es gefallen. Ich heiße Norrey Drummond.«

»Sie sind Norrey Drummond?«

Norrey bekam einen vertrauten Gesichtsausdruck. »Ja, *ihre* Schwester.«

»Norrey Drummond von TDT, die ›Gangwechsel‹ choreographiert und die ›Frage an einen Tänzer‹-Variationen auf der Konferenz von Vancouver getanzt hat, die ...« Er hielt inne und seine Brille rutschte ihm über die Nase. »Ohmeingott. Shara Drummond ist ihre *Schwester*? Ohmeingott, natürlich. Drummond, Drummond, Schwestern.« Er beherrschte seine Aufregung gewaltsam, schob sich die Brille hoch und machte noch einen Versuch, würdig auszusehen.

Mich kriegte er rum. Ich wußte ein wenig über Raoul Brindle Bescheid und war beeindruckt. Er war als Komponist ein Wunderkind gewesen, dann kam er auf dem College zu der Ansicht, daß man sich seinen Lebensunterhalt nicht mit Musik verdienen könne und wurde einer der besten Leute für Spezialeffekte in Hollywood. Gleich nachdem ›Time‹ ihm eine halbseitenlange Spalte für seine Arbeit bei ›Kinder der Linse‹ widmete – ein Film, den ich mächtig bewunderte – gab er ein Album mit Videokassetten heraus, das nur aus außergewöhnlichen optischen, laseroptischen und Farbeffekten zusammengestellt war, mit einer Syntesizebegleitung, die er selbst komponiert hatte. Es war ungefähr wie ›Yellow Submarine‹ hoch drei und hatte sich verkauft wie der Teufel. Danach war noch ein halbes Dutzend eher stellenweise brillanter Alben gekommen. Er hatte Paul McCartney zuliebe das legendäre Eine-Million-Dollar-Lightshowsystem für die Zusammenkunft der Beatles geplant und programmiert, und eines seiner rein akustischen Bänder begleitete meine Steroanlage überallhin. Ich beschloß, ihm das Essen zu bezahlen.

»Und woher kennen Sie mich so gut, daß Sie mich in einem Restaurant ausfindig machen, Raoul, und warum haben Sie gelauscht?«

»Ich habe Sie nicht hier ausfindig gemacht. Ich bin Ihnen hierher gefolgt.«

»Hundesohn, ich habe Sie nicht bemerkt. Nun, warum sind Sie mir gefolgt?«

»Um Ihnen mein Leben zu Füßen zu legen.«

»Wie?«

»Ich habe den ›Sternentanz‹ gesehen.«

»Wirklich?« rief ich aus, echt beeindruckt. »Wie haben Sie das geschafft?«

Er blickte zur Decke. »Großartiges Wetter heute, nicht wahr? Nun, ich habe den ›Sternentanz‹ jedenfalls gesehen und es mir zur Aufgabe gemacht, Sie zu finden und Ihnen zu folgen, und jetzt wollen Sie in den Weltraum zurück, um dort zu tanzen, und ich komme mit Ihnen. Und wenn ich zu Fuß gehen müßte.«

»Um was zu tun?«

»Sie sagten selbst, Sie würden einen Inspizienten brauchen. Aber Sie haben das noch nicht richtig durchdacht. Ich werde eine neue Kunstform für Sie schaffen. Ich werde mir für Sie das Gehirn zu Erdnußbutter rühren. Ich werde Kulissen und optische Effekte für den freien Fall entwerfen und die Partituren schreiben, und beides wird miteinander und auch mit den Tänzen völlig harmonieren. Ich werde für

Kaffee und Kuchen arbeiten. Sie brauchen nicht einmal meine Musik zu verwenden, wenn Sie nicht wollen, aber diese Kulisse *muß* ich einfach entwerfen.«

Norrey schnitt ihm das Wort ab, indem sie ihm sanft und mitfühlend die Hand auf den Mund legte. »Was meinen Sie mit ›Kulissen für den freien Fall‹?« Sie nahm die Hand weg.

»Es ist freier Fall, verstehen Sie nicht? Ich werde für Sie eine Kugel voll Trampolinen entwerfen, mit Kameras an den Anschlußstellen, und der Rahmen wird aus farbigen Neonröhren bestehen. Für die Arbeit im freien Weltraum werden Sie Ringe aus laserbeleuchteten Metallflocken bekommen, Schlingen aus Leuchtgas, passendes Feuerwerk, riesige Tropfen farbiger Flüssigkeit, die im Raum hängen und um die man herum- und durch die man hindurchtanzen kann – heiliger Gott, als Mann für Spezialeffekte habe ich mein ganzes Leben lang auf die Schwerelosigkeit gewartet. Das – das macht den Dykstraflex zu einem alten Hut, verstehen Sie das nicht?«

Er blinzelte so stark, daß er ständig mit den Wimpern über die Innenseite seiner Brille wischte, und schaute rasend schnell von Norrey zu mir und wieder zurück. Ich war platt und sie auch.

»Passen Sie auf, ich habe hier ein Mikrokassettenpäckchen. Das werde ich Ihnen geben, Mr. Armstead ...«

»Charlie ...« verbesserte ich automatisch.

»... und Sie nehmen es mit nach Hause und hören es sich an. Es sind nur ein paar Sequenzen, die ich zusammengeschnitten habe, nachdem ich den ›Sternentanz‹ gesehen hatte. Es ist nur audio, nichts als erste Eindrücke. Ich meine, es ist noch nicht einmal der Rahmen einer Partitur, aber ich dachte ... ich dachte, Sie würden vielleicht ... es ist absoluter Mist, hier, nehmen Sie es.«

»Sie sind engagiert«, sagte ich.

»Haben Sie mir gerade versprochen, mich zu engagieren?«

»Engagiert. He, Fat! Hast du irgendwo in der Kneipe ein Betamax?«

Und so gingen wir ins Hinterzimmer, wo Fat Humphrey Pappadopolous wohnt, ich legte das Band des ›Sternentanzes‹ in sein persönliches Videogerät ein, und wir sahen es uns alle vier zusammen an, während Maria das Restaurant versorgte, und als es vorbei war, dauerte es eine halbe Stunde, ehe einer von uns etwas sagen konnte.

Kapitel 2

Und so blieb uns damals natürlich nichts anderes übrig, als nach Skyfac hinaufzufliegen.

Raoul bestand darauf, seinen Fahrpreis selbst zu bezahlen, was mich überraschte und mir gefiel. »Wie kann ich verlangen, daß Sie die Katze im Sack kaufen?« fragte er vernünftigerweise. »Soweit Sie wissen, könnte ich auch einer dieser ständig raumkranken Typen sein.«

»Ich nehme an, daß wir in den Wohneinheiten zumindest etwas Schwerkraft haben werden, Raoul. Und haben Sie überhaupt eine Vorstellung, was ein Liftflug für einen Zivilisten kostet?«

»Ich kann es mir leisten«, sagte er einfach. »Das wissen Sie. Und ich bin für Sie gar nichts wert, wenn ich den ganzen Tag im Haus bleiben muß. Sobald wir wissen, daß ich die Arbeit machen kann, können Sie mich auf die Lohnliste setzen.«

»Das ist albern«, widersprach ich. »Ich habe vor, ganze Wagenladungen von Tanzschülern hier heraufzubringen, die mir nicht mehr garantieren können, und die werden den Teufel tun und ihre Fahrkarten selbst bezahlen. Warum sollte ich bei Ihnen anders verfahren, nur weil Sie nicht arm sind?«

Er schüttelte hartnäckig den Kopf, seine Brille hinterließ Eindrücke auf beiden Seiten seiner Nase. »Weil ich es so haben will. Wohltätigkeit für die, die sie brauchen. Ich habe schon eine Menge Wohltaten angenommen und segne die Leute, die sie mir gewährt haben, als ich sie brauchte. Aber jetzt brauche ich sie nicht mehr.«

»Nun gut«, stimmte ich zu. »Aber sobald Sie sich bewährt haben, werde ich Ihnen das Geld zurückzahlen, ob Sie wollen oder nicht.«

»Dagegen ist nichts einzuwenden«, sagte er, und wir buchten unseren Flug.

Die geschäftlichen Transporte in die Umlaufbahn werden von der ›Gesellschaft für Weltraumindustrie‹ abgewickelt, einer Tochtergesellschaft von Skyfac, und ich muß den Leuten zu einem der besten natürlichen Wortspiele gratulieren, das ich je gesehen habe. Als wir im Raumhafen nach stundenlangen Demütigungen beim Zoll und bei der medizinischen Untersuchung das richtige Gate ausfindig gemacht hatten, war ich ganz schön gereizt. Ich hatte mich nach der Zeit, die ich mit Shara im freien Fall verbracht hatte, noch immer nicht ganz rückangepaßt, und das höchste, was ich den Medizinern der Gesellschaft herauslocken konnte, waren drei Wochen – mein ›Draht‹ zu den oberen Rängen bedeutete dem diensthabenden Flugarzt gar nichts. Ich war voll damit beschäftigt, mir Sorgen zu machen, daß die Zeit nicht ausreichen würde, und meine Eingeweide in Erwartung des Starts zu verkrampfen, als ich die letzte Ecke umrundete und vor dem Schild stand, das mir sagte, daß ich an der richtigen Stelle war.

Es lautete:

S.I.C TRANSIT
(gloria mundi)

Das brachte mich so zum Lachen, daß Norrey und Raoul mir an Bord helfen und mich anschnallen mußten, und als uns die Beschleunigung erfaßte, gluckste ich noch immer.

Natürlich wurde Raoul raumkrank, sobald der Antrieb abgeschaltet wurde – aber er war so vernünftig gewesen, das Frühstück auszulassen, und reagierte sehr schnell auf die Spritze. Dieser kleine Knirps hatte eine Menge Courage: als wir an Ring Eins andockten, versuchte er schon Improvisationen auf seiner Soundmaster. Weiß wie eine Wand und völlig entrückt, die Augen auf das Außenbordvideo geheftet, die Finger mit der Tastatur der Soundmaster verwachsen, die Ohren an den Empfänger geklebt. Wenn die Magenbeschwerden im Lift ihm wieder zu schaffen machten, so behielt er es für sich.

Norrey hatte überhaupt keine Probleme. Ich auch nicht. Unsere Verabredung mit den Oberen war eine Stunde später angesetzt, für den Fall der Fälle, so verstauten wir Raoul in dem Raum, der ihm zugewiesen worden war und verbrachten die Zeit im Foyer, wo wir zusahen, wie die Sterne auf der großen Videowand vorbeiwirbelten. Es war nicht sehr voll – das Touristengeschäft war stark zurückgegangen, als die Fremden kamen, und hatte sich nie mehr erholt. Die ›New Frontier‹ war weniger attraktiv, wenn da irgendwo auch neue Indianer lauerten.

Meine Versuche, vor Norrey als atemloser Touristin den erfahrenen, alten Weltraumhasen zu spielen, waren lächerlich erfolglos. Niemand wird dem Weltraum gegenüber jemals gleichgültig, und es war mir eine tiefe Befriedigung, daß ich derjenige sein durfte, der Norrey hier einführte. Aber wenn ich schon mit Nonchalance nicht durchkam, konnte ich wenigstens pragmatisch sein.

»Oh, Charlie! Wann können wir rausgehen?«

»Heute wahrscheinlich nicht mehr, Schatz.«

»Warum nicht?«

»Wir haben noch so viel zu tun. Wir müssen Tokugawa beleidigen, mit Harry Stein sprechen, mit Tom McGillicuddy sprechen, und wenn das alles erledigt ist, wirst du deine erste Lektion in der Betätigung im freien Raum erhalten – hier drinnen.«

»Charlie, das Zeug hast du mir doch schon beigebracht!«

»Sicher. Ich bin ein alter Weltraumhase mit sechs ganzen Monaten Erfahrung. Du Angeberin hast noch nicht einmal einen richtigen Druckanzug in der Hand gehabt.«

»Oh, mach doch kein Drama. Ich habe mir jedes Wort eingeprägt, das du mir gesagt hast. Ich fürchte mich nicht.«

»Damit hast du es kurz und knapp gesagt, warum ich mich weigere, mit dir rauszugehen.«

Sie zog ein Gesicht und bestellte an der Armlehne ihres Stuhls Kaffee.

»Norrey, hör mir zu. Du hast schließlich nicht vor, dir einen Regenmantel überzuziehen und dich neben die Niagarafälle zu stellen. Etwa zwanzig Zentimeter hinter dieser Wand dort beginnt die feindlichste Umgebung, die ein Mensch im Augenblick finden kann. Die Technologie, die es dir ermöglicht, überhaupt hier zu leben, ist jünger als du. Du kommst mir keine zehn Meter an eine Luftschleuse heran, solange ich nicht überzeugt bin, daß du dir vor Angst fast in die Hosen machst.«

Sie wollte mir nicht in die Augen sehen. »Verdammt, Charlie, ich bin weder ein Kind noch ein Idiot.«

»Dann hör auf, dich so zu benehmen.« Das sagte ich so laut, daß sie zusammenfuhr und mich ansah. »Oder gibt es noch andere Leute, die glauben, man könnte sich ein komplettes Bündel neuer Reflexe dadurch aneignen, daß man sich etwas davon erzählen läßt?«

Das Ganze hätte sich vielleicht zu einem richtigen Streit auswachsen können, aber der Kellner wählte genau diesen Augenblick, um Norrey ihren Kaffee zu bringen. Das Personal im Foyer zieht vor den Touristen gerne eine kleine Schau ab; das erhöht die Trinkgelder. Unser Kellner wollte auf die Art an unseren Tisch kommen, wie früher George Reeves über hohe Gebäude sprang, und wir waren gute fünfzehn Meter von der Küche entfernt. Leider wollte, gerade nachdem er die Theke verlassen und seine Richtung festgelegt hatte, eine hagere Touristin den Platz wechseln, ohne sich umzusehen, und sie begab sich auf einen Kurs, der die Flugbahn des Kellners schnitt.

Der Kellner zuckte nicht mit der Wimper. Er streckte den linken Arm seitlich aus und entfaltete den Bremsschirm (der genauso aussieht wie das Gewebe, das Spiderman vom Ellbogen bis zu den Rippen reicht); er lavierte um die Touristin herum; legte die Hand an die Brust, um den Bremsschirm wieder zusammenzufalten; nahm den Kaffee in diese Hand; streckte den anderen Arm aus und kam wieder auf seinen alten Kurs; alles viel schneller, als Sie das lesen können. Die Touristin kreischte auf und taumelte, als er vorbeischwebte, landete auf dem Steiß und hüpfte und schlitterte darauf noch ein schönes Stück weiter; der Kellner landete geschickt neben Norrey, reichte ihr wichtig eine Tasse, die jeden Tropfen Kaffee enthielt, mit dem er gestartet war, und flog wieder weg, um sich um die Touristin zu kümmern.

»Der Kaffee ist frisch«, sagte ich, als Norrey nur noch mit stierem Blick vor sich hinstarrte. »Der Kellner ist eben erst gelandet.«

Das ist einer der ältesten Tricks auf Skyfac, und er funktioniert immer. Norrey brüllte auf und schüttete sich beinahe den heißen Kaffee über die Hand – nur durch die niedrige Schwerkraft hatte sie Zeit, sich zu fangen. Das Lachen blieb ihr im Halse stecken; sie starrte auf die Kaffeetasse und dann auf den Kellner, der gerade der entrüsteten Touristin eines von dem halben Dutzend Schildern mit der Aufschrift ›ERST UMSEHEN – DANN STARTEN‹ zeigte.

»Charlie?«

»Ja.«

»Wieviele Lektionen werde ich brauchen, bis ich so weit bin?«

Ich lächelte und nahm ihre Hand. »Nicht so viele, wie ich dachte.«

Das Treffen mit Tokugawa, dem neuen Vorstandsvorsitzenden, war eine Schmierenkomödie. Er empfing uns persönlich in Carringtons früherem Büro, und der Gesamteindruck war der eines Provinzbischofs auf dem Papstthron. Oder vielleicht kommt ›Thunfisch in der Rolle eines Piranha‹ dem Bild, das ich suche, noch näher. In dem bösartigen Machtkampf, der auf Carringtons Tod folgte, war er als einziger Kandidat so unfähig gewesen, daß er alle zufriedenstellte. Tom McGillicuddy war bei ihm, zu meiner Freude, der Gips war schon von seinem Knöchel abgenommen worden. Er ließ sich gerade einen Bart wachsen.

»Hallo Tom. Was macht der Fuß?«

Sein Lächeln war warm und vertraut. »Hallo Charlie. Schön, dich wiederzusehen. Der Fuß ist in Ordnung. Bei niedriger Schwerkraft wachsen die Knochen schneller zusammen.«

Ich machte Norrey mit ihm bekannt und dann, im Nachhinein erst, mit Tokugawa.

Der mächtigste Mann im Weltraum war klein, grauhaarig und durchschaubar. Mit Rücksicht auf die gängigen Sitten trug er traditionelle, japanische Kleidung, aber ich war bereit zu wetten, daß sein Englisch besser war als sein Japanisch.

Er fuhr zusammen, als ich mir einen Joint anzündete, und Tom mußte ihm zeigen, wie er den Luftstrom aufdrehen und den Rauchfilter entfalten sollte. Norreys Körpersprache verriet mir, daß sie ihn nicht mochte, und ihrem Barometer vertraue ich noch mehr als meinem eigenen; sie ist nicht so zynisch wie ich. Ich unterbrach ihn mitten in einer Rede über Shara und den ›Sternentanz‹, bei der er vier Ghostwriter verbraucht haben mußte.

»Die Antwort ist ›Nein‹.«

Er sah aus, als hätte er diesen Ausdruck noch nie zuvor gehört.

»Ich ...«

»Hören Sie mal zu, Toke, alter Junge. Ich habe die Papiere gelesen. Sie, Skyfac GmbH und Lunindustries GmbH wollen unsere Mäzene werden. Sie laden uns ein, sofort hier einzuziehen und mit dem Tanzen anzufangen, und bieten uns an, das ganze verdammte Risiko zu übernehmen. Und das hat nicht das Geringste mit der Tatsache zu tun, daß diese Woche gegen Sie eine Antitrustanklage eingereicht wurde, stimmt's?«

»Mister Armstead, ich möchte nur dafür meine Dankbarkeit ausdrücken, daß Sie und Shara sich überhaupt dafür entschieden haben, Ihre hohe Kunst nach Skyfac zu bringen, und meine inständige Hoffnung, daß Sie und ihre Schwester weiterhin völlig ungeniert Gebrauch machen mögen von ...«

»Toke, wo ich herkomme, macht man aus sowas Methanenergie.« Ich machte einen langen Zug, während er herumstotterte. »Sie wissen verdammt gut, wie Shara nach Skyfac gekommen ist, und Sie sitzen auf dem Stuhl des Mannes, der sie getötet hat; er tötete sie, weil er sie zwang, so viele Stunden ihrer Freizeit in niedriger Schwerkraft oder bei Schwerelosigkeit zu verbringen, denn das war die einzige Möglichkeit, daß er ihn hochkriegte. Sie sollten so intelligent sein zu wissen, daß an dem Tag, an dem Norrey, ich oder sonst ein Mitglied unserer Truppe einen Tanzschritt auf Skyfac-Gelände macht, ein roter Mann mit Hörnern, einem Schwanz und einer Gabel zu Ihnen heraufkommen und gestehen wird, daß gerade die Hölle zugefroren ist.« Ich spürte langsam den Joint. »Soweit es mich betrifft, war Weihnachten heuer an dem Tag, als Carrington hinausging, um einen Spaziergang zu machen, und das Wiederkommen vergaß. Und ich will lieber zur Hölle fahren, ehe ich noch einmal unter seinem Dach lebe oder für seine Erben und Nachfolger Geld verdiene. Haben wir uns da verstanden?«

Norrey hielt meine Hand ganz fest, und als ich zu ihr hinüberschaute, grinste sie mich an.

Tokugawa seufzte und gab auf. »McGillicuddy, geben Sie ihnen den Vertrag.«

Mit einem Pokergesicht holte Tom ein steifes, gefaltetes Pergament hervor und reichte es uns. Ich überflog es, und meine Augenbrauen gingen in die Höhe. »Tom«, fragte ich höflich, »ist das ehrlich gemeint?«

Er warf seinem Chef nicht einmal einen Blick zu. »Ja.«

»Nicht einmal einen Anteil am Bruttoverdienst? O je.« Ich schaute Tokugawa an. »Ein kostenloses Mittagessen. Es muß daran liegen, daß ich so gut aussehe.« Ich riß den Vertrag in zwei Teile.

»Mister Armstead«, begann er hitzig, und ich war froh, daß ihm diesmal Norrey ins Wort fiel. Mir machte es allmählich zu viel Spaß.

»Mr. Tokugawa, ich glaube, wenn Sie aufhören, uns einreden zu wollen, Sie seien ein Freund der Künste, könnten wir weiterkommen. Sie dürfen uns technische Beratung und Unterstützung spenden, und wir werden Ihnen gestatten, verschiedene Materialien, Luft und Wasser zum Selbstkostenpreis an uns zu verkaufen. Wir werden Ihnen sogar einige der Facharbeiter zurückgeben, die wir Ihnen jetzt abwerben, sobald wir sie nicht mehr brauchen. Für Sie gilt das nicht, Tom. Wir möchten, daß Sie unser hauptberuflicher Geschäftsführer werden, wenn Sie Lust dazu haben.«

Er zögerte keine Sekunde, und sein Grinsen war herrlich. »Miß Drummond, ich nehme Ihr Angebot an.«

»Norrey. Weiterhin«, fuhr sie zu Tokugawa gewandt fort, »werden wir ganz betont jedem erzählen, den wir kennen, wie nett Sie gewesen sind, sobald das Thema zur Sprache kommt. Aber wir werden unser Studio selbst besitzen und betreiben, und vielleicht fällt es uns sogar ein, es auf der anderen Seite von Terra zu bauen, und wir werden unabhängig sein. Nicht die Haustanztruppe von Skyfac: unabhängig. Wir hoffen, daß sich Skyfac mit der Zeit selbst in die Rolle des wohlwollenden, reichen alten Onkels hineinfindet, der oben an der Straße wohnt. Aber wir erwarten nicht, daß wir Sie länger benötigen als Sie uns, also wird es keinen Vertrag geben. Haben wir uns verstanden?«

Ich hätte beinahe laut applaudiert. Ich bin ziemlich sicher, daß man Tokugawa nie zuvor seinen persönlichen Sekretär direkt unter der Nase weggeschnappt hatte. Sein Großvater hätte vielleicht Seppuku begangen; er in seinem kitschigen Kimono muß vor Wut gekocht haben. Aber Norrey hatte ihre Karten genau richtig ausgespielt, sie hatte ihm widerwillig den Status eines Gleichberechtigten eingeräumt, wenn er Anspruch darauf erheben wollte, und er brauchte uns.

Vielleicht verstehen Sie nicht ganz, wie dringend er uns eigentlich brauchte. Skyfac war seit Jahren die erste, neue, multinationale Gesellschaft, und sie hatte sofort begonnen, die anderen zu schädigen, wo immer sie auch waren. Die Gesellschaft konnte nicht nur jede Industrie unterbieten, die Vakuum, eine belastungsfreie Umgebung, kontrollierte Strahlung oder große Temperaturbereiche oder Energiedichtegefälle benötigte – und das ist bei ziemlich vielen, gewinnbringenden Industrien der Fall –, sondern sie konnte auch Dinge verkaufen, die man auf der Erde einfach nicht herstellen konnte, auch nicht für teures Geld, Dinge wie *makellose* Lager, *makellose* Linsen, unbekannte neue Kristalle – nichts davon läßt sich in einem Schwerkraftloch formen. Alles Rohmaterial kam aus dem Weltraum, die Fabriken wurden von unbegrenzt verfügbarer, kostenloser Sonnenenergie betrieben, und die Beförderung war billig (eine Transportfähre braucht kein Raumschiff zu sein; sie braucht nicht mehr zu können als richtig zu fallen.)

Es dauerte nicht lange, bis die verschiedenen nationalen und multinationalen Industrien, die nicht in das ursprüngliche Skyfac-Konsortium aufgenommen worden waren, den Druck spürten. Eine Woche vorher waren in den USA, der UdSSR, China, Frankreich und Kanada Antitrustmaßnahmen eingeleitet worden, und man hatte bei den Vereinigten Nationen Protest angemeldet: das waren die ersten Schritte in einem Kampf, der mit der Zeit der Rechtsstreit des Jahrhunderts werden sollte. Der kostbarste Aktivposten von Skyfac war sein Monopol im Weltraum – Tokugawa war langsam so eingeschüchtert, daß er jegliche gute Presse brauchte, die er nur bekommen konnte.

Und noch eine Woche zuvor war das Band des ›Sternentanzes‹ freigegeben worden. Die erste Schockwelle lief immer noch um die Welt; wir waren die beste Presse, die Tokugawa wahrscheinlich jemals bekommen würde.

»Werden Sie mit unseren Reklamefachleuten zusammenarbeiten?« war alles, was er fragte.

»So lange sie nicht versuchen, mir wegen Carringtons Tod ein ›gebrochenes Herz‹ anzuhängen«, sagte ich freundlich. Ich mußte es ihm wirklich lassen: bei diesen Worten lächelte er beinahe.

»Wie wäre es mit ›betrübt‹?« schlug er taktvoll vor.

Wir einigten uns auf ›erschüttert‹.

Wir ließen Tom mit vier vollen Aktentaschen Papierkram in unserer Kabine zurück, den er sortieren sollte, und gingen zu Harry Stein.

Wir fanden ihn da, wo ich es erwartet hatte, in einer abgeschlossenen Ecke der Metallwerkstatt, hinter einem Schreibtisch mit Stapeln von Broschüren, Zeitschriften und Papieren, die bei voller Schwerkraft unwahrscheinlich gewesen wären. Er und eine Tensorlampe beugten sich über eine unglaublich alte Schreibmaschine. Eine massive Rolle speiste sauberes Papier ein, eine andere nahm die Kopie auf. Ich stellte mit Befriedigung fest, daß der Umfang des Manuskripts zwei oder drei Zentimeter zugenommen hatte, seit ich es zum letztenmal gesehen hatte. »He, sag mal, Harry. Machst du vielleicht das erste Kapitel fertig?«

Er schaute blinzelnd auf. »Hallo, Charlie. Schön, dich zu sehen.« Das war für ihn eine sehr gefühlvolle Begrüßung.

»Sie müssen ihre Schwester sein.«

Norrey nickte ernst. »Hallo, Harry. Ich freue mich, Sie kennenzulernen. Wie ich hörte, war das mit den Kerzen in ›Befreiung‹ Ihre Idee.«

Harry zuckte die Schultern. »Sie war in Ordnung.«

»Ja«, stimmte Norrey zu. Unbewußt, instinktiv übernahm sie seinen sparsamen Umgang mit Worten – wie es vor ihr schon Shara getan hatte.

»Ich«, sagte ich, »werde auf diesen Toast einen trinken.« Harry musterte die Thermosflasche in meinem Gürtel und hob fragend eine Augenbraue.

»Kein Alkohol«, beruhigte ich ihn und schnallte die Flasche ab. »Ich bin trocken. Blue Mountain Kaffee von Jamaica, frisch aus Japan. Richtige Sahne. Für dich mitgebracht.« Verdammt, jetzt machte ich es auch noch.

Harry lächelte tatsächlich. Er holte drei Becher von einer Kaffeemaschine in der Nähe (die er persönlich auf niedrige Schwerkraft umgerüstet hatte) und hielt sie, während ich einschenkte. Das Aroma verströmte leicht bei niedriger Schwerkraft. Es war köstlich. »Auf Shara Drummond«, sagte Harry, und wir tranken miteinander. Dann schwiegen wir eine Minute lang in herzlichem Einvernehmen.

Harry war fünfzig Jahre alt, früherer Fußballverteidiger, der in Form geblieben war. Er war so massiv und muskelbepackt, daß man ihn lange kennen konnte, ohne je bei ihm Intelligenz geschweige denn Genie zu vermuten – außer man hatte zufällig Gelegenheit, ihn bei der Arbeit zu beobachten. Er redete hauptsächlich mit den Händen. Schreiben haßte er, aber er legte jeden Tag zwei Stunden systematischer Arbeit an ›dem Buch‹ ein. Als ich ihn einmal fragte, warum, vertraute er mir schon so weit, daß er mir eine Antwort gab. »Jemand muß ein Buch über die Bautechnik im Weltraum schreiben«, sagte er. Sicher war niemand besser dafür geeignet. Harry legte buchstäblich die erste Schweißnaht auf Skyfac und leitete seither praktisch alle Baumaßnahmen. Es gab noch einen zweiten Burschen, der genauso viel Erfahrung hatte, aber der starb. (Sein ›Anzug ließ ihn im Stich‹ wie man im Weltraum sagte: er verlor seine Unversehrtheit.) Harrys Stil war erstaunlich klar für einen so phlegmatischen Menschen (vielleicht, weil er mit der Hand schrieb), und ich wußte sogar schon damals, daß ›das Buch‹ ihn reich machen würde. Das machte mir keine Sorgen; Harry wird nie so reich werden, daß er sich zurückzieht.

»Hab' einen Job für dich, Harry, wenn du willst.«

Er schüttelte den Kopf. »Ich bin glücklich hier.«

»Es ist ein Job im Weltraum.«

Er war verdammt nahe dran, noch einmal zu lächeln. »Ich bin unglücklich hier.«

»Gut, ich werde dir davon erzählen. Ich schätze, ein Jahr Planungsarbeit, drei oder vier Jahre schwere Bautätigkeit, und dann so etwas wie eine ständige Wartungsaufgabe, um das ganze Ding für uns in Betrieb zu halten.«

»Was?« fragte er äußerst sparsam.

»Ich möchte ein Tanzstudio in der Umlaufbahn.«

Er hielt eine Hand von der Größe eines Baseballhandschuhs hoch und unterbrach mich. Dann nahm er einen Minicorder aus seinem Hemd, stellte das Mikrophon auf

›Umgebung‹ ein und legte das Gerät zwischen uns auf den Tisch. »Und was soll es können?«

Fünfeinhalb Stunden später waren wir alle drei heiser, und eine Stunde danach reichte Harry uns einen Satz Entwürfe. Ich sah sie mit Norrey durch, wir billigten seinen Kostenplan, und er sagte: ›ein Jahr.‹ Wir schüttelten uns alle die Hände.

Zehn Monate später übernahm ich mein Eigentum.

Die nächsten drei Wochen hielten wir uns auf dem Skyfacgelände und in seiner Nähe auf, während ich Norrey und Raoul in das Leben ohne ›oben‹ und ›unten‹ einführte. Zuerst überwältigte sie der Weltraum beide. Norrey war wie vor ihr ihre Schwester zutiefst bewegt von der persönlichen Konfrontation mit der Unendlichkeit: sie erlitt ein geistiges Trauma durch die ehrfurchteinflößende Perspektive, die die Große Tiefe den menschlichen Werten verleiht. Und im Unterschied zu ihrer Schwester fehlte ihr dieses geheimnisvolle, absolute Selbstvertrauen, diese sichere Ichstärke, die Shara geholfen hatte, sich so schnell darauf einzustellen. Wenige Menschen sind sich jemals ihrer selbst so sicher gewesen wie Shara. Auch Raoul war kaum weniger betroffen.

Wir bekommen es am Anfang alle, wir, die wir uns in den Weltraum hinauswagen. Schon in den frühesten Tagen kamen die phantasielosesten, phlegmatischsten Typen, die die NASA als Astronauten auftreiben konnte, häufig wieder zurück und waren geistig und emotionell erschüttert, manche paßten sich an und andere nicht. Die zehn Prozent des Personals von Skyfac, die viel Zeit im freien Weltraum verbringen und außer der niedrigen Schwerkraft noch eine Möglichkeit haben zu erkennen, daß wir nicht in Waukegan sind, müssen oft ersetzt werden, und man verläßt sich auf keinen Arbeiter, ehe er oder sie den zweiten Ausflug hinter sich hat. Norrey und Raoul standen es beide durch – sie waren fähig, ihr persönliches, inneres Universum so weit auszudehnen, daß es so viel äußeres Universum mit einschließen konnte, und sie gingen aus dieser Erfahrung (wie zuvor schon Shara und ich) mit einer neuen, beständigen, inneren Ruhe hervor.

Die geistige Konfrontation war jedoch nur der erste Schritt. Der Hauptsieg war viel subtiler. Es war mehr als nur ein geistiges Unbehagen, das sieben von zehn Außenbauarbeiter bei ihrer ersten Tour erledigte: es war auch eine physische – oder war es eine psychologische? – Qual.

Am freien Fall an sich fanden sie beide fast sofort Gefallen. Norrey paßte sich viel schneller an als Raoul – als Tänzerin wußte sie über ihre Reflexe besser Bescheid –, und er neigte eher dazu, sich zu vergessen und in unmögliche Situationen hineinzustolpern, die er mit unerschütterlicher, guter Laune ertrug. Aber beide waren schon sehr gut im ›Springen‹ – darin, sich durch einen geschlossenen Raum zu schwingen –, als wir bereit waren, wieder zur Erde zurückzukehren. (Ich selbst war angenehm überrascht, wie schnell mir nicht mehr ausgeübte tänzerische Fähigkeiten wieder geläufig wurden.)

Das wirkliche Wunder war, wie schnell sie sich beide auch an einen längeren Aufenthalt draußen, an ausgedehnte Perioden im freien Weltraum akklimatisierten. Wenn genügend Zeit zur Verfügung steht, um sich neue Reflexe anzueignen, kann das fast jeder. Aber erstaunlich wenige Menschen lernen, ohne Ortsvertikale zu leben.

Ich war damals so unwissend, daß ich nicht die leiseste Ahnung hatte, was für ein unglaublicher Glücksfall es war, daß beide, Norrey und Raoul, dazu fähig waren. Kein Wunder, daß die Götter so selten lächeln – es fällt uns so oft gar nicht auf. Erst im nächsten Jahr erkannte ich, wie knapp mein ganzes Unternehmen, mein ganzes Leben der Katastrophe entronnen war. Als es mir schließlich dämmerte, zitterte ich tagelang.

Und diese Glückssträhne hielt noch das ganze nächste Jahr an.

Jenes Jahr ging damit drauf, den Ball ins Rollen zu bringen. Millionen von Schwierigkeiten und winzigen Einzelheiten, die kein Ende nahmen – haben Sie je versucht, Tanzschuhe für *Hände* zu bestellen? Mit Velcroflächen? So wenige von den Dingen, die wir brauchten, konnten aus dem Johnny-Brown-Katalog bestellt oder aus Lagerbeständen für den Weltraumbedarf zusammengetragen werden. Unglaubliche Mengen von Phantasiedollars flossen durch meine und Norreys rechte Hand, und wenn wir Tom McGillicuddy nicht gehabt hätten, wäre die ganze Sache einfach nicht möglich gewesen. Er sorgte dafür, daß die ›Shara-Drummond-Schule für Neuen Modernen Tanz‹ wie auch die Tanztruppe ›Sternentänzer GmbH‹ amtlich eingetragen wurden; er wurde Geschäftsführer für die erstere und Agent für die zweite. Er war ein hochintelligenter und durch und durch aufrichtiger Mann und war mit weit offenen Augen – und Ohren – in Carringtons Dienste getreten. Wenn wir mit ihm winkten wie mit einem Zauberstab, war Zauberei das Ergebnis. Wieviele ehrliche Männer verstehen schon etwas von Hochfinanz?

Der zweite unentbehrliche Zauberer war natürlich Harry. Und vergessen Sie dabei nicht, daß Harry während fünf von jenen zehn Monaten obligatorisch auf Erdurlaub war, seinen Körper wieder anpaßte und die Arbeit durch Telefonate über extreme Entfernungen leitete. (Gott, ich haßte es, Telefone einrichten zu lassen – aber die Gebühren der Telefongesellschaft waren bei weitem niedriger, als wenn wir eine eigene Videoausrüstung für die Verbindung vom Orbit zur Erde gekauft hätten; und natürlich wurde das Studio dadurch an das globale Netz angeschlossen.) Anders als der Großteil des Personals von Skyfac, das turnusmäßig alle vierzehn Monate zur Erde geschickt wird, verbringen die Leute vom Bau (jedenfalls die, die es durchhalten) so viel Zeit in völliger Schwerelosigkeit, daß sechs Monate das empfohlene Maximum ist. Ich schätzte, daß wir Sternentänzer genauso eingestuft werden sollten, und Doc Panzella war einverstanden. Aber im ersten Monat und in den vier letzten beaufsichtigte Harry den Bau persönlich, und er stellte das Ganze sogar noch billiger fertig als vorgesehen –

doppelt eindrucksvoll, wenn man in Betracht zieht, daß vieles von dem, was er machte, noch nie zuvor gemacht worden war. Er wäre auch noch unter seinem ursprünglichen Termin geblieben; es war nicht seine Schuld, daß wir ihn hinausschieben mußten.

Das beste war (wie ich gehofft hatte), daß Harry sich als einer jener seltenen Chefs erwies, die lieber mit ihren eigenen Händen zupacken als anschaffen. Als das Projekt fertig war, nahm er einen Monat Urlaub, um die ersten fünfundzwanzig Zentimeter Manuskripts auf seiner Aufnahmespule zum Ersten Buch zusammenzustellen, verkaufte es für einen rekordbrechenden Vorschuß und Gewinnanteile wie vom Christkind und trat dann als Kulissenbauer, Propagandamann, Inspizient, Allroundwartungsbeauftragter und ständiger Mechaniker wieder bei uns ein. Die Jungs von Tokugawa hatten erstaunlich wenig Theater gemacht, als wir ihnen Harry abwarben. Sie wußten einfach nicht, was ihnen da verlorenging – erst als es zu spät war, um noch etwas dagegen zu unternehmen.

Wir konnten Skyfac nur deshalb so gründlich ausplündern, weil es eben das war, was es war: ein riesiger, herzloser, multinationaler Konzern, der Menschen als austauschbare Bestandteile betrachtete. Carrington hatte es wahrscheinlich besser gewußt – aber die Hintermänner, die er zusammenbekommen und überredet hatte, seinen Traum zu finanzieren, wußten sogar noch weniger über den Weltraum Bescheid als ich zu meiner Zeit als Videomann in Toronto. Ich bin sicher, daß sie, die meisten jedenfalls, Skyfac nur für eine äußerst ungewöhnliche Investition hielten.

Ich brauchte alle Hilfe, die ich bekommen konnte. Ich brauchte jenes ganze Jahr – und mehr! –, um ein Instrument zu überholen und neu zu stimmen, das ein Vierteljahrhundert lang nicht benützt worden war: meinen Tanzkörper. Mit Norreys Unterstützung gelang es mir, aber einfach war es nicht.

Im Rückblick waren alle von den obengenannten Glücksfällen absolut notwendig, damit die ›Shara-Drummond-

Schule für Neuen Modernen Tanz‹ überhaupt Wirklichkeit werden konnte. Nach so vielen ineinander übergehenden Wundern hätte ich wahrscheinlich auf eine Serie schlechter Karten gefaßt sein müssen. Aber es sah bestimmt nicht danach aus, als sie dann kamen.

Denn wir hatten so viele Tänzer, daß sie uns buchstäblich zu den Ohren herauskamen, als wir schließlich eröffneten. Ich hatte damit gerechnet, gute Reklame zu brauchen, um eine Nachfrage für einen so teuren Artikel zu stimulieren; denn obwohl wir den Löwenanteil der Schülerkosten trugen (das mußten wir – wie viele konnten schon allein den Liftpreis von hundert Dollar pro Kilo bezahlen?), hielten wir das Ganze auf einem so hohen Preisniveau, daß die oberflächlich Neugierigen ausgeschieden wurden – mit einem geheimen Stipendienprogramm für würdige Bedürftige.

Sogar bei diesen Preisen mußte ich mich ganz schön anstrengen, um in dem Tumult nicht niedergetrampelt zu werden.

Sharas drei Bänder hatten auf das Bewußtsein der Welt vom Tanz eine tiefe und revolutionäre Wirkung gehabt. Sie kamen zu einer Zeit, als der Tanz der Moderne als Ganzes mitten in einer Stillstandsphase war, die beinahe zehn Jahre andauerte, eine Periode, in der fast jeder schon Dagewesenes nur zu variieren schien, in der Dutzende von Choreographen sich den Kopf zerbrochen hatten, um den nächsten Durchbruch einer Neuen Welle zu schaffen, und hauptsächlich dummes Zeug produzierten. Sharas drei Bänder, in dem Abstand, den sie intuitiv als richtig erkannt hatte, war es gelungen, die Phantasie einer gewaltigen Anzahl von Tänzern und Liebhabern des Tanzes auf der ganzen Welt gefangenzunehmen – und dazu noch Millionen von Menschen, die auf den Tanz nie zuvor auch nur einen Gedanken verschwendet hatten.

Die Tänzer fingen an zu begreifen, daß freier Fall freier Tanz bedeutete, frei von einer lebenslangen Versklavung durch die Schwerkraft. Norrey und ich hatten, naiv wie wir waren, unsere Pläne nicht genügend geheimgehalten. Einen

Tag, nachdem wir den Mietvertrag für unser Erdstudio in Toronto unterschrieben hatten, begannen die Schüler buchstäblich in Wagenladungen vor unserer Tür zu erscheinen, und sie weigerten sich, wieder zu gehen – lange, bevor wir für sie bereit waren. Wir hatten uns noch nicht einmal überlegt, wie wir auf der Erde einen Nullschwerkrafttänzer prüfen sollten. (Das stellte sich letzten Endes als ganz einfach heraus: Tänzer, die einen Ausleseprozeß überstanden, der auf herkömmlichen, tänzerischen Fähigkeiten basierte, wurden in ein Flugzeug gesetzt, zu den Engeln hinaufgebracht, abgesetzt und beim Sturz nach unten gefilmt. Das ist nicht das gleiche wie freier Fall – aber es kommt nahe genug heran, um völlig Ungeeignete auszusieben.)

Wir schlichteten die Leute in der Schule zum Schlafen auf wie in einem U-Boot, fütterten sie in Schichten ab, und mir kamen panikartige Bedenken, ob ich nicht zu Harry hinaufrufen und unseren Termin hinausschieben sollte, damit er die Wohnquartiere des Studios verdreifachen konnte. Aber Norrey überredete mich, rücksichtslos auszusieben und *nur* die vielversprechendsten zehn – von Hunderten – mit in den Orbit zu nehmen.

Gott sei Dank – wir waren verdammt knapp daran, drei dieser Täubchen bei zwei verschiedenen Gelegenheiten zu verlieren, und in der Folge sortierten wir neun aus. Die Reihe schlechter Karten, die ich schon früher erwähnte.

Am häufigsten lief es darauf hinaus, daß sie sich nicht anpassen konnten, unfähig waren, ihr Bewußtsein so weit zu entwickeln, daß es nicht mehr auf ›oben‹ und ›unten‹ angewiesen war (den einzigen Faktor, den man beim Fallschirmspringen nicht simulieren kann: ein Fallschirmspringer *weiß*, wo unten ist.) Es hilft nichts, wenn man sich einredet, daß nördlich des Kopfes ›oben‹ und südlich der Füße ›unten‹ ist – aus dieser Perspektive befindet sich das ganze Universum in endloser Bewegung (im freien Fall ist man kaum je bewegungslos), eine Vorstellung, die die meisten Gehirne einfach zurückweisen. Ein solcher Tänzer würde ständig ›seinen

Punkt‹, seinen gedachten Horizont verlieren und damit jede Hoffnung auf Orientierung. Zu den Nebenwirkungen gehörten leichtes bis höchstes Entsetzen, Schwindelgefühle, Übelkeit, unregelmäßiger Puls und Blutdruck, der Großvater aller Kopfschmerzen, und unwillkürliche Darmentleerungen.

(Das letztere ist unangenehm und peinlich. Neben der Kanalisation eines Druckanzugs sehen die Toilettenhäuschen auf dem Lande noch gut aus. Männer haben natürlich die klassische ›Erleichterungsröhre‹, aber die Frauen – und bei Stuhlgang beide Geschlechter – verlassen sich entweder auf die strategische Entfaltung speziell behandelter ... zum Teufel, wir tragen eine Windel und versuchen es zu verhalten, bis wir wieder nach drinnen kommen. Ende der ersten, unvermeidlichen Abschweifung.)

Selbst wenn wir im Studio arbeiteten, in der Goldfischkugel oder in Raouls zusammenfaltbarer Trampolinsphäre, konnten solche Tänzer nicht lernen, ihre Wahrnehmungsschwierigkeiten zu überwinden. Nachdem sie ihr ganzes Berufsleben damit zugebracht hatten, bei jeder Bewegung gegen die Schwerkraft anzukämpfen, entdeckten sie jetzt, daß sie ohne ihren alten Gegner verloren waren – zumindest ohne den linearen, rechtwinkligen Wahrnehmungsrahmen, den er ihnen lieferte: wir fanden heraus, daß einige von ihnen tatsächlich lernen konnten, sich innerhalb eines Würfels oder eines Rechtecks an die Schwerelosigkeit zu gewöhnen, solange sie sich eine Wand als ›Decke‹ und ihr Gegenstück als ›Boden‹ vorstellen durften.

Und in den ein oder zwei Fällen, in denen das Sehvermögen der neuen Umgebung angemessen war, waren es die Körper, die Instrumente, nicht. Die neuen Reflexe wollten einfach nicht haftenbleiben.

Sie waren einfach nicht dafür geeignet, keiner von ihnen, im Weltraum zu leben. Sie ließen uns fast alle als Freunde zurück – aber sie verließen uns alle.

Alle bis auf eine.

Linda Parsons war die zehnte Schülerin, die eine, die sich

nicht unterkriegen ließ, und daß wir sie fanden, war ein solcher Glücksfall, daß dadurch die Reihe schlechter Karten aufgewogen wurde.

Sie war kleiner als Norrey, beinahe ebenso wortkarg wie Harry (aber aus anderen Gründen), viel ruhiger als Raoul und weitherziger und gebefreudiger, als ich es je sein werde, und wenn ich tausend Jahre alt werden sollte. In der schändlichen Übervölkerung jenes ersten Semesters im freien Fall, inmitten aufflammender Streitigkeiten und dumpfer, unterdrückter Wut war sie die einzige Person, die allgemein geliebt wurde – ich bezweifle ehrlich, ob wir ohne sie durchgehalten hätten. (Ich erinnere mich mit einigem Entsetzen, daß ich ernsthaft in Betracht zog, einen jungen, pickeligen Schüler in den Weltraum zu stoßen, dessen einziges Verbrechen die Gewohnheit war, bei jeder Pause in der Unterhaltung zu sagen ›Da haben Sie es!‹ ›Da hat er es‹, dachte ich immer wieder, ›Da hat er es‹ ...)

Manche Frauen können ein Zimmer in einen Mahlstrom von Gefühlen verwandeln, einfach indem sie es betreten, und diese Eigenschaft nennt man ›aufreizend‹. So weit ich weiß, gibt es in unserer Sprache kein Wort für das Gegenteil von ›aufreizend‹, aber so war Linda. Sie hatte ein Talent, die Leute ohne Drogen gemeinsam in fröhliche Stimmung zu versetzen, ein Gespür dafür, unversöhnliche Differenzen auszugleichen, eine bestimmte Art, den Raum zu erhellen, in dem sie sich gerade aufhielt.

Sie war bei einer geistlichen Gemeinde auf einer Farm in Nova Scotia aufgewachsen, und das war wahrscheinlich der Grund für ihr Einfühlungsvermögen, ihr Verantwortungsbewußtsein und das intuitive Verständnis gruppendynamischer Prozesse. Aber ich glaube, die eine, alles überstrahlende Eigenschaft, die ihren Zauber ausmachte, war angeboren: sie liebte die Menschen wirklich. Das konnte kein angelerntes Verhalten sein; es kam zu deutlich von innen heraus.

Ich meine damit nicht, daß sie eine Pollyanna gewesen wäre, so fröhlich und süßlich, daß einem davon übel wurde.

Sie konnte richtig in die Luft gehen, wenn sie einen dabei ertappte, daß man Verantwortungslosigkeit zu beschönigen suchte. Sie bestand darauf, daß in ihrer Gegenwart ein hohes Niveau an Wahrhaftigkeit gehalten wurde, und sie gestattete einem nie den Luxus eines geheimen Grolls, das, was sie ›jemandem etwas nachtragen‹ nannte. Wenn sie jemandem bei einer solchen seelischen Schmutzwäsche fand, zerrte sie sie direkt an die Öffentlichkeit und zwang denjenigen, sie zu waschen. »Takt?« sagte sie einmal zu mir. »Das war für mich schon immer eine beiderseitige Übereinkunft, voll Scheiße zu sein.«

Diese Eigenschaften sind typisch für ein Kommunenkind, und solche Menschen sind deshalb in der sogenannten feinen Gesellschaft gewöhnlich höchst unbeliebt – da diese ja auf Verantwortungslosigkeit, Unaufrichtigkeit und Egoismus gegründet ist. Aber auch hier ließ irgend etwas, was Linda angeboren war, diese Dinge für sie arbeiten. Sie konnte einen ins Gesicht hinein einen miesen Kerl nennen, ohne damit einen Wutreflex auszulösen; sie konnte einem öffentlich sagen, daß man log, ohne damit zu behaupten, man sei ein Lügner. Sie wußte ganz einfach, wie man die Sünde haßte und dem Sünder verzieh; und ich bewundere das, denn ich konnte es nie. Es war unmöglich, die echte Anteilnahme in ihrer Stimme jemals mißzuverstehen oder abzustreiten, selbst wenn sie damit ein Loch in die Lieblingsblase eigener, vernunftgemäßer Erklärungen stach.

Das hätten jedenfalls Norrey oder ich gesagt. Als Tom sie kennenlernte, war er ganz anderer Meinung.

»Charlie, schau, da ist Tom.«

Ich hätte eigentlich außer mir sein müssen vor Wut, als ich aus dem Zoll kam. Mir war ein wenig unbehaglich zumute, weil ich *nicht* vor Wut tobte. Aber nachdem ich sechs Monate außerirdischen Kabinenfiebers hinter mir hatte, fiel es mir seltsam schwer, irgendeinen Fremden nicht zu mögen, wenn er auch Zollbeamter war.

Außerdem war ich zu *schwer*, um wütend zu sein.

»Richtig. Tom! He, Tom!«

»Oje«, sagte Norrey, »da stimmt etwas nicht.«

Tom war außer sich vor Wut.

»Zum Teufel, was ist dem denn über die Leber gelaufen? Und wo sind eigentlich Linda und Raoul? Vielleicht haben sie Schwierigkeiten?«

»Nein, sie sind vor uns durchgekommen. Sie müssen schon ein Taxi zum Hotel genommen haben.«

Tom war jetzt bei uns, mit blitzenden Augen. »Das ist also euer Wunderkind? Mein Gott! Verdammtes Herz Jesu, ich werde ihr den Hühnerhals umdrehen. Von allen ...«

»Was? Wer? Linda? Wieso?«

»Mein Gott, später – da kommen sie schon.« Auf uns kam eine Gruppe von Menschen mit Fackeln zugestürzt, die aussahen wie eine Sicherheitsabordnung. »Paßt mal auf«, sagte Tom hastig durch die Zähne, wobei er lächelte, als habe man ihm soeben einen Platz im Paradies fest zugesagt, »gebt diesen Blutsaugern euer Bestes, ich meine, zeigt euch von eurer besten Seite, vielleicht ist dann aus dem ganzen verdammten Durcheinander noch etwas zu retten.« Und er schritt mit ausgebreiteten Armen und einem Lächeln auf die Leute zu. Während er ging, hörte ich ihn unterdrückt etwas murmeln, das mit ›Miß Parsons‹ anfing, genügend zusätzliche Zischlaute enthielt, um die Schrotflintenmikrophone außer Gefecht zu setzen, und seine Lippen völlig unbewegt ließ.

Norrey und ich tauschten einen Blick. »Das Pohlsche Gesetz«, sagte sie, und ich nickte. (Das Pohlsche Gesetz, so hatte uns Raoul einmal erklärt, besagt, daß nichts so gut ist, daß es nicht von irgend jemanden irgendwo gehaßt wird, und umgekehrt.) Und dann hatte die Meute uns erreicht.

»Hierher, Mister, wann kommt Ihr nächstes Band, hier herüber bitte, sagen Sie unseren Zuschauern, was es wirklich, glauben, daß dies, diese neue Kunstform ein gültiger Paß ist oder, haben Sie, sehen Sie hierher. Miß Drummond, ist es wahr, daß Sie nicht, lächeln konnten für den Kameramann für den ›Sternentanz‹, wollten Sie nicht, hierher bitte, fahren Sie fort, oder sind, Leser möchten unbedingt, nein, aber haben Sie Drummond nicht vermißt, Verzeihung, Miß Drummond, glauben Sie, Sie sind so gut wie Ihre Schwester Shara, in den Gewinnen, in ihrem eigenen Land, gelten nichts, Sie hier auf der Erde willkommenzuheißen, hierher bitte«, sagte der Mob über das Geräusch klickender, schwirrender, schnappender und wimmernder Apparate hinweg und durch das blendende Licht, das aussah wie eine Explosion im Kern der Galaxis ganz aus der Nähe beobachtet. Und ich lächelte und nickte, sagte witzige, zivilisierte Sachen und antwortete gutgelaunt auf die unverschämtesten Fragen, und als wir endlich ein Taxi bekamen, schäumte ich wirklich vor Wut. Raoul und Linda waren tatsächlich vorausgefahren, und Tom hatte unser Gepäck gefunden; wir fuhren schleunigst davon.

»In Dreiteufelsnamen, Tom«, sagte ich, als das Taxi anfuhr, »setz doch bitte beim nächstenmal die Pressekonferenz für den nächsten Tag an, ja?«

»Verdammt noch mal«, fuhr er auf, »du kannst diesen Job jederzeit wieder zurückhaben.«

Seine Lautstärke erschreckte sogar den Taxifahrer. Norrey nahm seine Hände in die ihren und zwang ihn, sie anzusehen.

»Tom«, sagte sie sanft, »wir sind deine Freunde. Wir wollen dich nicht anschreien; und wir wollen nicht, daß du uns anschreist. Okay?«

Er holte besonders tief Luft, hielt den Atem an und stieß ihn mit einem großen Seufzer wieder aus. Dann nickte er.

»Okay.«

»Also, ich weiß ja, daß mit Reportern manchmal schwer fertigzuwerden ist. Ich verstehe das, Tom. Aber ich bin müde und hungrig, die Füße tun mir höllisch weh und mein Körper ist davon überzeugt, daß er dreihundertdreizehn Kilo wiegt, könnten wir ihnen nächstesmal nicht ein klein wenig etwas vorlügen?«

Er wartete ein wenig, ehe er antwortete, und seine Stimme klang ruhig. »Norrey, ich bin wirklich kein Idiot. Obwohl diese Wahnsinnsgeschichte passiert ist, habe ich tatsächlich für morgen eine Pressekonferenz angesetzt, und ich *habe* allen gesagt, sie möchten ein Herz haben und euch heute in Ruhe lassen. Diese Typen da waren diejenigen, die nicht auf mich hörten, die Huren ...«

»Einen Augenblick mal«, unterbrach ich. »Warum zum Teufel haben wir uns dann zu einem Interview zwingen lassen?«

»Glaubst du, ich wollte das?« grollte Tom. »Was zum Teufel soll ich morgen den anständigen sagen, die ausgetrickst wurden? Aber ich hatte keine andere Wahl, Charlie. Diese blöde Ziege hat mir keine andere Wahl gelassen. Ich mußte diesen Würstchen irgend etwas geben, sonst hätten sie das gebracht, was sie schon hatten.«

»Tom, wovon in aller Welt sprichst du eigentlich?«

»Von Linda Parsons spreche ich, von eurem neuentdeckten Wunderkind. Himmel, Norrey, so wie du am Telefon von ihr geschwärmt hast, habe ich erwartet ... ich weiß nicht, jedenfalls jemanden vom Fach.«

»Ihr zwei seid nicht miteinander klargekommen, wie?« bemerkte ich taktvoll.

Tom schnaubte. »Zuerst nennt sie mich eine verklemmte Type. Praktisch das erste, was sie sagte. Dann behauptet sie, ich sei unwissend und behandle sie nicht richtig. Sie richtig behandeln, um Himmels willen. Dann motzt sie mich an, weil die Reporter da sind, und, Charlie, das lasse ich mir von dir und Norrey gefallen – ich hätte diese Typen wirklich rausschmeißen sollen, aber sowas brauche ich mir nicht von einer Anfängerin sagen zu lassen. Ich will ihr also erklären, wie das mit den Reportern ist, und da sagte sie, ich wolle mich nur verteidigen. Jesus im Armenhaus, wenn es etwas gibt, was ich hasse, dann ist es jemand, der mir aggressiv kommt und dann sagt, ich sei defensiv, dabei lächelt, mir direkt in die Augen schaut und versucht, mir den Hals zu reiben!«

Ich fand, er habe jetzt genügend Dampf abgelassen, außerdem verlor ich langsam die Übersicht. »Also mußten Norrey und ich vor den Medienfritzen Männchen machen, weil sie aufgezeichnet hatten, wie ihr beide euch in der Öffentlichkeit gekabbelt habt?«

»Nein!«

Mit der Zeit kriegten wir die Geschichte aus ihm heraus. Es war wieder Lindas alter Zauber, der da wirkte, und ich kann Ihnen kein typischeres Beispiel geben. Irgendwie hatte sich ein siebzehnjähriges Mädchen einen Weg durch Hunderte von Leuten auf dem Raumflughafen direkt zu Linda gebahnt und war in ihren Armen zusammengebrochen, schluchzte, sie sei auf einem Trip und habe die Kontrolle verloren, und würde Linda bitten dafür zu sorgen, daß das alles *aufhört*! An diesem Punkt hatte die Reportermeute Linda als Sternentänzerin erkannt und kreiste sie ein. Selbst wenn man berücksichtigt, daß sie sechsmal soviel wog wie normal, daß sie gerade von den Medizinern überall zerstochen, von der Einwanderungsbehörde beleidigt worden war und Tom ihretwegen riesige Funken sprühte, neigte ich dazu zu bezweifeln, daß sie die Beherrschung verlor; ich glaube, sie gab sie bewußt auf. Wie auch immer, sie brannte offenbar ein großes Loch durch diese Meute von Unholden, verfrachtete das arme Mädchen hindurch und besorgte ihr ein Taxi. Während sie einstieg, hielt irgend so ein Clown dem Mädchen eine Kamera vors Gesicht, und da schlug Linda ihn nieder.

»Verdammt, Tom, das gleiche hätte ich vielleicht auch getan«, sagte ich, als ich endlich durchblickte.

»Bei allen Heiligen, Charlie!« begann er; dann bekam er mit übermenschlicher Anstrengung wenigstens seine Stimme unter Kontrolle. »Schau. Hör zu. Wir spielen hier kein Kinderspiel mit vier Cents Einsatz. Durch meine Finger gehen Millionen von Dollar, Charlie! Millionen! Du bist kein Landstreicher mehr, du hast auch nicht die Vorrechte eines Landstreichers. Hast du ...«

»Tom«, sagte Norrey schockiert.

»... die geringste Ahnung, wie wankelmütig die Öffentlichkeit in den letzten zwanzig Jahren geworden ist? Vielleicht muß ich dir sagen, wieviel die öffentliche Meinung mit der Existenz dieses Schrotthaufens im Orbit zu tun hat, den du gerade verlassen hast? Oder vielleicht willst du mir jetzt sagen, daß die Bänder da in deinem Koffer so gut sind wie der ›Sternentanz‹? Daß du etwas so Heißes hast, daß du es dir leisten kannst, Reporter zu verprügeln? O Jesus, was für ein Schlamassel!«

Jetzt hatte er mich. All die choreographischen Pläne, die wir mit in den Orbit genommen hatten, waren auf der Voraussetzung aufgebaut gewesen, daß wir zwischen acht und zwölf Tänzern haben würden. Wir hatten noch geglaubt, das sei eine pessimistische Schätzung. Wir mußten alles wegwerfen und bei Null anfangen. Die Bänder, die dabei herausgekommen waren, stützten sich sehr stark auf Solos – unser schwächstes Gebiet in diesem Stadium –, und obwohl ich zuversichtlich war, daß ich mit der Bearbeitung noch viel herausholen konnte, nun ja ...

»Ist schon gut, Tom. Diese Gammler haben etwas bekommen, was ihren Verlegern besser gefallen wird als eine Dame von eins fünfzig, die Gorillas wie Gorillas aussehen läßt – auch sie machen sich ein wenig Sorgen wegen der öffentlichen Meinung.«

»Und was sage ich morgen Wetbrook? Und Mortie und Barbara Frum und UPI und AP und ...«

»Tom«, sagte Norrey sanft, »das geht schon in Ordnung.«

»In Ordnung? Wie soll es in Ordnung gehen? Sag mir, wie das in Ordnung gehen soll.«

Ich begriff, worauf sie hinauswollte. »Ja, zum Teufel. Daran hätte ich nie gedacht, Schatz, natürlich. Wegen dieser Meute von Schakalen habe ich das glatt vergessen. Geschieht ihnen recht.« Ich fing an zu kichern. »Geschieht ihnen verdammt recht.«

»Es macht dir doch nichts aus, Liebling.«

»Wie? O nein ... nein, ich habe nichts dagegen.« Ich grinste. »Es war lange genug im Anzug. Jetzt packen wir's an.«

»Würde mir bitte jemand sagen, was zum Teufel ...«

»Tom«, sagte ich weitschweifig, »du brauchst dir nicht die geringsten Sorgen zu machen. Ich werde deinen ausgetricksten Freunden das gleiche erzählen, was ich mit dreizehn meinem Vater erzählt habe, als er mich mit der Tochter des Postboten im Keller erwischt hat.«

»Was zum Teufel war das?« fauchte er und begann zu grinsen, widerwillig und nicht ganz sicher, warum eigentlich.

Ich legte den Arm um Norrey. *»Ist schon in Ordnung, Pa. Wir heiraten morgen.«*

Er starrte uns mehrere Sekunden lang verständnislos an, das Grinsen verschwand und kehrte dann in voller Stärke zurück.

»Mensch, ich laß mich in Scheiße tauchen!« schrie er. »Herzlichen Glückwunsch! Das ist großartig, Charlie, Norrey, oh, herzlichen Glückwunsch, ihr beiden – es wurde ja auch Zeit.« Er versuchte, uns beide zu umarmen, aber in diesem Augenblick mußte der Taxifahrer gerade einem Psychopathen ausweichen, und Tom wurde mit ausgestreckten Armen nach rückwärts geschleudert. »Das ist gigantisch, das ist ... wißt ihr, ich glaube, damit schaffen wir's – ich glaube, das haut hin.« Er besaß soviel Anstand, zu erröten. »Ich meine zum Teufel mit den Reportern, ich will nur ... ich meine ...«

»Solche Kleinigkeiten«, sagte Norrey ganz ernst, »kannst du immer uns überlassen.«

Der Empfang rief mich an, als Linda sich eintrug; ich hatte darum gebeten. Ich grunzte, ließ den Telefonhörer ins Nichts baumeln, stieg aus dem Bett und trat in einen Papierkorb des Hotels, prallte dann gegen den Nachttisch, wobei ich den Nachttisch und die dazugehörige Lampe zerstörte, und endete schließlich in voller Länge auf dem Boden, das Kinn tief in den Teppichflor vergraben, die Nase ein paar Zentimeter vor einem Leuchtzifferblatt, das mir verriet, daß es 4:42 Uhr war. Morgens. In dem Augenblick, in dem ich völlig wach wurde, gab die Uhr den Geist auf und das Leuchten erlosch. Jetzt war es kohlrabenschwarze Nacht.

Unglaublicherweise war Norrey noch immer nicht aufgewacht. Ich stand auf, zog mich im Dunkeln an und ging, die Scherben ließ ich bis zum nächsten Morgen liegen. Glücklicherweise hatte mein gutes Bein den meisten Schaden abgefangen; ich konnte gehen, wenn ich auch irgendwie beidseitig hinkte.

»Linda? Ich bin's, Charlie.«

Sie machte sofort auf. »Charlie, es tut mir leid ...«

»Schon gut. Du hast richtig gehandelt. Wie geht es dem Mädchen?« Ich trat ein.

Sie machte die Tür hinter mir zu und zog ein Gesicht. »Nicht so glänzend. Aber jetzt sind ihre Leute bei ihr. Ich glaube, sie kommt wieder in Ordnung.«

»Das ist gut. Ich weiß noch, wie mir zum erstenmal ein Trip danebenging.«

Sie nickte. »Man weiß zwar, daß es in acht Stunden aufhören wird, aber das ist keine Hilfe; denn man hat einen unendlichen Zeitmaßstab.«

»Ja, Hör mal, das mit Tom ...«

Sie verzog wieder das Gesicht. »Mensch, Charlie, das ist vielleicht ein Typ.«

»Hm, ihr beide kommt wohl nicht so richtig miteinander klar?«

»Ich wollte ihm nur sagen, daß er zu nervös wäre, und da kam er mit so 'nem Gerede daher, er könne sich nicht vorstellen, wovon ich eigentlich redete. Also sagte ich ihm, er sei nicht ganz so unwissend, wie er sich einbilde, und bat ihn, mich als Freundin und nicht als Fremde zu behandeln – nach allem, was du mir von ihm erzählt hast, erschien mir das richtig. Okay, sagte er, und da bitte ich ihn ganz freundschaftlich, er solle doch versuchen, uns diese Reporter einen Tag oder so vom Hals zu halten, und da geht er richtig auf mich los. Er war so defensiv, Charlie.«

»Paß auf, Linda«, setzte ich an, »da war etwas schiefgelaufen ...«

»Ehrlich, Charlie, ich wollte ihn beruhigen, wollte ihm zeigen, daß ich es nicht ihm zum Vorwurf machte. Ich – ich rieb ihm Hals und Schultern und versuchte, ihm die Spannung zu nehmen, und er, er schob mich einfach weg. Ich meine, wirklich, Charlie, du und Norrey, ihr habt gesagt, er sei so nett, und dabei ist er so ein Ekel.«

»Linda, es tut mir leid, daß ihr nicht miteinander zurechtgekommen seid. Tom ist wirklich ein netter Kerl, es ist nur ...«

»Ich glaube, wenn es nach ihm gegangen wäre, hätte ich Sandra einfach sagen sollen, sie soll sich zum Teufel scheren, hätte sie einfach von der Polizei wegbringen lassen und ...«

Ich gab es auf. »Wir sehen uns morgen fr... nachmittag, Linda. Schlaf ein wenig; um zwei ist in irgendeinem Zimmer eine Pressekonferenz.«

»Gut. Es tut mir leid, es ist schon ziemlich spät, wie?«

Ich traf Raoul im Korridor – der Empfang hatte ihn gleich nach mir angerufen, aber er brauchte länger, bis er wach war. Ich sagte ihm, Linda und der Patientin ginge es so gut, wie man erwarten konnte, und er war erleichtert.

»Mann, Charlie, sie und Tom, die beiden hättest du sehen sollen. Wie Hund und Katze. Ich hätte das nie für möglich gehalten.«

»Ja, manchmal können sich die besten Freunde, die man hat, gegenseitig einfach nicht ausstehen.«

»Ja, das ist ganz komisch im Leben.«

Mit dieser tiefsinnigen Weisheit ging ich wieder zu Bett. Norrey war immer noch völlig weg, als ich eintrrat, aber als ich unter die Decke kroch und mich gegen ihren Rücken kuschelte, schnaubte sie wie ein Pferd und fragte: »'n Ordnung?«

»In Ordnung«, flüsterte ich. »Aber ich glaube, wir werden die beiden eine Zeitlang getrennt halten müssen.«

Sie rollte sich herüber, machte ein Auge auf und fand mich damit. »Liebling«, murmelte sie und lächelte mit der einen Seite ihres Mundes, »für dich besteht doch noch Hoffnung.«

Und damit drehte sie sich um und schlief wieder ein, und ich lag selbstzufrieden und albern da und fragte mich, was zum Teufel sie damit eigentlich hatte sagen wollen.

Kapitel 3

Jene Bänder des ersten Semesters verkauften sich trotz allem wie der Teufel, und die Kritiker waren zum größten Teil mehr als wohlwollend. Auch gaben wir zu dieser Zeit ›Masse ist ein Wort‹ mit Raouls Vertonung neu heraus und waren beim Abschluß unserer ersten Jahresbilanz tief in den schwarzen Zahlen.

Im zweiten Jahr nahm unser Studio Gestalt an.

Wir ließen uns in einem stark verlängerten Orbit nieder. Auf dem erdnächsten Punkt kam das Studio bis auf 3200 Kilometer an die Erde heran (nicht sehr nahe – Skyfac war weniger als 450 Kilometer hoch oben), und auf dem erdfernsten Punkt entfernte es sich weit nach draußen bis auf etwa 80000 Kilometer. Wir hatten uns so entschieden, weil wir nicht wollten, daß die Erde auf jedem Band den halben Himmel mit Beschlag belegte; auf dem erdfernsten Punkt war Terra etwa faustgroß (sie bedeckte etwas mehr als neun Winkelgrade), und wir verbrachten den größten Teil unserer Zeit weit von ihr entfernt. (Zweites Keplersches Gesetz: je näher ein Satellit seinem Primärplaneten ist, desto schneller dreht er sich.) Nachdem wir fast zweimal am Tag eine volle Umlaufbahn durchliefen, ergab das innerhalb von vierundzwanzig Stunden zwei mögliche Aufnahmeperioden von jeweils beinahe acht Stunden. Wir paßten dem unsere ›innere Uhr‹ – unseren biologischen Zyklus – einfach an, so daß eine dieser Perioden subjektiv die Zeit zwischen ›neun‹ und ›fünf‹ wurde. (Wenn wir eine Aufnahme verpatzten, mußten wir irgendein Vielfaches von elf Stunden später wiederkommen und noch einmal drehen, um im Hintergrund eine Erde von anscheinend gleicher Größe zu bekommen.)

Zum Studiokomplex selbst: Das größte Einzelgebäude ist

natürlich das Fischbassin, eine gewaltige Kugel für die Arbeit im geschlossenen Raum ohne Druckanzug. Es ist tatsächlich durchsichtig, wenn es richtig beleuchtet wird, kann aber mit opaken Folienflächen ausgestattet werden, falls man nicht das ganze Universum als Kulisse im Hintergrund haben will. Sechs sehr kleine und gute Kameraträger sind an verschiedenen Stellen eingebaut, das Bassin ist so ausgestattet, daß es Plastiktafeln aufnehmen kann, die einen Würfel innerhalb der Kugel bilden. Aber diese Tafeln verwendeten wir nur ein paarmal und werden es wahrscheinlich nicht wieder tun.

Danach kommt die formlose Konstruktion, die wir im Laufe der Zeit den ›Schrank von Fibber McGee‹ nannten. Der ›Schrank‹ selbst ist nur eine lange, ›stationäre‹ Stange, die mit Stützen und Seilspulen besetzt ist, aber er ist immer voll Gerümpel, das daran befestigt ist, damit es nicht verlorengeht. Kulissenteile, Kamerabauteile und Ersatzteile, Beleuchtungszubehör, Streben, Schaltpulte und Hilfssysteme, Kanister, Dosen und Schachteln, Plattenbündel, Büschel, Schlingen, Rollen und verschiedene, unordentliche Päckchen mit allem möglichen Zeug, von dem irgendwann jemand glaubte, es könne für den Tanz im freien Fall und seine Aufzeichnung ganz nützlich sein, es zur Hand zu haben, all diese Dinge haften am ›Schrank von Fibber McGee‹ wie interplanetarische Kletten. Größe und Gestalt der wenig attraktiven Masse verändern sich mit dem Gebrauch, und die einzelnen Bestandteile schieben sich ständig träge hin und her wie schizophrener Seetang.

Wir mußten es so machen, denn es ist absolut nicht güngstig, wenn man den Wohnbereich zu häufig betritt und wieder verläßt.

Stellen Sie sich einen Schmiedehammer vor. Den großen Vorschlaghammer eines Hafenarbeiters mit einem großen, faßförmigen Kopf. Stellen Sie sich am unteren Ende des Griffs einen viel kleineren Hammerkopf vor, so groß wie eine Colabüchse. Das ist mein Haus. Dort wohne ich mit meiner Frau, wenn ich im Weltraum zu Hause bin, in einem

Korridor mit dreieinhalb Zimmern und Bad. Versuchen Sie, diesen Schmiedehammer horizontal auf einem Finger zu balancieren. Sie werden dazu den Finger ganz nahe an das andere Ende legen wollen, gleich hinter den viel massigeren Hammerkopf. Das ist der Punkt, um den mein Haus sich dreht, und auch die Kontermasse dreht sich, in aufeinanderfolgenden konzentrischen Kreisen, um eine Nettowirkung von einem Sechstel der Erdenschwerkraft herzustellen. Die Kontermasse schließt die lebenserhaltenden Systeme und Vorräte ein, Energievorrat, medizinische Fernmeßgeräte, Heimcomputer und telefonische Anlagen, und ein paar verdammt große Gyrometer. Der ›Hammerstiel‹ ist ziemlich lang; man braucht einen Schaft von etwa hundertfünfunddreißig Meter, um bei einer Rotationsgeschwindigkeit von einer Minute ein Sechstel G zu bekommen. Bei so geringer Geschwindigkeit wird das Coriolis-Differential minimal, so unmerklich wie auf einem Torus der Größe von Ring Eins auf Skyfac, aber ohne das gewaltige Volumen und die an sich nutzlose Anlage eines Torus. (Axiom von Skyfac: Jedes Ziel, das man erreichen will, ist ganz auf der anderen Seite der Kurve; man selbst ist es sofort auch.)

Nachdem sich nur ein Tokugawa die Energie leisten kann, die erforderlich ist, um sich drehende Massen im Weltraum auf eine Laune hin in Bewegung zu setzen und anzuhalten, gibt es nur zwei Möglichkeiten, das Haus zu verlassen. Die Drehachse ist auf den ›Schrank von Fibber McGee‹ und auf das ›Rathaus‹ gerichtet (davon später); man kann nur durch die ›untere‹ Luftschleuse (die ›Hintertür‹) hinaus und muß dort zum richtigen Zeitpunkt loslassen. Wenn man als Weltraumbewohner noch nicht so erfahren ist oder wenn man auf einer Tangente zur Rotationsachse irgendwohin will, geht man durch die ›obere‹ Schleuse oder ›Vordertür‹ hinaus, klettert den mit Sprossen versehenen Hammerstiel bis zum Punkt der Gewichtslosigkeit hinauf und tritt herunter, dann stößt man sich in die Richtung ab, in die man will. Nach Hause kommt man immer durch die Vordertür; deshalb geht es von da auch nach unten. Die Leitungsnetze sind die Einfachheit selbst, und man muß ständig darauf achten, daß der ›Schrank‹ und das ›Rathaus‹ nicht mit gefriergetrocknetem Kot besprüht werden.

(Nein, wir bewahren ihn nicht auf, um damit Nahrungsmittel anzubauen oder was dergleichen ökologischer Zauberkunststücke noch mehr sind. Ein geschlossenes System von der Größe des unseren wäre zu klein, um funktionsfähig zu sein. Oh, wir gewinnen den größten Teil der Feuchtigkeit zurück, aber den Rest leiten wir in den Weltraum und kaufen, wie alle anderen auch, Nahrung, Luft und Wasser von Luna. Im Notfall könnten wir das alles auch von Terra heraufbefördern.)

Wir luden uns alle diese Schwierigkeiten offensichtlich auf, um zu Hause eine Schwerkraft von einem Sechstel G zu schaffen. Wenn man lange genug im Weltraum war, findet man die Schwerelosigkeit viel angenehmer und praktischer. Jegliche Schwerkraft scheint eine willkürliche Erschwernis zu sein, eine Einschränkung der Bewegungsfreiheit – wie bei einem Heftchenschreiber, der nur Happy Ends verfassen darf oder einem Musiker, der auf einen einzigen Takt beschränkt ist.

Aber wir verbrachten so viel Zeit zu Hause, wie wir nur erübrigen konnten. Jegliche Schwerkraft verlangsamt den unbewußten Drang des Körpers, sich unwiderruflich an die Schwerelosigkeit anzupassen, und ein Sechstel G ist ein vernünftiger Kompromiß. Nachdem diese Schwerkraft sowohl auf der Mondoberfläche wie auf Skyfac ortsüblich ist, sind die physiologischen Parameter allgemein bekannt. Je mehr Zeit wir zu Hause verbrachten, desto länger konnten wir oben bleiben – und unser Terminplan war festgelegt. Keiner von uns wollte für ewig im Weltraum ausgesetzt sein. So dachten wir in jenen Tagen darüber.

Wenn wir nachließen, wenn die Untersuchungen zeigten, daß sich einer von uns zu schnell anpaßte, konnten wir das bis zu einem gewissen Grad ausgleichen. Man geht dann durch die Hintertür hinaus, klettert in das Übungsjoch, das von der Motorwinde herabhängt, und schnallt sich daran.

Es sieht ein bißchen so aus wie diese Springteufelchen für Kinder oder wie ein leicht verändertes Streckbett. Man löst die Bremse, und das Joch fängt an, auf einer Linie mit dem Hammerstiel zu ›sinken‹, denn es gibt keine atmosphärische Reibung, die einen zur Seite zieht. Man senkt sich hinunter, vergrößert dabei im Endeffekt die Länge seines Hammerstiels und damit die Schwerkraft. Wenn man weit genug ›unten‹ ist, vielleicht ein halbes G (etwa vierhundert Meter Seil), zieht man die Bremse wieder an und trainiert an dem Joch, das so angelegt ist, daß es eine Beanspruchung des ganzen Körpers ermöglicht. Man kann sogar, wenn man will, die eingebauten Fahrradpedale benützen, um sich am Seil wieder hinaufzustrampeln, mit einem eingebauten ›Parkbremseneffekt‹, damit man sich, wenn es einem zuviel wird und man einen Takt ausläßt, nicht die Beine bricht und bis ans Ende des Seils hinunterrutscht. Wenn die Schwerkraftbereiche niedrig genug sind, kann man sich sogar mit den Händen hinaufhangeln, die Rettungsleine fest eingehakt, aber unterhalb eines Niveaus von einem halben G schnallt man sich aus gar keinem Grund mehr vom Joch ab. Stellen Sie sich vor, daß Sie, sagen wir bei ein G, an den Händen über der gesamten Unendlichkeit hängen und eine dichtschließende Plastiktüte mit Luft für drei Stunden anhaben.

Wir wurden alle sehr gewissenhaft in bezug auf ... hm ... unser Gewicht.

Die große Versuchung war das ›Rathaus‹, eine Kugel, die etwas kleiner war als das Goldfischbassin. Es war eigentlich unser Gemeinschaftswohnraum, der Ort, wo wir uns alle miteinander aufhalten und uns persönlich alles von der Seele reden konnten. Karten spielen, einander Lieder beibringen, über Choreographie diskutieren, über Choreographie streiten (zwei verschiedene Dinge), 3D-Handball spielen oder einfach den Luxus des freien Falls ohne Druckanzug und Arbeit genießen. Wenn ein Paar sich zufällig allein im Rathaus aufhielt und Lust dazu hatte, konnten die beiden die Hälte der äußeren Navigationslichter ausschalten – das bedeutete: ›Nicht stören‹ – und sich lieben.

(Sex bei ein Sechstel G ist auch schön – aber bei Nullschwerkraft ist es anders. Niemand ist oben. Es ist eine gemeinschaftliche Anstrengung von ganzem Herzen, sonst geht es einfach nicht. [Eine Vergewaltigung im freien Fall kann ich mir nicht vorstellen.] Man benützt *beide* Hände, nicht nur die eine, auf der man nicht liegt. Und während gut die Hälfte des Kamasutra zur Luftschleuse hinausfliegt, gibt es Entschädigungen dafür. Mir hat der gleichzeitige orale Geschlechtsverkehr, das klassische 69, nie viel bedeutet, weil es unbequem und ablenkend ist. Im freien Fall ist diese Stellung nicht nur bequem, sondern logisch, unvermeidlich. Ende der zweiten unvermeidlichen Abschweifung.)

Aus dem einen oder anderen Grund war es also eine Versuchung, sich allzulange im ›Rathaus‹ herumzutreiben – und es waren dort so viele tägliche Standardpflichten zu erledigen, daß wir gegen diese Versuchung stark angehen mußten. Ausgedehnte physiologische Meßergebnisse von uns allen wurden zweimal täglich an Doc Panzellas medizinischen Computer an Bord von Skyfac übermittelt; was Luft, Nahrung und Wasser anging, so war ich bereit, mir das anderswo zu beschaffen, wenn Skyfacs Gunst uns einmal nicht mehr lächeln sollte, aber während ich das alles bekommen konnte, brauchte ich das Gehirn von Panzella. Er war für die Weltraummedizin das, was Harry für das Bauwesen im Weltraum war, und er hielt strenge Disziplin, machte uns über Funk die Hölle heiß, wenn wir etwas verpatzten, und verteilte Trainingsstunden am Springteufel wie ein strenger Priester als Buße Novenen aufgibt.

Ursprünglich hatten wir vorgehabt, fünf Schmiedehämmer zu bauen, um bequem eine maximale Besatzung von fünfzehn Mann unterzubringen. Aber wir hatten Harry in jenem ersten Jahr gehetzt; als die erste Gruppe von Schülern aus dem Lift stieg, war es ein Wunder, daß schon drei Einheiten funktionsfähig waren. Wir mußten Harrys Bautrupp vorzeitig mit Dank und einem Bonus entlassen; wir brauchten den Raum, den sie belegten. Zehn Schüler, Norrey, Raoul, Harry und ich, das macht zusammen vierzehn.

Drei Einheiten ergeben zusammen neun Zimmer. Es war ein Liebeswerben auf Teufel komm raus ... aber Norrey und ich gingen als Ehepaar daraus hervor; die Zeremonie war nur noch eine Formalität.

Bis zur zweiten Saison war ein weiteres Dreizimmerhaus fertiggestellt, und wir nahmen nur sieben neue Schüler mit hinauf, so hatte jeder eine Tür, die er zumachen und hinter der er sich verkriechen konnte, wenn ihm danach war, und alle sieben Schüler konnte man vergessen. Der fünfte Hammer wurde nie gebaut.

Es war jene Serie schlechter Karten, von der ich schon früher gesprochen habe und die sich noch durch die ganze zweite Saison hinzog.

Sehen Sie, ich hatte gerade angefangen, mir im Tanz einen Namen zu machen, und war noch recht jung dafür gewesen, als mir die Kugel des Einbrechers das Hüftgelenk zerschmetterte. Es ist lange her, aber ich weiß noch, daß ich wirklich recht gut war. So gut werde ich nie wieder sein, auch wenn ich mein Bein jetzt wieder gebrauchen kann. Ein paar von den Leuten, die wir nach Hause schickten, waren bessere Tänzer, als ich es früher war – nach irdischen Begriffen. Ich hatte geglaubt, daß ein wirklich guter Tänzer fast automatisch die notwendigen Fähigkeiten haben müsse, um sphärisch denken zu lernen.

Die vernichtenden Ergebnisse dieser ersten Saison hatten mir gezeigt, wie sehr ich mich irrte, und so gingen wir im zweiten Semester nach anderen Kriterien vor. Wir versuchten, nach unabhängigem Denken auszuwählen, nach unkonventionellem Denken, nach einem nicht von Vorurteilen und Konsequenz gefesselten Geist. Raoul beschrieb es als die ›Typen, die Science Fiction lesen‹. Die Ergebnisse waren entsetzlich. Erstens stellte es sich heraus, daß Menschen, die rein intellektuell auch die grundlegendsten Voraussetzungen in Frage stellen können, dazu nicht notwendigerweise auch physisch in der Lage sind. Sie konnten sich zwar vorstellen, was zu tun war, konnten es aber nicht wirklich tun. Schlimmer noch, die Freigeister konnten mit anderen

Freigeistern nicht zusammenarbeiten, konnten überhaupt nicht mit der Vorstellung eines anderen konsequent arbeiten. Was wir wollten, war eine Kommune von Choreographen, und was wir bekamen, war die klassische Kommune, in der sich jeder vor dem Geschirrspülen drückte. Einer der Burschen hätte einen phantastischen Solotänzer abgegeben – als ich ihn gehen ließ, empfahl ich den Leuten von Betamax, sie sollten ihm ein eigenes Studio finanzieren –, aber wir konnten mit ihm nichts anfangen.

Und zwei der verdammten Idioten brachten sich durch eigene Gedankenlosigkeit selbst um.

Sie waren alle wirklich gut ausgebildet in den Überlebenstechniken im freien Fall, endlos gedrillt in den Grundregeln für das Leben im Weltraum. Wir hatten bei jedem Schüler, der in den freien Raum hinausging, ein System der Doppelüberwachung eingeführt, bis er seine Fähigkeiten bewiesen hatte, und wir trafen jede Vorsichtsmaßnahme, die ich mir vorstellen konnte und kann. Aber von Inge Sjoberg konnte man ja nicht verlangen, daß sie jeden Tag eine ganze Stunde damit verbrachte, ihren Druckanzug zu inspizieren und zu warten. Sie schaffte es, alle sechs klassischen Anzeichen eines beginnenden Kühlungsversagens zu übersehen, und eines schönen Sonnenaufgangs wurde sie dann gekocht. Und nichts konnte Alexi Nikolsky dazu bewegen, sich seine gewaltige braune Mähne abzuschneiden. Gegen jeden Rat bestand er darauf, sie sich in einer Art zusammengerolltem Pferdeschwanz zusammenzubinden, ›wie er es immer gemacht hatte‹. Die Konstruktion hing von einem einzigen Haarband ab. Selbstverständlich riß es mitten in einer Unterrichtsstunde, und er keuchte, was ganz natürlich war. Wir waren Minuten von jedem Druck entfernt; er wäre sicher in seinem eigenen Haar ertrunken. Aber als Harry und ich ihn zum ›Rathaus‹ schleppten, machte er den Reißverschluß seines Druckanzugs auf, um sich der Sache anzunehmen.

Beide Male waren wir gezwungen, die Leichen für eine grausig lange Zeit im ›Schrank‹ zu lagern, während die nächsten Verwandten sich darüber stritten, ob sie die Überreste zum nächsten Raumhafen transportieren lassen oder die gesetzlichen Komplikationen auf sich nehmen und eine Bestattung im Weltraum veranlassen wollten. Schwarzer Humor bewahrte uns vor dem Wahnsinn (Raoul gewöhnte sich an, vom ›Schrank von Travis McGee‹ zu sprechen), aber die Saison war uns vergällt.

Und es machte auch nicht viel mehr Spaß, sich von den lebendigen Schülern zu verabschieden. An dem Tag, als Yeng und Dubois uns verließen, drehte ich beinahe durch. Ich verabschiedete sie persönlich, und das Bild des ›Koitus mit Kondom‹, das für das Händeschütteln in einem Druckanzug oft verwendet wird, paßte einfach zu ironisch gut. Das ganze Semester war, genau wie das erste, ein Koitus mit Kondom gewesen – schwere Arbeit, kein Ergebnis –, und ich kehrte in der tiefsten Depression ins Rathaus zurück, die ich erlebt hatte, seit ... seit Shara starb. Mein Bein schmerzte aus reinem Mitgefühl; ich wollte irgend jemanden anschnauzen. Aber als ich durch die Luftschleuse kam, sahen Norrey, Harry und Linda gerade Raoul beim Zaubern zu.

Er nahm sie nicht war, nahm überhaupt nichts um sich herum wahr, und Harry hob, ohne mich anzusehen, warnend die Hand. Ich sparte mir meine schlechte Laune noch auf und lehnte mich mit dem Rücken gegen die Wand neben der Schleuse; das Velcropolster zwischen meinen Schulterblättern hielt mich sicher fest. (Die ganze Kugel ist mit ›weiblichem‹ Velcro ausgeschlagen; Polster von ›männlichem‹ Velcro sind in unsere Schuhe eingenäht – die auch ›Daumen‹ haben –, auf unsere Sitzflächen, die Schenkel, den Rücken und auf den Rücken unserer Handschuhe. Velcro ist das billigste Mobiliar, das es gibt.)

Raoul zauberte mit gewöhnlichen Haushaltsgegenständen. Sein ausgefallenstes Werkzeug war etwas, das er als seine ›hyperdermische Nadel‹ bezeichnet. Es sah aus wie eine Injektionsspritze mit Elefantiasis; die Kammer und der

Schieber waren überdimensioniert, aber die Nadel selbst hatte Normalgröße. In seinen Händen wurde das Ding ein Zauberstab.

An seine schmale Taille hatte er alle übrigen Zutaten gebunden: fünf Trinkkolben, von denen jeder eine andersfarbige Flüssigkeit enthielt. Jetzt erkannte ich auf einmal den Ursprung meines unbewußten Unbehagens und entspannte mich: ich hatte die Vibration der Klimaanlage, den Luftzug vermißt. Zwei speichenartige Seile hielten Raoul in der Mitte der Kugel fest, in der leicht gebückten Haltung, die für den freien Fall typisch ist, und er wollte unbewegte Luft – obwohl dadurch seine Arbeitszeit sehr stark eingeschränkt wurde. (Binnen kurzem würde ausgeatmetes Kohlendioxid eine Kugel um seinen Kopf bilden; er würde sich sanft um seine Halteseile drehen, und die Kugel würde ein Krapfen werden; bis dahin mußte er fertig sein. Oder sich bewegen. Ich selbst würde darauf achten müssen, mich ständig zu bewegen wie eine Spinne, genau wie die anderen.)

Er bohrte einen der Kolben mit seiner Spritze an und zog eine abgemessene Flüssigkeitsmenge ab. Apfelsaft, der Farbe nach, mit Wasser vermischt. Er leerte die Spritze vorsichtig – seine dünnen, knochigen Finger arbeiteten mit größter Behutsamkeit – und bildete einen durchscheinenden, goldenen Ball, der reglos vor ihm hing, von makelloser Kugelgestalt. Er zog die Spritze heraus, und der Ball ... schimmerte ... in kugelförmig symmetrischen Wellen, die lange brauchten, bis sie verebbten.

Er füllte die Spritze mit Luft, stieß sie in das Herz der Kugel und drückte. Der Ballon füllte sich mit einer angemessenen Luftmenge, erweiterte sich zu einer beinahe durchsichtigen, goldenen Blase, um die herum sich irisierende Muster in trägen Wirbeln jagten. Die Blase hatte etwa einen Meter im Durchmesser. Wieder zog Raoul die Spritze heraus.

Er zog nacheinander aus den Kolben Traubensaft, Tomatensaft und flüssiges Limonengelee auf und füllte das Innere der goldenen Blase mit kugelförmigen roten, purpurnen und grünen Perlen, die er, während er sie bildete, zu Blasen aufpumpte. Sie glänzten, glitzerten, stießen einander, wollten sich aber nicht gegenseitig aufsaugen. Schließlich war die goldene Blase mit christbaumkugelgroßen Bällen von Trauben- bis Grapefruitgröße angefüllt, die schimmerten und voneinander Farbe annahmen. Die Marangoniströmung – verschiedene Grade der Oberflächenspannung – bewirkte, daß sie sich umeinander drehten und umhertaumelten wie spielende Kätzchen. Gelegentlich bestand eine Kugel aus reinem Wasser, die schillerte dann in allen Regenbogenfarben, und das Auge sehnte sich danach, sie herauszulösen und einzeln zu verfolgen.

Raoul trieb jetzt weiter, um Luft zu holen, wobei er die Riesenblase mit seiner Handfläche im Schlepptau hielt, und das ganze Ding blieb zufrieden daran hängen. Ich wußte, wenn er jetzt hart daraufschlüge, würde das ganze Büschel sofort zu einer einzigen großen Blase zerplatzen, an deren Oberfläche Farbstreifen wie Tränen verlaufen würden (wieder durch die Marangoniströmung). Ich dachte, das habe er vor.

Die Zentralbeleuchtungstafel hatte er mit Velcro an seiner Brust befestigt. Er wählte sechs scharfe Spots und richtete sie mit sicheren Fingern auf das Blasenjuwel. Die anderen Lichter wurden schwächer, erloschen. Der Raum wurde mit Farben gesprenkelt und in sich farbig, als die Facetten des von Menschenhand gemachten Edelsteins Licht in alle Richtungen warfen. Mit einer scheinbar achtlosen Handbewegung versetzte Raoul den schillernden Ball in Drehung, und das ›Rathaus‹ schwamm in seinem unheimlichen Regenbogenschein.

Raoul schwebte vor dem Ding her, stellte seine Musicmaster auf Außenlautsprecher, befestigte sie mit Velcro an seinen Schenkeln und begann zu spielen.

Zuerst lange, getragene, warme Töne. Die Kugel erzitterte vor ihnen, reagierte auf ihre Vibrationen, drückte die Musik optisch aus. Dann fließende Läufe in höherer Tonlage mit Akkorden von Pseudoholzbläsern, die durch Speicherschlingen darunter ausgehalten wurden. Ein Zucken schien die Kugel zu überlaufen, sie schien vor Energie zu pulsieren. Eine einfache Melodie kam auf, veränderte sich, kehrte wieder, veränderte sich von neuem. Die Kugel funkelte in makellosem Kontrapunkt. Die Klangfarbe der Melodie veränderte sich während des Spiels von Blech zu Violine, dann zu Orgel, zu rein elektronischen Tönen und wieder zurück, und die Kugel reflektierte jede Veränderung mit köstlicher Raffinesse. Eine Baßsequenz erklang. Hörner. Ich stieß mich von der Wand ab, um meinen eigenen ausgeatmeten Gasen zu entgehen und um einen anderen Blickwinkel auf den Edelstein zu bekommen. Die anderen taten das gleiche, sie schwebten sanft umher, versuchten, mit Raouls Kunst zu verschmelzen. Spontan tanzten wir, umhergestoßen von der Musik wie der glänzende Edelstein, und von dem Farbenrausch, den er in dem kugelförmigen Raum umherwarf. Ein Orchester war jetzt an Raouls Schenkel geschnallt, und es machte Marionetten im freien Fall aus uns.

Nur Improvisation; nicht reif für ein Konzert. Einfache Übungen in der Gruppe, ein Schwelgen in der rein physischen Lust am freien Fall, an dem alle teilhatten. Gesang am Lagerfeuer, wenn man so will, ein Ausprobieren noch nicht vertrauter Harmonien an den Lieblingsliedern jedes einzelnen. Nur Harry hielt sich zurück, er schwebte irgendwie ›auf einer Seite‹, mit der seltsamen, unvermuteten Anmut eines Eisbären im Wasser. Dadurch wurde er so etwas wie ein zweiter Brennpunkt des Tanzes, wurde das Kameraauge, auf das Raoul seine Schöpfung zielte und wir die unsere. (Raoul und Harry waren ganz dicke Freunde geworden, die Klatschbase und die Sphinx. Sie bewunderten gegenseitig ihre Hände.) Harry schwebte gelassen dahin, nahm unsere Freude in sich auf und strahlte sie zurück.

Raoul zog sanft an einem Seil, und eine große, erweiterbare Drahtschlinge kam zu ihm. Er vergrößerte sie so, daß sie nur ein wenig weiter war als der Blasenedelstein, fing diesen in der Schlinge und erweiterte dann die Schlinge auf einmal schnell. Diejenigen, die die Oberflächenspannung nur von der Schwerkraft überdeckt erlebt haben, haben keine Ahnung, was für eine mächtige Kraft sie ist. Der Blasenedelstein wurde zu einer konkaven Linse von etwa drei Metern Durchmesser, in der vielfarbige, konvexe Linsen brodelten, jede einzelne war wirklich makellos. Er richtete sie auf Harry hin, fügte seitlich drei Laserstrahlen mit niedriger Energie hinzu und versetzte die Linse in Drehung wie das Rad der Kali. Und wir tanzten.

Nach einiger Zeit sprang das Klopf-Klopf-Licht neben der Luftschleuse an. Das hätte mich aufscheuchen sollen – wir bekommen nicht oft Besuch –, aber ich achtete nicht darauf, versunken im schwerelosen Tanz und in Raouls Genialität, und ein wenig in meiner eigenen, weil ich ihn engagiert hatte. Die Schleuse drehte sich, ging auf, und ließ Tom McGillicuddy ein – und das hätte mich zu Tode erschrecken sollen. Ich hatte keine Ahnung gehabt, daß er heraufkommen wollte, und da er nicht in dem planmäßigen Lift gewesen war, in den ich gerade Yeng und DuBois gesetzt hatte, mußte er einen *sehr* teuren Spezialcharterflug genommen haben, um hierherzukommen. Und das deutete auf eine Katastrophe hin.

Aber ich war in dem Tanz befangen wie in einem warmen Nebel, vielleicht ein wenig hypnotisiert durch das Funkeln von Raouls Kaleidoskop aus Traubensaft, Tomatensaft und Limonengelee. Möglicherweise habe ich Tom zur Begrüßung nicht einmal zugenickt, und ich weiß, daß mich das, was er als nächstets tat, nicht im entferntesten überraschte.

Er machte bei uns mit.

Ohne zu zögern warf er die Velcroslipper weg, die er aus der Ankleidekabine in der Luftschleuse mitgebracht hatte, trat in die dichte Luft und kam zu uns in die Kugel, er benützte Raouls Spanndrähte, um sich in eine Position zu bringen, in der durch ihn aus unserem Dreieckmuster ein Quadrat wurde. Und dann tanzte er mit uns, nahm unsere Figuren und den Rhythmus der Musik auf.

Seine Leistung verdiente Anerkennung. Er war verdammt gut in Form für jemanden, der unseren ganzen Papierkram erledigt hatte – aber was unendlich wichtiger war (denn irdische, körperliche Fitneß ist im Weltraum ja so nutzlos), er bewegte sich eindeutig ohne Ortsvertikale, und er genoß es.

Jetzt war ich endlich erschrocken, bis ins Innerste, aber ich behielt mein Pokergesicht bei und tanzte weiter, bemühte mich, Tom nicht merken zu lassen, daß ich ihn beobachtete. Norrey auf der anderen Seite der Kugel verhielt sich genauso, und Linda über uns schien tatsächlich nichts zu bemerken.

Erschrocken? Ich war total platt. Der einzige Faktor, an dem sechzehn von siebzehn Schülern gescheitert waren, war der gleiche, an dem Bauarbeiter von Skyfac scheiterten, der gleiche, vor dem acht von den neun Besatzungsmitgliedern von Skylab zurückgeschreckt waren, als man die ersten Experimente mit dem Leben bei Schwerelosigkeit durchführte: die Unfähigkeit, ohne Ortsvertikale zu leben.

Wenn man einen Goldfisch in den Orbit bringt (die Mannschaft von Skylab hat das gemacht), taumelt er hilflos in seiner Wasserkugel umher. Aber sobald man dem Fisch einen scheinbaren Bezugspunkt zeigt, sobald man eine flache Platte gegen seine Wasserkugel hält (die darauf dann ganz von selbst eine perfekte Halbkugel bildet), kommt der Fisch zu der Ansicht, daß die flache Platte ein Bachbett ist und richtet seinen Körper danach aus. Sobald man die Platte wegnimmt oder eine zweite hinzufügt (keine Ortsvertikale oder zuviele), stirbt der Goldfisch nach kurzer Zeit zu Tode verwirrt. Skylab wurde absichtlich so gebaut, daß es drei *verschiedene* Ortsvertikalen in seinen drei Hauptkapseln hatte, und acht von neun Besatzungsmitgliedern paßten sich treu und chronisch der Ortsvertikalen einer Kapsel an, sobald sie sie betraten, ohne bewußt darüber nachzudenken. Wenn sie nacheinander alle drei durchquerten, bekamen sie Kopfschmerzen; sie haßten den Andockadapter, der so konstruiert war, daß er überhaupt keine Ortsvertikale hatte. Es ist physisch unmöglich, bei Schwerelosigkeit schwindlig zu werden, aber sie sagten jedesmal, sie fühlten sich schwindlig, wenn man sie daran hinderte, sich auf einen definierten Fußboden und Wände einzustellen.

Alle bis auf einen – beschrieben als ›einer der intelligentesten Astronauten wie auch als einer der launischsten‹. Er fühlte sich in dem Andockadapter – in einem Leben ohne oben und unten – zu Hause wie ein Fisch im Wasser. Er war der einzige von neun Mann, der den psychologischen Durchbruch schaffte. Jetzt wußte ich, was für ein Glück es gewesen war, daß sich Norrey und Raoul beide als geeignet für den Sternentanz herausgestellt hatten. Und wie wenigen anderen das jemals gelingen würde.

Aber Tom war fraglos einer von ihnen. Einer von uns. Seine Technik war noch verdammt unausgefeilt, er hielt seine Hände für Schaufeln, und sein Rückgrat stimmte überhaupt nicht, aber er war zu schulen. Und er hatte jenes seltene, undefinierbare ›Etwas‹, das man braucht, um in einer Umgebung das Gleichgewicht zu halten, die ein Gleichgewicht ausschließt. Er war im Weltraum zu Hause.

Ich hätte es wissen müssen. Er war es immer gewesen, seitdem ich ihn kannte. In diesem Augenblick schien es mir, als begriffe ich urplötzlich meine verdammte, blinde Dummheit in ihrem ganzen Ausmaß – aber das war ein Irrtum.

Die ungeplante Stegreifübung neigte sich allmählich ihrem Ende zu; Raoul ging frivolerweise in die letzten Takte von ›Also sprach Zarathustra‹ über, und als jener letzte Akkord ausgehalten wurde, stach er mit steifer Hand durch seine Linse und zerschmetterte sie zu einer Million Regentropfen, die sich mit der furchterregenden Anmut eines sich ausdehnenden Universums zerstreuten.

»Saugt das auf«, sagte ich automatisch und brach damit den Zauber, und Harry schaltete eilends mit dem Fuß die Luftreinigung an, ehe das ganze ›Rathaus‹ von Fruchtsaft und Gelee klebrig wurde. Alle seufzten mit auf und Raoul, der Zauberer, war wieder ein karnickelhafter, kleiner Bursche mit einer Spritze wie aus einer Komödie und einem Hula-Hoop-Reifen. Und mit einem riesigen breiten Lächeln. Dem anerkennenden Seufzen folgte ein anerkennendes

Schweigen. Es dauerte eine Weile, bis der warme Schein ganz verschwunden war. ›Ich will verdammt sein‹, dachte ich, ›seit zwanzig Jahren habe ich keine so guten Erinnerungen mehr produziert.‹ Dann stellte ich mein Gehirn wieder auf Normaltätigkeit ein.

»Konferenz«, sagte ich knapp und sprang zu Raoul hinüber. Harry, Norrey, Linda und Tom trafen dort mit mir zusammen, und wir packten uns willkürlich an Händen und Füßen und bildeten im Zentrum der Kugel eine menschliche Schneeflocke. Dabei drehten sich unsere Gesichter natürlich in allen möglichen Richtungen zueinander, aber darauf achteten wir nicht, so wenig wie ein Discjockeyveteran auf das Drehen des Schallplattenetiketts achtet, das er gerade liest. Nicht einmal Tom war äußerlich etwas anzumerken. Wir kamen gleich direkt zur Sache.

»Nun, Tom«, sagte Norrey als erste. »Was ist denn Schreckliches passiert?«

»Will Skyfac aus dem Geschäft aussteigen?« fragte Raoul.

»Warum hast du nicht vorher angerufen?« fügte ich hinzu. Nur Linda und Harry schwiegen.

»Brrr«, sagte Tom. »Nichts ist passiert. Nicht das Geringste, ihr könnt euch alle beruhigen. In geschäftlicher Hinsicht läuft alles weiter wie eine lächerlich überkonstruierte Uhr.«

»Warum nimmst du dann den nächstbesten Charterlift? Oder hast du in dem planmäßigen, der gerade weg ist, den blinden Passagier gespielt?«

»Nein, ich habe schon eine Chartermaschine genommen – aber es war ein Taxi. Ich war beinahe genauso lange im freien Fall wie ihr – drüben auf Skyfac.«

»Drüben auf ...« Ich durchdachte das alles mit einigen Schwierigkeiten. »Und du hast dir sogar die Mühe gemacht, die Anrufe und die Post umleiten zu lassen, damit wir nicht draufkommen sollten.«

»Das ist richtig. Ich habe die letzten drei Monate von unserem Zweigbüro an Bord von Skyfac aus gearbeitet.« Dieses Zweigbüro war eine Postadresse irgendwo im linken unteren Quadranten auf dem Schreibtisch von Tokugawas neuem Hauptsekretär.

»So, so«, sagte ich. »Und warum?«

Er sah Linda an, deren linken Knöchel er zufällig hielt, und wählte seine Worte sorgfältig. »Erinnerst du dich noch an die erste Woche, nachdem wir uns kennengelernt haben, Linda?«

Sie nickte. »Ich glaube, so gereizt war ich noch nie in meinem ganzen Leben. Ich fand, du wärst das größte Rindvieh auf der ganzen Welt. An dem Abend im Le Maintenant, als ich auf dich losgegangen bin, das letztemal, als wir über Religion diskutierten – weißt du noch? In dieser Nacht ging ich aus dem Lokal hinaus und flog mit dem nächsten Helikopter direkt nach Nova Scotia zu dieser verdammten Kommune, wo du aufgewachsen bist. Landete um drei Uhr morgens mitten im Garten und weckte die Hälfte der Leute auf. Ich tobte und fluchte mehr als eine Stunde lang und verlangte zu wissen, wie zum Teufel sie dich zu so einer irregeleiteten Idiotin erziehen konnten. Als ich fertig war, blinzelten sie, kratzten sich und gähnten, und dann sagte der Große mit dem wirklich unwahrscheinlichen Bart: ›Nun, wenn zwischen euch soviel Zündstoff ist, würden wir meinen, daß du anfangen solltest, um sie zu werben. Und dann gab er mir einen Schlafsack.«

Die Schneeflocke brach auseinander, als Linda sich abstieß, und jeder packte das, was ihm am nächsten war oder schwebte frei. Tom veränderte seine Haltung mit geübter Mühelosigkeit, so daß er Linda auf den Fersen blieb, und sprach weiterhin direkt mit ihr.

»Ich blieb dort ungefähr eine Woche«, fuhr er mit gleichmäßiger Stimme fort, »und dann ging ich nach New York und schrieb mich für Tanzkurse ein. Ich habe tanzen gelernt, als ich noch ein Kind war, das gehörte zum Karatetraining; das fiel mir alles wieder ein, und ich arbeitete hart. Aber ich war nicht sicher, daß das irgend etwas mit Tanzen bei Nullschwerkraft zu tun hatte, und so flog ich heimlich nach Skyfac hinauf, ohne einem von euch etwas davon zu sagen, und seitdem habe ich dort ständig gearbeitet wie ein Wilder, in einer Fabrikkugel, die ich mir von meinem eigenen Geld gemietet habe.«

»Wer kümmert sich ums Geschäft?« fragte ich sanft.

»Die bestausgebildeten Leute, die man mit Geld kaufen kann«, sagte er kurz. »Die Geschäfte haben nicht gelitten. Aber ich. Ich hatte die Absicht, noch etwa ein Jahr keinem von euch davon zu erzählen. Aber ich war in Panzellas Büro, als die Benachrichtigungen über die Beendigung der Überwachung bei Yeng und DuBois hereinkamen. Ich wußte, wie dringend ihr Leute braucht. Ich bin Autodidakt und schwerfällig wie ein Schwein auf dem Eis, und auf der Erde würde ich noch einmal fünf Jahre brauchen, um ein viertklassiger Tänzer zu werden, aber ich glaube, das, was ihr hier macht, kriege ich hin.«

Er zappelte herum und sah Norrey und mich an. »Ich würde gerne bei euch Unterricht nehmen. Mein Lehrgeld werde ich selbst bezahlen. Ich würde gerne mit euch arbeiten, nicht nur auf dem Papier, und zu eurer Truppe gehören. Ich glaube, ich könnte einen Sternentänzer abgeben.« Er wandte sich wieder Linda zu. »Und ich würde gerne anfangen, um dich zu werben, so wie es bei euch Brauch ist.«

Erst in diesem Augenblick kam mir meine Dummheit wirklich in vollem Ausmaß zu Bewußtsein. Ich war sprachlos. Norrey war es, die stellvertretend für die Truppe sagte: »Wir nehmen an«, im gleichen Augenblick, als Linda das gleiche für sich sagte.

Und die Schneeflocke bildete sich neu, mit viel kleinerem Durchmesser.

Unsere Truppe war entstanden.

Was unseren Tanz an sich betrifft, so kann man dazu nicht viel sagen, was die Bänder nicht schon selbst ausdrücken. Wir übernahmen eine Menge Wortschatz von New Pilobolus und dem Contact-Improv-Movement (die eine der letzten kreativen Zuckungen vor jener zehn Jahre dauernden Stagnation im Tanz gewesen war und von der ich schon vorher gesprochen hatte), aber wir mußten fast alles radikal unseren

Verhältnissen anpassen, was wir übernahmen. Obwohl die Leute von Contact Improv sagen, sie seien im ›freien Fall‹, ist das eine semantische Verwechslung: Sie meinen ›frei fallend‹; wir meinen ›frei vom Fallen‹. Aber eine ganze Menge von dem, was sie entdeckt haben, funktioniert tatsächlich, zumindest in gewisser Weise, in der Schwerelosigkeit – und wir verwendeten das, was funktionierte.

Zu Lindas eigenem Werdegang als Tänzerin gehörten auch vier Jahre bei der Truppe New Pilobolus: falls Sie sie nicht kennen, oder die legendäre Pilobolustruppe, aus der sie hervorgegangen ist, es ist eine Art von Contact-Improv-Truppe ohne Improvisation – alles Material ist sorgfältig choreographiert. Aber auch sie ›benützen sich gegenseitig als Kulissen‹ – sie tanzen aufeinander, übereinander und umeinander herum und arbeiten zusammen, indem sie sich gegenseitig ihre Vektoren verändern. Tanzende Akrobaten, wenn man so will. Wir selbst versuchten, bei dem, was wir aufzeichneten, eine ausgewogene Mischung von choreographiertem und spontanem Tanz zu erreichen.

Linda konnte uns eine Menge über wechselseitig interagierende Massen, über Hyperhebefiguren und ähnliches beibringen – und noch viel mehr über die Einstellung, die dazu erforderlich ist. Um mit einem zweiten Tänzer wirklich in Interaktion zu treten, um spontan miteinander Figuren zu schaffen, muß man versuchen, sich einfühlend auf ihn einzustimmen. Man muß den anderen kennen – wie er tanzt und wie er im Augenblick empfindet –, wenn man fähig sein will zu spüren, wie seine nächste Bewegung sein wird oder wie er wahrscheinlich auf die unsere reagieren wird. Wenn es funktioniert, ist es das erhebendste Gefühl, das ich je kennengelernt habe.

Mit mehr als einem Partner ist es viel schwieriger, aber das erhebende Gefühl steigert sich exponentiell.

Weil der freie Fall gegenseitige Zusammenarbeit erfordert, wechselseitiges Bewußtsein voneinander auf einer sphärischen Ebene, wurde unser Tanz im wesentlichen eine geistliche Übung.

Und so, mit einer Truppe von angemessener Größe und einem immer weiter wachsenden Verständnis für das, worum es beim Tanz in der Schwerelosigkeit wirklich ging, begannen wir unsere zweite und letzte Aufzeichnungssaison.

Kapitel 4

Ich stürzte durch einen Raum voll Sterne, auf einem Schweif von fluoreszierendem Gas balancierend wie ein heranrasender Komet, und konzentrierte mich darauf, meinen Rücken gerade und meine Knie und Knöchel fest beieinander zu halten. Das half mir zu vergessen, wie nervös ich war.

»Fünf«, leierte Raoul eintönig, »vier, drei, zwei, JETZT« und ein Ring seiner strahlend orangeroten ›Flammen‹ loderte geräuschlos rings um mich auf. Ich schwebte hindurch wie der Faden durch ein Nadelöhr.

»Schön«, flüsterte Norrey mir von ihrem einen Kilometer entfernten Beobachtungspunkt ins Ohr. Ich hob sofort die Arme hoch über den Kopf und biß fest auf einen Kontakt. Als ich durch den Ring aus orangefarbenen ›Flammen‹ schwebte, ging mein ›Schweif‹ in ein volles, tiefes Purpurrot über und dehnte sich träge und symmetrisch hinter mir aus. In diesem purpurroten Kielwasser funkelten in unregelmäßigen Abständen winzige Novae auf und erloschen wieder: Raouls Zauberkünste. Kurz bevor die Farbkanister an meinen Waden leer wurden, feuerte ich meine Bauchschubdüse ab und ließ mich von ihr in einer immer weiter werdenden Kurve nach ›oben‹ tragen, während ich die Sekunden zählte.

»Mehr Licht, Harry«, sagte ich scharf, »ich kann dich nicht sehen.«

Die roten Lichter erwachten ›über‹ meinem gedachten Horizont blinzelnd zum Leben, und ich entspannte mich und drosselte den Bauchschub sehr langsam. Ich schwebte nicht direkt auf die Kamera zu, aber die notwendigen Korrekturen waren geringfügig und würden die Kurve nicht sichtbar verderben. Ich orientierte mich mit einer Methode, die ich nur ›beseeltes Krümmen‹ nennen kann, drosselte den Hauptantrieb und suchte mir meinen Punkt.

Auf der Erde kann man sich ewig drehen, ohne schwindlig zu werden, wenn man sich einen Punkt sucht, die Augen fest darauf gerichtet hält und den Kopf bei jeder Rotation erst in der letztmöglichen Sekunde herumreißt. Im Weltraum ist diese Technik nicht notwendig: sobald man einmal aus einem Schwerkraftloch heraus ist, füllen sich die Bogengänge im Ohr auf, und das ganze Gleichgewichtssystem schaltet sich ab; man kann gar nicht mehr schwindlig werden. Aber alte Gewohnheiten sterben nur langsam. Sobald ich meinen Punkt, einen Stern, gefunden hatte, schlug ich einen Salto, und als ich zehn Umdrehungen gezählt hatte, war die Kamera so nahe, daß ich sie sehen konnte, und kam schnell näher. Sofort beendete ich die Drehung, orientierte mich und bremste scharf – vielleicht drei G – mit allen Düsen. Ich hatte es gut getroffen: ich kam in bezug auf die Kamera kaum fünfzig Meter entfernt zur Ruhe. Sofort schaltete ich alle Energiequellen aus, ging von der natürlichen Kontraktion bei hoher Beschleunigung in volle Entlastung über, wobei ich alles hineinlegte, was ich noch hatte, hielt die Pose, bis ich bis fünf gezählt hatte und flüsterte dann: »Aus!«

Die roten Lichter erloschen, und Norrey, Raoul, Tom und Linda applaudierten leise. (In einem Druckanzug macht man alles leise.)

»Gut, Harry, sehen wir uns das Playback an.«

»Ich komme rauf, Chef.«

Es folgte eine Pause, während er zurückspulte, und dann wurde ein großer, quadratischer Abschnitt im fernen Raum an den Rändern hell. Die Sterne darin ordneten sich neu und kamen in Bewegung. Mein Bild erschien im Rahmen und führte das Manöver durch, das ich soeben abgeschlossen hatte. Ich war zufrieden. Ich hatte den orangefarbenen ›Flammenring‹ genau in der Mitte getroffen und den Purpurrauch im exakt richtigen Moment ausgelöst. Die Kurve, mit der ich ausgeschert war, war ein wenig zackig, aber es würde schon gehen. Als ich mich der Kamera näherte, wurde das Bild so überraschend plötzlich groß, daß ich tatsächlich zurückzuckte – was ziemlich albern ist. Das Abbremsen war beim Zusehen fast genauso atemberaubend wie bei der Durchführung, das Abfangen war gut, und die triumphierende Streckung am Schluß war einfach großartig.

»Das ist im Kasten«, sagte ich befriedigt. »Wo geht's zur Bar?«

»Gleich die Straße rauf«, antwortete Raoul. »Ich gebe einen aus.«

»Immer schön, wenn man einen Kunstfreund trifft. Wieviel war Ihr Name wert, sagten Sie?«

Harry, im massiven, mit Werkzeugen eingesäumten Raumanzug des Baumenschen erschien hinter und ›unterhalb‹ der Kamera.

»He«, sagte er, »nicht so schnell. Wir müssen mindestens die zweite Szene noch durchmachen.«

»Meine Güte«, protestierte ich. »Ich habe nicht mehr viel Luft, der Magen knurrt mir, und ich schwimme in dieser überdimensionierten Galosche herum.«

»Ist nicht mehr lange bis zum Termin«, mehr sagte Harry nicht.

Ich brauchte so dringend eine Dusche, daß ich sie schmecken konnte. Tänzer sind ganz verschieden; das einzige, was wir alle gemeinsam haben, ist, daß wir alle schwitzen – und in einem Druckanzug kann der Schweiß nirgends hin. »Meine Düsen sind verschossen«, sagte ich schwach.

»Für Szene Zwei brauchst du sie nicht oft«, erinnerte mich Norrey. »Trainingsgitter, du weißt doch. Primitive Muskelarbeit.« Sie hielt inne. »Und zum Termin ist es wirklich nicht mehr lange, Charlie.«

Verdammt, aus Stereokopfhörern scheinen Stimmen genau von der gleichen Stelle zu kommen wie die Stimme des Gewissens.

»Sie haben recht, Charlie«, sagte auch Raoul. »Ich habe zu früh geschrien. Komm, die Nacht ist noch jung.«

Ich blickte um mich, auf eine gewaltige Kugel sternenübersäter Leere, die Erde war ein Wasserball links von mir und die Sonne ein strahlend heller Baseball dahinter. »Älter wird die Nacht nicht mehr«, murrte ich und gab nach. »Gut, ihr habt wahrscheinlich recht, Harry, du und Raoul, ihr baut die Kulisse hier ab und stellt die nächste auf, ja? Die anderen machen sich warm, wo sie sind. Bis ihr richtig schwitzt.«

Raoul und Harry fuhren so geübt und tüchtig wie ein Paar alter Straßenpolizisten mit der Familienkutsche hinaus, um im Vakuum staubzusaugen. Ich setzte mich ins Nichts und grübelte über den verdammten Termin nach. Es wurde wirklich Zeit, wieder zur Erde zurückzukehren, und das bedeutete, es wurde Zeit, daß wir mit den Proben und Aufzeichnungen für diesen Abschnitt fertig wurden, aber deswegen brauchte ich mich darüber ja nicht gerade zu freuen. Kein Künstler mag den Zeitdruck, auch der nicht, der ohne ihn nichts zustandebringt. Also grübelte ich.

Die Vorstellung mußte weitergehen. Die Vorstellung muß immer weitergehen, und wenn Sie einer von den Millionen von Menschen sind, die sich schon immer gefragt haben, warum eigentlich, so will ich es Ihnen sagen. Die Karten sind schon verkauft.

Aber es ist besonders schwierig (und außerdem dumm), im Weltraum zu grübeln. Man schwebt in der Großen Tiefe, in allen Richtungen ist Unendlichkeit, eine so gewaltige Leere, daß man, obwohl man weiß, daß man mit hoher Geschwindigkeit durch diese Leere stürzt, nicht den geringsten sichtbaren Fortschritt macht. Der Weltraum ist Gottes Thronsaal, und es ist ein so endloser Saal, daß kein menschliches Problem darin sehr lange von Bedeutung sein kann.

Haben Sie jemals am Meer gelebt? Wenn ja, dann wissen Sie, wie schwierig es ist, seine schlechte Laune beizubehalten, während man den Ozean betrachtet. Im Weltraum ist es genauso, nur noch stärker.

Viel stärker.

Als das Trainingsgitter zusammengebaut war, war ich beinahe wieder in Stimmung zum Tanzen. Das Gitter war eine Art dreidimensionaler Turnerdschungel, ein riesiges

Teil-Ikosaeder aus durchsichtigen Röhren, in denen Neongas grün und rot fluoreszierte. Es umschloß einen Bereich von etwa vierzehntausend Kubikmetern, darin war eine große Menge winziger Flüssigkeitstropfen verstreut, die wie reglose Staubfussel dahingen und im Laserlicht schimmerten. Apfelsaft.

Als Raoul und Harry mir das Modell für das Trainingsgitter zum erstenmal gezeigt hatten, war ich von der ästhetischen Schönheit der Konstruktion überrascht gewesen. Inzwischen, nach endlosen Simulationen und Einzelproben, sah ich es nur noch als komplexe Sammlung von Hebe- und Drehpunkten an, an denen Tom, Linda, Norrey und ich tanzen konnten, eine Ansammlung von Vektorveränderern, die so geplant waren, daß bei minimalem Einsatz von Schubdüsen maximale Bewegungsmöglichkeiten bestanden. Szene Zwei beruhte beinahe ausschließlich auf Muskelkraft, ein Paradox, wenn man die Technologie in Betracht zog, mit deren Hilfe sie geschaffen worden war. Wir würden uns an allen vier Gliedmaßen um das Gitter und um die anderen drehen, wobei wir einige Einzelbewegungen von der Trapezakrobatik übernehmen wollten und einige aus unserer eigenen, immer größer werdenden Erfahrung mit dem Liebesakt im freien Fall; wir würden ständig seltsame geometrische Figuren bilden und wieder auflösen, die sogar im Tanz neu waren. (Dabei verwendeten wir eher choreographische als Improvisationstechniken: das Gitter und sein Konzept waren für das Goldfischbassin zu groß, und im freien Raum kann man sich keinen Fehler erlauben.)

Obwohl ich den einzelnen Tänzern ihre Rollen beigebracht und mit der Gruppe einige der komplizierteren Griffe geübt hatte, würde das unser erster, voller, gemeinsamer Durchgang sein. Ich entdeckte, daß ich mich bemühte, mir einzureden, es würde schon funktionieren. Alle Computersimulation der Welt ist kein Ersatz für die tatsächliche Ausführung: Dinge, die bei der Computersimulation wunderbar aussehen, können einem in der Praxis die Schultern ausrenken.

Ich wollte schon alle an ihre Plätze rufen, als Norrey ihre Position verließ und zu mir herüberschoß. Natürlich konnte es dafür nur einen möglichen Grund geben, daher stellte auch ich mein Funkgerät ab und wartete. Sie bremste sauber ab, kam neben mir zur Ruhe und berührte mit ihrem Helm den meinen.

»Charlie, ich wollte dich nicht drängen. Wir können auch in elf Stunden wieder herkommen und ...«

»Nein, ist schon gut, Schatz«, beruhigte ich sie. »Du hast ja recht. ›Der Termin schert sich um nichts.‹ Ich hoffe nur, daß es mit der Choreographie klappt.«

»Es ist der erste Durchgang. Und die Simulationen waren großartig.«

»Das meine ich nicht. Verdammt, daß es stimmt, weiß ich. Inzwischen kann ich sehr gut sphärisch denken. Ich weiß nur nicht, ob es etwas taugt.«

»Wie meinst du das?«

»Es ist genau die Art von Choreographie, die Shara verabscheut hätte. Starr, zeitlich exakt abgestimmt wie ein Schienenstrang.«

Sie legte ein Bein um meine Taille, um ein leichtes Abdriften zu verhindern, und blickte nachdenklich vor sich hin. »Sie hätte es für sich selbst abgelehnt«, sagte sie schließlich, »aber ich glaube, uns hätte sie wirklich mit Genuß dabei zugesehen. Die Nummer ist gut, Charlie – und du weißt, wie sehr die Kritiker alles lieben, was abstrakt ist.«

»Ja, da hast du recht – wieder einmal«, sagte ich und setzte mein schönstes ›Charlie-der-Fröhliche‹-Grinsen auf. Es ist nicht fair, einen Tiefpunkt zu haben, wenn der Vorhang aufgeht; das deprimiert die anderen Tänzer. »Vielleicht hast du mir damit sogar einen besseren Titel für dieses ganze Durcheinander geliefert: Synapstrakt.«

In dem Grinsen, mit dem sie das meine erwiderte, lag Erleichterung. »Wenn es schon ein Wortspiel sein soll, gefällt mir ›Im-Merce-ion‹ doch noch besser.«

»Ja, das hat so eine Art von Cunningham-Flair an sich. Wetten, daß er den nächsten Lift hier herauf nimmt, der alte

Knabe, wenn er es gesehen hat?« Ich drückte ihren Arm durch den Druckanzug hindurch und fügte noch »Danke, Schatz« hinzu, dann schaltete ich meinen Funk wieder ein. »Gut, liebe Kinder, laßt uns jetzt den Truthan schießen. Gebt acht auf Beinsteller und Witwenmacher. Harry, sind die Kameras festgemacht?«

»Programm läuft«, verkündete er. »Dichtungs- und Schlauchriß!« Das ist der Ausdruck der Sternentänzer für ›Hals- und Beinbruch‹.

Norrey flitzte wieder an ihren Standort, ich korrigierte meine eigene Position, die Lichter an Kamera zwei und vier flammten auf wie Höllenfeuer, und wir betraten die Bühne, während überall um uns herum ein gewaltiges Universum seinen Angelegenheiten nachging.

Man kann Fröhlichkeit nicht so gut vortäuschen, daß man eine Frau wie Norrey hinters Licht führt, wenn nicht irgend etwas Wahres dran ist; und wie ich schon sagte, es ist schwer, im Weltraum zu grübeln. Es war wirklich ein schönes Gefühl, meinen Körper zwischen den roten und grünen Stangen herumzuwerfen, mit der Energie dreier anderer Tänzer, die ich zufällig liebte, zu interagieren, und sich auf zeitliche Berechnungen von Sekundenbruchteilen und vollkommener Plazierung des Körpers zu konzentrieren. Aber ein Künstler ist sogar mitten in der anstrengendsten Aufführung zur Selbstkritik fähig; es ist die gleiche ständige Selbsterforschung, die es bewirkt, daß man mit so vielen von uns über längere Zeit hinweg so schwer auskommen kann – und sie macht uns in erster Linie zu Künstlern. Das letzte, was Shara Drummond zu mir gesagt hatte, war gewesen: ›Mach es richtig.‹

Und selbst in den Wirbelfiguren einer Nummer, die meine gesamte Aufmerksamkeit erforderte, war noch Raum für eine kleine Stimme, die mir zuflüsterte, daß ich nichts Besseres hatte zustandebringen können, wenn ich den Termin einhalten wollte.

Ich versuchte mich mit dem Gedanken zu trösten, daß jeder Künstler, der je gearbeitet hat, bei fast jeder Nummer, die er jemals gemacht hat, ganz genauso empfindet – und das half mir nicht mehr als jedem anderen von uns. Und so machte ich diesen einen kleinen Plazierungsfehler, versuchte zu hastig, ihn mit den Düsen zu korrigieren, erwischte die falsche Düse und prallte rückwärts hart gegen Tom. Auch er kehrte mir den Rücken zu, unsere Luftflaschen klirrten aufeinander, und eine von den meinen ging hoch. Ein Pferd trat mich zwischen die Schulterblätter, die Stangen kamen mir schnell entgegen und trafen mich quer über den Schenkeln, so daß ich mich überschlug. Ich war mehr als zwanzig Meter vom Gitter entfernt, auf dem Weg in die Ewigkeit, ehe ich Zeit hatte, ohnmächtig zu werden.

Daß ich zufällig nicht genau im Zentrum in das Gitter geprallt war, war meine Chance. Ich wurde dadurch in akrobatische Saltos gewirbelt, die Luft in meinen Helm und die Stiefel drückten und mir das Blut in Kopf und Füße trieben, was mich schneller wieder aus der Ohnmacht erwachen ließ. Trotzdem vergingen kostbare Sekunden, in denen ich betäubt meine Schwierigkeit analysierte, mir meinen Punkt suchte und anfing, korrekte Drehbewegungen zu machen. Mit der Perspektive, die ich dadurch erhielt, orientierte ich mich immer noch betäubt, rechnete intuitiv aus, welche Düsen die Drehung aufhalten würden, und betätigte sie.

Nachdem das geschehen war, war es leicht, das Gitter ausfindig zu machen, einen strahlenden, kubistischen Weihnachtsbaum, der, noch während ich hinsah, merklich kleiner wurde. Er stand zwischen mir und dem blauen Wasserball, auf dem ich geboren war. Zumindest würde das Leben nicht so kitschig sein und mir Sharas Todesart zukommen lassen. Aber die von Bryce Carrington fand ich auch nicht viel ansprechender.

Meine Schenkel taten höllisch weh, besonders der rechte, aber mein Rückgrat hatte noch nicht zu schmerzen angefangen – ich war noch nicht darauf gekommen, daß es das eigentlich tun müßte. In meinen Kopfhörern waren Stimmen, drängende Stimmen, aber ich war noch zu benebelt, um aus dem, was sie sagten, einen Sinn herauszuhören. Später konnte ich mir die Zeit nehmen, meine Ohren wieder auf sie einzustellen; im Augenblick ratterten in meinem Geist Zahlen herunter, und die Antworten wurden ständig schlimmer. In einem Lufttank ist viel mehr Druck als in einer Schubdüse. Andererseits hatte ich zehn steuerbare Düsen, mit denen ich die Geschwindigkeit, die mir die eine, in breiter Streuung geplatzte Flasche verliehen hatte, aufheben konnte. Drittens waren die Düsen schon von Anfang an stark erschöpft gewesen ...

Schon während ich die Schlußfolgerung zog, daß ich ein toter Mann sei, begann ich zu tun, was ich konnte, um mein Leben zu retten: ich reihte eine Düse nach der anderen gegenüber von meinem Massezentrum auf und feuerte sie ab, bis sie leer waren. Linker Fuß, vorne und hinten. Rechter Fuß ebenso. Bauchschubdüse. Mein Rücken begann zu stöhnen, dann zu schreien, schließlich kreischte er vor Schmerz: nicht die örtlich begrenzten Messerstiche, mit denen ich gerechnet hatte, sondern ein allgemeiner Schmerz. Ich konnte nicht feststellen, ob das ein gutes oder ein schlechtes Zeichen war. Rückendüse – ich biß die Zähne zusammen, um nicht zu wimmern. Linke Hand, vorne und hinten.

›Spar dir noch etwas auf.‹ Ich reservierte mir das Düsenpaar an der rechten Hand für Manöver in letzter Minute und sah nach, ob ich etwas erreicht hatte.

Das Trainingsgitter schrumpfte immer noch ziemlich schnell.

Ich war jetzt beinahe bei vollem Bewußtsein und spürte, daß mein Gehirn mich gerade wieder einholte. Die Stimmen in meinen Kopfhörern ergaben endlich einen Sinn. Die erste, die ich identifizierte, war natürlich die von Norrey – aber sie sagte gar nichts – sie weinte und fluchte nur.

»He, Schatz«, sagte ich so ruhig ich nur konnte, und sie hörte sofort auf. Die anderen auch. Dann –

»Halt aus, Liebling, ich komme!«

»Sie hat recht, Chef«, stimmte Harry zu. »Ich habe dich mit der Radarkanone verfolgt, seitdem du weg bist, und jetzt hat der Computer die Steuerung übernommen.«

»Sie wird dich holen«, schrie Raoul. »Die Maschine sagt ›ja‹. Mit dem verfügbaren Treibstoff kann sie Norrey bis zu dir und dann wieder hierher zurückbringen, Charlie. Sie sagt ›ja‹.«

Und tatsächlich konnte ich gleich neben dem Gitter die Familienkutsche sehen, mit der Schnauze zu mir. Sie schrumpfte nicht so schnell wie das Gitter – aber sie schrumpfte anscheinend doch. Diese Luftflasche hatte mir einen ganz ordentlichen Stoß versetzt.

»Chef«, sagte Harry drängend, »kannst du dich auf deinen Anzug verlassen?«

»Ja, sicher. Die Explosion ist nach draußen gegangen, hat nicht einmal die zweite Flasche beschädigt.« Mein Rücken tobte, wenn ich nur daran dachte, und ja, verdammt, die sichtbare Scheibe der Kutsche schrumpfte eindeutig, nicht sehr schnell, aber sie wurde auch bestimmt nicht größer, und ausgerechnet in diesem Augenblick fiel mir ein, daß die Garantie für die Programme dieses Computers vor drei Tagen abgelaufen war.

›Sag irgend etwas Heroisches, sonst fängst du zu stöhnen an.‹

»Nun, das wäre erledigt«, sagte ich fröhlich. »Erinnert mich daran, die Hundesöhne zu – He! Wie geht's eigentlich Tom?«

»Wir haben ihn hingekriegt«, sagte Harry kurz. »Er ist zwar nicht bei Bewußtsein, aber die Telemetrie sagt, er lebt und ist in Ordnung.«

Kein Wunder, daß Linda nichts sagte. Sie betete.

»Ist ein Arzt im Haus?« fragte ich der Form halber.

»Ich habe Skyfac angerufen. Panzella ist unterwegs. Wir schweben jetzt mit den Düsen nach Hause, um Tom reinzubringen.«

»Geht nur alle drei. Hier draußen könnt ihr nichts machen. Raoul, du kümmerst dich um Linda.«

»Ja.«

Schweigen senkte sich herab, ausgenommen natürlich die ständigen Geräusche, die wir bis jetzt überhört hatten, Atmen und raschelnde Stoffe. Norrey fing wieder an zu weinen, nur kurz, dann konnte sie es unterdrücken. Die Scheibe, als die ich sie und die Kutsche sah, wuchs jetzt, ich mußte genau hinsehen und mit dem Daumen messen, aber ja, sie wuchs.

»Bravo, Norrey, du holst auf«, sagte ich und versuchte, das Ganze von der leichten Seite zu nehmen.

»Stimmt«, bestätigte sie, und als die Geschwindigkeit, mit der das Gefährt wuchs, gerade ein mit den Augen erkennbares Kriechen erreicht hatte, erlosch der Strahlenkranz ihrer Antriebsflamme. »Was zum ...?«

Stellen Sie sich das Ganze geometrisch vor. Ich rase mit einer Wahnsinnsgeschwindigkeit vom Gitter weg. Es vergehen vielleicht volle dreißig Sekunden, bis Norrey im Sattel sitzt und den Antrieb auslöst. Idealerweise gibt ihr der Computer einen Schub, der sie eine höhere Geschwindigkeit erreichen läßt als meine, die hält er und beginnt mit dem Abbremsen so, daß sie genau dann anfängt, zum Gitter zurückzukehren, wenn unsere Kurse sich schneiden. Ein bißchen kompliziert, wenn man es im Kopf ausrechnen soll, aber für einen ballistischen Computer, der nur halb so gut ist wie der unsere, kein Problem.

Der Haken war der Treibstoff.

Norrey *mußte* genau dann den Schub drosseln, wenn der Treibstoff voraussichtlich zur Hälfte verbraucht war. Jetzt hatte sie den Inhalt ihrer Treibstofftanks zur Hälfte verbraucht; der Computer sah, daß bei dieser Marschgeschwindigkeit mit der Zeit ein Zusammentreffen erreicht werden konnte. Er drosselte den Schub, sozusagen mit einem winzigen, triumphierenden Lächeln. Ich führte im Kopf ein paar primitive Rechenoperationen durch, die auf Vermutungen basierten und eine enorme Fehlertoleranz hatten, und mir wurde in meiner Plastikhülle ganz eiskalt.

Der zweite Haken war die Luft.

»Harry«, schnarrte ich, »laß die Hochrechnung noch einmal durchlaufen, aber nimm die folgenden Daten für Luftvorrat dazu ...«

»O du mein Gott«, sagte er ganz erschlagen und wiederholte dann die Zahlen, die ich ihm gegeben hatte. »Bleib dran.«

»Charlie«, begann Norrey besorgt. »O mein Gott, Charlie!«

»Warte, Baby. Warte. Vielleicht geht es gut.«

Harrys Stimme klang endgültig: »Sieht schlecht aus, Chef. Du wirst keine Luft mehr haben, wenn sie dich erreicht. Und sie wird verdammt wenig haben, wenn sie zurückkommt.«

»Dann dreh jetzt um und fahr zurück, Schatz«, sagte ich so sanft ich konnte.

»Nein, zum Teufel«, schrie sie.

»Warum sollst du deinen Kopf riskieren, Liebling? Ich bin schon begraben – im Weltraum begraben. Und nun komm ...«

»Nein.«

Ich versuchte es mit Brutalität. »Bist du so scharf auf meine Leiche?«

»Ja.«

»Warum? Damit sie im ›Schrank‹ herumhängen kann?«

»Nein, sondern weil ich damit fahren will.«

»Wie?«

»Harry, berechne mir einen Kurs, auf dem ich zu ihm komme, ehe seine Luft zu Ende geht. Vergiß die Sache mit der Rundfahrt: gib mir ein Treffen in Minimalzeit.«

»Nein!« donnerte ich.

»Norrey«, sagte Harry ganz eindringlich, »wir haben sonst nichts, mit dem wir kommen und dich holen können. Am ganzen Himmel ist kein einziges Schiff. Wenn du noch mehr Schub gibst, kannst du nicht einmal mehr den Rückweg hierher antreten, du wirst nicht einmal mehr aufhören können, dich von hier zu entfernen. Du hast mehr Luft als er, aber selbst wenn ihr eure Luft zusammenlegt, würde sie nicht ausreichen, um einen von euch so lange am Leben zu erhalten, bis Hilfe kommt, selbst wenn wir euch solange auf dem Radar behalten könnten.« Es war die längste Rede, die ich je von Harry gehört hatte.

»Ich will verdammt sein, wenn ich Witwe werden will«, fuhr sie auf und schaltete mit der Hand auf Beschleunigung.

Jetzt war sie genauso tot wie ich.

»Gottverdammt noch mal«, brüllten Harry und ich wie aus einem Munde, und dann schrie ich: »Hilf ihr, Harry!« und er schrie zurück: »Ja!«, und eine endlos lange Zeit später sagte er traurig: »In Ordnung, Norrey, du kannst loslassen. Der neue Kurs ist einprogrammiert.« Sie war immer noch tot, schon von dem Augenblick an, als sie den Computer umgangen hatte. Aber jetzt würden wir wenigstens miteinander gehen.

»Also gut dann«, sagte sie immer noch wütend, aber etwas besänftigt. »Fünfundzwanzig Jahre lang habe ich gewartet, bis ich deine Frau wurde, Armstead. Und ich will verdammt sein, wenn ich jetzt deine Witwe spiele.«

»Harry«, sagte ich, obwohl ich wußte, daß es aussichtslos war, aber ich wollte es nicht akzeptieren, »rechne noch einmal nach unter der Voraussetzung, daß wir die Kutsche stehenlassen, wenn der Sprit alle ist, und alle Düsen in Norreys Anzug gleichzeitig benützen. Ihre sind nicht ganz so leer wie die meinen.«

»Vergiß es, Chef«, sagte Harry beinahe sofort. »Ihr seid zu zweit.«

»Nun dann«, sagte ich verzweifelt, »können wir Atemluft für einen Schub entbehren?«

Er muß genauso verzweifelt gewesen sein wie ich; er rechnete das Problem tatsächlich durch. »Sicher. Ihr könntet anfangen zurückzukehren und in weniger als einem Tag hierherkommen. Aber dazu würdet ihr *alle* eure Luft brauchen. Ihr seid tot, Chef.«

Ich nickte, eine alberne Angewohnheit, die ich mir abgewöhnt zu haben glaubte. »Das dachte ich mir auch. Danke, Harry. Viel Glück für Tom.«

Norrey sagte kein Wort. Schließlich drosselte der Computer ihren Antrieb wieder, nachdem er sein möglichstes getan hatte, sie mit dem verfügbaren Treibstoff schnell zu mir zu bringen. Der Lichtschein um die Kutsche (die jetzt deutlich größer wurde) erlosch, und sie schwieg immer noch. Wir alle schwiegen. Entweder gab es nichts zu sagen oder zu viel, dazwischen war nichts. Schließlich meldete Harry, daß sie zu Hause angedockt hatten. Er gab Norrey die Daten für die Rückkehr, gab ihr die manuelle Schaltung zurück, und dann gingen er und die anderen aus der Leitung.

Wenn zwei Leute atmen, macht das fast gar kein Geräusch.

Es dauerte sehr, sehr lange, bis sie kam, so lange, daß der Schmerz in meinem Rücken sich so weit abschwächte, daß er nur noch unglaublich war. Als sie so nahe war, daß ich sie sehen konnte, kostete es mich meine ganze Selbstbeherrschung, daß ich nicht meinen letzten Sprit dazu benützte, sie zu erreichen. Nicht daß ich einen Grund gehabt hätte, ihn zu sparen. Aber wenn man im freien Raum jemanden einholen will, ist das, wie wenn man sich bei hoher Geschwindigkeit auf der Autobahn einfädeln will – einer sollte dabei besser eine konstante Geschwindigkeit beibehalten, zwei Variable sind zu viel. Norrey machte ihre Sache vorbildlich, sie kam in bezug auf mich am äußersten Ende der Rettungsleine völlig zum Stillstand.

Die Präzision war vergeudet. Aber man hört nicht auf, sich um sein Leben zu bemühen, nur weil ein Computer sagt, daß es nichts nützt.

Im gleichen Sekundenbruchteil, in dem sie mit dem Abbremsen aufhörte, schoß sie die Rettungsleine ab. Das Gewicht am Ende stieß sanft gegen meine Brust: ein sehr eindrucksvoller Schuß, selbst mit Hilfe des Magneten. Ich umklammerte die Leine krampfhaft und brauchte ein paar Sekunden konzentrierter Anstrengung, bis ich sie loslassen und an meinen Gürtel klammern konnte. Ich hatte nicht gewußt, daß ich so einsam und verängstigt war.

Sobald Norrey überzeugt war, daß ich mich gesichert hatte, schaltete sie den Schlepper an und ließ mich von der Kutsche einholen.

»Wer sagt, daß man nie ein Taxi kriegt, wenn man eines braucht?« fragte ich, aber mir klapperten die Zähne dabei, und das verdarb die ganze Wirkung.

Sie grinste trotzdem und half mir auf den Soziussitz.

»Wohin, Mac?«

Ganz plötzlich fiel mir nichts Witziges mehr ein. Wenn der Rumpf der Kutsche nicht verstärkt gewesen wäre, hätte ich ihn zwischen meinen Knien zerdrückt. »Wo immer du hinfährst«, sagte ich einfach, und sie drehte sich auf ihrem Sitz herum und gab dem Fahrzeug die Sporen.

Man braucht eine wirklich gefühlvolle Hand, um eine Zugmaschine wie die Familienkutsche exakt zu steuern, besonders, wenn sie beladen ist. Es ist ziemlich schwierig, die Zielblase in der Mitte zu halten, und die Bedienungselemente sind recht weich – man muß irgendwie erfühlen, was das Ding will, sonst gerät man am Ende noch in Schwingungen und bringt das Gyroskop durcheinander. Ein Tänzer ist natürlich geübter darin, Massen mit dem Hosenboden zu balancieren, als jeder andere – außer den erfahrensten Raumpiloten –, und Norrey war die beste von uns sechs. Diesmal übertraf sie sich selbst.

Sie übertraf sogar den Computer. Was nicht allzu erstaunlich ist – es ist immer mehr Treibstoff im Tank als auf der Uhr steht – und natürlich war es zu wenig, um wirklich ausschlaggebend zu sein. Wir waren immer noch tot. Aber nach einiger Zeit hörte das ferne, rotgrüne Sphäroid des Gitters auf zu schrumpfen; die Instrumente bestätigten das. Nach noch längerer Zeit konnte ich mich davon überzeugen, daß es sogar tatsächlich ein wenig größer wurde. Natürlich hörte genau in diesem Augenblick die Vibration zwischen meinen Schenkeln auf.

Die ganze Zeit, während wir beschleunigt hatten, wäre ich beinahe geplatzt vor lauter Redebedürfnis und hatte den Mund gehalten, um Norreys Aufmerksamkeit nicht abzulenken. Jetzt hatten wir getan, was wir konnten. Jetzt hatten wir in unserem Leben nichts mehr zu tun, als miteinander zu reden, und jetzt fehlten mir wieder die Worte. Norrey brach schließlich das Schweigen, und zwar im exakt richtigen Tonfall.

»He, du wirst es nicht glauben ... aber der Sprit ist zu Ende.«

»Was du nicht sagst. Laß mich aus dem Auto raus; ich bin nicht so einer.« – ›Danke, Schatz.‹

»Och, mach dir keine Sorgen. Von hier aus geht's bergab. Ich werde einfach den Gang rausnehmen, und dann rollen wir nach Hause.«

»Du hör mal«, sagte ich, »wenn du so mit dem Hosenboden steuerst, nennt man das dann Steißlenkung?«

»O Charlie, ich will nicht sterben.«

»Nun, dann laß es eben sein.«

»Ich war noch nicht fertig.«

»Norrey!« Ich packte sie von hinten an der Schulter. Glücklicherweise nahm ich dazu die linke Hand und löste daher nur leere Düsen aus.

Es folgte Schweigen.

»Entschuldige«, sagte sie schließlich, das Gesicht immer noch abgewandt. »Ich habe mich entschieden. Diese letzten Minuten mit dir sind den Preis wert, den ich dafür bezahlt habe. Das ist mir eben nur so herausgerutscht.« Sie schnaubte sich selbst verächtlich an. »Luftverschwendung.«

»Mir fällt nichts ein, wofür ich lieber Luft verschwenden würde als darauf, mit dir zu reden. Ich meine, von Dingen, die man im Druckanzug machen kann. Ich will auch nicht sterben – aber wenn es sein muß, bin ich froh, daß du mir dabei Gesellschaft leistest. Ist das nicht egoistisch?«

»Nein. Ich bin auch froh, daß du hier bist, Charlie.«

»Zum Teufel, ich habe das Treffen doch einberufen. Wenn ich nicht hier wäre, wäre sonst auch niemand hier.« Damit brach ich ab und machte ein finsteres Gesicht. »Das stört mich, glaube ich, am meisten. Ich habe manchmal darüber nachgedacht, woran ich wohl eines Tages einmal sterben würde. Und ich hatte jedenfalls recht: an meiner eigenen, verdammten Dummheit. Mich selbst in den Weltraum zu schießen. Einfach den Löffel wegzulegen! Oh, verdammt, Norrey ...«

»Charlie, es war ein Unfall.«

»Ich habe mich rausgeschossen. Ich habe nicht aufgepaßt. Ich dachte über den gottverdammten Termin nach und habe alles verpatzt.« (Damals war ich ganz nahe an etwas dran; an etwas, das mehr bedeutete als mein Tod.)

»Charlie, das ist Betrug. Mindestens die Hälfte dieser Schuld, die du da an dich reißt, trägt der Schuft, der den Lufttank in der Fabrik überprüfte. Ganz zu schweigen von dem verfluchten Idioten, der vergessen hat, heute morgen die Kutsche aufzutanken.«

Das ist eine Pflicht, bei der turnusmäßig jeder an die Reihe kommt. »Wer war denn dieser Idiot?« fragte ich, ehe ich überlegen konnte.

»Der gleiche Idiot, der aufgebrochen ist, ohne sich Reserveluft mitzunehmen. Ich.«

Danach entstand ein unangenehmes Schweigen. Und ich versuchte, mir etwas Bedeutungsvolles oder Nützliches einfallen zu lassen, was ich sagen könnte. Oder tun. Mal sehen, ich hatte weniger als ein Achtel Luft in der Flasche. Norrey hatte vielleicht eineinviertel Flaschen voll: sie hatte beim Training nicht so viel verbraucht. (Die Anzüge des Raumkommandos, wie vor ihnen die Standardausrüstung der NASA, enthalten etwa für sechs Stunden Luft. Der Druckanzug eines Sternentänzers hat nur halb so viel – aber er sieht hübscher aus. Und wir haben immer genügend Luftflaschen – sie sind an jede Kamera geschnallt, mit der wir arbeiten.) Ich griff nach vorne, hakte ihren vollen Tank ab und reichte ihn ihr schweigend über die Schulter. Sie nahm ihn, genauso wortlos, und holte den Sanitätskasten aus dem Handschuhfach. Sie nahm eine Y-Verbindung heraus, sah nach, ob die beiden Steckerenden abgedichtet waren, und steckte sie auf die Luftflasche. Aus dem Kasten holte sie Verlängerungsschläuche und verband sie mit den Enden des Y. Sie klammerte die ganze Konstruktion an die Seite der Kutsche, bis wir sie brauchen würden – Luftlimonde mit zwei Strohhalmen. Dann drehte sie sich schwerfällig im Sattel um, bis sie mich sehen konnte.

»Ich liebe dich, Charlie.«

»Ich liebe dich, Norrey.«

Lassen Sie sich niemals einreden, daß eine Umarmung in einem Druckanzug Zeitverschwendung ist. Eine Umarmung ist niemals Zeitverschwendung. Mein Rücken tat ganz schön weh dabei, aber ich achtete nicht darauf.

In den Kopfhörern knackte eine weitere Trägerwelle: Raoul rief uns von Toms und Lindas Wohnung aus. »Norrey? Charlie? Mit Tom ist alles in Ordnung«, sagte er aufgeregt. »Ich meine, er sieht fürchterlich aus, aber er wird es überleben. Der Arzt ist unterwegs, Charlie, aber er wird nicht rechtzeitig hier sein, um euch irgend etwas zu nützen. Ich habe das Raumkommando angerufen, hier in der Nähe verkehren keine planmäßigen Schiffe, in der Gegend gibt es einfach gar nichts, Charlie, überhaupt nichts, was zum Teufel sollen wir jetzt machen?« Harry mußte sehr mit Tom beschäftigt sein, sonst hätte er inzwischen das Mikrophon gepackt.

»Ich sage dir jetzt, was du tun wirst, Junge,« antwortete ich ruhig und ließ die Worte langsam aufeinanderfolgen, damit er sich fassen konnte. »Du drückst den Aufnahmeknopf. Okay? Jetzt schaltest du die Lautsprecher an, damit Harry und Linda Zeugen sein können. Fertig? Gut. ›Ich, Charles Armstead, im Vollbesitz meiner körperlichen und geistigen Kräfte ...‹«

»Charlie!«

»Verpfusche mir das Band nicht, mein Junge. Ich habe keine Zeit für zu viele Wiederholungen, und ich habe auch noch etwas Besseres zu tun. – Ich, Charles Armstead ...«

Es dauerte nicht sehr lange. Ich vermachte alles der Truppe, und Fat Humphrey machte ich zum vollen Teilhaber. Le Maintenant hatte einen Monat zuvor zugemacht, erwürgt von der Bürokratie. Dann war Norrey an der Reihe, und sie sagte beinahe wörtlich das gleiche wie ich.

Was gab es danach noch zu tun? Wir verabschiedeten uns von Raoul, von Linda und Harry, und machten es so kurz wie möglich. Raoul weinte. Linda war ernst und feierlich. Harry war sehr kurz angebunden. Dann schalteten wir unseren Funk ab. Es war unbequem für Norrey, verkehrt im Sattel zu sitzen; sie drehte sich wieder um, und ich umarmte sie von hinten, wie der Beifahrer auf einem Motorrad. Unsere Helme berührten sich. Was dann gesprochen wurde, geht Sie wirklich überhaupt nichts an.

Eine Stunde ging vorbei, die erfüllteste Stunde, die ich je erlebt hatte. Die ganze Unendlichkeit erstreckte sich rings um uns. Da wir beide keine Ahnung von Astronomie hatten, hatten wir den Sternbildern auf unserer Hochzeitsreise unseren eigenen Namen gegeben. Das Banjo. Die lüsterne Rennmaus. Orions Schlüsselbund. Die Große Potpfeife und die Kleine Haschpfeife. Eine Dreiergruppe nahe der Milchstraße wurde ganz von selbst zu den Drei Musketieren. Einfach so. Jetzt gaben wir ihnen allen neue Namen und beschworen damit diese Flitterwochen herauf. Wir sprachen von unseren verlorenen Plänen und Hoffnungen. Wir flippten abwechselnd aus, und einer tröstete den anderen. Dann flippten wir beide miteinander aus und trösteten uns gegenseitig. Wir verrieten uns die letzten paar Geheimnisse, die sogar glücklich Verheiratete für sich behalten. Zweimal waren wir uns einig, die Druckanzüge auszuziehen und es hinter uns zu bringen. Zweimal überlegten wir es uns anders. Wir sprachen über die Kinder, die wir nicht hatten, und was es für ein Glück für sie sei, daß wir sie nicht hatten. Wir saugten Zuckerwasser aus den Nippeln unserer Helme. Wir sprachen über Gott, über den Tod, darüber, wie unbequem wir saßen und wie absurd es war, in unbequemer Haltung zu sterben – und wie absurd es war, überhaupt zu sterben.

»Der Termindruck hat uns den Garaus gemacht«, sagte ich schließlich. »Der alberne, verdammte Termindruck. Mordsmäßig in Eile. Warum eigentlich? Damit wir wegen unseres Metabolismus nicht im Weltraum ausgesetzt würden. Was ist denn daran so schlimm?« (Jetzt war ich sehr nahe daran.) »Wovor hatten wir denn solche Angst? Was hat die Erde zu bieten, daß wir Kopf und Kragen riskierten, um es nicht zu verlieren?«

»Menschen«, antwortete Norrey ernsthaft. »Orte. Von beidem gibt es hier oben nicht allzuviel.«

»Ja, Orte. New York, Toronto. Jauchegruben.«

»Unfair. Die Prince Edward Insel.«

»Ja, und wieviel Zeit haben wir dort verbringen können? Und wie lange wird es dauern, bevor das auch eine verdammte Stadt geworden ist?«

»Menschen, Charlie. Gute Menschen.«

»Sieben Milliarden davon, die alle auf dem gleichen auseinanderfallenden Ameisenhaufen hocken.«

»Charlie, schau dorthin.« Sie zeigte auf die Erde. »Siehst du eine ›Oase, die im Weltraum hängt?‹ Sieht sie vielleicht übervölkert aus?«

Jetzt hatte sie mich erwischt. Vom Weltraum aus hat man den überwältigenden Eindruck, als sei unser Heimatplanet eine einzige, gewaltige, gottverlassene Wildnis. Wüste ist der bei weitem häufigste Anblick, und nur gelegentlich zeugt ein Aufblitzen oder ein Miniaturmosaik von menschlichem Wirken. Vielleicht hat der Mensch seine Atmosphäre auf Teufel komm raus vergiftet – wenn man sie bei Sonnenuntergang von oben sieht, wirkt sie nicht dicker als die Schale eines Apfels –, aber bisher hat er noch kaum ein sichtbares Zeichen auf dem Gesicht seines Planeten hinterlassen.

»Nein, aber sie ist es, und das weißt du auch. Mein Bein schmerzt mich dort die ganze Zeit. Niemals ist es auch nur einen Augenblick lang wirklich still. Es stinkt. Die Erde ist dreckig und von Bakterien verseucht, von Bösem durchsetzt, in ansteckenden Wahnsinn getaucht und steckt bis zur Hüfte in Verzweiflung. Ich weiß nicht, warum zum Teufel ich überhaupt jemals dorthin zurückwollte.«

»Charlie!« Ich bemerkte erst, wie laut sie geworden war, als ich feststellte, wie sehr sie schreien mußte, um mich zu übertönen. Ich brach ab, wütend auf mich selbst. ›Willst du wieder ausflippen? War das letztemal nicht schlimm genug?‹

›Tut mir leid‹, gab ich mir selbst zur Antwort, ›ich bin noch nie gestorben. Ich habe gehört, daß es schon schlechter gemacht wurde.‹ »Tut mir leid, Schatz«, sagte ich laut. »Ich mache mir wahrscheinlich nicht mehr viel aus der Erde, seit Le Maintenant geschlossen wurde.« Es sollte eigentlich eine witzige Bemerkung werden, aber es klang dann gar nicht so lustig.

»Charlie!« sagte sie mit komischer Stimme.

›Siehst du? Jetzt flippt sie aus und wir sind wieder voll mittendrin.‹

»Ja?«

»Warum blinkt das Trainingsgitter auf und ab?«

Sofort kontrollierte ich die Luftflasche, dann die Y-Verbindung, Schläuche und Nahtstellen, Luft bekam sie. Dann erst schaute ich hin, und tatsächlich, das Gitter blinkte in weiter Ferne auf und ab, eine Christbaumbirne an einem Unterbrecherstromkreis. Wieder kontrollierte ich mit aller Sorgfalt die Luftzufuhr, um sicherzugehen, daß wir nicht beide halluzinierten, dann kehrte ich in unsere verliebte Umarmung zurück.

»Komisch«, sagte ich, »ich kann mir keine Stromstörung vorstellen, die eine solche Wirkung haben könnte.«

»Irgend etwas muß die Sonnenenergiescheibe getroffen und in Drehung versetzt haben.«

»Vermutlich. Aber was?«

»Zum Teufel damit, Charlie. Vielleicht will uns Raoul ein Zeichen geben?«

»Wenn, dann soll er sich wirklich zum Teufel scheren. Ich will nichts mehr sagen, und ich will verdammt noch mal auch nichts mehr hören. Laß den verdammten Telefonhörer bloß neben der Gabel liegen. Wo waren wir stehengeblieben?«

»Wir haben beschlossen, daß die Erde absoluter Mist ist.«

»Das ist sicher richtig – und wie. Warum lebt dort überhaupt noch jemand, Norrey? Oh, was soll das? Zum Teufel damit!«

»Ja. So schlecht kann es gar nicht sein. Wir haben uns dort kennengelernt.«

»Das ist wahr.« Ich umschlang sie ein wenig fester. »Vermutlich haben wir einfach Glück. Jeder von uns hat seine andere Hälfte gefunden. Und auch noch vor dem Tod. Wieviele haben dieses Glück?«

»Tom und Linda, glaube ich. Diane und Howard in Toronto. Sonst fällt mir niemand ein, bestimmt nicht.«

»Mir auch nicht. Als ich noch ein Kind war, gab es mehr glückliche Ehen.« Das Gitter fing an, doppelt so schnell zu blinken. Ein zweiter, unwahrscheinlicher Meteor? Oder löste sich ein Stück der Vertäfelung und versetzte den Rest in schnellere Drehung? Es war eine ärgerliche Ablenkung; ich drehte mich, bis ich es nicht mehr sehen konnte. »Ich glaube, ich habe bisher nie begriffen, wie unglaublich viel Glück wir eigentlich haben. Ein Leben, in dem du bist, das ist ein ehrliches Geschäft.«

»Oh, Charlie!« schrie sie und bewegte sich in meinen Armen. Trotz ihrer Schwerfälligkeit schaffte sie sich in ihrem Sattel herum, um mich wieder zu umarmen. Mein Druckanzug grub sich in meinen Hals, der Kopfhörer kniff mich auf einer Seite ins Ohr, und ihre kräftigen Tänzerinnenarme stellten teuflische Dinge mit meinem schmerzenden Rücken an, aber ich beklagte mich nicht. Bis ihr Griff auf einmal noch fester wurde.

»Charlie!«

»Nnngh!«

Sie ließ ein wenig lockerer, hielt mich aber weiterhin fest.

»Was ist das, zum Teufel?«

Ich bekam wieder Luft. »Was zum Teufel ist was?« Ich verdrehte mich auf meinem Sitz, um hinzusehen. »Was zum Teufel ist das?« Wir fielen beide von den Sitzen und trieben bis ans Ende unserer Schläuche, ganz schlaff vor Staunen.

Es war praktisch direkt über uns, in hundert Meter Entfernung, so unglaublich riesig und verkürzt, daß wir Sekunden brauchten, um zu erkennen, was es war – um es als Schiff zu identifizieren. Mein erster Gedanke war, daß ein Wal zu Besuch gekommen sei.

›Champion‹ stand in kühnen roten Lettern quer über dem Bug. Und darunter: ›Raumkommando der Vereinten Nationen.‹

Ich blickte mich nach Norrey um, dann kontrollierte ich die Luftleitung ein weiteresmal. »Kein planmäßiger Schiffsverkehr«, sagte ich hohl und schaltete meinen Funk ein.

Die Stimme war unglaublich laut, aber die Statik war so viel lauter, daß ich wußte, es wurde nicht ins Mikrophon gesprochen, sondern zu jemand anderem im gleichen Raum. Ich kann mich an jede einzelne Silbe erinnern.

»... mmte, blöde Idioten sind zu himmelschreiend vernagelt, um ihr Funkgerät einzuschalten, Sir. Denen wird noch einer auf die Schulter klopfen müssen.«

Noch weiter vom Mikrophon entfernt begann eine vertraute Stimme wie verrückt zu lachen, und einen Augenblick später stimmte der Funker ein. Norrey und ich lauschten sprachlos dem Gelächter. Ein Teil von mir überlegte, ob ich auch lachen sollte, entschied daber dann, daß ich vielleicht nie mehr aufhören würde.

»Jesus Christus«, sagte ich schließlich, »wie weit muß ein Mann eigentlich noch weggehen, um mit seiner Frau ein wenig allein sein zu können?«

Erschrockenes Schweigen, dann ergriff jemand das Mikrophon, und die vertraute Stimme brüllte: »Hundesohn!«

»Aber nachdem Sie so eine weite Reise gemacht haben, Major Cox«, sagte Norrey großartig, »werden wir auf ein Bier hereinkommen.«

»Du absoluter Blödian«, kam Harrys Stimme von weit her.

»Du absoluter Blödian.« Das Trainingsgitter blinkte nicht mehr. Wir hatten die Botschaft empfangen.

»Nach dir, meine Liebe«, sagte ich, löste den Lufttank, und als ich die Schleuse erreichte, gab meine letzte Düse den Geist auf. Bill Cox erwartete uns mit drei Gläser Bier an der Schleuse, und das meine war köstlich.

Jedenfalls die zwei Schluck, die ich bekam, ehe der Spaß losging.

Wie Phillip Nolan hatte ich lauthals auf etwas verzichtet – und war gehört worden.

Kapitel 5

Ich nahm diese beiden Schlucke sofort und kostete sie aus. Offiziere und Mannschaft gafften Norrey und mich unverhohlen an. Zuerst dachte ich natürlich, sie seien beeindruckt, jemanden vor sich zu sehen, der blöd genug war, in einem Notfall das Funkgerät abzuschalten. Nun, tot zu sein hatte ich nicht für einen Notfall gehalten. Aber beim zweiten Schluck entdeckte ich gewisse feine Unterschiede im Gaffen. Mit ein oder zwei Ausnahmen starrten alle weiblichen Mitglieder der Mannschaft mich an und alle männlichen Norrey. Ich hatte nicht gerade vergessen, was wir unter unseren Druckanzügen anhatten; da gab es fast nichts zu vergessen. Wir waren ›anständig‹ von hygienischen Hilfsmitteln bedeckt, aber nur knapp, und was auf der Erde auf einem Videoschirm alltäglich ist, ist es im Bereitschaftsraum eines Kriegsschiffes noch lange nicht.

Bill war natürlich zu sehr Gentleman, um es zu bemerken, oder vielleicht begriff er auch, daß man in dieser Situation nichts Praktischeres tun konnte, als sie einfach zu ignorieren. »Die Berichte über euren Tod waren also übertrieben, wie?«

»Ganz im Gegenteil«, sagte ich und wischte mir mit meinem Handschuh das Kinn ab. »Man hat nur unsere Auferstehung ausgelassen. Was für mich der wichtigste Teil ist. Danke, Bill.«

Er grinste und sagte dann ganz schnell etwas Seltsames: »Stelle keine der offensichtlichen Fragen.« Während er das sagte, flackerten seine Augen leicht. Auf der Erde oder unter Beschleunigungsdruck wären sie von einer Seite auf die andere geschnellt. Im freien Fall werden sie von einem neuen Reflex kontrolliert, und Bill war zufällig phasenverschoben zu meiner eigenen Ortsvertikale orientiert: seine

Pupillen beschrieben zwei Kreise, vielleicht einen Zentimeter im Durchmesser, und kehrten dann zu uns zurück. Die Botschaft war unmißverständlich. Die Antworten auf meine offensichtlichen nächsten Fragen waren geheime Information. Warten.

Hmmm.

Ich drückte Norreys Hand ganz fest – unnötigerweise natürlich – und suchte nach einer harmlosen Erwiderung.

»Wir stehen zur Verfügung«, mehr fiel mir nicht ein.

Er zuckte zusammen. Dann entschied er im Bruchteil einer Sekunde, daß ich nicht das meinte, was immer er glaubte, und sein Grinsen kehrte wieder. »Ihr werdet duschen und etwas essen wollen. Folgt mir in mein Quartier.«

»Für eine Dusche«, sagte Norrey, »folge ich Ihnen durch die Hölle.« Wir stießen uns ab.

Jetzt hatte ich zum zweitenmal die Gelegenheit, wie ein Tourist die Eingeweide eines echten Kriegsschiffes anzuglotzen – und wieder war ich zu beschäftigt, um darauf zu achten.

Erwartete Bill wirklich, daß seine Mannschaft glaubte, er hätte uns wie Anhalter zufällig aufgelesen? Jedesmal, wenn niemand in Hörweite war, versuchte ich, ihn auszuquetschen – aber in den Kriegsschiffen des Raumkommandos ist der Luftdruck so niedrig, daß Geräusche nur schlecht übertragen werden. Er flog vor meinen Fragen davon – und wieviel kann man schon von den Fußsohlen eines Menschen ablesen?

Schließlich erreichten wir seine Unterkunft und schwangen uns hinein. Er schob sich mit dem Rücken an eine Wand, hing in der völlig entspannten, geduckten ›Raumfahrerhaltung‹ da und sah uns an, dann warf er uns zwei seltsame Geräte zu. Ich untersuchte das meine: es sah aus wie eine Armbanduhr, an der ein winziger Haartrockner befestigt ist. Dann warf er uns zwei Zigaretten zu und ich begriff. Ein Kriegsschiff setzt bei der Verteilung seiner Massen andere Prioritäten als ein Schiff wie das unsere oder das von Skyfac, die im wesentlichen Luxuszwecken dienen. Das Belüftungssystem der ›Champion‹ war primitiv, es hatte nicht nur niedrigen Druck, sondern war auch nicht sehr leistungsfähig. Die Geräte waren eine Kombination aus Luftreiniger und Aschenbecher. Ich streifte mir das meine über das Handgelenk und zündete die Zigarette an.

»Major William Cox«, sagte ich förmlich, »Norrey Armstead. Und umgekehrt.«

Es ist natürlich unmöglich, sich zu verbeugen, wenn die Schultern mit Velcro an die Wand geheftet sind, aber Bill schaffte es, eine Verbeugung anzudeuten. Norrey widmete ihm das, was wir einen Knicks im freien Fall nennen, eine Bewegung, die wir uns eines Tages einfach so ausgedacht hatten aufgrund der Theorie, daß wir vielleicht eines Tages vor einem lebendigen Publikum Beifall entgegennehmen müßten. Die Bewegung ist nicht zu beschreiben, aber eindrucksvoll, so offenkundig erotisch wie ein richtiger Knicks, und genauso graziös.

Bill blinzelte, fing sich aber wieder. »Es ist mir eine Ehre, Mrs. Armstead. Ich habe alle Bänder gesehen, die Sie herausgebracht haben, und – nun, das kann man jetzt leicht mißverstehen, aber Sie sind ihre Schwester.«

Norrey lächelte. »Danke, Major ...«

»Bill.«

»Bill. Das ist ein großes Lob. Charlie hat mir viel von Ihnen erzählt.«

»Das gleiche gilt umgekehrt, in einer durchsoffenen Nacht, als wir uns auf der Erde getroffen haben. Danach.«

Ich erinnerte mich an diese Nacht – Wochen, ehe ich bewußt erkannt hatte, daß ich Norrey liebte – aber nicht an die Unterhaltung. Mein Unterbewußtsein sagt mir nur die Dinge, von denen es glaubt, daß ich es wissen sollte.

»Jetzt müßt ihr mich entschuldigen«, fuhr er fort, und ich bemerkte zum erstenmal, daß er es eilig hatte. »Ich würde nichts lieber tun, als mit euch zu plaudern, aber ich kann nicht. Bitte zieht die Druckanzüge aus, schnell.«

»Noch mehr als eine Dusche wünschte ich mir ein paar Antworten, Bill«, sagte ich. »Wie zum Teufel kommst du in unsere Gegend und auch noch genau im richtigen Moment? Einfach so? Ich glaube nicht an Wunder, jedenfalls nicht an diese Art. Und warum die Geheimnistuerei?«

»Ja«, schlug Norrey in die gleiche Kerbe, »und warum wußte Ihre eigene Bodenkontrollstation nicht einmal, daß Sie in der Gegend waren?«

Cox hielt beide Hände hoch. »Langsam. Die Antwort auf eure Fragen dauert minimal zwanzig Minuten. In« – er blickte auf seine Uhr – »weniger als drei beschleunigen wir mit zwei G. Deshalb will ich, daß ihr die Anzüge auszieht – mein Bett hat zwar Platz für Lufttankanschlüsse, aber es würde scheußlich ungemütlich für euch werden.«

»Was? Bill, wovon zum Teufel redest du eigentlich? Wohin beschleunigen? Nach Hause sind es ungefähr zwei Dutzend Kilometer in diese Richtung.«

»Eure Freunde werden von der gleichen Fähre mitgenommen, die gerade Dr. Panzella abholt«, sagte Cox. »Sie werden in ein paar Stunden auf Skyfac mit uns zusammentreffen. Aber ihr beide könnt nicht so lange warten.«

»Worauf?« brüllte ich.

Bills Augen spielten Armdrücken mit mir und verloren. »Verdammt«, sagte er, dann hielt er inne. »Ich habe ausdrücklichen Befehl, euch kein Wort zu sagen.« Er warf einen Blick auf seinen Chronometer. »Und ich muß jetzt wirklich zurück ins Sorgenloch. Paßt auf, wenn ihr mir vertraut und gut achtgebt, kann ich euch die ganzen zwanzig Minuten in zwei Sätzen mitteilen. In Ordnung?«

»Ich – ja. Okay.«

»Die Fremden sind wieder gesichtet worden, ganz in der Nähe des Saturn. Sie sitzen dort einfach und tun sonst nichts. Denkt mal darüber nach.«

Darauf ging er sofort, aber noch ehe er aus der Tür war, hatte ich schon meinen Druckanzug halb ausgezogen, und Norrey griff nach den Gurten auf der rechten Hälfte der Liege des Kapitäns.

Und wir verspürten beide Angst und Entsetzen. Wieder einmal.

›Denkt mal darüber nach‹, hatte Bill gesagt.

Die Fremden waren schon einmal gekommen, hatten dreist an unsere Tür geklopft und waren von einer Schrotsalve namens Shara empfangen worden. Jetzt lernten sie, wie man sich hier bei uns benimmt; diesmal waren sie am Gartentor stehengeblieben, riefen »Hallo, niemand zu Hause?« und warteten besonnen. (Der Saturn war tatsächlich so etwas wie unser Gartentor – wie ich mich erinnerte, war zu dieser Zeit gerade eine bemannte Expedition zum Saturn geplant, aus den üblichen, unverständlichen, wissenschaftlichen Gründen.) Sie wollten eindeutig verhandeln.

Gut denn: wenn Sie der Generalsekretär wären, wen würden Sie zu den Verhandlungen schicken? Das Weltraumkommando? Prominente Politiker? Bekannte Wissenschaftler? Eine Abordnung von Gebrauchthelikopterverkäufern? Sie würden natürlich höchstwahrscheinlich Ihre gewieftesten und flexibelsten Karrierediplomaten schicken, so viele wie nur möglich.

Aber würden Sie die einzigen Künstler im menschlichen Weltraum ausschließen, die gewisse Kenntnisse im Pidgin der Fremden bewiesen hatten?

Ich wurde einberufen – in meinem Alter.

Aber das war erst der erste Schritt in der Kette der Logik. Die Geschichte mit der Saturnsonde hatte deshalb in den Medien soviel Staub aufgewirbelt – daß sie sogar meiner Aufmerksamkeit nicht entgangen waren –, weil sie für die Besatzung so eine Art von Himmelfahrtskommando war. Und den Platz der Besatzung würden jetzt wir einnehmen.

Denkt mal darüber nach. Womit man uns auch immer zum Saturn schicken wollte, es würde auf jeden Fall sehr lange dauern. Sechs Jahre war die Zahl, an die ich mich unbestimmt erinnerte. Und bei jeder Reise über eine solche Entfernung würde man sich fast ständig im freien Fall befinden. Man konnte das Schiff rotieren lassen, um an jedem Ende Schwerkraft zu erzeugen, aber bei der Rotation für ein G bei einem so kleinen Volumen würde so viel Coriolis-Differential entstehen, daß jeder, der nicht kotzen oder ohnmächtig werden wollte, sechs Jahre lang flach liegenbleiben mußte. Oder er mußte sich wie eine Bola an jedem Ende von einer Trainingsleine hängen lassen – was nicht viel praktischer war.

Wenn wir der Einberufung nicht auswichen, würden wir die Erde nie mehr betreten. Wir würden Ausgestoßene im freien Fall sein, im Weltraum ausgesetzt. Unsere Belohnung dafür, daß wir als Sprachrohr für die Verständigung zwischen einem Haufen idiotischer Diplomaten und den Wesen dienten, die Shara getötet hatten.

Vorausgesetzt, daß wir diese Erfahrung überhaupt überlebten.

Zu jeder anderen Zeit wären diese Zusammenhänge so gewaltig gewesen, daß mein Gehirn sich geweigert hätte, sie aufzunehmen; mein Geist wäre verängstigt im Kreis herumgerannt. Wenn ich mich bei den Leuten, die auf Skyfac (Warum gerade Skyfac?) auf uns warteten, nicht aus dieser Sache herausreden konnte, hatten Norrey und ich unseren letzten Spaziergang gemacht, unseren letzten Strand gesehen, unser letztes Konzert besucht. Wir würden nie wieder unkonservierte Luft atmen, mit einer Gabel essen, angeregnet werden oder frische Nahrung bekommen. Wir waren tot für die Welt. ›S.C.I. TRANSIT: Gloria Mundi‹, flüsterte das Phantom einer Erinnerung, die beim erstenmal recht witzig gewesen war. Und doch stellte ich mich dem Gedanken, ehrlich, ruhig.

Vor nicht mehr als einer Stunde hatte ich auf alle diese Dinge verzichtet.

Und mich dazu mit dem Verlust einer Menge wichtigerer Dinge abgefunden, die ich jetzt, so wie es aussah, würde behalten können. Atmen. Essen. Schlafen. Denken. Lieben. Schmerz empfinden. Sich kratzen. Darmentleerungen. Meckern. Ja, die Liste war endlos – und ich hatte das alles wieder, zumindest für sechs Jahre! Zum Teufel, sagte ich mir, es gab verdammt wenig Stadtbewohner, denen es besser ging – von ihnen konnten nur wenige je spazieren gehen, Strände sehen, Konzerte hören, unkonservierte Luft atmen oder frische Nahrung bekommen. Mit all den Luftschleusen und Nasenstöpseln könnten die Stadtleute genausogut im Orbit sein, wenn es darum ging, wieviel freie Natur sie genießen konnten – und wieviele konnten sich darauf verlassen, noch sechs Jahre vor sich zu haben? Ich konnte mir die Reise zum Saturn nicht einmal andeutungsweise vorstellen, geschweige denn das, was an ihrem Ende lag – aber ich wußte, daß es im Weltraum keine Schufte, keine Straßenräuber, keine verrückten Würger oder wahnsinnigen Fahrer, keine Wohnhausbrände oder Treibstoffknappheit, keine Rassenkrawalle, keine Stromsperren, keine Bandenkriege und keine Reaktorunfälle gab –

›Wie denkt eigentlich Norrey darüber?‹

Ich hatte zwei Minuten gebraucht, um so weit zu kommen; als ich den Kopf drehte, um Norrey ins Gesicht zu sehen, ertönte der Beschleunigungsalarm. Sie wandte den Kopf ebenfalls; unsere Nasen waren nur wenige Zentimeter voneinander getrennt, und ich konnte sehen, daß auch sie die Sache durchdacht hatte. Aber ich konnte nicht erkennen, wie sie darauf reagierte.

»Ich glaube, ich habe nichts gegen die Reise«, sagte ich.

»Ich möchte sie machen«, sagte sie leidenschaftlich.

Ich blinzelte. »Phillip Nolan war der ›Mann ohne Heimat‹«, sagte ich, »und er war davon nicht begeistert. Wir werden das ›Paar ohne Planet‹ sein.«

»Das macht mir nichts aus, Charlie.« Der Alarm schrillte zum zweitenmal.

»Vorhin auf der Kutsche, als ich über die Erde hergezogen habe, hat es dir aber anscheinend doch etwas ausgemacht.«

»Das verstehst du nicht. Diese Mistkerle haben meine Schwester getötet. Ich will ihre Sprache lernen, damit ich ihnen die Meinung sagen kann.«

Das war gar keine schlechte Idee.

Aber das Nachdenken darüber war schlimm. Die zwei G erwischten uns mit zur Seite gedrehten Köpfen, quetschten uns die Backen auf die Liege und verrenkten uns die Hälse. Eine Ewigkeit später ließ uns der Umkehrpunkt gerade so viel Zeit, sie in die richtige Stellung zu schnalzen, dann kam, eine weitere Ewigkeit lang, der Bremsdruck.

Es kamen noch ›geringe‹ Steuerbeschleunigungen, und dann ertönte das Signal ›Beschleunigung Ende‹. Wir schnallten uns beide ab, liehen uns Bademäntel aus Bills Spind und rieben uns gegenseitig den Nacken. Schließlich kehrte auch Bill zurück. Er warf einen Blick auf die Blutergüsse, die sich gerade auf den entgegengesetzten Seiten unserer Gesichter bildeten, und schnaubte. »Turteltäubchen. Gut. Alles an Land. Zeit für das Große Palaver.« Er zauberte Freizeitdrillichanzüge in unseren Größen hervor und Kamm und Bürste.

»Mit wem?« fragte ich und zog mich hastig an.

»Mit dem Generalsekretär der Vereinten Nationen«, sagte er schlicht.

»Jesus Christus.«

»Jederzeit, wenn er verfügbar wäre«, stimmte Bill zu.

»Was ist mit Tom?«, fragte Norrey. »Geht es ihm gut?«

»Ich habe mit Panzella gesprochen«, antwortete Bill. »McGillicuddy geht's gut. Er wird noch eine Zeitlang aussehen wie Erdbeerjoghurt, aber er hat keinen bedeutenden Schaden ...«

»Gott sei Dank.«

»Panzella bringt ihn mit den anderen hierher. Geschätzte Ankunftszeit« – er sah betont deutlich auf seine Chronometer – »in fünf Stunden.«

»Wir alle?« schrie ich. »Wie groß ist das verdammte Schiff?« Ich schlüpfte in die Schuhe.

»Ich kenne nur meine Befehle«, sagte Bill und wandte sich zum Gehen. »Ich soll dafür sorgen, daß ihr alle sechs möglichst bald in Skyfac abgeliefert werdet. Und, das wißt ihr hoffentlich noch, ich soll meinen verdammten Mund halten.« ›Warum Skyfac?‹ fragte ich mich wieder.

»Was ist, wenn die anderen sich nicht freiwillig melden?« wollte Norrey wissen.

Bill drehte sich um, ehrlich verblüfft. »Wie?«

»Nun, die anderen haben nicht die persönlichen Beweggründe wie Charlie und ich.«

»Sie haben ihre Pflicht.«

»Aber sie sind Zivilisten.«

Er war noch immer verwirrt. »Sind sie denn keine Menschen?«

Sie gab auf. »Bringen Sie uns zum Generalsekretär.«

Zu dieser Zeit begriff keiner von uns, daß Bill da eine sehr gute Frage gestellt hatte.

Tokugawa war in Tokio. Das war auch ganz gut so; in seinem Büro wäre kein Platz für ihn gewesen. Sieben Zivilisten, sechs Militärs. Drei von den letzteren gehörten zum Raumkommando, die drei anderen zu nationalen Verbänden; alle dreizehn waren von hohem Rang. Das hätte man auch gesehen, wenn sie nackt gewesen wären. Alle waren ruhig, reserviert; keiner sprach ein unnötiges Wort. Aber im Raum war genügend Autorität, um einen betrunkenen Holzfäller zu ernüchtern.

Und es war eine aufgeregte Autorität, eine nervöse Autorität, die nicht nur vor einem Problem stand, sondern vor einer echten Krise, und die sich nur zu sehr bewußt war, daß sie gerade im Begriff waren, Geschichte zu machen. Diejenigen, die nicht trotzig dreinschauten, schauten äußerst ernst. Ein Hofnarr, der ein Publikum von hohen Herrn in dieser Stimmung vor sich gehabt hätte, hätte Gift genommen.

Und dann sah ich, daß sich alle Militärs und einer der Zivilisten heroisch bemühten, jeden im Raum gleichzeitig zu beobachten, ohne daß es auffiel, und da stemmte ich die Fäuste in die Hüften und lachte.

Der Mann in Carringtons – Verzeihung, in Tokugawas Stuhl schien richtig zu erschrecken. Nicht gekränkt war er, nicht einmal ärgerlich, nur überrascht.

Es ist sinnlos, das Aussehen von Siegbert Wertheimer zu beschreiben oder seine Leistungen aufzuzählen. Er ist zum jetzigen Zeitpunkt noch immer Generalsekretär der Vereinten Nationen, und die Fotos in den Medien sowie sein Lebenslauf sprechen für sich. Ich möchte nur hinzufügen, daß er (natürlich) kleiner war, als ich erwartet hatte, und schwerer. Und noch einen völlig subjektiven und apolitischen Eindruck: in jenen ersten Sekunden des Taxierens entschied ich, daß seine berühmte geballte Würde, die von politischen Karikaturisten so sehr geliebt wird, eher angeboren als erworben war. Sie war die Ursache seines eindrucksvollen Katalogs von Leistungen, dessen war ich sicher, und nicht die Folge davon. Er wirkte nicht wie ein humorloser Mensch – er war einfach erstaunt darüber, daß jemand in diesem Durcheinander überhaupt einen Funken Humor entdecken konnte. Er wirkte unaussprechlich müde.

»Warum lachen Sie, Sir?« fragte er mild mit einer ganz schwachen Spur eines Akzents.

Ich schüttelte den Kopf und konnte mein Grinsen immer noch nicht unterdrücken. »Ich bin nicht sicher, ob ich Ihnen das erklären kann, Herr Generalsekretär.« Etwas an der Linie seines Mundes bewog mich, es zu versuchen. »So wie ich die Sache sehe, bin ich gerade mitten in einen Hitchcock-Film hineingeplatzt.«

Er dachte über diese Bemerkung nach, stellte sich einen Augenblick lang vor, wie es sein mußte, wenn man als gewöhnlicher Sterblicher in diese Gesellschaft aufgeregter Löwen hineingestoßen wurde, und grinste dann selbst. »Dann wollen wir wenigstens versuchen, die Dialoge neu zu schreiben«, sagte er. Seine Müdigkeit schien zum großen Teil durch die Übelkeit aufgrund niedriger Schwerkraft hervorgerufen zu sein, das Unbehagen, wenn die Körpersäfte nach oben steigen, das Gefühl der Schwere im Kopf und der Schwindel. Aber davon nahm nur sein Körper Notiz. »Wir wollen weitermachen. Ihre Unterlagen sind beeindruckend, Mr. –« Er blickte nach unten, aber das Blatt, das er brauchte, war nicht da. Der amerikanische Zivilist hatte es, und der russische General schaute ihm über die Schulter. Ehe ich soufflieren konnte, schloß Wertheimer die Augen, strengte sein Gedächtnis an und fuhr fort »– Armstead. Ich besitze drei Kopien des ›Sternentanzes‹, und die ersten beiden sind abgespielt. Vor kurzem habe ich mir Ihre eigenen Aufzeichnungen angesehen und mehrere Ihrer früheren Schüler befragt. Ich habe eine Arbeit, die getan werden muß, und ich glaube, Sie und Ihre Truppe sind genau die richtigen Leute dafür.«

Ich wollte Bill nicht in Schwierigkeiten bringen, also machte ich ein blödes Gesicht und wartete.

»Die fremden Geschöpfe, denen Sie schon mit Shara Drummond begegnet sind, wurden wieder gesehen. Sie scheinen in einem Orbit um den Planeten Saturn zu parken. Dort befinden sie sich seit ungefähr drei Wochen. Sie lassen keinerlei Absicht erkennen, sich zu bewegen, weder näher heran, noch weiter weg. Wir haben Funksignale ausgeschickt, aber sie haben keinerlei Reaktion ausgelöst. Würden Sie mir freundlicherweise mitteilen, wenn ich zu Informationen komme, die Ihnen neu sind?«

Ich wußte, daß ich ertappt war, aber ich versuchte es weiter. Bei niedriger Schwerkraft jagt man verschütteter Milch nach – und oft fängt man sie wieder ein. »Neu für mich? Mein Gott, das ist alles ...«

Er lächelt wieder. »Mr. Armstead, bei der UN gibt es eine Redewendung. Wir sagen: ›Im Weltraum gibt es keine Geheimnisse.‹«

Es ist wahr, daß zwischen allen Menschen, die sich entschließen, im Weltraum zu leben, eine einmalige und engere Bindung besteht als zwischen einem von ihnen und einem anderen, der sein Leben auf der Erde verbringt. Trotz seiner Unermeßlichlichkeit haben sich Flüsterparolen im Weltraum immer besser verbreitet als in einer Kleinstadt. Aber ich hatte nicht erwartet, daß auch der Generalsekretär das wußte.

Norrey meldete sich zu Wort, während ich noch immer meine Einschätzung der Situation korrigierte. »Wir wissen, daß wir zum Saturn fliegen werden, Herr Generalsekretär. Aber wir wissen nicht wie, oder was geschehen wird, wenn wir dort ankommen.«

»Und übrigens auch nicht«, fügte ich hinzu, »warum diese Konferenz auf Skyfac abgehalten wird.«

»Aber wir erkennen, welche Folgen eine so lange Reise im Raum für uns persönlich haben wird, das müssen Sie wohl gewußt haben, und wir wissen, daß wir gehen müssen.«

»Was ich gehofft habe«, vollendete er respektvoll. »Ich will Ihre Tapferkeit nicht durch Gerede schmälern. Soll ich also Ihre Fragen beantworten?«

»Einen Augenblick«, warf ich dazwischen. »Soweit ich verstanden habe, wollen Sie unsere ganze Truppe. Würden Norrey und ich nicht ausreichen? Wir sind die besten Tänzer – wozu die Nutzlast vervielfachen?«

»Die Masse an Nutzlast und ihre Kosten sind kein größeres Problem«, sagte Wertheimer. »Ihre Kollegen werden sich frei entscheiden können – aber wenn ich sie bekommen kann, möchte ich sie haben.«

»Warum?«

»Es werden vier Diplomaten dabei sein. Ich möchte vier Dolmetscher. Die Erfahrung und die erwiesene Sachkenntnis von Mr. Stein sind unschätzbar – er ist, seinen Unterlagen nach, einmalig. Mr. Brindle kann uns helfen zu erfahren, wie die Fremden auf optische Reize reagieren, die von Computern ausgearbeitet werden, welche die Sternentanzbänder gesehen haben – die gleiche Erweiterung, die er jetzt Ihnen zur Verfügung stellt. Eine Art vergrößerten Wortschatzes. Er wird uns auch eine friedliche Entschuldigung liefern, wenn wir testen, wie die Fremden auf Laserstrahlen reagieren.«

Seine Antwort rief starken Widerspruch in meinen Gedanken wach, aber ich entschloß mich, ihn mir für später aufzusparen. »Weiter.«

»Zu Ihren anderen Fragen. Wir sind Gäste der Skyfac GmbH aufgrund einer Reihe von Zufällen, die mich fast zwingt, an Mystizismus zu glauben. Ein bestimmter, ungewöhnlicher Transfer ist erforderlich, um überhaupt eine Abordnung mit vernünftigem Aufwand zum Saturn schaffen zu können. Dieser Transfer, Friesen-Transfer genannt, muß von einem 2:1 Resonanzorbit aus begonnen werden. Skyfac hat einen solchen Orbit. Er ist eine günstige Ausrüstungsbasis, wie es im Weltraum keine zweite gibt. Und zufällig befindet sich die ›Siegfried‹, die Saturnsonde, die gerade ihrer Fertigstellung entgegenging, in einer vorrückenden elliptischen Umlaufbahn, die sie zur rechten Zeit ganz in die Nähe von Skyfac brachte. Ein unglaubliches Zusammentreffen. Auf gleicher Ebene mit dem Zufall, daß das Abschußfenster für den Saturn sich genau dann öffnete, als die Fremden dort auftauchten.

Ich glaube nicht an Glücksfälle in diesem Ausmaß. Ich persönlich habe den Verdacht, daß es sich hier um eine Art von Intelligenz- und Eignungstest handelt – aber außer dem, was ich Ihnen soeben gesagt habe, habe ich keine Beweise dafür. Meine Spekulationen sind genauso wertlos wie die von irgend jemand anderem – wir brauchen mehr Informationen.«

»Wie lange bleibt dieses Abschußfenster offen?« fragte ich.

Wertheimers Uhr war genauso schweizerisch wie er selbst, exklusiv und teuer, aber so altmodisch, daß er daraufschauen mußte. »Vielleicht zwanzig Stunden.«

Uff. Und jetzt das Schmerzhafteste. »Wie lange dauert die Rundreise?«

»Wenn man voraussetzt, daß die Verhandlungen in Nullzeit stattfinden, drei Jahre. Annähernd ein Jahr dorthin und zwei zurück.«

Ich war zuerst angenehm überrascht: nur drei Jahre anstatt zwölf, in denen man in einer Sardinenbüchse voll Diplomaten eingesperrt sein würde. Aber dann begann ich zu begreifen, welche Beschleunigungen das zur Folge hatte – in einem ungetesteten Schiff, das eine Regierung mit den am billigsten anbietenden Baufirmen erstellt hatte. Und es war immer noch mehr als lange genug, um uns alle für immer an die Schwerelosigkeit anzupassen. Trotzdem hatten sie offenbar noch etwas Besonderes, Außergewöhnliches in der Hinterhand.

Ich grinste wieder. »Kommen Sie auch mit?«

Ein geringerer Mann hätte »Es tut mir leid, daß ich nicht kann« oder etwas Ähnliches zu seiner Entschuldigung gesagt – und wäre auch noch völlig ehrlich gewesen. Generalsekretäre setzen sich nicht einfach zum Saturn ab, selbst wenn sie gerne möchten.

Aber er sagte nur »Nein«, und ich schämte mich, daß ich die Frage überhaupt gestellt hatte.

»Was die Frage der Entschädigung angeht«, fuhr er ruhig fort, »so gibt es natürlich nichts, was dem Opfer, das Sie bringen, angemessen wäre. Trotzdem, falls Sie sich nach Ihrer Rückkehr entschließen sollten, weiterhin aufzutreten, werden die Vereinten Nationen auf unbegrenzte Zeit alle anfallenden Kosten tragen. Sollten Sie Ihren Beruf nicht weiter ausüben wollen, garantieren wir, Sie auf Lebenszeit uneingeschränkt an jeden Ort im Einflußbereich der Vereinten Nationen zu befördern und Ihnen dort eine luxuriöse Unterkunft zur Verfügung zu stellen.«

Man gab uns eine im voraus bezahlte Fahrkarte auf Lebenszeit zu jeder Stelle im menschlichen Weltraum, vorausgesetzt, wir überlebten und konnten sie abholen.

»Das soll in keinem Sinne als Bezahlung angesehen werden; jeder Versuch einer Bezahlung wäre lächerlich und grotesk. Aber Sie haben sich entschlossen, uns zu dienen; unsere Gattung ist Ihnen dankbar. Wären Sie damit zufriedengestellt?«

Ich überlegte, wandte mich Norrey zu, wir tauschten per Gesichtstelegraph ein paar Kapitel aus. »Wir nehmen den Blankoscheck an«, sagte sie. »Aber wir versprechen nicht, ihn auch einzulösen.«

Er nickte. »Vielleicht die einzig vernünftige Antwort. Nun gut, dann wollen wir ...«

»Sir«, sagte ich drängend. »Ich muß vorher noch etwas sagen.«

»Ja?« Er erwies mir die Ehre, Geduld zu zeigen.

»Norrey und ich sind bereit zu gehen, aus persönlichen Gründen. Ich kann nicht für die anderen sprechen. Aber ich muß Ihnen sagen, daß ich nicht sehr zuversichtlich bin, ob irgendeiner von uns diese Aufgabe für Sie erledigen kann. Ich werde mein möglichstes versuchen – aber ich erwarte, offen gestanden, zu scheitern.«

Die Augen des chinesischen Generals bohrten sich in die meinen. »Warum?« fauchte er.

Ich blickte weiterhin Wertheimer an. »Sie setzen voraus, daß wir für Sie dolmetschen können, weil wir Sternentänzer sind. Das kann ich nicht garantieren. Ich wage zu behaupten, daß ich die ›Sternentanz‹-Bänder, sogar die geheimen, besser kenne als jeder andere hier. Ich habe sie aufgenommen. Ich habe mit Geschwindigkeiten und Bildausschnitten so lange herumprobiert, bis ich jedes Bild mit Namen kannte, und ich will verdammt sein, wenn ich ihre Sprache verstehe. Oh, ich habe manchmal blitzartige Erkenntnisse, Einsichten, aber ...

Shara hat sie verstanden – grob, versuchsweise und mit großer Anstrengung. Ich bin als Choreograph nicht halb so gut wie sie war, und als Tänzer auch nicht. Keiner von uns ist das. Niemand, den ich je gesehen habe. Sie selbst sagte mir, daß die Kommunikation, die stattfand, sich mehr auf telepathischer als auf choreographischer Ebene abspielte. Ich habe keine Ahnung, ob jemand von uns durch den Tanz eine solche, telepathische Beziehung herstellen kann. Ich war nicht dabei; ich war in diesem überdimensionierten Krapfen vier Schotts von hier entfernt und habe die Aufführung gefilmt.« Ich verlor langsam die Ruhe; aller angestaute Druck suchte sich jetzt ein Ventil. »Es tut mir leid, General«, sagte ich zu dem Chinesen, »aber so etwas können Sie nicht einfach durch einen Befehl erreichen.«

Wertheimer war nicht aus der Ruhe zu bringen. »Haben Sie Computer eingesetzt?«

»Nein«, gestand ich. »Ich wollte es immer einmal machen, wenn ich Zeit fand.«

»Sie glaubten aber doch nicht, daß wir das versäumen würden? Wir haben genausowenig wie Sie ein fremdensprachlich/menschensprachliches Wörterbuch – aber wir wissen viel. Sie können mit dem Computer choreographieren?«

»Sicher.«

»Die Computerspeicher Ihres Schiffes sollten Ihnen genügend Material für ein Jahr Studium auf dem Flug nach draußen bieten. Sie werden Ihnen mindestens genügend ›Wortschatz‹ liefern, um mit dem Prozeß der weiteren Aneignung zu beginnen, und sie werden Ihnen ausgedehnte, wenn auch hypothetische Vorschläge für diesen Prozeß liefern. Die Forschungsarbeit ist geleistet. Sie und Ihre Truppe sind vielleicht die einzigen Menschen auf der Welt, die fähig sind, die Daten zu bewerten und sie einzusetzen. Ich habe Ihre Aufführungsbänder gesehen, und ich glaube, wenn es jemand kann, dann Sie. Sie sind alle als Menschen einmalig, wenigstens, was Ihre Arbeit angeht. Sie denken so gut wie ein Mensch ... aber nicht wie ein Mensch.«

Das war das Ungewöhnlichste, was mir jemals gesagt worden war; es verblüffte mich mehr als alles, was an jenem Tag noch gesprochen wurde.

»Anscheinend gilt das für Sie alle«, fuhr er fort. »Vielleicht werden Sie einen Mißerfolg erleben. In diesem Fall sind Sie die besten Lehrer und Führer für das Diplomatenteam, die man sich vorstellen kann, denn nur ein Mitglied dieses Teams hat auch nur minimale Erfahrung mit den Verhältnissen im freien Fall. Sie werden Leute brauchen, die im Weltraum zu Hause sind, was auch geschieht.«

Er nahm eine Zigarette heraus, und der amerikanische Zivilist drehte unauffällig die Luft auf. Wertheimer zündete sie mit einem Streichholz selbst an. Der Rauch hatte eine seltsame Farbe: es war Tabak.

»Ich vertraue darauf, daß Sie alle Ihr Bestes tun werden. Alle Mitglieder Ihrer Truppe, die sich zum Mitgehen entschließen. Ich hoffe, daß das alle sein werden. Aber wir können nicht warten, bis Ihre Freunde ankommen, Mr. Armstead; wir stehen alle unter enormen Belastungen. Wenn Sie vor dem Start der diplomatischen Abordnung vorgestellt werden wollen, muß das jetzt geschehen.«

›Wau. Alarmstufe Rot. Jetzt siehst du dir deine Hausgenossen für die nächsten zwei Jahre an – kurz vor der Unterzeichnung des Mietvertrags. Paß gut auf: Harry und die anderen werden sich dafür interessieren.‹

Ich nahm Norreys Hand; sie drückte die meine fest.

›Und wenn ich mir vorstelle, daß ich ein anonymer Videomann und Alkoholiker in New Brunswick hätte sein können.‹

»Nur zu, Sir«, sagte ich fest.

»Du willst mich wohl für blöd verkaufen?« rief Raoul.

»Ganz ehrlich und aufrichtig«, versicherte ich ihm.

»Es klingt wie ein Witz von Milton Berle«, beharrte er.

»Du bist zu jung, um dich an Milton Berle zu erinnern«, sagte Norrey. Sie legte sich auf die nächstbeste Koje und schlummerte gegen ihren Willen ein.

»Und ein Bandarchiv habe ich wohl auch nicht?«

»Ich stimme dir ja zu«, sagte ich, »aber das ändert nichts an den Tatsachen. Unser Diplomatenteam besteht aus einem Spanier, einer Russin, einem Chinesen und einem Juden.«

»Mein Gott«, sagte Tom zurückgelehnt auf dem anderen Bett, wo er seit seiner Ankunft gelegen hatte. Er sah wirklich wie Erdbeerjoghurt aus, leicht durchgerührt, und er klagte über periodische Schmerzen in den Augen und Ohren. Aber er war vollgepumpt mit Schmerz- und Aufputschmitteln, und seine Hände waren voll Linda; seine Stimme klang kräftig und deutlich.

»Es ist sogar vernünftig.«

»Sicher«, stimmte ich zu. »Wenn Wertheimer nicht von jeder Mitgliedsnation einen Delegierten schicken kann, hat er nur die eine Möglichkeit, sich auf die großen Drei zu beschränken. Das ist die einzige Einschränkung, mit der beinahe jeder leben kann. Es *muß* ein multinationales Team sein: die kitschige Vorstellung, daß die Menschheit im Angesicht von Fremden zur Einheit findet.«

»Angeführt von dem sprichwörtlichen Mann ohne Furcht und Tadel«, erklärte Linda.

»Wertheimer selbst wäre das Optimale gewesen«, warf Raoul dazwischen.

»Sicher«, stimmte ich trocken zu, »aber er hatte noch anderswo dringende Verpflichtungen.«

»Ezequiel DeLaTorre ist schon richtig«, sagte Tom nachdenklich.

Ich nickte. »Sogar ich habe schon von ihm gehört. Gut, ich habe euch jetzt alles gesagt, war wir wissen. Bemerkungen, Fragen?«

»Ich möchte wissen, wieso wir angeblich nur ein Jahr unterwegs sein sollen«, meldete sich Tom zu Wort. »Soviel ich weiß, ist das unmöglich.«

»Das sage ich auch«, stimmte ich zu. »Wir sind schon lange im Weltraum. Ich weiß nicht, wieviele längere Beschleunigungsphasen wir in diesem Stadium noch aushalten können. Wie steht es damit, Harry? Raoul? Ist das Werk zu vollbringen?«

»Ich glaube nicht«, sagte Harry.

»Warum nicht? Kannst du es uns erklären?«

Zu den Rechten des Gastes an Bord von Skyfac gehört es, daß er Zugang zum Computer hat. Harry sprang zum Terminal und forderte eine Nachschlagtabelle an. Auf dem Schirm erschien dies:

$$t_2 - t_1 = \sqrt{2p^3}/u \left[\tan\frac{f_2}{2} + \frac{1}{3}\tan^3\frac{f_2}{2} - \tan\frac{f_1}{2} - \frac{1}{3}\tan^3\frac{3f_1}{2} \right]$$

»Das ist der einfachste Ausdruck für die Transferzeit von einem Planeten zum anderen«, sagte er.

»Mein Gott!«

»Und für euer Problem ist er zu einfach.«

»Hm – sie sagten etwas von einem Gefrier-Transfer.«

»Schon verstanden«, sagte Raoul. »Friesens Transfer, bin bloß nicht drauf gekommen. Sicher. Das ginge.«

»Wie?« fragten alle gleichzeitig.

»Ich habe alle Aufsätze über die Kolonisierung des Weltraums gelesen, als ich noch ein Kind war«, sprudelte Raoul hervor. »Selbst als es schon offensichtlich war, daß die L-5 nicht vom Boden hochkommen würde, habe ich die Hoffnung nie aufgegeben – es schien mir der einzige Weg, wie ich je in den Weltraum kommen könnte. Lawrence Friesen hat einmal in Princetown ein Papier vorgelegt ... ja, ich erinnere mich, '80 oder etwas früher. Einen Augenblick.« Er hüpfte wie ein Kaninchen zum Terminal und benützte die Rechnerfunktion.

Harry arbeitete mit seinem eigenen Rechner an der Gürtelschnallle. »Wie willst du eine charakteristische Geschwindigkeit von achtundzwanzig Kilometer pro Sekunde bekommen?« fragte er skeptisch.

»Mit Nuklearantrieb«, schlug Tom vor.

Davor hatte ich Angst gehabt. Ich habe gelesen, daß es Leute gibt, die ernsthaft in Erwägung ziehen, sich in den tiefen Weltraum zu schleudern, indem sie sich Wasserstoffbomben in den Hintern stecken – aber in einem solchen Ding kriegt mich keiner hinauf.

»Teufel, nein«, sagte Raoul – Gott sei Dank –, »diese Art von Schub braucht man beim Friesen nicht. Seht her.« Er programmierte das Terminal auf Konstruktionsbild und fing an, die Idee aufzuzeichnen. »Man muß von so einem Orbit aus starten:«

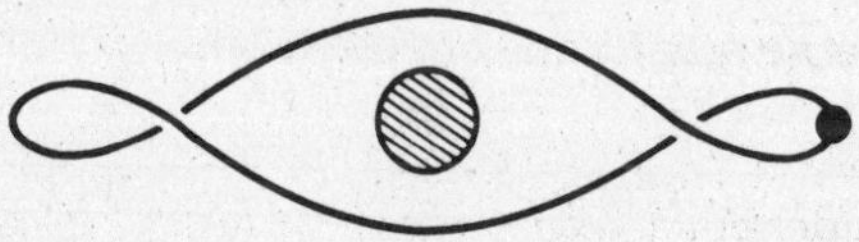

»Ein 2:1 Resonanzorbit?« fragte ich.

»Ja, sicher, das wäre – He! He, ja – wir sind genau da, wo wir sein müssen. Mensch, so ein ulkiges Zusammentreffen, was?«

Harry begann, wie ich sah, denselben Verdacht zu hegen wie Wertheimer. Vielleicht war es bei Tom genauso; der Joghurt war eben im Weg. »Na und?« soufflierte ich.

Raoul löschte das Bild und rechnete noch ein wenig.

»Tja, ihr wollt also, daß euer Schiff, sagen wir, etwas weniger als einen Kilometer pro Sekunde verliert. Das bedeutet – nun, fast zwei Minuten Beschleunigung bei ein G. Hmm. Oder ein Zehntel G bei, sagen wir, einer Brenndauer von siebzehn Minuten. Nichts.

Dabei setzen wir zum Rücksturz zur Erde an. Jetzt wollen wir in einer Schleife um sie herumschießen. Also geben wir genau im richtigen Augenblick zusätzlich ... 5,44 km/sec zu. Etwa neun Minuten bei ein G, aber sie werden nicht ein G nehmen, weil sie es schnell brauchen. Vielleicht, wollen mal sehen, 4,6 Minuten bei zwei G oder vielleicht 2,3 bei vier.«

»Na prima«, sagte ich fröhlich. »Nur zwei Minuten bei vier G. Das Gesicht wird uns um den Hinterkopf herumwandern, und wir werden die einzigen Wesen im ganzen Sonnensystem sein, die ein Vordergrat haben. Weiter.«

»Und damit haben wir dies«, sagte Raoul und gab wieder das Zeichenbild ein.

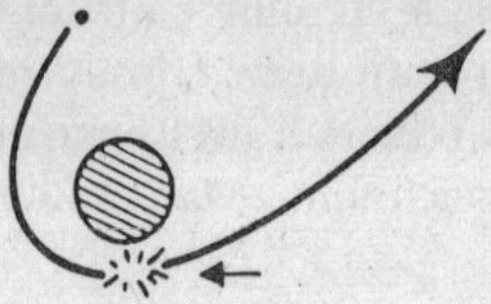

»Und das verschafft uns ein Jahr im freien Fall, in dieser Zeit können wir unsere Choreographie üben, uns übergeben, zuhören, wie unsere Knochen verrotten, die Diplomaten töten und verspeisen, über Heinleins Wirkung auf Proust diskutieren und die Umgangssprache der Fremden in uns hineinstopfen. Dann erreichen wir den Saturn. Mensch, noch so ein Glücksfall, daß das Abschußfenster für einen einjährigen Friesen gerade offen ist.«

»Ja«, unterbrach Harry und blickte von seinem Rechner auf.

»So kommt man in einem Jahr zum Saturn – mit relativ 12 km/sec. Das ist mehr als Fluchtgeschwindigkeit für die Erde.«

»Wir lassen das Schiff vom Titan einfangen«, sagte Raoul triumphierend.

»Ach so«, sagte Harry. »Ach so. Dann streichen wir acht oder neun Kilometer pro Sekunde weg.«

»Sicher«, fuhr Raoul fort und drückte weitere Tasten. »Ganz einfach. Ein Zehntel G zweieinhalb Stunden lang. Oder, damit wir es leichter haben, ein Hundertstel G ein wenig mehr als einen Tag. Ja, fünfundzwanzigeinhalb Stunden. Ein Hundertstel G genügt, damit einem die Pisse die Beine hinunterläuft, selbst wenn man an den freien Fall angepaßt ist.«

Ich hatte es tatsächlich geschafft, den meisten der wichtigen Punkte zu folgen – das Computerschaubild ist eine wunderbare Hilfe für die Unwissenden. »Also gut dann«, sagte ich scharf mit der gleichen Stimme, mit der ich sonst ›Achtung, jetzt kommt eure Sperre‹ ankündigte, und zog die Aufmerksamkeit aller durch die lange Gewohnheit auf mich. »Gut. Es ist also möglich. Zwei Stunden, ehe eure Fähre hier angedockt hat, haben wir angefangen, darüber zu sprechen. Ich habe euch gesagt, was sie von uns wollen, und warum sie uns alle wollen. Wenn es nach mir ginge, würde ich euch sagen, ihr solltet euch die Sache so etwa bis nächsten Herbst überlegen. Aber der Zug fährt bald ab. Wegen der Sache mit dem Abschußfenster, von der du gesprochen hast, Raoul.« Harrys Augen blitzten argwöhnisch auf und, ja, auch Tom war aufgefallen, wie unwahrscheinlich ein solcher Glücksfall war. »Also«, fuhr ich unbeirrt fort, »muß ich eure endgültige Antwort noch in dieser Stunde haben. Ich weiß, wie absurd das ist, aber ich kann es nicht ändern.« Ich seufzte. »Ich rate euch, die Stunde zu nützen.«

»Verdammt, Charlie«, sagte Tom wirklich wütend, »sind wir nun eine Familie oder nicht?«

»Ich ...«

»Was soll denn der ganze Scheiß?« stimmte auch Raoul zu. »Man sollte seine Freunde nicht beleidigen.«

Auch Linda und Harry schienen gekränkt.

»Hört zu, ihr Idioten«, sagte ich und legte mein möglichstes hinein. »Das ist für immer. Ihr werdet nie wieder skifahren, nie wieder schwimmen, nicht mehr spazierengehen, nicht einmal unter Mondschwerkraft. Ihr werdet nie wieder ohne technologische Hilfe scheißen können.«

»Wo kann man heute auf der Erde ohne technologische Hilfe scheißen?« fragte Linda.

»Na«, bellte ich, »jetzt komm mir nicht mit Satire. Überlege es dir. Muß ich persönlich werden? Harry – Raoul – mit wievielen Frauen werdet ihr wohl im Weltraum ausgehen können? Wieviele würden eine ganze Welt hinter sich lassen, um bei euch zu bleiben? Jetzt mal ernsthaft. Linda, Tom – gibt es irgendein Anzeichen, daß eine Geburt im freien Fall überhaupt möglich ist? Wollt ihr eines Tages zwei Leben aufs Spiel setzen? Oder hattet ihr euch für Sterilisierung entscheiden wollen? Jetzt hört ihr mal alle vier damit auf, zu reden wie die Helden aus einem Comic und hört mir zu. Verdammt noch mal.« Ich entdeckte zu meiner flüchtigen Überraschung, daß ich wirklich in heller Wut war; meine Spannung war ganz glücklich darüber, daß sie sich als Wut entladen konnte. Ich erkannte zum erstenmal, wie gefährlich ein wenig Schauspielerei sein kann. »Wir haben keine Möglichkeit, im voraus zu wissen, ob wir uns mit den verdammten Glühwürmern verständigen können. Bei einem Spiel mit so großem Risiko, mit so hohem Einsatz, genügen zwei Leben. Wir brauchen euch sowieso nicht«, schrie ich, dann faßte ich mich.

»Nein«, fuhr ich nach einer Weile fort, »das war gelogen. Ich werde nicht versuchen, das zu behaupten. Aber wir könnten es ohne euch schaffen, wenn es überhaupt möglich ist. Norrey und ich haben persönliche Gründe, warum wir gehen – aber wieso wollt eigentlich ihr einen ganzen Planeten wegwerfen?«

Es herrschte ein erstickendes Schweigen. Ich hatte getan, was ich konnte. Norrey wußte nichts mehr hinzuzufügen. Ich beobachtete vier verblüffte, ausdruckslose Gesichter und wartete.

Schließlich regte sich Linda. »Die Sache mit der Geburt

bei Nullschwerkraft werden wir schon regeln«, sagte sie mit gelassener Zuversicht und fügte eine Sekunde später hinzu: »Wenn es soweit ist.«

Tom hatte seine Beschwerden vergessen. Er sah Linda lange an, lächelte inmitten seiner geplatzten Blutgefäße mit geschwollenen Lippen und sagte zu ihr: »Ich bin in New York aufgewachsen. Mein ganzes Leben lang habe ich Städte gekannt. Es ist mir nie aufgefallen, wieviel Spannung so ein Leben in der Stadt mit sich bringt, bis ich eine Woche bei deiner Familie verbrachte. Ich habe auch nie begriffen, wie sehr ich diese Spannung haßte, bis ich bemerkte, wie sehr ich mich allmählich davor fürchtete, wieder auf die Erde zurückkehren zu müssen. Man merkt erst, wie steif Hals und Schultern waren, wenn sie einem jemand massiert.« Er berührte ihre Wangen mit blutroten Fingernägeln. »Es wird lange dauern, bis wir ein Schloß an unsere Schleuse machen müssen. Sicher werden wir eines Tages ein Kind haben – und wir werden ihm nicht beibringen müssen, wie es sich an einen Dschungel anpassen soll.«

Sie lächelte und nahm seine purpurnen Finger in ihre Hand.

»Wir werden ihm nicht das Laufen beibringen müssen.«

»Bei Nullschwerkraft«, sagte Raoul nachdenklich, »bin ich größer.« Ich dachte, er meinte die paar Zentimeter, um die sich jedes Rückgrat im freien Fall streckt, aber dann sagte er: »In der Schwerelosigkeit ist niemand klein.«

Teufel, er hatte recht. ›Augenhöhe‹ ist ein bedeutungsloses Wort im Weltraum; folglich auch Größe.

Aber seine Stimme klang abwägend; er hatte sich noch nicht entschieden.

Harry saugte Bier aus einem Kolben, rülpste und studierte die Decke. »Ging mir im Kopf herum, schon lange. Diese Anpassung. Ich könnte das ganze Jahr über arbeiten, statt nur ein halbes. Einmal eine Arbeit bis zu Ende machen. Hab' sowieso daran gedacht, es zu machen.« Er sah Raoul an. »Glaube nicht, daß ich die Damen vermissen werde.«

Raoul begegnete seinem Blick offen. »Ich auch nicht«,

sagte er, und diesmal war eine Entscheidung in seiner Stimme zu hören.

In meinen Gehirnwindungen wurde es hell, und der Unterkiefer klappte mir herunter. Jesus Christus im Druckanzug!

»Nur so eine blinde Stelle, Charlie«, sagte Linda mitfühlend.

Sie hatte recht. Es hat nichts mit Weisheit oder Reife zu tun, wie scharf ich beobachte. Es ist einfach eine Eigenart von mir, eine blinde Stelle: ich werde niemals lernen, Liebe zu erkennen, wenn sie sich direkt vor meiner Nase abspielt.

»Norrey«, sagte ich vorwurfsvoll. »Du weißt doch, daß ich ein Idiot bin. Warum hast du es mir denn nicht gesagt? Norrey!«

Sie schlief fest.

Und alle vier lachten aus vollem Halse über mich, und eine Sekunde später mußte ich auch lachen. Jeder Mann, der nicht weiß, daß er ein Narr ist, ist ein verdammter Narr; jeder Mann, der versucht, das zu verbergen, ist ein doppelt so großer Narr, denn er ist allein. Wir lachten miteinander, verringerten meine Dummheit auf etwas, das wir gemeinsam hatten, und Norrey bewegte sich im Schlaf und lächelte ein wenig.

»Gut«, sagte ich, als ich wieder zu Atem kam, »einer für alle und alle für einen. Ich werde nicht versuchen, gegen das Wetter anzukämpfen. Ich liebe euch alle und werde froh sein, wenn ihr dabei seid. Tom, streck dich aus und schlaf auch ein wenig; Raoul, nimm das Licht; wir vier werden uns jetzt informieren lassen und dich und Norrey dann holen; wir werden deine Comics und deinen zweiten Waffenrock einpacken. Du hast immer noch ungefähr 72 Masse, nicht?«

Ich beugte mich nieder und küßte Norrey auf die Stirn. »Los geht's.«

III

Sternensaat

Kapitel 1

Erst eine Woche nach jenem Tag hatten wir wieder alle Gelegenheit, miteinander zu sprechen – und die ersten eineinhalb Stunden davon verbrachten wir verhältnismäßig schweigend. Es hatte sich herausgestellt, daß es noch viel weniger lustig war, eine Woche in einer Blechbüchse mit vielen Fremden zusammengesperrt zu sein, als eine vergleichbare Zeitspanne mit ebensovielen Schülern. Die meisten dieser Fremden waren unsere Arbeitgeber, die beiden anderen waren unsere Wärter vom Raumkommando, keiner von ihnen war uns unterstellt und alle waren vom Temperament her ungeeignet, mit Künstlern zusammenzuleben. Wenn man alles in Betracht zog, wurden wir mit der räumlichen Enge und der Spannung viel besser fertig als in den ersten Tagen des Studios – und das überraschte mich.

Aber sobald wir es ermöglichen konnten, machten wir alle miteinander einen Spaziergang nach draußen, und wir entdeckten, daß wir gleich zu Anfang viel wichtigere Dinge zu tun hatten, als Notizen zu vergleichen.

Durch die Entfernung schrumpfte die gewaltige ›Siegfried‹, aber zu einem Modell aus einem Weltraumfilm wurde sie trotzdem nicht; sie behielt ihre massive Würde sogar dann bei, als wir sie aus einer wahrhaft olympischen Perspektive betrachteten. Mich überkam eine ganz untypische Welle von Stolz darüber, daß ich der Gattung angehörte, die dieses Schiff gebaut und in den Himmel geschleudert hatte. Das versetzte mich in Hochstimmung wie ein Schuß Sauerstoff. Ich zupfte an der drei Kilometer langen Leine, die mich mit dem großen Schiff verband, genoß die riesigen, schlangenähnlichen Wellen, die ich auslöste, ließ mich von ihrem Einfluß in eine langsame Rollbewegung versetzen wie in ein unendliches Schwanentauchen.

Um mich drehte sich der Weltraum.

Tom und Linda kamen in Sicht. Ich rief sie nicht an – ihre Atemzüge verrieten mir, daß sie sich tief in meditativer Trance befanden, und meine Augen sagten mir, wie sie in diesen Zustand gelangt waren. Man nehme jenes älteste und dauerhafteste Spielzeug, das Zugband. Man schweiße an beide Enden dünne, flache Platten und bringe das akkordeonähnliche Ergebnis in den freien Weltraum hinaus. Dann lege man die Platten aneinander, so daß das Band einen Kreis beschreibt. Jetzt lasse man los. Wenn man das, was dann geschieht, lange genug beobachtet, fällt man in tiefe Trance. Der Wurm Uroboros paart sich unaufhörlich mit sich selbst. Sie würden mich hören, wenn ich sie beim Namen riefe, aber sonst würden sie nichts hören.

Als nächster kam Raoul ins Bild, von mir aus gesehen seitlich. Mit tödlicher, sachlicher Genauigkeit warfen sich er und Harry jenes zweite, höchst dauerhafte Spielzeug, eine Wurfscheibe (mit Neonrand, damit sie besser sichtbar war) über zwei Kilometer Leere hinweg zu. Auch das war mehr eine Meditationsübung als alles andere; man braucht so gut wie keine Geschicklichkeit dafür. Die fliegende Untertasse ist, wie sich herausgestellt hat, wirklich die dynamisch stabilste Form für ein Raumschiff. (Einen Flugkörper, der geformt ist wie die alten Science-Fiction-Raumschiffe mit Flossen und allem, kann man werfen wie man will, mit dem ›Kentucky-Gewehr-Drall‹ oder ohne; früher oder später wird er ins Taumeln kommen. Eine Kugel ist in Ordnung – aber wenn sie nicht im freien Fall geformt wurde, ist sie unvollkommen: sie wird schwanken, immer stärker.) Sie waren geübte Partner; sie setzten ihre Schubdüsen kaum ein.

Norrey übte Seilspringen mit einer Schlinge ihrer Rettungsleine. Natürlich rotierte sie in die entgegengesetzte Richtung. Es war unglaublich schön anzusehen, und ich stoppte meine Rotation, um den Anblick zu genießen. Vielleicht, dachte ich träge, konnten wir das eines Tages einmal in einen Tanz einarbeiten. Dynamisches Gleichgewicht, Yin und Yang, so einfach und so komplex wie ein Wasserstoffatom.

›Tanzen Atome nicht, Charlie?‹

Ich erstarrte, dann grinste ich über mich selbst und entspannte mich. ›Du kannst mich nicht heimsuchen, Shara‹, sagte ich zu der halluzinatorischen Stimme. ›Du und ich, wir haben Frieden miteinander. Ohne mich hättest du das, was du getan hast, nie vermocht; ich wäre ohne dich vielleicht nie wieder heil geworden. Ruhe in Frieden.‹

Ich beobachtete in einem seltsam entrückten Geisteszustand Norrey noch ein wenig. Wenn man es objektiv betrachtete, war meine Frau bei weitem nicht so umwerfend schön, wie ihre tote Schwester es gewesen war. Nur auffallend schön. Und nie während der zehn Jahre unserer bizarren Beziehung hatte ich für Norrey je die Art hilfloser, verzehrender Leidenschaft empfunden, wie ich sie in den wenigen Jahren, die ich mit Shara verbracht hatte, jeden Augenblick verspürte. Gott sei Dank. Ich erinnere mich an diese Leidenschaft, an diese willenlose Verehrung, bei der man auf dem Fußboden eine Schleifspur sieht und sagt: ›Hier hat sie ihren Fuß hingesetzt‹, bei der man eine kaputte Kamera sieht und sagt: ›Damit habe ich sie aufgenommen.‹ Die schlaflosen Nächte, die Seen von Scotch, die Nutten, die man verhöhnt, und das schreckliche Erwachen; und die ganze Zeit über das ständige Sehnen, das durch nichts gestillt und nur durch die Anwesenheit der Geliebten gelindert werden kann. Meine Leidenschaft für Shara war gestorben, für immer vergangen, beinahe im gleichen Augenblick wie sie selbst. Norrey hatte vor zwei Jahren im Le Maintenant recht gehabt: Man entwickelt eine solche Leidenschaft nur für jemanden, von dem man glaubt, daß man ihn nicht bekommen kann. Und das allerschlimmste, was einem passieren kann, ist, sich zu täuschen.

Shara war sehr gut zu mir gewesen.

Die Liebe, die Norrey und ich jetzt füreinander empfanden, war viel ruhiger, viel schonender für das Nervensystem. Ja, ich hatte es sogar geschafft, sie jahrelang zu übersehen. Aber es war letzten Endes eine reichere Liebe.

Sehen Sie, ich habe diese Metapher schon gebraucht, ehe ich auch nur im Traum daran dachte, in den Weltraum zu gehen, und sie ist immer noch gut. Stellen Sie sich vor, daß wir alle im freien Fall sind, wir alle, die wir leben. Wir stürzen wirklich bei ein G frei eine Röhre hinunter, die so unvorstellbar lang ist, daß man ihr unterstes Ende nicht sehen kann. Die gewaltige Röhre ist gelegentlich mit Hindernissen gespickt – und das Gesetz des Durchschnitts besagt, daß man in irgendeiner absehbaren, künftigen Zeit an eines dieser Hindernisse prallen wird: man wird sterben. Es sind tatsächlich Milliarden von uns in dieser Röhre, alle stürzen sie hinab, alle werden sie eines Tages sicher unten auftreffen; wir stoßen die ganze Zeit gegeneinander, wirbeln mehr oder willkürlich in Lebewesen und Gruppen von Lebewesen hinein und wieder hinaus. Die meisten von uns bauen sich Glaubenskonstruktionen, die entweder ableugnen, daß sie stürzen, oder daß die Hindernisse vorhanden sind, und diese Konstruktionen stellen sie sich wie Gleitbretter unter die Füße. Ein guter Reiter kann sein ganzes Leben lang im Sattel bleiben.

Gelegentlich streckt man die Hand aus und ergreift die eines Fremden, und dann stürzt man eine Weile zusammen weiter. Dann ist es nicht so schlimm. Manchmal, wenn man vor Angst wirklich verzweifelt ist, klammert man sich an etwas, wie ein Ertrinkender sich an einen Anker klammert, oder man bemüht sich ohne Hoffnung, jemanden zu erreichen, der in einer anderen Kurve fällt, jemanden, den man unmöglich erreichen kann, nur um etwas zu tun, um zu vergessen, daß einem sein eigener Tod von unten entgegenrast.

Auf diese Weise hatte ich Shara gebraucht. Ich war klüger geworden durch sie und durch den Weltraum, und schließlich durch meine ›letzte Fahrt‹ mit Norrey vor einer Woche. Ich hatte mich mit dem Sturz abgefunden. Norrey und ich stürzten jetzt gemeinsam mit großer Gelassenheit durchs

Leben und genossen die Aussicht wirklich mit den Augen beider.

»Ist es einem von euch schon einmal aufgefallen«, fragte ich träge, »daß wir durch das Leben im Weltraum fast reif genug geworden sind, um wieder in der frühen Kindheit zu sein?«

Norrey kicherte und hörte mit dem Hüpfen auf. »Wie meinst du das, Liebster?«

Raoul lachte. »Das ist doch offensichtlich. Sieh uns nur an. Ein Zugband, eine Wurfscheibe und ein Springseil. Der herausragende Höhepunkt moderner Kultur, Kinder auf dem größten Spielplatz, den Gott je geschaffen hat.«

»Am Haltegurt«, sagte Norrey, »wie die Kinder auf dem Land, damit wir nicht in den Garten laufen.«

»Ich finde es schön«, warf Harry ein.

Linda erwachte aus ihrer Meditation; ihre Stimme war langsam, weich. »Charlie hat recht. Wir sind so reif geworden, daß wir kindlich sein können.«

»Damit kommst du dem, was ich meinte, schon näher«, sagte ich beifällig. »Spiel ist Spiel, ob mit einem Tennisschläger oder mit einer Rassel. Ich spreche auch nicht so sehr über die Art von Spielzeug, die wir uns aussuchen. Es ist eher wie ...« Ich hielt inne, um nachzudenken, und sie warteten. »Hört zu, mir kommt es so vor, als hätte ich mich uralt gefühlt, seitdem ich ungefähr, na ja, neun Jahre alt war. Diese letzten paar Jahre waren die Jugend, die ich niemals hatte, und jetzt bin ich glücklich, wieder ein Kind zu sein.«

Linda fing an zu singen:

»Weiß nicht, wann je ich so glücklich war,
ich kann gar nicht sagen, wie sehr.
Ich fühlte mich älter als Großpapa
und verjünge mich jeden Tag mehr.«

»Das ist ein altes Lied aus Nova Scotia«, fügte sie ruhig hinzu.

»Bring es mir bei«, sagte Raoul.

»Später. Jetzt möchte ich diesen Gedanken weiterverfolgen.«

So ging es auch mir – aber genau in diesem Moment schlug mein Wecker an. Ich fummelte durch den Druckanzug am Knopf herum, und das Schrillen hörte auf. »Tut mir leid, Leute. Luft ist halb verbraucht. Alles aufstellen zur Gruppenübung. Schließt euch an Linda an, dann probieren wir die pulsierende Schneeflocke.«

»Scheiße – schon wieder arbeiten.« »Mann, wir haben doch ein ganzes Jahr Zeit, um in Form zu kommen.« »Warte nur, Chef, bis ich diesen Mistkerl erwische« und »Bringen wir's hinter uns« waren die völlig natürlich klingenden Antworten auf den Kodesatz. Wir schlossen auf und fummelten an den Funkgeräten herum.

»Los geht's«, sagte ich, als ich den Kreis geschlossen hatte.

»Rechts und, Harry, du kommst herüber und nimmst Tom ... so ist's richtig. Warte, *paß auf!* Mein Gott!« schrie ich.

»Nein!« schrie Harry.

»O mein Gott«, blubberte Raoul, »Ohmeingott, sein Anzug ist aufgerissen, sein Anzug ist aufgerissen. Tu doch einer was, ohmeingott ...«

»Mayday«, brüllte ich. »Sternentänzer an ›Siegfried‹, Mayday, Gottverdammtnochmal. Wir haben eine geplatzten Anzug. Ich glaube nicht, daß ich ihn reparieren kann, antworten Sie doch!«

Stille, nur Harrys entsetzliches Gurgeln war zu hören. »›Siegfried‹ um Gotteshimmelswillen, kommen Sie rein. Hier draußen stirbt einer von euren kostbaren Dolmetschern!«

Stille. Raoul fluchte und tobte. Linda sprach beruhigend auf ihn ein. Norrey betete leise.

Stille.

»Ich glaube, der Sperrschaltkreis funktioniert, Harry«, sagte ich schließlich beifällig. »Wir sind ungestört. Übrigens, das Gurgeln war abscheulich.«

»Wann hatte ich denn schon Gelegenheit zu Proben?«

»Läuft das Band mit dem schweren Atmen und Taktzählen?«

»Ist eingeschaltet«, versicherte Harry. »Schweres Atmen und Taktzählen. Keine Wiederholungen. Eineinhalb Stunden lang.«

»Wenn also jemand zuhört, kriegt er nur, hm, unser Gejapse mit«, sagte Raoul fast unvermeidlich.

»Gut«, sagte ich, »dann können wir ja offen reden. Jeder von uns hat einige Zeit mit dem Partner verbracht, der ihm zugewiesen wurde. Wie sieht die allgemeine Meinung aus?«

Noch mehr Stille.

»Nun, hat irgend jemand ein verhängnisvolles Vorgefühl? Ausgewählten Klatsch? Tom? Du verfolgst die Politik, du hast die meisten dieser Leute jedenfalls ihrem Ruf nach gekannt. Erzähl uns erst einmal darüber alles, dann können wir unsere persönlichen Eindrücke damit vergleichen.«

»Gut, mal sehen – gibt es über DeLaTorre etwas zu sagen? Wenn er kein Mann von Ehre und Mitgefühl ist, dann gibt es keinen. Selbst seine Kritiker bewundern ihn, und gut die Hälfte von ihnen ist bereit, das zuzugeben. Ich will aufrichtig sein: bei Wertheimer bin ich mir seiner Integrität nicht so sicher wie bei DeLaTorre. Davon abgesehen natürlich, daß er DeLaTorre als Führer ausgesucht hat für dieses Aufgebot. Das bringt ihn einen Zacken höher. Ist jemand anderer Meinung? Charlie, er ist dein Marionettenspieler, was sagst du?«

»Stimme dir aus ganzem Herzen zu. Ich würde ihm in der Luftschleuse den Rücken zukehren. Weiter.«

»Ludmilla Dmirov hat ebenfalls den Ruf, moralisch unbeirrbar zu sein und sich nicht herumschubsen zu lassen. Sie war die erste beamtete Diplomatin im sowjetischen Ministerium, die jemals eine staatseigene Datscha abgelehnt hat. Diejenigen von euch, die sich in der Nomenklatur im Moskauer Protektionswesen nicht auskennen, müssen wissen, daß eine Datscha eine Art Hütte auf dem Land für hohe Beamte ist, und wenn man sie ablehnt, ist das genauso, wie wenn ein frischgebackener Senator sich weigert, Urlaub auf Staatskosten zu machen oder eine Vergnügungsreise zu unternehmen, oder wenn ein Neuling bei der Polizei die üblichen Angebote zurückweist. Unvorstellbar ... und gefährlich.« Er machte eine Pause. »Aber ich bin mir nicht so ganz sicher, ob es bei ihr wirklich Integrität ist. Es könnte auch einfach Rechthaberei sein. Und Mitgefühl besitzt sie nicht.«

Norrey war der Dmirov zugeteilt; also ergriff sie das Wort. »Ich bin nicht sicher, ob ich dir da zustimme, Tom. Oh, sie spielt Schach wie eine Maschine, und sie versteht es sicher, undurchdringlich zu sein – vielleicht weiß sie wirklich nicht genau, wann und wie sie das abstellen soll. Aber sie hat mir alle Babybilder ihres Sohnes gezeigt, und sie hat mir gesagt, daß sie beim ›Sternentanz‹ geweint hat. ›Aus der Brust heraus geweint‹, wie sie sich ausdrückte. Ich glaube, dort drin sitzt bei ihr auch das Mitgefühl.«

»Gut«, sagte Tom. »Ich glaube dir. Und sie war wirklich eine von denen, die sich sehr um das Raumkommando der UN bemüht haben. Ohne sie gäbe es möglicherweise gar keine UN mehr, und der Weltraum wäre vielleicht das nächste Elsaß-Lothringen geworden. Ich bin bereit zu glauben, daß sie das Herz auf dem rechten Fleck hat.« Wieder machte er eine Pause. »Hm, aber mit allem schuldigen Respekt, ich glaube nicht, daß ich bereit wäre, ihr schon jetzt in der Luftschleuse den Rücken zuzuwenden. Das kann sich aber noch ändern.«

»Jetzt zu Li«, fuhr er fort, »auch er war eine der Haupttriebkräfte bei der Bildung des Raumkommandos – aber ich wette, daß das bei ihm ein Schachzug war. Ich glaube, er hat einen ganz kalten Blick auf die Zukunft geworfen und ist zu der Ansicht gelangt, daß es seine politische Karriere ernstlich behindern würde, wenn sich die Welt wirklich wegen eines Weltraumproblems in die Luft sprengen sollte. Er hat den Ruf, ein gewiefter Pferdehändler und ein eiskalter Hundesohn zu sein, und man sagt, der Weg zur Hölle sei mit der Haut seiner Feinde gepflastert. Ihm gehört ein Stück der Skyfac GmbH. Ich würde ihm nicht einmal bei einer Live-Übertragung im Fernsehen den Rücken zuwenden, und ich hoffe, Linda, du tust es auch nicht.«

»Dieses Image hat er sich sicherlich aufgebaut«, stimmte sie zu. »Aber ich muß noch einiges hinzufügen. Er ist von untadeliger Höflichkeit. Als Philosoph ist er unglaublich scharfsichtig und differenziert. Und er ist durch nichts zu erschüttern. Hunger, Schlafmangel, Gefahr – nichts davon wird sein Verhalten oder sein Urteil meßbar beeinflußen. Trotzdem glaube ich, daß er offen ist, offen, um sich zu verändern und für Veränderungen. Ich glaube, er könnte durchaus ein wirklicher Staatsmann sein.« Sie brach ab, holte tief Luft und endete: »Aber ich glaube, ich traue ihm auch nicht. Noch nicht.«

»Ja«, sagte Tom. »Ist er Staatsmann für die Menschheit oder für die Volksrepublik? Gut, jetzt ist noch mein eigener Mann übrig. Was immer man von den anderen sonst sagen könnte, Staatsmänner sind sie wahrscheinlich alle. Sheldon Silverman ist ein Politiker. Er hat so ungefähr jedes wählbare Amt außer dem des Präsidenten und des Vizepräsidenten innegehabt. Das letztere hätte er jederzeit haben können, wenn er dumm genug gewesen wäre, es anzustreben; und das erstere hat er sich nur durch ein paar unglaublich winzige Fehler verscherzt. Ich glaube, er hat sich die Teilnahme an dieser Reise irgendwie erkauft oder ist durch Bestechung dazugekommen. Es war seine letzte Chance, sich eine ganze Seite in den Geschichtsbüchern zu verdienen. Ich glaube, er betrachtet sich selbst als Leiter des Teams, einfach deshalb, weil er Amerikaner ist. Ich verabscheue ihn. Er bringt Wertheimer wieder um den Zacken, den er sich durch DeLaTorre verdient hat, jedenfalls, was mich angeht.« Er verstummte plötzlich.

»Ich glaube, du nimmst ihm seine Vergangenheit übel«, sagte Linda.

»Damit hast du verdammt recht«, stimmte er zu.

»Nun – er ist alt. Manchmal verändern sich alte Leute ziemlich radikal. Jetzt wirkt die Schwerelosigkeit auf ihn ein; warte nur ab. Wir sollten ihn irgendwann einmal mit herausnehmen.«

»Mein Liebling, jetzt kommt deine Fairneß durch.«

»Verdammt richtig«, sagte sie und zwang ihm damit ein Lächeln ab. »Irgendwie muß das auch so sein.«

»Wie?«

»Wenn ich ihn sehe, gruselt es mich.«

»Oh. Ich verstehe. Glaube ich.«

»Harry, Raoul«, sagte ich, »ihr habt euch bei den Leuten vom Raumkommando rumgetrieben.«

Natürlich ergriff Raoul das Wort. »Cox kennen wir alle, oder wir haben von ihm gehört. Ich würde ihn meine letzte Luftflasche halten lassen, während ich pisse. Sein Stellvertreter ist der Typ des alten Wissenschaftleroffiziers bei der NASA.«

»Sportskanone«, warf Harry ein.

Raoul gluckste. »Wißt ihr, sie ist wirklich so. Susan Pha Song war ein Baby aus dem Vietnamkrieg, wurde in Nam von ihrer Tante aufgezogen, nachdem ihr Vater sich aus dem Staub machte und ihre Mutter an Napalm starb. Hat mit Amerika nicht viel im Sinn. Physikerin. Soldat durch und durch. Wenn sie den Befehl dazu bekäme, würde sie auf Vietnam eine Atombombe und auf Washington Rosenblätter abwerfen. Sie hat etwas gegen Musik und Tanz. Und gegen mich und Harry auch.«

»Befehlen wird sie gehorchen«, bestätigte Harry.

»Ja. Sicher. Seit letzter Woche ist sie Oberst. Und wenn Kommandant Cox tot umfällt, geht das Kommando als nächstes an sie über, dann vermutlich an die Dmirov. Sie ist als Pilotin ausgebildet, und sie ist ein Weltraumfreak.«

»Wenn es je so weit kommen sollte«, sagte ich, »mache ich mich jedenfalls unabhängig.«

»Chen Ten Li hat eine Waffe«, sagte Linda plötzlich.

»Was?« Fünf Stimmen auf einmal.

»Was für eine?« Das kam von Harry.

»Oh, das weiß ich nicht. Eine kleine Handfeuerwaffe. Sieht recht massiv aus. Ziemlich kurzer Lauf.«

»Wie hast du sie zu sehen gekriegt?«

»Schachtelmänncheneffekt. Hat ihn überrascht, und er hat recht lange gebraucht, um sich davon zu erholen.«

Der Schachtelmännchenеffekt ist eine der klassischen Überraschungen im freien Fall, vorhersagbar, aber unerwartet, und praktisch jeder Neuling fällt darauf herein. Jeder Behälter, Schrank oder Schublade, was immer man aufmacht, spuckt einem seinen Inhalt entgegen – es sei denn, man hat daran gedacht, alles mit Velcro zu befestigen. Die Möglichkeiten für derbe Streiche sind beinahe unerschöpflich. Aber ich witterte Unheil. »Was sagst du dazu, Tom?«

»Wie?«

»Wenn Chen Ten Li einer der Haupttriebkräfte für die intelligente Nutzung des Weltraums ist, müßte er dann nicht über den Schachtelmännchenеffekt Bescheid wissen?«

Toms Stimme klang nachdenklich. »Hm. Nicht unbedingt. Li ist einer von diesen paradoxen Typen wie Isaac Asimov, der sich weigert zu fliegen. Trotz seiner Einsicht in die Probleme des Weltraums ist er jetzt zum erstenmal weiter von einem Planeten entfernt, als ihn ein Düsenjet bringen kann. Im tiefsten Herzen ist er eine Bodenratte.«

»Trotzdem«, widersprach ich. »Der Schachtelmännchenеffekt ist doch eine gängige Touristenattraktion. Er hätte doch nur ganz kurze Zeit mit einem einzigen Raumbesucher zu sprechen brauchen, der zurückgekommen ist.«

»Ich weiß nicht, wie es bei euch anderen war«, sagte Raoul, »aber ich wußte rein intellektuell vieles über Schwerelosigkeit, worüber ich dann doch stolperte, als ich mich tatsächlich darin befand. Außerdem, welchen Grund hätte Li haben können, Linda die Waffe sehen zu lassen?«

»Das ist es ja, was mich beunruhigt«, gestand ich. »Ich kann mir auf Anhieb zwei oder drei Gründe vorstellen – und sie alle setzen entweder große Ungeschicklichkeit oder große Gerissenheit voraus. Ich weiß nicht, was mir lieber wäre. Nun ... hat sonst noch jemand irgendwelche Schießeisen gesehen?«

»Gesehen habe ich nichts«, sagte Norrey vorsichtig, »aber es würde mich nicht überraschen, wenn Ludmilla irgendeine Waffe hätte.«

»Sonst noch jemand?«

Niemand antwortete. Aber jeder der Diplomaten hatte eine ziemliche Menge unkontrolliertes Gepäck mit an Bord gebracht.

»Gut. Das Resultat ist also, daß wir mit drei rivalisierenden Bandenführern, zwei Bullen und einem netten, alten Mann in der U-Bahn festsitzen. Dies ist eine der wenigen Gelegenheiten, bei denen ich je dankbar dafür war, daß die Augen der Welt auf uns gerichtet sind.«

»Viel mehr als nur die Augen der Welt«, verbesserte Linda nüchtern.

»Es wird schon gutgehen«, sagte Raoul. »Vergiß nicht: ein Diplomat hat nur die eine Aufgabe, die Feindseligkeiten auf einem Stand kurz vor dem bewaffneten Konflikt zu halten. Beim Showdown werden sich alle zusammenreißen. Die meisten von ihnen mögen Chauvinisten sein – aber ich glaube, unter der Oberfläche sind sie auch menschliche Chauvinisten.«

»Das ist es ja, was ich meine«, sagte Linda. »Vielleicht decken sich ihre Interessen gar nicht mit den unseren.«

Erschrockenes Schweigen, dann: »Was willst du damit sagen, Liebling? Daß wir keine Menschen sind?« von Tom

»Sind wir es denn?«

Ich begann zu verstehen, worauf sie hinauswollte, und spürte, wie sich meine Gedanken beschleunigten und ihrer Vorstellung entgegenrasten.

Was bedeutet es, ein Mensch zu sein? Wenn man in Betracht zieht, daß die überwältigende Mehrheit der Beweise aus der Beobachtung von Menschen unter ein G gewonnen wurde, die an einen Planeten gebunden sind? Von anderen in der gleichen, mißlichen Lage?«

»Auf jeden Fall«, sagte Tom. »Menschen sind Menschen, ob sie nun schweben oder stürzen.«

»Bist du da sicher?« fragte Linda leise. »Wir sind anders als unsere Mitmenschen, in grundlegenden Dingen verschieden. Ich meine nicht nur, daß wir niemals zurückkehren und bei ihnen leben können. Ich meine geistig, psychologisch. Unsere Gedankenmuster verändern sich, je länger wir im Weltraum bleiben – unser Gehirn paßt sich genauso an wie unser Körper.«

Ich erzählte ihnen, was Wertheimer vor einer Woche zu mir gesagt hatte – daß wir so gut wie Menschen choreographierten, aber nicht wie Menschen.«

»Das ist die klassische Definition des ›Fremden‹ von John Campbell«, sagte Raoul aufgeregt.

»Auch unsere Seele paßt sich an«, fuhr Linda fort. »Wir alle verbringen jeden Arbeitstag damit, Gott ins nackte Antlitz zu starren, ein Anblick, den die Bodenschweine nur mit sich wölbenden Kathedralen und massiven Moscheen simulieren können. Wir haben mehr Überblick über die Realität als ein Heiliger auf dem Gipfel des höchsten Berges der Erde. Im Weltraum gibt es keine Atheisten, und unsere Götter lassen die haarigen Donnerer und bärtigen Paranoiker auf der Erde noch alberner erscheinen. Teufel, vom Studio aus kann man nicht einmal den Olymp sehen – von hier aus noch viel weniger.« Die ferne Erde und der Mond sind schon jetzt kleiner, als wir es gewöhnt waren.

»Man kann nicht leugnen, daß einen der Weltraum tief bewegt«, behauptete Tom, »aber ich bin nicht der Meinung, daß er uns zu etwas anderem als Menschen macht. Ich fühle mich als Mensch.«

»Wie wußte der Cro-Magnon, daß er anders war als der Neanderthaler?« fragte Raoul. »Solange er die Unterschiede nicht feststellen konnte, wie konnte er es wissen?«

»Der Schwan glaubte, er sei ein häßliches Entlein«, sagte Norrey.

»Aber er hatte die GENE eines Schwans«, beharrte Tom.

»Die Gene des Cro-Magnon waren zu Anfang auch die des Neanderthalers«, sagte ich. »Habt ihr die euren jemals untersucht? Würdet ihr eine wirklich minimale Mutation erkennen, wenn ihr sie seht?«

»Jetzt sag nur nicht, daß du diesen Blödsinn mitmachst, Charlie?« fragte Tom gereizt. »Fühlst du dich als nichtmenschlich?«

Ich fühlte mich entrückt, lauschte interessiert den Worten,

die aus meinem Munde kamen. »Ich fühle mich anders als menschlich. Ich fühle mich, als wäre ich mehr als ein neuer Mensch. Ich bin ein neues Wesen. Ehe ich Shara in den Weltraum folgte, war mein Leben ein verquerer Witz mit zu vielen Pointen. Jetzt lebe ich. Ich liebe und kann Liebe empfangen. Ich habe die Erde nicht zurückgelassen. Ich habe den Weltraum vor mich gesetzt.«

»Ach Quatsch«, sagte Tom. »Die Hälfte davon ist dein Bein – und ich weiß auch, was die andere Hälfte ist, weil ich das gleiche erlebt habe wie du, da, wo Lindas Familie wohnt. Es ist der Stadtmaus-auf-dem-Land-Effekt. Man findet eine neue, weniger hektische Umgebung, gewinnt einige Einsichten und beginnt, bessere, befriedigendere Entscheidungen zu treffen. Das Leben kommt in Ordnung. Also muß der Ort irgendeinen Zauber haben. Verrückt.«

»Der Berg ist ein Zauberberg«, sagte Linda sanft. »Wieso ist ›Zauber‹ für dich ein schmutziges Wort?« Auf der gegenwärtigen Stufe ihrer Beziehungen gefielen sich Tom und Linda darin, ständig Pseudomeinungsverschiedenheiten über geistige Dinge auszutragen. Gelegentlich erkannten sie, was für uns alle offensichtlich war: daß sie fast nie wirklich verschiedener Meinung waren, außer wenn es um Wortbedeutungen ging.

»Tom«, sagte ich eindringlich, »das hier ist etwas anderes. Ich war auf dem Land. Ich versuche dir zu erklären, daß ich nicht etwa eine verbesserte Ausgabe des Menschen bin, der ich einmal war – ich bin jetzt etwas völlig anderes. Ich bin der Mensch, der ich auf der Erde niemals hätte sein können, ich hatte alle Hoffnung verloren, so zu werden. Ich – ich glaube an Dinge, an die ich seit meiner Kindheit nicht mehr geglaubt habe. Sicher, ich hatte ein paarmal Glück, und bestimmt wurde mein Leben dadurch, daß ich mich Norrey geöffnet habe, mehr, als ich es je für möglich hielt. Aber bei mir hat die ganze Zusammensetzung sich verändert, und das kann einfach keine Ansammlung von glücklichen Zufällen bewirken. Mensch, ich war ein Trinker!«

»Jeden Tag reißen sich Trinker zusammen«, sagte Tom.

»Sicher – wenn sie die Kraft aufbringen können, für den Rest ihres Lebens völlig trocken zu bleiben. Ich trinke etwas, wenn ich Lust darauf habe. Ich habe nur fast nie Lust darauf. Ich habe aufgehört, den Alkohol zu *brauchen*, einfach so. Wie oft kommt das wohl vor? Ich rauche jetzt weniger, und wenn ich rauche, gehe ich mit dem Zeug weniger leichtfertig um.«

»Im Weltraum bist du also gegen deinen Willen erwachsen geworden?«

»Zuerst. Später mußte ich mich ins Zeug legen und arbeiten wie der Teufel – aber angefangen hat es, ohne daß ich davon wußte oder damit einverstanden war.«

»Wann hat es angefangen?« fragten Norrey und Linda gleichzeitig.

Ich mußte nachdenken. »Als ich lernte, sphärisch zu sehen. Als ich schließlich lernte, mich von ›oben‹ und ›unten‹ freizumachen.«

Linda sagte: »Ein weiser Mann sagte einmal, daß alles, was einen aus der Orientierung bringt, gut ist. Lehrreich.«

»Diesen weisen Mann kenne ich«, höhnte Tom »Leary. Ein Fall von Gehirnschaden, wenn er überhaupt eines hatte.«

»Bedeutet das, daß er niemals weise sein konnte?«

»Seht mal«, sagte ich. »Wir sind alle einmalig. Wir haben alle einen höchst schwierigen Selektionsprozeß durchlaufen, und ich glaube nicht, daß sich der erste Cro-Magnon-Mensch anders fühlte. Aber überwältigende Anzeichen deuten darauf hin, daß unser Talent keine normale, menschliche Eigenschaft ist.«

»Aber normale Menschen können im Weltraum leben«, widersprach Norrey. »Besatzungen von Raumkommandos. Bautrupps.«

»Wenn sie eine künstliche Ortsvertikale haben«, sagte Harry. »Sobald man sie nach draußen schickt, muß man ihnen gerade Linien und rechte Winkel geben, sonst werden sie meschugge. Die meisten von ihnen. Deshalb werden wir ja reich.«

»Das stimmt«, gab Tom zu. »Auf Skyfac war ein guter Außenmann seine Masse in Kupfer wert, selbst wenn er als Arbeiter nur mittelmäßig war. Habe nie begriffen, warum.«

»Weil du selbst einer bist«, sagte Linda.

»Ein was?« fragte er wütend.

»Ein WELTRAUMMENSCH«, antwortete ich und dehnte es so, daß die Großbuchstaben zu hören waren. »Was immer nach dem homo habilis und dem homo sapiens kommt. Du bist ein Mensch, der weltraumgeeignet ist. Ich glaube nicht, daß die Römer dafür einen Begriff hatten, daher ist ›homo novus‹ wahrscheinlich der beste lateinische Ausdruck dafür. Neuer Mensch. Das nächste.«

Tom schnaubte. »›Homo excastra‹ kommt der Sache näher.«

»Nein, Tom«, widersprach ich eindringlich. »Da hast du unrecht. Wir sind keine Ausgestoßenen. Wir sind vielleicht im wörtlichen Sinne ›außerhalb des Lagers‹, ›außerhalb der Festung‹ – aber die Nebenbedeutung ›Exil‹ ist ganz falsch. Oder bedauerst du die Wahl, die du getroffen hast?«

Er brauchte nicht lange, um zu antworten. »Nein. Nein, ich will im Weltraum leben, das ist schon richtig. Ich fühle mich nicht ausgestoßen – für mich ist das ganze Sonnensystem ›menschliches Gebiet‹. Aber ich komme mir vor, als ließ ich meine Staatsangehörigkeit in der größten Nation erlöschen.«

»Tom«, sagte ich feierlich, »ich versichere dir, daß genau das Gegenteil davon der Fall ist. Es ist kein Verlust.«

»Nun ja, die Welt sieht heutzutage ziemlich mies aus, das gestehe ich zu. Ich werde nicht allzuviel versäumen.«

»Du verstehst mich nicht.«

»Dann erkläre es mir.«

»Ich habe mich eine Zeitlang mit Doc Panzella darüber unterhalten, ehe wir aufbrachen. Was ist die normale Lebensspanne für einen Weltraummenschen?«

Er setzte zweimal zum Sprechen an, dann gab er es auf.

»Richtig. Es ist unmöglich, eine Schätzung vorzunehmen – es ist ein völlig neues Spiel. Wir sind die ersten. Ich habe

Panzella gefragt, und er sagte mir, ich solle wiederkommen, wenn zwei oder drei von uns gestorben seien. Vielleicht sind wir alle in einem Monat tot, weil sich die Abfallstoffe nicht in unseren Füßen sammeln wollen, weil unsere Hühneraugen ins Gehirn wandern oder sonst etwas passiert. Aber Panzella schätzt, daß der freie Fall unserer Lebensspanne *mindestens* vierzig Jahre hinzufügt. Ich fragte ihn, wie sicher er sich da sei, und er bot mir an, um Geld zu wetten.«

Alle begannen gleichzeitig zu reden, was über Funk nicht funktioniert. Die allgemeine Stellungnahme war: »Was sagst du da?« Der letzte, der den Mund hielt und aus der Leitung ging, war Tom ».. . so etwas jetzt schon wissen?« endete er verlegen.

»Genau«, sagte ich. »Wissen werden wir es erst, wenn es zu spät ist. Aber es ist einleuchtend. Das Herz hat weniger zu leisten, die arteriellen Ablagerungen scheinen sich zu verringern ...«

»Also wird es nicht Herzversagen sein, was uns den Garaus macht«, stellte Tom fest, »vorausgesetzt, daß die drastische Senkung der Arbeitslast sich als gut für das Herz erweist. Aber das Herz ist nur eines von vielen Organen.«

»Denk doch mal weiter, Tom. Der Weltraum ist steril. Wenn man ein wenig achtgibt, wird das immer so sein. Dein Immunsystem wird beinahe ebenso überflüssig wie die Bogengänge in deinen Ohren – und hast du eine Vorstellung, wieviel Energie die Abwehr von Tausenden von herumfliegenden Infektionen deinem Lebenssystem entzieht? Energie, die man zur Wartung und Reparatur hätte einsetzen können? Oder merkst du nicht, wie dein Energieniveau sinkt, sobald du zur Erde zurückkehrst?«

»Ja, sicher«, erwiderte er, »aber das ist nur ...«

».. . die Schwerkraft, wolltest du sagen? Siehst du jetzt, was ich meine? Wir sind physisch und geistig gesünder, als wir es auf der Erde je waren. Wann hattest du je im Weltraum einen Schnupfen? Übrigens, wann warst du das letztemal tief deprimiert, verdrießlich? Wieso hat kaum einer von uns schlechte Tage, schwarze Depressionen, schlechte Laune und so weiter? Teufel, allein das Wort ›Depression‹ hat ja schon etwas mit Schwerkraft zu tun. Man kann im Weltraum nichts niederdrücken, man kann nur etwas bewegen. Und selbst das Wort ›Schwere‹ ist ein Synonym für Humorlosigkeit geworden. Wenn es zwei Dinge gibt, die einen früh ins Grab bringen, so sind es Depressionen und Mangel an Humor.«

Lebhaft überfiel mich die Erinnerung daran, wie es gewesen war, mit einem kaputten Bein bei ein G zu leben. Depression und ein verkümmernder Sinn für Humor. Das schien so lange her, so sehr weit entfernt. War ich wirklich jemals so verzweifelt gewesen?

»Jedenfalls«, fuhr ich fort, »sagte Panzella, daß sich bei Menschen, die viel Zeit im freien Fall verbringen – und sogar bei den Leuten auf Luna, die bei ein Sechstel G leben, bei jenen Exilierten beziehungsweise Bergleuten – eine geringere Häufigkeit von Herz- und Lungenversagen zeigt, was ganz natürlich ist. Aber er sagt auch, daß bei ihnen alle Arten von Krebs weniger häufig auftreten, als es der statistischen Norm entspricht.«

»Trotz des höheren Strahlungsniveaus?« fragte Tom skeptisch. Jedesmal, wenn es eine Sonneneruption gibt, sehen wir alle eine Zeitlang grüne Kaulquappen, wenn die zusätzliche Strahlung auf unsere Augäpfel trifft – und dabei ist es gleichgültig, ob wir drinnen oder draußen sind.

»Ja«, versicherte ich ihm. »Das größte Risiko für unsere Gesundheit, das im Weltraum besteht, sind wir eingegangen, als wir unter der Atmosphärendecke hervorkamen – aber anscheinend hat es sich ausgezahlt. Es sah so aus, als hätte das Krebsrisiko höher werden müssen, aber es scheint einfach nicht so zu sein. Fragt selbst, warum. Und daß die Lungenkrankheiten weniger werden, ist klar – wir atmen richtige Luft, besser gefiltert als die des Premierministers, staubfrei und mit null Pollen. Teufel, wenn ihr alles Geld der Welt hättet, könntet ihr euch auf der Erde keine gesündere Umgebung maßschneidern lassen. Seht euch doch die alte Mrs. Murphy auf Skyfac an. Wie alt ist sie, fünfundsechzig?«

»Sechsundsechzig«, sagte Raoul. »Und Meister im Freifallhandball. Sie hat mich dreimal hintereinander haushoch geschlagen.«

»Es sieht fast so aus, als seien wir dazu gemacht, im Weltraum zu leben«, sagte Linda staunend.

»Schon gut«, schrie Tom wütend. »Schon gut, ich gebe auf. Ich bin überzeugt. Wir werden alle hundertzwanzig. Vorausgesetzt, die Fremden kommen nicht auf die Idee, daß wir köstlich schmecken. Aber ich sage trotzdem, daß dieser Unsinn mit der ›neuen Gattung‹ konfuses Zeug ist, Größenwahnsinn. Zum einen gibt es keine Garantie, daß wir uns richtig – oder, wie Charlie schon erklärt hat, überhaupt vermehren werden. Aber was noch wichtiger ist, der ›homo novus‹ ist eine ›Gattung‹ ohne natürlichen Lebensraum! Wir sind allein nicht lebensfähig, Freunde! Wir sind völlig vom ›homo sapiens‹ abhängig, bis wir lernen, wie wir selbst Luft, Wasser, Nahrungsmittel, Metall, Plastik, Werkzeuge, Kameras herstellen können.«

»Warum bist du eigentlich so sauer?« fragte Harry.

»Ich bin nicht sauer!« brüllte Tom.

Dann lösten wir uns voneinander, und Tom war aufrichtig genug, nach einiger Zeit wieder zu uns zu kommen.

»Gut«, sagte er, »ich bin wütend. Ich weiß ehrlich nicht genau, warum. Linda, hast du irgendeinen Anhaltspunkt?«

»Na ja«, sagte sie nachdenklich, »›Wut‹ und ›Angst‹ sind sich so verdammt nahe, daß sie schon beinahe synonym sind ...«

Tom fuhr auf.

Raoul ergriff mit heiserer Stimme das Wort. »Wenn es etwas hilft, gebe ich gerne zu, daß unser bevorstehendes Treffen mit diesen Superglühwürmern jedenfalls mir eine Heidenangst einjagt. Und ich habe sie noch nicht einmal persönlich kennengelernt wie du und Charlie. Ich meine, bei dieser kleinen Kapriole können wir viel mehr verlieren als nur die Erde.«

Das war ein so seltsamer Satz, daß wir ihn eine Weile einfach so stehenließen.

»Ich weiß, was du meinst«, sagte Norrey dann langsam. »Wir haben die Aufgabe, eine telepathische Verbindung zu etwas herzustellen, was ein Kollektivgeist zu sein scheint. Ich habe beinahe ... beinahe Angst, daß es mir gelingen könnte.«

»Angst davor, dich zu verlieren, Liebling?« fragte ich. »Vergiß es – ich würde dich nicht lange genug loslassen. Ich habe nicht zwanzig Jahre gewartet, um jetzt Witwer zu werden.« Sie preßte meine Hand.

»Das ist der springende Punkt«, sagte Linda. »Das schlimmste, was uns bevorsteht, ist der Tod in der einen oder anderen Form. Und zum Tode sind wir schon immer verurteilt, wir alle, weil wir Menschen sind. Das ist der Eintrittspreis für diese Show. Norrey, du und Charlie, ihr habt vor einer Woche dem Tod direkt ins Auge gesehen. Und das werdet ihr ganz bestimmt eines Tages wieder tun. Vielleicht in einem Jahr beim Saturn: na und?«

»Das ist das Problem«, sagte Tom und schüttelte den Kopf. »Die Angst geht nicht einfach weg, nur weil sie unlogisch ist.«

»Nein«, gab ihm Linda recht, »aber es gibt doch Methoden, mit ihr fertig zu werden, und die Angst zu unterdrükken, bis sie als Wut wieder herauskommt, ist keine geeignete Methode. Nachdem wir aber jetzt bis zur Wurzel vorgedrungen sind, kann ich dir Techniken beibringen, Techniken der Selbstdisziplin, die dir wenigstens eine Menge helfen werden.«

»Bringe sie auch mir bei«, sagte Raoul beinahe unhörbar.

Harry ergriff seine Hand. »Wir werden es miteinander lernen«, sagte er.

»Wir werden es alle miteinader lernen«, sagte ich. »Vielleicht sind wir anders als Menschen, aber so verschieden sind wir auch nicht von ihnen. Ich würde aber doch gerne sagen, daß ihr so ungefähr die tapfersten Leute seid, die ich kenne. Ihr alle. Wenn irgend jemand – wupps! Da ist wieder

der Wecker. Jetzt sollten wir noch mal richtig tanzen, damit wir verschwitzt nach Hause kommen. In zwei Tagen treffen wir uns wieder. Harry, nimm das Band mit dem schweren Atmen aus dem Schaltkreis, dann verstärken wir alle unsere Signalkraft auf drei, zwei, eins, Achtung!«

Ich wiederhole die obige Unterhaltung zum Teil deshalb in ihrer Gesamtheit, weil sie eines der wenigen Ereignisse in dieser Chronik ist, von dem ich eine vollständige akustische Aufzeichnung besitze. Aber zum Teil auch, weil sie den größten Teil der wichtigen Informationen enthält, die Sie von dieser Einjahresreise zum Saturn kennen müssen. Es bringt nichts, das Innere der ›Siegfried‹ zu beschreiben, oder die täglichen Terminpläne, oder die monatlichen Ziele, oder die interpersonellen Reibungen, die eines der geschäftigsten, langweiligsten Jahre meines Lebens ausfüllten.

Wie es auf Expeditionen dieser Art üblich und vielleicht unvermeidlich ist, bildeten die Besatzung, die Diplomaten und die Tänzer drei recht feste Cliquen außerhalb der Arbeitszeit, und diese Cliquen enthielten untereinander einen spannungsvollen Frieden aufrecht. Jede Gruppe hatte ihre eigenen Interessen und Zerstreuungen – die Diplomaten verbrachten zum Beispiel viel von ihrer Freizeit (und einen wesentlichen Teil ihrer Arbeitszeit) mit Gefechten, politischen und anderen. DeLaTorres Geduld trug ihm bald die Achtung jedes einzelnen an Bord ein. Lesen Sie irgendein anständiges Buch über das Leben in einem U-Boot, werfen Sie sich dann in den freien Fall, und Sie haben dieses Jahr. Raouls Musik half jedoch, uns alle vor dem Wahnsinn zu bewahren; er wurde der einzige weitere allgemein geachtete Passagier.

Wir sechs sprachen aus irgendeinem Grund nie wieder alle miteinander über den Gedanken der ›neuen Gattung‹, obwohl ich weiß, daß Norrey und ich es ein paarmal von Helm zu Helm beklönten, und daß Linda und ich gelegentlich davon sprachen. Und natürlich erwähnten wir nie irgendwo an Bord der ›Siegfried‹ etwas davon – bei Raumschiffen setzt man voraus, daß sie überall gründlich mit Wanzen versehen sind. Für die Vorstellung, daß wir sechs Tänzer irgendwie anders als Menschen sein könnten, hätte sich nicht einmal DeLaTorre erwärmen können – und er war ungefähr der einzige, der uns nicht nur als bezahlte Hilfskräfte behandelte, als ›bloße Dolmetscher‹ (ein Ausdruck von Silverman.) Die Dmirov und Li wußten es besser, glaube ich, aber sie konnten nichts dagegen machen; als erfahrene Diplomaten waren sie nicht darauf eingestellt, Dolmetscher als sozial gleichgestellt zu akzeptieren. Silverman hielt Tanzen für etwas, was man bei Varietéaufführungen macht, und warum konnten wir den Begriff des ›unabänderlichen Schicksals‹ nicht in einen Tanz umsetzen?

Ich werde über dieses Jahr nur soviel sagen. Der Mensch, der ich gewesen war, als ich zum erstenmal in den Weltraum kam, hätte es nicht überlebt. Er hätte sich das Gehirn aus dem Schädel gepustet oder sich zu Tode gesoffen.

Statt dessen ging ich viel im Weltraum spazieren. Und ich liebte Norrey sehr oft. Bei Musik, damit wir ungestört waren.

Davon abgesehen war das einzige bemerkenswerte Ereignis, als Linda etwa zwei Monate, bevor wir den Saturn erreichten, verkündete, sie sei schwanger. Damit waren wir gezwungen, eine Geburt ohne Gynäkologen bei Nullschwerkraft zu bewältigen. Übrigens hatten wir auch keinen praktischen Arzt.

Alles geriet mehr in Bewegung, als wir uns dem Saturn näherten.

Kapitel 2

Wir hatten keinen der Diplomaten dazu überreden können, sich an irgendwelchen Aktivitäten außerhalb des Raumschiffs zu beteiligen. Drei weigerten sich aus dem vorhersehbaren Grund. Alles, was man draußen tut, ist meßbar gefährlicher, als wenn man brav im Inneren bleibt (daran war ich an dem Tag, als ich in diese Sache hineingeraten war, sehr deutlich erinnert worden), und sie hatten die Pflicht, jedes unnötige Risiko zu vermeiden, bis sie die wirklich größte und wichtigste Konferenz in der Geschichte erreicht hatten. Uns Tänzer betrachtete man als weniger unentbehrlich, aber man setzte uns unter Druck, um zu verhindern, daß alle vier Tänzer gleichzeitig von Bord gingen. Ich blieb fest, behauptete, ein Gruppentanz müsse im Ensemble geplant, choreographiert und geprobt werden – das seien die Sternentänzer GmbH doch, ein kreatives Kollektiv. Außerdem ist man um so sicherer, je mehr Gefährten man hat.

Der vierte Diplomat, Silverman, hatte den speziellen Befehl erhalten, sich nicht dem Weltraum auszusetzen. Daher bat er uns schon ziemlich früh, ihn auf einem Spaziergang mit hinauszunehmen. So nach dem Motto ›die können doch einem furchtlosen Teufelskerl wie mir nicht befehlen, kein Risiko einzugehen‹. Der Befehl war ein Angriff auf seine Männlichkeit. Er änderte seine Meinung, als man ihm die Leitungen eines Druckanzugs erklärte; und er kam nie wieder auf das Thema zurück.

Aber ein paar Wochen, ehe wir mit den Bremsmanövern beginnen sollten, kam Linda in mein Zimmer und sagte: »Chen Ten Li möchte gerne mit uns nach draußen kommen.«

Ich zuckte zurück und gab meine Silvermanimitation zum

besten: »Würde Sie wohl umbringen, mich zuerst hinsetzen zu lassen und zu sagen: ›Ich habe schlechte Nachrichten für Sie.‹ Einfach so sagen Sie mir das?«

»Er hat es mir einfach so gesagt.«

Was würde DeLaTorre davon halten? Oder Bill? Und die anderen? Der alte Wertheimer, der mir mit den Augen gesagt hatte, seiner Meinung nach sei ich so weit vertrauenswürdig, daß ich die Sache nicht vermasseln würde? Und, genauso wichtig, warum wollte Chen sich gerade jetzt die Sporen verdienen? Nicht wegen der Medien; sein Videoimage war erstklassig, das beste, was Terra zu bieten hatte, und das ist gut. Auch nicht aus so idiotischen Gründen wie Silverman.

»Was will er wirklich, Linda? Eine Probe live miterleben? Schweben und dabei meditieren? Was?«

»Frag ihn selbst.«

Ich hatte Chens Zimmer nie zuvor von innen gesehen. Er spielte gerade 3D-Schach mit dem Computer. Ich konnte dem Spiel kaum folgen, aber es war klar, daß er schwer verlor – und das überraschte mich.

»Dr. Chen, ich habe gehört, Sie wollten mit uns nach draußen kommen?«

Er war in einen geschmackvoll luxuriösen Pyjama gekleidet, den er geschickt für den freien Fall enger gemacht und mit Velcro gesichert hatte. (Die Dmirov und DeLaTorre hatten Raoul um Hilfe bitten müssen, und Silvermans Kleidung sah aus, als sei er rückwärts in eine Nähmaschine gekommen.) Er neigte seinen kahlgeschorenen Kopf und erwiderte ernst: »So bald wie möglich.« Seine Stimme klang wie ein altes Kornett, ein wenig federartig.

»Damit bringen Sie mich in eine schwierige Lage, Sir«, sagte ich ebenso ernst. »Sie haben Befehl, sich nicht in Gefahr zu bringen. DeLaTorre und alle anderen wissen das. Angenommen, ich nehme Sie mit und Sie haben einen Anzugdefekt oder auch nur einen Anfall von Übelkeit, dann würde mir die Volksrepublik China ein paar recht deutliche Fragen stellen. Gefolgt vom Dominion Kanada und den

Vereinten Nationen, ganz zu schweigen von Ihrer alten Mutter.«

Er lächelte höflich mit vielen Fältchen. »Ist dieser Ausgang wahrscheinlich?«

»Kennen Sie Murphys Gesetz, Dr. Chen? Und den Folgesatz davon?«

Sein Lächeln wurde noch breiter. »Ich möchte es riskieren. Sie haben Erfahrung darin, Novizen in den Weltraum einzuführen.«

»Ich habe von siebzehn Schülern zwei verloren!«

»Wieviel haben Sie in den ersten drei Stunden verloren, Mr. Armstead? Könnte ich nicht im ›Würfel‹ bleiben und zu allem Überfluß noch einen Druckanzug tragen?«

Der ›Würfel‹ war nicht gegossen, sondern punktgeschweißt. Es war im wesentlichen ein Kubus aus durchsichtigem Plastik mit Metallrahmen, für minimale Lebenserhaltung, erste Hilfe und mit Selbstantrieb im freien Weltraum ausgestattet. Die Mannschaft und alle Diplomaten außer Chen nannten ihn die Feldhilfskapsel. Harry, der ihn entworfen hatte, verabscheute diese Bezeichnung. Dahinter stand der Gedanke, daß einem von uns Sternentänzern vielleicht mittendrin eine Dichtung platzen könnte, oder daß wir eine Nummer aussetzen oder Luft sparen wollten, oder daß wir aus irgendeinem anderen Grund einen unter Druck stehenden Raum mit einer Sicht von 360 ° brauchten. Der Würfel war im Augenblick fest am Rumpf des großen Fährschiffs verankert, das wir die ›Limousine‹ nannten, so daß man ihn benützen konnte, aber er war leicht abzumontieren. Und Chens Druckanzug war ein vorschriftsmäßiger Raumkommandopanzer, genauso gut oder sogar noch besser als unsere maßgefertigten japanischen Anzüge. Sicherlich stärker; mit besserer Luftversorgung ...

»Doktor, ich muß wissen, warum.«

Sein Lächeln verschwand ganz langsam, und als ich weder erbleichte noch zurückwich, ließ er es wieder einfrieren, etwa kurz vor dem Stirnrunzeln.

»Ich gestehe Ihnen das Recht zu, diese Frage zu stellen.

Ich bin nicht sicher, daß ich Sie zum jetzigen Zeitpunkt zufriedenstellen kann.« Er überlegte, und ich wartete. »Ich bin nicht gewöhnt, mit einem Dolmetscher zu arbeiten. Ich lerne leicht Sprachen. Aber wenigstens eine Sprache gibt es, die ich mir niemals aneignen werde. Man hat mir einmal gesagt, niemand, der nicht als Navajo aufgewachsen ist, könne lernen, auf Navajo zu denken. Daraufhin versuchte ich mit viel Aufwand, das zu erreichen, und es gelang mir nicht. Ich kann mich einem Navajo verständlich machen, stockend. Ich kann aber niemals lernen, in dieser Sprache zu denken – sie ist auf grundlegend anderen Voraussetzungen über die Realität aufgebaut, die mein Geist einfach nicht entfalten kann.

Ich habe Ihren Tanz studiert, die ›Sprache‹, die Sie in kurzer Zeit für uns sprechen werden. Ich habe mit Miß Parsons sehr ausführlich darüber gesprochen, den Schiffscomputer zu diesem Thema erschöpfend befragt. In dieser Sprache zu denken kann ich nicht lernen. Ich möchte noch einen Versuch machen. Dazu stelle ich die Theorie auf, daß die persönliche Konfrontation mit dem nackten Weltraum mir dabei helfen könnte.« Er hielt inne und grinste wieder. »Bei meinen Bemühungen um die Sprache der Navajo half mir das Verzehren von Peyoteknospen ein wenig – wie es mir mein Lehrer versprochen hatte. Ich muß mich Ihren Voraussetzungen über die Realität aussetzen. Ich hoffe, sie schmecken besser.«

Es war bei weitem die längste Rede, die ich von dem pointiert sprechenden Chen seit dem Tag, als wir uns kennenlernten, jemals zu hören bekommen hatte. Ich sah ihn mit neuer Hochachtung und einigem Erstaunen an. Und mit wachsendem Vergnügen. Hier war ein Freund, den ich beinahe nicht gewonnen hätte. Mein Gott, angenommen, der alte Chen wäre ein ›homo novus‹?«

»Dr. Chen«, sagte ich, als ich wieder zu Atem kam, »wir wollen zu Kommandant Cox gehen.«

Chen lauschte total versunken während der achtzehn Stunden dauernden Einführung, von der er das meiste schon wußte, und stellte selten, aber dann höchst verständige Fragen. Ich möchte wetten, daß er auch vor der Einführung jedes Subsystems in seinem Anzug im Dunkel hätte auseinandernehmen können. Am Ende hätte ich gewettet, daß er es im Dunkeln hätte bauen können, angefangen bei den frei schwebenden Bestandteilen. Ich bin schon mit ziemlich vielen außergewöhnlichen Persönlichkeiten zusammengekommen, und er beeindruckte mich.

Aber ich war immer noch nicht sicher, ob ich ihm vertraute.

Wir beschränkten die Gruppe auf drei Teilnehmer, aufgrund der Theorie, je weniger Leute, desto weniger Schaden – im Weltraum kommt ein Unglück selten allein. Ich war selbstverständlich der Kundschafter; ich hatte mehr Stunden außerhalb des Raumschiffs aufzuweisen als jeder andere an Bord außer Harry. Und Linda war im letzten Jahr Chens Lehrerin für die Sprache der Fremden gewesen; sie kam mit, um die Kontinuität des Unterrichts zu gewährleisten. Und um für ihn zu tanzen, während ich die Glucke spielte. Und, wie ich glaube, auch weil sie seine Freundin war.

Die erste Stunde verging ohne Zwischenfall, wir waren alle drei im Würfel, ich bediente die Schaltungen. Wir entfernten uns ein paar Kilometer von der ›Siegfried‹, zogen dabei eine Sicherheitsleine hinter uns her, die so sicher war wie Hosenträger und Gürtel zusammen, und kamen, wie immer, genau im Mittelpunkt der Unendlichkeit zur Ruhe. Chen war eher ehrfuchtsvoll still als überwältigt, eher beeindruckt als eingeschüchtert, eher versunken als isoliert. Er war, glaube ich, fähig, soviel Staunen zu bewältigen – es war beinahe, als habe er schon immer gewußt, daß das Universum so groß war. Trotzdem war er lange Zeit sprachlos.

Linda und mir erging es übrigens genauso. Selbst aus dieser Entfernung sah der Saturn unglaublich schön aus, schöner, als Worte es vermitteln können. Dieser Planet mußte fraglos die größte Touristenattraktion im Sonnensystem sein, und ich hatte niemals in meinem Leben etwas so ungeheuer Bewegendes gesehen.

Aber wir hatten ihn schon gesehen, in den letzten Tagen – die ganze Schiffsbesatzung hatte an den Videoschirmen geklebt. Wir erholten uns, und Linda teilte Chen einige letzte Gedanken über die Art mit, wie wir tanzten, dann dichtete sie ihren Helm ab und ging durch die Luftschleuse hinaus, um ihm ein wenig Soloarbeit zu zeigen. Wir hatten vorher vereinbart, daß wir während dieser Zeit alle schweigen sollten, und auch Bill hielt auf unserem Kanal Funkstille. Chen sah Linda drei Viertel der ersten Stunde fasziniert zu. Dann seufzte er, warf mir einen seltsamen Blick zu und stieß sich ab, um quer durch den Würfel auf das Schaltpult zuzuschweben.

Ich wollte schon aufschreien – aber er griff nur nach dem Funkgerät im Würfel. Er schaltete es ab. Dann setzte er mit einer einzigen, geübt wirkenden Bewegung seinen Helm ab und unterbrach dadurch die im Anzug eingebaute Funkverbindung. Ich hatte meinen eigenen Helm abgenommen, um Luft zu sparen, und griff danach, als ich sah, daß er den Funk außer Betrieb setzte, aber er hielt einen Finger an die Lippen und sagte: »Ich möchte unter vier Augen mit Ihnen sprechen.« Seine Stimme klang bei dem niedrigen Druck dünn und schwach.

Ich überlegte. Selbst wenn man der verrücktesten, paranoidesten Phantasie freien Lauf ließ, Linda war frei beweglich und konnte alles sehen, was in dem durchsichtigen Würfel vor sich ging. »Na gut«, rief ich.

»Ich spüre Ihr Unbehagen und verstehe und respektiere es. Ich werde jetzt meine Hand in meine rechte Tasche stekken und einen Gegenstand entfernen. Er ist harmlos.« Er tat es und brachte einen jener Mikrorekorder zum Vorschein, die aussehen wie ein Schmuckknopf. »Ich möchte, daß zwischen uns Aufrichtigkeit herrscht«, fügte er hinzu. War es allein das Durchdringende des niedrigen Drucks, das seiner Stimme diese Schärfe verlieh?

Ich suchte nach einer passenden Antwort. Hinter ihm wirbelte Linda anmutig durch den Weltraum, erhaben in ihrer Schwangerschaft, selbstvergessen. »Na gut«, sagte ich wieder.

Er drückte mit dem Daumennagel auf die Playbackfuge. Lindas Stimme sagte etwas auf dem Band, was ich nicht hören konnte, und ich schüttelte den Kopf. Er spulte zurück zu der gleichen Stelle und steckte mir das Gerät sanft zu.

»Das ist es ja, was ich meine«, sagte Lindas Stimme noch einmal. »Vielleicht decken sich ihre Interessen gar nicht mit den unseren.«

Die Bandaufzeichnung, von der ich vor einiger Zeit gesprochen habe.

Mein Gehirn ging unverzüglich auf Computergeschwindigkeit, wurde zu einer superleistungsfähigen Denkmaschine, durchlief tausend aufeinanderfolgende Analyseprogramme innerhalb von Mikrosekunden und zerstörte sie selbst wieder. ›Hand steckt im Bonbonglas fest. Halb den Berg hinunter, und die Bremsen sind im Eimer. Ich hätte geschworen, daß ich diese Luftschleuse zugemacht habe.‹ Der Mikrorekorder traf mich an der Backe; instinktiv erwischte ich ihn beim Rückprall und schaltete ihn ab, als Tom gerade Linda fragte: »Daß wir keine Menschen sind?«

Und diese Worte hallten noch eine Zeitlang im Würfel nach.

»Nur ein Schwachkopf hätte Schwierigkeiten, in einem unbewachten Druckanzug eine Wanze anzubringen«, sagte Chen tonlos.

»Ja«, krächzte ich und räusperte mich dann. »Ja, das war dumm. Wer sonst ..«

Ich brach ab und schlug mir mit der Hand gegen die Stirn. »Nein. Ich will Ihnen keine dummen Fragen stellen. Nun, Chen Ten Li, wie ist Ihre Meinung? Sind wir der ›homo novus‹? Oder nur begabte Akrobaten? Ich will verdammt sein, wenn ich es weiß.«

Er machte einen sauberen Sprung zu mir zurück, wie ein Pfeil in Zeitlupe. Katzen springen so. »Der ›homo caelestis‹

vielleicht«, sagte er ruhig und landete exakt. »Oder möglicherweise der ›homo ala anima‹.«

»Allah wer? Oh – ›geflügelte Seele‹. Hm. Na gut. Das kaufe ich Ihnen ab. Und jetzt werde ich mal bei Ihnen einen k.o.-Schlag versuchen, Doc. Ich freß' 'nen Besen, wenn Sie nicht selbst 'ne ›geflügelte Seele‹ sind. Potentiell wenigstens.«

Seine Reaktion überraschte mich. Ich hatte ein plötzliches Pokergesicht erwartet. Statt dessen überzog nackter Kummer sein Antlitz, völliger Verlust und hoffnungslose Sehnsucht, vom Saturnlicht durchsetzt. Nie zuvor oder seither habe ich ein solch weit offenes Gefühl auf seinem Gesicht gesehen; vielleicht hat es noch nie jemand gesehen außer seiner alten Mutter und seiner toten Frau. Es ging mir durch und durch und hätte auch ihn erschreckt, wenn er sich dessen nur entfernt bewußt gewesen wäre.

»Nein, Mist' Armstead«, sagte er traurig und starrte über meine Schulter auf den Saturn. Zum ersten- und letztenmal kam ein Akzent durch, und er erinnerte mich ganz unsinnig an Fat Humphrey. »Nein, ich bin keiner von Ihnen. Und weder die Zeit noch mein Wille können das ändern. Ich weiß es, ich habe mich damit abgefunden.« Als er so weit gekommen war, begann sich sein Gesicht wieder zu der gewohnten Leidenschaftslosigkeit zu entspannen, ganz unbewußt. Ich staunte über die Disziplin seines Unterbewußtseins und unterbrach ihn.

»Ich weiß nicht, ob Sie recht haben. Mir scheint, daß jeder Mensch, der 3D-Schach spielen kann, ein erstklassiger Kandidat für weiß der Teufel welchen homo ist.«

»Weil Sie nichts von 3D-Schach verstehen«, sagte er, »und von Ihrem eigenen Wesen. 3D-Schach spielen die Menschen auf der Erde. Es wurde bei ein G entworfen, für einen senkrechten Spieler, und seine klassischen Muster sind linear. Ich habe versucht, im freien Fall zu spielen, mit einem Brett, das nicht in dieser Beziehung zu mir fixiert ist, und ich kann es nicht. Ich kann gegen das Martin-Daniels-Programm im Flachschach (Weltklasse) laufend gewinnen, aber beim 3D im freien Fall könnte Mr. Brindle mich leicht besiegen, wenn ich nicht zu eitel wäre, um gegen ihn zu spielen. Ich kann mich an Bord der ›Siegfried‹ oder in diesem höchst linearen Fahrzeug recht gut zurechtfinden. Aber ich kann niemals lernen, auch nur eine gewisse Zeit lang ohne das zu leben, was Sie eine Ortsvertikale nennen.«

»Es dauert lange«, begann ich.

»Vor fünf Monaten«, unterbrach mich Li, »fiel das Nachtlicht in meinem Zimmer aus. Ich erwachte sofort. Es dauerte zwanzig Minuten, bis ich die Lichtschalter ausfindig gemacht hatte. Während der ganzen Zeit weinte ich vor Angst und Elend und verlor die Kontrolle über meine Schließmuskeln. Die Erinnerung daran kränkte mich, daher verbrachte ich mehrere Wochen damit, Tests und Übungen zu entwerfen. Ich brauche eine Ortsvertikale, um leben zu können. Ich bin ein normaler Mensch.«

Ich schwieg lange Zeit. Linda hatte bemerkt, daß wir miteinander sprachen; ich machte ihr ein Zeichen, sie solle weitertanzen, und sie nickte. Nachdem ich über alles nachgedacht hatte, sagte ich: »Glauben Sie, daß unsere Interessen sich nicht mit den Ihren decken werden?«

Er lächelte, wieder ganz Diplomat, und gluckste. »Sind Sie mit Murphys Gesetz vertraut, Mr. Armstead?«

Ich grinste zurück. »Ja, aber ist es wahrscheinlich?«

»Ich glaube es nicht«, antwortete er ernsthaft. »Aber ich glaube, daß Ludmilla Dmirov dieser Meinung wäre. Möglicherweise auch Ezequiel. Vielleicht Kommandant Cox. Silverman bestimmt.«

»Und wir müssen davon ausgehen, daß auch jeder von ihnen einen Anzug abgehört haben könnte.«

»Sagen Sie mir eines: Sind Sie auch der Meinung, daß Silverman, falls diese Konferenz irgendeine Information von großem strategischen Wert hervorbringen sollte, den Versuch machen wird, sich allein in ihren Besitz zu bringen?«

Wenn man mit Chen plauderte, war das, als würde man mit Kettensägen jonglieren. Ich seufzte. Wir wollten aufrichtig sein. »Ja – wenn er Gelegenheit hat, das durchzudrücken, sicher. Aber ein Kinderspiel wäre das gerade nicht.«

»Eine Person mit den richtigen Programmbändern könnte die ›Siegfried‹ so nahe an die Erde heranbringen, daß man sie herunterholen könnte«, sagte er, und mir fiel auf, daß er nicht sagte ›ein Mensch‹.

»Wieso erzählen Sie mir das?«

»Im Augenblick blockiere ich alle möglichen Wanzen in diesem Fahrzeug. Ich glaube, daß Silverman diesen Versuch machen wird. Ich rieche es. Wenn er es tut, werde ich ihn sofort töten. Sie und Ihre Leute reagieren schnell im freien Fall; ich möchte, daß Sie meine Motive verstehen.«

»Und welche wären das?«

»Erhaltung der Zivilisation auf Terra. Der Fortbestand der menschlichen Rasse.«

Ich wollte versuchen, zur Abwechslung einmal ihm ein heißes Eisen zuzuwerfen. »Werden Sie ihn mit Ihrer Automatic erschießen?«

Er ließ einen schwachen Abscheu erkennen. »Die habe ich zwei Wochen nach dem Abflug mit der Luftschleuse hinausgedreht«, sagte er. »Eine sinnlose Waffe im freien Fall, wie ich mir hätte denken können. Nein, ich werde ihm wahrscheinlich das Rückgrat brechen.«

›Bring dem Kerl keine scharfen Angaben: was zurückkommt, ist mörderisch.‹

»Wo werden Sie in diesem Fall stehen, Mr. Armstead?«

»Wie?«

»Silverman ist Ihr nordamerikanischer Landsmann. Sie haben den gleichen kulturellen Nährboden. Ist dieses Band stärker als das mit dem ›homo caelestis‹?«

»Wie?« fragte ich wieder.

»Ihre neue Gattung wird nicht lange überleben, wenn die blaue Erde in die Luft gesprengt wird«, sagte Chen schroff, »und genau das will Silverman, dieser Verrückte, erreichen. Ich weiß nicht, wie Ihr Gehirn funktioniert, Mr. Armstead: Was werden Sie tun?«

»Ich achte Ihr Recht, diese Frage zu stellen«, sagte ich

langsam. »Ich werde das tun, was mir zu dem Zeitpunkt als das Richtige erscheint. Eine andere Antwort kann ich Ihnen nicht geben.«

Er blickte mir forschend ins Gesicht und nickte. »Jetzt möchte ich gerne nach draußen gehen.«

»Gott im Himmel«, fuhr ich auf, und er fiel mir ins Wort.

»Ich weiß, ich sagte gerade, ich könne im freien Raum nicht zurechtkommen, und jetzt möchte ich es versuchen.« Er machte eine Bewegung mit seinem Helm. »Mr. Armstead, ich ahne, daß ich vielleicht bald sterben werde. Vorher muß ich einmal allein in der Ewigkeit hängen, keiner Beschleunigung unterworfen, ohne rechte Winkel als Rahmen, im freien Weltraum. Ich habe den größten Teil meines Lebens vom Weltraum geträumt und mich davor gefürchtet hinauszugehen. Nun muß ich es tun. Soweit ich es in Ihrer Sprache ausdrücken kann, ich muß meinem Gott ins Antlitz sehen.«

Ich wollte ›ja‹ sagen. »Wissen Sie, wie sehr das einem Sinnesverlust ähnlich sein kann?« hielt ich ihm entgegen. »Was würden Sie sagen, wenn Sie in einem Raumanzug ihr Ich verlieren würden? Oder auch nur Ihr Mittagessen?«

»Mein Ich habe ich schon früher verloren. Eines Tages wird es für immer sein. Und zur Übelkeit neige ich nicht.« Er fing an, seinen Helm aufzusetzen.

»Nein, verdammt, passen Sie auf den Nippel auf. Hier, lassen Sie mich das machen.«

Nach fünf Minuten schaltete er seinen Funk wieder ein und sagte zitterig: »Ich komme jetzt hinein.« Danach schwieg er, bis wir in der Fährzelle der ›Siegfried‹ unsere Anzüge aufknöpften. Dann sagte er ganz leise: »Ich bin der ›homo excastra‹. Ich und die anderen«, und das waren die letzten Worte, die er bis zum letzten Tag des Zweiten Kontaktes an mich richtete.

Meine Antwort darauf war: »Sie sind immer in meinem Hause willkommen, Doktor«, aber er erwiderte nichts.

Die Bremsmanöver brachten einen Haufen kleinerer Katastrophen mit sich. Wenn man sich eine kleine Wohnung nimmt (und sie nie verläßt), entwickeln die Besitztümer bis zum Ende eines Jahres die Neigung, sich beträchtlich auszubreiten. Die Schwerelosigkeit verstärkte diese Tendenz noch. Während der Beschleunigungsphase alles richtig zu verstauen, wäre selbst dann unmöglich gewesen, wenn wir nur mit den fünfundzwanzig Stunden bei ein Hundertstel G zu kämpfen gehabt hätten. Aber auch die geradeste, mit Laser ausgerichtete Verbindung hat ein paar Knicke, und unser Kurs war eine der längsten Verbindungen, die der Mensch je gelegt hat (mehr als eine Milliarde Kilometer). Das Schwerkraftloch des Titan an ihrem Ende war ein mächtig kleines Ziel, das wir genau richtig zu treffen hatten. Ehe Skyfac Minimikrochipkristalle für die Computer lieferte, wäre das nicht möglich gewesen, und wir hatten unterwegs kleine Kurskorrekturen vornehmen müssen. Aber der Mond schwebte schnell heran, und wir machten zwei Schübe von ein G, die, obwohl von barmherziger Kürze, mich stark daran zweifeln ließen, daß wir selbst einen zwei Jahre dauernden Rücksturz überleben konnten. Dabei wurden auch überall im Schiff Trümmer verstreut, meist bedeutungsloses Zeug: der ›Schrank von Fibber McGee‹ im Schiffsinneren. Das schlimmste war jedoch, wie sich herausstellte, eine geborstene Wasserleitung zu den Duschsäcken mittschiffs, und damit wurde die Klimaanlage fertig.

Selbst wenn man vor einem Erdbeben gewarnt ist, hilft das nicht viel.

Andererseits war das Aufräumen so gut wie kein Problem – wieder dank der Schwerelosigkeit. Wir brauchten nur zu warten. Früher oder später sammelte sich praktisch alles, was herumlag, von selbst auf den Gittern der Klimaanlage, genau wie immer. Hausarbeit im freien Fall besteht hauptsächlich darin, abgenützte Velcro- und Gitterscheiben zu ersetzen.

(Wir verwenden Schlafgewebe und Kokons, wenn wir

schlafen, obwohl in einer Unterkunft im freien Fall alles gut gepolstert ist. Man schläft zwar nicht so gut – aber ohne jede Befestigung wacht man dauernd auf, wenn man gegen das Luftgitter prallt. Ein Idiot von einem Schüler hatte im Rathaus ein Schläfchen machen wollen, wo es keine Schlafeinrichtungen gab, also hatte er die Klimaanlage abgedreht. Glücklicherweise kam jemand herein, ehe er in der Kohlendioxidkugel seiner eigenen Ausdünstungen ersticken konnte. Ich bezahlte einen außerplanmäßigen Lift und ließ ihn zwanzig Stunden später zur Erde zurückschaffen.)

Und so fand jeder beinahe sofort Zeit, sich vor einen Videomonitor zu hängen und den Titan anzustarren.

Aus den ausführlichen Instruktionen, die wir alle studierten, dieser Abriß:

Titan ist der sechste der neun Saturnmonde, und ziemlich der größte. Ich hatte ungefähr die Größe von Luna erwartet – aber das verdammte Ding hat einen Durchmesser von beinahe 5800 Kilometern, etwa soviel wie der Planet Merkur oder ungefähr vier Zehntel der Erde! Bei dieser unglaublichen Größe ist seine Masse nur etwa 0,02mal die der Erde. Seine Orbitalneigung ist zu vernachlässigen – weniger als ein Grad, das heißt, er kreist beinahe genau um den Äquator des Saturn (wie auch der Ring), in dem geringen Abstand von nur etwas mehr als zehn Planetendurchmessern. Er ist gezeitengebunden, so daß er wie Luna seinem Primärplaneten immer die gleiche Seite zukehrt, und er braucht nur ungefähr sechzehn Tage, um den Saturn zu umkreisen – für seine Größe wirklich ein schneller Mond. (Aber schließlich hat der Saturn selbst einen Tag von nur zehneinviertel Stunden.)

Seitdem er so nahe war, daß wir ihn betrachten konnten, hatte er rötlich ausgesehen, und jetzt sah er aus wie der Mars in Brand, umgeben von gewaltigen Dunstmassen wie von blutigen Gewitterwolken. Zwischen ihnen glühten mondähnliche Gebirge und Täler in etwas schwächerem Rot, als wenn sie von einem Linsenschutz mit rotem Gel beleuchtet würden – was ja im wesentlichen stimmte. Insgesamt hatte man den Eindruck von Höllenfeuer und Verdammnis.

Jene abnorme rote Farbe war einer der Hauptgründe, warum Cox und Song im selben Augenblick, in dem wir den Orbit erreichten, auf Katastrophenschongang schalteten. Die Wissenschaftlergemeinde der Welt hatte beinahe einen Schlaganfall erlitten, als ihre teure Saturnsonde von den Militärs für eine diplomatische Mission beschlagnahmt worden war, und gleich noch einen zweiten, als sie sahen, daß die wissenschaftliche Besatzung bei dieser Reise aus einem einzigen Physiker des Raumkommandos und einem Ingenieur bestehen würde. Also arbeiteten Bill und Oberst Song die vierundzwanzig Stunden, die wir in diesem Orbit blieben, wie Fischer, wenn die Flut kommt, und nahmen das absolute Minimum an Messungen und Aufzeichnungen vor, mit dem sie die ursprünglichen Planer der ›Siegfried‹ zufriedenstellen konnten. Angeführt von Susan Pha Song arbeiteten sie nach auf Video aufgenommen Instruktionen unter der gereizten Anleitung erbitterter Wissenschaftler auf Terra (mit einer Übertragungsverzögerung von eineinviertel Stunden, was die Laune auf keiner Seite gerade verbesserte), und sie leisteten gute, ausdauernde Arbeit. Es ist ein wenig schwierig, sich vorzustellen, was für ein Gehirn das sein muß, das es weniger aufregend findet, mit Plasmawesen von außerhalb des Sonnensystems zu plaudern, als den sechsten Mond des Saturn zu studieren, aber einige Menschen haben so ein Gehirn – und das Überraschende daran ist, daß sie nicht völlig verrückt sind.

Es ist diese rote Farbe. Der Titan sollte so etwa blaugrünlich aussehen. Und doch ist er sogar von der Erde aus eindeutig rot. Warum? Nun, die Sache, die die Professoren auf Touren brachte, war, daß die Atmosphäre des Titan (hauptsächlich Methan) und seine Temperaturmerkmale diesen Mond so ungefähr zum letzen Ort im Sonnensystem machten, auf dem die Theorie widerstrebend die Möglichkeit von ›Leben, wie wir es kennen‹ zugestanden hätte. Experimente mit einer Titan-Normal-Kammer ergaben als chemische Reaktion Millers ›Urblitz‹, ein gutes Zeichen, und die unausgesprochene, aber heißgeliebte Theorie lautete, daß die rote Wolkenschicht vielleicht organische Materie sein könnte – es sei möglicherweise sogar irgendeine Art von Umweltverschmutzung, die ein Methanatmer verursachen könnte.

Ich konnte nicht einmal Raouls vereinfachter Darstellung dieser Nebenhandlung folgen, und sie interessierte mich auch nur am Rande, aber ich bekam mit, daß nach vierundzwanzig Stunden ein Pessimist ›nein‹ und ein Optimist ›vielleicht‹ gesagt hätte. Raoul sprach von einer Menge zweideutiger Daten, Fakten, die sich selbst zu widersprechen schienen – was mich angesichts dessen, wie voreilig die ›Siegfried‹ in ihren Auftrag gedrängt worden war, nicht überraschte.

Ich selbst teilte meine Aufmerksamkeit zwischen dem Titan und dem Saturn, der die Wissenschaftler erst nach der Konferenz interessieren würde, wenn sie ihn näher in Augenschein nehmen konnten. Von unserem Standort aus nahm er ein etwa sechs oder sieben Grad großes Stück Himmel ein (zum Vergleich: von der Erde aus gesehen bedeckt Luna einen Winkel von etwa einem halben Grad; die Erde ist, von Luna aus gesehen, etwa zwei Grad breit. Die Faust, auf Armeslänge betrachtet, nimmt etwa zehn Grad ein), und der Ring, mit der Kante zu uns, fügte noch zwei Planetendurchmesser oder beinahe vierzehn Grad hinzu. Zusammen waren es wohl zwanzig Grad, zwei Faustbreiten. Nicht gerade kosmisch; von zu Hause vom Studio aus habe ich die Erde auf dem nächsten Punkt mehr als die Hälfte des Himmels einnehmen sehen. Aber wenn die Erde ihrerseits zwanzig Grad bedeckte, waren wir etwa 22 000 Kilometer von ihrer Oberfläche entfernt. Der Saturn war 1,2 Millionen Kilometer entfernt.

Er ist ein verflucht großer Planet – der größte im System, wenn man den Jupiter nicht als Planeten bezeichnet. (Ich bezeichne ihn überhaupt nicht. Er könnte vielleicht antworten.) Sein Durchmesser beträgt etwas mehr als 116 000 Kilometer, ungefähr neunmal soviel wie der der Erde, und seine Masse ist gewaltig, fünfundneunzigmal so groß wie die der Erde. So gesehen ist die Oberflächenschwerkraft von 1,15 Erdeinheiten scheinbar absurd niedrig – aber man darf nicht vergessen, daß der Saturn nur 0,69mal so dicht ist wie eine vergleichbare Wasserkugel (während die Erde mehr als fünffache Wasserdichte hat). Selbst ein so niedriges Schwerkraftfeld war mehr als ausreichend, um einen ›homo caelestis‹ oder einen ›homo excastra‹ zu töten, wenn wir so dumm gewesen wären, auf dem Saturn zu landen. Und die Fluchtgeschwindigkeit ist mehr als dreimal so hoch wie auf der Erde (ein schwaches Schwerkraftloch, aber ein großes.)

Der Saturn hat aber eigentlich gar keine richtige Oberfläche, soweit ich das sehe. Oh, wahrscheinlich gibt es dort unten irgendwo Steine. Aber lange bevor man soweit hinunterkäme, würde man zur Ruhe kommen, auf Methan schweben, denn daraus besteht der Saturn (und auch seine ›Atmosphäre‹) zum größten Teil.

Sein gewaltiger Ring scheint ein Mond zu sein, der es nicht schafft – unzählige Trillionen von im Umlauf befindlichen Steinen, von Sand bis zur Größe von Felsbrocken, bedeckt mit Wassereis.

Zusammen bieten sie einen unbeschreiblich schönen Anblick. Der Saturn ist von einem traumhaften Ockergelb mit breiten, dunklen Streifen, beinahe schokoladebraun, und für einen Planeten strahlt er recht hell. Der Ring, der ja aus schmutzigem Eis besteht, schließt buchstäblich jede Farbe im sichtbaren Spektrum ein, die Farben funkeln und verschieben sich, wenn die unabhängigen Umlaufbahnen der Bestandteile ihre Beziehung zueinander verändern. Alles in allem sieht es aus wie ein unermeßlich großer Achat oder ein Tigerauge, das von den zerschmetterten Resten eines mächtigen Regenbogens umkreist wird. Kleinere, wirkliche Regenbogen kommen und gehen willkürlich innerhalb der umlaufenden Masse, wie Lichter, die man durch nasses Glas sieht.

Es war ein Anblick, dessen ich niemals müde wurde, den

ich nie vergessen werde, solange ich lebe, und er allein war die Reise von der Erde und den Verlust meines Erbes wert. Ich konnte mich nicht entscheiden, ob er auf dem Höhepunkt unserer Umlaufbahn, wenn wir über dem Ring waren, schöner war, oder wenn wir ihn am anderen Ende von der Seite sahen; beide Stellungen hatten ihre Reize. Raoul verbrachte praktisch jede Minute seiner freien Zeit wie festgenagelt vor dem Schott gegenüber seinem Videoschirm, seine Musicmaster auf dem Schoß, die Kopfhörer auf den Ohren, die Finger suchend und fragend auf den Tasten. Wir durften die Lautsprecher nicht anschalten – aber Harry gab er den zweiten Kopfhörer. Ich habe in der Folge die Symphonie gehört, die er von diesem Arbeitsband entwickelte, und dafür hätte ich die Erde eingetauscht.

Absolut und ausschließlich im Mittelpunkt der Aufmerksamkeit von Bill Cox standen natürlich die Fremden. Mit ihren hochenergetischen Ausstrahlungen überlasteten sie beinahe seine Instrumente, obwohl sie noch zu weit weg waren, als daß wir sie hätten sehen können. Ungefähr eine Million Kilometer entfernt, ein paar Hunderttausend hin oder her, warteten sie anscheinend geduldig, etwa auf dem vorgeschobenen trojanischen Punkt der Linie Saturn-Titan. Die wirkliche Lokalisierung dieses Punktes wurde durch die Anwesenheit acht weiterer Monde äußerst erschwert, und wie man mir sagte, würde auf lange Sicht kein trojanischer Punkt stabil sein – selbst wenn die O'Neill-Kolonialbewegung auf L-5 jemals in Gang kommt, wird sie sich niemals bis zum Saturn ausbreiten. Aber es lief darauf hinaus, daß die Fremden etwa sechzig Grad weiter ›unterhalb‹ der Titanumlaufbahn warteten, an einem für eine Konferenz vernünftigen Ort. Und dadurch wurde es noch wahrscheinlicher, daß eine Konferenz das war, was sie wollten.

Jetzt waren also wir am Zug, wir mußten hingehen und guten Tag sagen. Mit der ganzen ›Siegfried‹. Jener trojanische Punkt war gut vier Lichtsekunden entfernt, und keinem von uns war an einer Verzögerung gelegen.

Wir Tänzer waren natürlich mit unseren eigenen Angelegenheiten beschäftigt, während Bill und Oberst Song schufteten. Wir gafften nicht etwa die ganze Zeit.

Die Limousine war voll ausgerüstet und startbereit gemacht worden, bis zum letzten Schaltkreis in Fahrt und an Bord getestet und seitdem unterwegs schon lange festgemacht. So überprüften wir natürlich als erstes die Vorräte und Armaturen noch einmal und führten einen weiteren, breit angelegten Test bis zum letzten Schaltkreis durch. Wenn wir die leerste aller Farmen kaufen sollten, würde es mindestens zwei oder drei Jahre dauern, bis die nächste Expedition kam, und bis dahin hatte sich die trojanische Stabilität der Fremden vielleicht so weit verringert, daß sie genug hatten und nach Hause gingen.

Außerdem wollte ich ein paar Worte unter vier Augen mit ihnen sprechen.

Und das war der tiefste Grund für das letzte, was wir taten, ehe wir auf ihren Standort zuschossen, damit sollten die letzten paar Stunden des ein Jahr dauernden Streits mit den Diplomaten über Choreographie ausgefüllt werden.

Schließlich sprang ich ihnen einfach davon, bereit, in mein Zimmer zu schweben und das Tanzen ihnen zu überlassen. Ich hatte nicht die Beherrschung verloren; ich wollte nur nicht mehr weiterdiskutieren. DeLaTorre wartete eine Weile, um der Höflichkeit Genüge zu tun, dann drückte er den Summer an meiner Tür.

»Herein.«

Der Haarschnitt für den freien Fall beeinträchtigte sein Aussehen; er hätte eine Frisur wie Marc Twain haben sollen. Auch den Bart hatte er sich abrasieren lassen müssen – in einem Helm ist dafür kein Platz –, und da er das Rasieren haßte, konnte er es auch nicht gut; aber dadurch wurde sein Aussehen sogar verbessert, fast so sehr, daß der große flaumbedeckte Schädel kompensiert wurde. Seine warmen braunen Augen drückten unaussprechliche Müdigkeit aus, die Lider waren so runzlig wie Rosinen. Er hielt sich an der Wand, bewegte sich mit der übertriebenen Sorgfalt der zu

Tode Ermüdeten so, daß er mit der Ortsvertikalen übereinstimmte, die von den irdischen Planern in die Wand eingebaut war (wenn Harry sein erstes Raumschiff für eine Milliarde Dollar baut, wird er mehr Phantasie beweisen).

DeLaTorre in seinem Alter würde nie einen Weltraummenschen abgeben. Aus Achtung vor ihm paßte ich mich seiner Orientierung an. Das bißchen Wut war verraucht; meine Entschlossenheit blieb bestehen.

»Charles, wir müssen zu einer Übereinkunft kommen.«

»Ezequiel, sagen Sie jetzt nur nicht, daß Sie ebenso blind sind wie die anderen.«

»Sie haben nur das Gefühl, daß die erste Bewegung eher respektvoll als streng sein sollte; eher feierlich als gefühlsbetont. Sobald wir einmal eine Verständigung eingeleitet, beiderseits in Würde Beziehungen zu diesen Wesen eröffnet haben, wäre die richtige Zeit, um unsere Beschwerden vorzutragen. Bei der dritten oder vierten Bewegung vielleicht.«

»Verdammt, ich finde das einfach nicht richtig.«

»Charles, verzeihen Sie, aber – Sie werden doch sicher zugeben, daß Ihr gefühlsmäßiges Urteil in dieser Angelegenheit nicht ganz unbelastet ist?«

Ich seufzte. »Ezequiel, sehen Sie mir in die Augen. Ich liebe Shara Drummond nicht mehr, schon seit kurz vor ihrem Tod nicht. Ich habe meine Seele und den Tanz, der aus ihr hervorging, daraufhin geprüft, und ich verspüre kein Bedürfnis nach persönlicher Rache, keinen Vergeltungsdrang.«

»Nein, rachsüchtig ist Ihr Tanz nicht«, stimmte er mir zu.

»Aber ich habe eine Beschwerde vorzubringen – nicht als verlassener Liebhaber, sondern als verlassenes menschliches Lebewesen. Ich möchte, daß diese Fremden wissen, was sie meiner Rasse weggenommen haben, als sie den Tod von Shara Drummond herbeiführten, als sie sie zwangen, vorzeitig zu handeln und sie zum ›homo caelestis‹ machten, ehe es für einen solchen einen Ort oder eine Möglichkeit gab zu leben.« Ich brach ab, weil ich erkannte, daß ich einen

Fehler gemacht hatte, aber DeLaTorre zuckte nicht einmal mit der Wimper.

»War sie nicht schon ›homo caelestis‹ oder ›ala anima‹, als Sie kamen, Charles?« fragte er so sanft, als könne man erwarten, daß er mit diesen Ausdrücken vertraut sei. »Wäre sie an diesem Punkt nicht in jedem Fall gestorben, wenn sie zur Erde zurückgekehrt wäre?«

Ich erkannte und akzeptierte, daß die Ebene, auf der wir aufrichtig miteinander sprachen, plötzlich angehoben worden war, war aber von seiner Frage beunruhigt. »Vielleicht, Ezequiel. Ihr Körper muß an der Grenze zur endgültigen Anpassung gewesen sein. Ich bin viele Nächte lang wachgelegen, habe darüber nachgedacht und mit meiner Frau darüber gesprochen. Ich denke immer noch: wenn Shara sich hätte vorstellen können, was ihr der ›Sternentanz‹ finanziell einbringen würde, hätte sie vielleicht eine kurze Wartezeit auf Skyfac auf sich genommen, sie hätte überlebt und wäre ein würdigerer Leiter für unser Studio geworden. Ich denke immer noch: wenn sie alles bis zum Ende durchdacht hätte, so hätte sie sich vielleicht nicht dazu entschlossen, ihre Flügel zu verbrennen, so hoch über dem Planeten, den sie verloren hatte. Ich denke immer noch: wenn sie es gewußt hätte, wäre sie vielleicht am Leben geblieben.«

Ich saugte miserablen Kaffee aus einem Kolben und verzog das Gesicht. »Aber der ganze Kampfgeist war aus ihr gewichen, war in den ›Sternentanz‹ eingegangen, und sie hatte ihn mit ihrer letzten Kraft den roten Glühwürmern entgegengeschleudert. Ihr ganzes Leben, bis hin zu Carrington, hatte ihr langsam den Lebenswillen entzogen, und alles, was noch davon übrig war, warf sie diesen Wesen entgegen, denn das war nötig, um sie in den interstellaren Raum zurückzuscheuchen, sie so zu erschrecken, daß sie in der Folge nicht näher als auf eine Milliarde Kilometer herankamen. Danach war kein Lebenswille mehr übrig, nicht genug, um sie aufrechtzuerhalten.

Ich möchte diesen Geschöpfen übermitteln, welchen Wert dieses Wesen hatte, das sie mit achtlosem Schritt zertraten, welchen gewaltigen Verlust ihr Volk erlitten hat. Wenn Kummer oder Reue in ihrem Gefühlsfundus enthalten sind, möchte ich etwas davon sehen. Am meisten, glaube ich, möchte ich ihnen verzeihen. Und deshalb muß ich meine Klage zuerst vorbringen. Ich glaube, ihre Reaktion darauf wird uns schneller als alles andere verraten, ob wir jemals lernen können, uns mit ihnen zu verständigen und in friedlicher Koexistenz mit ihnen zu leben.

Sie achten den Tanz, Ezequiel, und wir haben durch sie die größte Künstlerin unserer Zeit verloren. Eine Rasse, die die Verhandlungen mit irgendeiner anderen Stellungnahme eröffnen könnte, möchte ich nicht unbedingt vertreten. Das wäre wieder genau Montezumas Fehler. Norrey und die anderen sind einer Meinung mit mir: das ist der richtige Einstieg.«

Er schwieg lange Zeit. Das letzte, was ein Diplomat zugeben wird, ist, daß es keinen Kompromiß gibt. Aber schließlich sagte er: »Ich kann Ihren Gedanken folgen, Charles. Und ich gebe zu, daß sie mich zum selben Schluß führen.« Er seufzte. »Sie haben recht. Ich werde die anderen dazu bringen, daß sie es akzeptieren.« Er stieß sich ab, sprang zu mir herüber und nahm mich mit seinen runzligen, fleckigen Händen bei beiden Schultern. »Danke, daß Sie es mir erklärt haben. Kommen Sie, schicken wir uns an, unsere Beschwerde vorzubringen.«

Er schloß sich etwas über zwanzig Minuten mit den drei anderen ein und kam mit einer äußerst widerwilligen Zustimmung heraus. Er war wirklich der beste Mann, den Wertheimer sich hätte aussuchen können. Eine halbe Stunde später waren wir unterwegs.

Kapitel 3

Es dauerte mehr als einen halben Tag, bis die ›Siegfried‹ vom Titanorbit aus ohne Beschleunigungsschübe, die uns alle getötet hätten, jenen trojanischen Punkt erreichen konnte. Der Titan ist ein gewaltiger Mond, von dem man schwerer loskommt als von Luna. Glücklicherweise wollten wir gar nicht loskommen von ihm – nicht ganz jedenfalls. Wir vergrößerten im wesentlichen den Kreis unseres Orbits, bis wir den trojanischen Punkt schnitten, dabei bremsten wir die ganze Zeit wie verrückt, damit wir relativ zu diesem Punkt zum Stillstand gekommen sein würden, wenn wir ihn erreichten. Mindestens ein Teil der Manöver beruhte auf Schätzung und Gottvertrauen, denn im Saturnsystem sind bei jeder Durchfahrt zehn Körper zu berücksichtigen (an den Ring dabei noch nicht einmal gedacht), und Bill war bei dieser Astrogationsaufgabe ein gleichwertiger Partner des Computers. Er erledigte die Sache wie ein Pilot von Weltklasse, was ich ja gewußt hatte, ohne Treibstoff und, was noch wichtiger war, Passagiere zu vergeuden. Das schlimmste, was wir auszuhalten hatten, waren etwa fünfzehn Sekunden bei ungefähr 0,6 G, nur Todesängste.

Jede richtig orientierte Wand kann als Beschleunigungsliege dienen – da ja in einem richtigen Raumschiff alles gut gepolstert ist (so wenig Phantasie haben die Designer von Milliarden-Dollar-Raumsonden doch nicht). Ich weiß nicht, wie es allen anderen ging, aber Norrey und ich und jeder andere vernünftige Mensch setzt sich der Beschleunigung nackt aus. Wenn man unter Schwerkraft flach auf dem Rücken liegen muß, will man keine zerknitterte Kleidung und sperrige Velcropolster zwischen sich und der Polsterung.

Als wir von der Wand wegschwebten und die Fanfare

›Beschleunigung vorbei‹ ertönte, zogen wir die gleichen Druckanzüge an, die wir vor einem Jahr auf unserer ›Letzten Fahrt‹ miteinander getragen hatten. Von den fünf Modellen maßgefertigter Anzüge, die wir verwenden, kommen diese völliger Nacktheit am nächsten, sie ähneln verkürzten Badeanzügen ohne Oberteil, mit Kragen und Helm. Die durchsichtigen Abschnitte liegen eng an und sind kaum erkennbar; die ›Unterhosen‹ sind nicht aus Gründen der Schamhaftigkeit, sondern der Hygiene wegen vorhanden: und der Helm-Kragen-Abschnitt dient hauptsächlich dazu, die unästhetische Menge von Eisenteilen zu verbergen, die im Helm eines Druckanzugs eingebaut werden müssen. Die Schubdüsen sind reich verzierter Schmuck für Handgelenke und Knöchel; ihre Bedienungselemente sind Golfhandschuhe. Die Gruppe hatte einstimmig beschlossen, daß wir diese Anzüge für unsere Aufführung verwenden wollten. Vielleicht versuchten wir durch die unverhüllte Darstellung nackter Menschen im Weltraum unbewußt zu betonen, daß wir Menschen waren, die Vorstellung zu leugnen, wir seien ›etwas anderes als Menschen‹, indem wir Gegenbeweise darboten. Seht ihr? Ein Nabel. Seht ihr? Brustwarzen. Seht ihr? Zehen.

»Das Problem mit diesen Anzügen ist«, sagte ich, als ich meinen abdichtete, »daß ich immer in Gefahr bin, meine Katheterröhre abzureißen, wenn ich dich darin sehe, mein Liebes.«

Sie grinste und rückte unnötigerweise ihre linke Brust zurecht. »Ganz ruhig, Junge. Bleib mit deinen Gedanken bei der Sache.«

»Besonders jetzt, nachdem das verdammte Gewicht nicht mehr da ist. Wie habt ihr Frauen das nur jahrhundertelang ausgehalten? Daß sich so ein großer, schwerer Klumpen einfach auf euch legt?«

»Mit stoischer Ruhe«, sagte sie und sprang zum Telefon. Sie fummelte an den Knöpfen herum und sagte: »Linda – wie geht's dem Baby?«

Linda und Tom erschienen auf dem Schirm, voll damit

beschäftigt, sich gegenseitig beim Anziehen zu helfen. »Gut«, rief Linda glücklich. »Macht auch kaum eine Bewegung.«

Tom grinste ins Telefon und sagte: »Was sollen wir uns Sorgen machen? Sie paßt immer noch in ihren Druckanzug, auch wenn sie dabei laut schreit.«

Seine Gelassenheit beeindruckte und freute mich sehr. Als wir von Skyfac weggingen, hätte ich prophezeit, daß Tom in diesem Augenblick, kurz bevor der Vorhang aufging, mit einer schwangeren Frau, um die er sich sorgen mußte, so aufgeregt sein würde, daß er seine Schulterblätter anknabberte. Aber wie ich schon sagte, der freie Weltraum ist eine beruhigende Umgebung – und, was noch wichtiger ist, er hatte sich von Linda viel beibringen lassen. Nicht nur das Tanzen und die Atem- und Meditationsübungen zur Entspannung – diese Dinge hatten wir alle gelernt. Nicht einmal die ausführliche geistige Unterweisung, die sie diesem Ex-Geschäftsmann hatte angedeihen lassen (das war mit lautem Streit losgegangen und war langsam ruhiger geworden, als es endlich in seinen Schädel hineinging, daß sie keinen Glauben hatte, den er angreifen, kein Markenzeichen, das er in Verruf bringen konnte), obwohl das natürlich eine Hilfe war.

Es war hauptsächlich ihre Liebe und die liebevolle Behandlung, die schließlich alle Knoten in Toms unruhiger Seele gelöst hatte. Ihre Liebe war so durchsichtig, echt und von Herzen kommend, daß sie ihn zwang, sie für bare Münze zu nehmen, und damit zwang sie ihn auch, sich selbst ein wenig mehr zu lieben – und mehr braucht eigentlich kein Mensch, um sich zu entspannen. Wenn man sich einem anderen öffnet, wird man zumindest zeitweise von allen Panzern frei, die man mit sich herumgeschleppt hat, und das Allgemeinbefinden bessert sich ausnahmslos. Manchmal beschließt man auch, den Panzer ganz wegzuwerfen.

Norrey und ich teilten uns das alles mit einem Lächeln und einem Blick mit, dann sagte sie: »Das ist großartig, ihr beiden. Wir sehen uns dann in der Garage.« Und damit ging sie aus dem Bild.

Sie schwebte herum, ihre herrlichen Brüste majestätisch aufgerichtet im freien Fall, bis sie vor mir war. »Tom und Linda werden gute Partner für uns sein«, sagte sie, und dann schwieg sie.

Wir hingen ein paar Sekunden lang an entgegengesetzten Enden des Zimmers, jeder in die Augen des anderen versunken, und dann stießen wir uns im gleichen Moment ab und prallten in der Mitte des Zimmers heftig zusammen. Wir umarmten uns wild mit allen vier Gliedmaßen, ein krampfhafter Versuch, durch die Schranken von Fleisch, Gebein und Plastik zu brechen und sich mit dem Herzen zu berühren.

»Ich fürchte mich nicht«, sagte sie mir ins Ohr. »Eigentlich müßte ich ja Angst haben, aber ich habe keine. Überhaupt nicht. Aber wie ich mich fürchten würde, wenn ich da ohne dich hineingehen müßte!«

Ich wollte antworten und konnte es nicht, also umarmte ich sie noch fester.

Und dann verließen wir das Zimmer, um uns mit den anderen zu treffen.

Das Leben auf der ›Siegfried‹ war so ähnlich wie ein Leben unter Deck auf einem Luxusdampfer gewesen. Das Fährschiff ähnelte mehr einem Bus oder einem Flugzeug. Sitzreihen, über denen kaum genügend Platz war, um sich zu bewegen, hinten eine große Luftschleuse, in der Vorderwand eine kleinere, auf beiden Seiten Fenster, im hinteren Teil Motoren. Aber von außen hätte es ausgesehen, als habe der Bus oder das Flugzeug eine gewaltige Blase gerammt. Der Bug des Fahrzeugs war eine durchsichtige Kugel mit etwa zwanzig Metern Durchmesser, der Beobachtungsstand, von dem aus das Diplomatenteam unserer Aufführung zusehen würde. Es gab äußerst wenig Eisenteile, die die Sicht verdecken konnten. Der Computer selbst war auf der ›Siegfried‹, und das eigentliche Terminal war klein; die fünf Videomonitoren waren kaum größer, und die Leitsysteme der Limousine selbst wurden durch ein anderes Schaltzentrum desselben Computers gesteuert. Schlechte Plätze würde es nicht geben.

Natürlich waren in letzter Minute Dutzende von Botschaften von der Erde gekommen, aber nicht einmal die Diplomaten hatten ihnen irgendwelche Aufmerksamkeit geschenkt. Auch auf der Fahrt wurde nicht viel gesprochen. Jeder beschäftigte sich in Gedanken mit dem kommenden Treffen, und unser Gesamtplan – soweit man sagen konnte, daß wir einen solchen hatten – war schon vor langer Zeit vollendet worden.

Wir hatten ein Jahr damit verbracht, Computeranalysen von *beiden* Seiten des ›Sternentanzes‹ zu studieren, und wir glaubten, wir hätten aus ihnen genügend herausgelesen, um eine Eröffnungsstellungnahme in vier Bewegungen vorzuchoreographieren. Etwa eine Stunde zu tanzen, eine Art Mandarinbegrüßung. Am Ende dieser Zeit würden wir dann eine telepathische Verbindung hergestellt haben oder nicht. Wenn ja, konnten wir den Diplomaten den Telefonhörer geben. Sie würden durch DeLaTorre ihre Übereinstimmung übermitteln, und wir würden den Fremden ihre Worte verständlich machen, so gut wir konnten. Falls aus irgendeinem Grund keine Übereinstimmung erzielt werden konnte, würden wir auch das tanzen. Wenn es uns nicht gelang, eine Verbindung herzustellen, würden wir beobachten, was die Fremden auf unsere Eröffnungsstellungnahme erwiderten, und wir und der Computer würden versuchen, uns auf eine Übersetzung zu einigen. Dann sollten die Diplomaten ihre Antwort formulieren, der Computer sollte uns die choreographische Notation liefern, und wir würden es auf diese Weise versuchen. Wenn wir nach neun Stunden zu keinem Resultat kamen – zweimaliger Luftwechsel –, würden wir es gut sein lassen, mit der Limousine zur ›Siegfried‹ zurückkehren und morgen einen weiteren Versuch machen. Wenn wir gute oder vielversprechende Ergebnisse bekamen, hatten wir genügend Luftflaschen, um eine Woche draußen zu bleiben – und der Würfel war mit Nahrung, Wasser und einer ganz primitiven Toilette ausgerüstet.

Wir alle erwarteten, hauptsächlich nach Gehör zu spielen. Wir waren so völlig unwissend, daß alles ein Durchbruch sein würde, und das wußten wir auch.

Im Passagierabteil gab es nur einen Videoschirm, und den füllte während der kurzen Fahrt das Gesicht von Cox aus. Er hielt uns über den Standort der Fremden auf dem laufenden, und der blieb unverändert. Schließlich war das Bremsmanöver abgeschlossen, wir sanken kurz in unsere Sitze, als sich die Limousine drehte, um den Fremden die Blase zuzuwenden, und dann waren wir endlich einfach da, am Kreuzweg. Die Diplomaten schnallten sich ab und gingen nach vorne zur Luftschleuse der Blase; die Sternentänzer gingen nach hinten zur großen Schleuse. Zu der, über der das Schild ›Ausgang‹ leuchtete.

Wir schwebten dort einen Augenblick in unausgesprochener Übereinstimmung und blickten uns alle nacheinander an. Niemand hatte eine bewegende Rede wie am Schluß von ›Casablanca‹ anzubieten, keine Witzeleien oder letzte Gefühlsausdrücke auszutauschen. Das letzte Jahr hatte uns zu einer Familie zusammengeschmiedet; in gewissem Sinne kamen wir allmählich miteinander in telepathische Verbindung. Wir waren über die Worte hinaus. Wir waren bereit.

Tatsächlich setzten wir dann riesige, idiotisch grinsende Grimassen auf, faßten uns an den Händen und bildeten rund um die Luftschleuse eine Schneeflocke.

Dann ließen Harry und Raoul an beiden Enden los, küßten sich, rückten ihre Helme zurecht und gingen durch die Luftschleuse, um unsere Kulissen aufzubauen. In der Luftschleuse war Platz für vier; Tom und Linda quetschten sich mit den beiden hinein. Sie wollten den Würfel fertigmachen und dort auf uns warten.

Als die Tür hinter ihnen zuglitt, küßten Norrey und ich uns zum letztenmal.

»Keine Worte«, sagte ich, und sie nickte leicht.

»Mr. Armstead«, kam es von hinten.

»Ja, Dr. Chen?«

Er stand halb in seiner Luftschleuse, allein. Ohne einen Ausdruck in Gesicht oder Stimme sagte er: »Dichtungs- und Schlauchriß.«

Ich lächelte. »Danke, Sir.«

Und dann betraten wir die Schleuse.

Es gibt eine Art von Vertrautheit, die über das déjà vu hinausgeht, eine Erinnerung, die mehr als umfassend ist. Sie überkommt einen, als fielen einem Schuppen von den Augen. Angenommen, Sie haben lange Zeit kein LSD genommen, sind aber ehrlich überzeugt, noch zu wissen, wie dieses Erlebnis war. Dann nehmen Sie die Droge wieder, und wenn sie zu wirken beginnt, sagen Sie einfach: »Ach ja – Wirklichkeit« und lächeln nachsichtig über Ihre albernen Schattenerinnerungen. Oder (falls Sie zu jung sind, um sich an die Säure zu erinnern) Sie entdecken die wirkliche, wahre Liebe in dem Augenblick, wenn Sie mit Ihrem Partner schlafen und erkennen, daß Ihr ganzes Leben nur ein einziger, fortwährender und andauernder Liebesakt ist, in dessen Verlauf Sie zufällig manchmal für Stunden die Körper voneinander trennen. Das ist nicht etwas, wohin Sie zurückkehren – es ist etwas, von dem Sie plötzlich entdecken, daß Sie es niemals wirklich verlassen haben.

Dieses Gefühl hatte ich jetzt, als ich die Fremden wiedersah.

Rote Glühwürmer. Wie glühende Kohlen ohne die Kohle im Inneren wirbelten sie in etwas, das weniger Substanz hatte als eine Blase und gewaltiger war als die ›Siegfried‹. Sie wirbelten unaufhörlich herum, in endlos sich verschlingenden Mustern, die das Auge wie der Tanz einer Kobra fesselten.

Ganz plötzlich schien es mir, als bestünde mein ganzes Leben aus den Augenblicken, die ich in Gegenwart dieser Wesen verbracht hatte – als seien die Abstände zwischen diesen Augenblicken, sogar die endlosen Stunden, in denen ich die Bänder von den Fremden studiert und versucht hatte, sie zu verstehen, unwirkliche Schatten, die schon jetzt aus meinem Bewußtsein schwanden. Ich hatte die Fremden schon immer gekannt. Ich würde sie immer kennen, und sie mich auch. Unsere Bekanntschaft reichte eine Milliarde Jahre zurück. Wie wenn man aus der Schule nach Hause kommt zu Mama und Papa, die unveränderlich und ewig sind.

›He‹, wollte ich zu ihnen sagen, ›ich glaube nicht mehr, daß ich ein Krüppel bin‹, so wie vielleicht ein Kind stolz verkündet, daß es eine schwierige Chemieprüfung geschafft hat ...

Ich schüttelte heftig den Kopf und riß mich aus diesen Gedanken. Es half, wenn ich wegschaute. Die ganze Umgebung sagte mir, daß seit unserer letzten Begegnung mehr geschehen war als nur wirre Träume. Direkt hinter den Fremden leuchtete der mächtige Saturn gelb und braun, umringt von funkelndem Feuer. Die Sonne hinter meinem Rücken lieferte nur ein Prozent des Lichts, das sie auf Terra scheinen ließ – aber der Unterschied war nicht wahrnehmbar. Das irdische Auge filtert gewohnheitsmäßig neunundneunzig Prozent des verfügbaren Lichts aus. (Plötzlich fiel mir auf, daß dieser Treffpunkt, den die Fremden sich ausgesucht hatten, zufällig genauso weit von der Sonne weg war, wie ein menschliches Auge sich von ihr entfernen und doch noch etwas sehen konnte.)

Wir waren ›über‹ dem Ring. Es war einfach unbeschreiblich.

›Rechts‹ von mir war der Titan, kleiner als Luna (weniger als ein Drittel Grad), aber deutlich sichtbar, von unserem Standort aus fast dreiviertel voll. Als der Terminator dem Saturn zugekehrt war, schwächte sich die dumpfrote Farbe im reflektierten Licht des Saturn zum Ton einer Blutorange ab. Der große Mond sah immer noch dunstig, wie ein unheilvolles Auge auf unsere Handlungen herab.

Und rings um mich schwebten meine Gefährten und starrten hypnotisiert um sich.

Nur Tom zeigte Anzeichen von Selbstbeherrschung. Wie

ich erneuerte er gerade eine alte Bekanntschaft; um starke Erinnerungen aufzufrischen, braucht man weniger Zeit als zum Erwerb von neuen.

Wir kannten sie diesmal besser, sogar diejenigen von uns, die ihnen zum erstenmal gegenüberstanden. Bei jener letzten Konfrontation war anscheinend nur Shara in einem gewissen Grad überhaupt fähig gewesen, sie zu verstehen – ganz gleich, wie scharf ich sie damals beobachtet hatte, ich hatte zu keinem Verständnis gefunden. Jetzt war mein Geist frei von Entsetzen, meine Augen waren nicht vom Elend geblendet, mein Herz hatte Frieden. Ich fühlte, was Shara gefühlt hatte, sah, was sie gesehen hatte, und stimmte mit ihren tastenden Einschätzungen überein.

›Sie strahlen Arroganz aus – sind irgendwie von ihrer Überlegenheit überzeugt. Ihr Tanz ist eine Herausforderung, eine Kampfansage.‹

›... als ob ein Biologe die seltsamen Possen einer neuen Gattung studierte ...‹

›Sie wollen die Erde.‹

›... in Umlaufbahnen bewegen, die ebenso sorgfältig choreographiert sind wie die von Elektronen ...‹

›Glauben Sie mir, sie können allem ausweichen oder standhalten, womit Sie oder die Erde sie angreifen können. Ich weiß es.‹

Die Stimme von Cox durchbrach unsere Träumereien. »›Siegfried‹ an Sternentänzer. Es sind wirklich dieselben: die Signaturen stimmen bis aufs i-Tüpfelchen.«

Wir hatten mit der Möglichkeit gerechnet, daß es sich hier um eine andere Gruppe von Fremden handeln könnte – vielleicht Polizisten, die nach den anderen suchten, oder möglicherweise sogar um den zweiten Schwung von Gimpeln, die nach Katalog eine Rundreise durch das Sonnensystem kaufen wollten. Sogar auf niedrige Wahrscheinlichkeiten hatten wir uns eingestellt. Als Bill jetzt sprach, löschten er, die Diplomaten und der Computer mehrere Bündel von Eventualitätsplänen aus ihren Gedächtnisspeichern und bestätigten im Geiste Plan A.

Aber wir Sternentänzer hatten es schon gewußt, auf den ersten Blick.

»Roger, ›Siegfried‹«, bestätigte ich. »Ich bin zwar eine Null, wenn es um Namen geht, aber ein Gesicht vergesse ich nie. ›Das ist der Mann, Wachtmeister.‹«

»Fangen Sie mit Ihrem Programm an.«

»Gut. Alles fertigmachen. Harry, Raoul, stellt die Kulisse und den Monitor auf. Tom und Linda, ihr macht den Würfel fertig – etwa zwanzig Kilometer in diese Richtung – okay? Norrey, du hilfst mir, die Kameras aufzustellen, wir treffen uns alle in zwanzig Minuten am Würfel. Los.«

Die Kulissen waren minimal, hauptsächlich Positionsmarkierungen mit Gittern. Raoul war bald zu der Ansicht gekommen, daß der Versuch, in nächster Nachbarschaft des Rings knallige Effekte zu verwenden, reiner Blödsinn wäre. Seine Reihe von Lasermarkierungen war nur schwach, nur als Abschirmung gedacht, um uns Tänzer für die Kamera lebhaft farbig zu beleuchten – und um zu sehen, wie die Fremden auf den Einsatz von Lasern reagieren würden, was der eigentliche Zweck war. Ich hielt diese Idee für verdammt verrückt und albern – so, als würde sich Papst Leo mit einem Stilett die Zähne ausputzen, wenn er kommt, um mit Attila zu schachern –, und die ganze Truppe einschließlich Raoul stimmte mir von ganzem Herzen zu. Wir wollten alle lieber bei herkömmlichen Beleuchtungskörpern bleiben.

Aber wenn man einen Streit mit Diplomaten dieses Kalibers gewinnen will, muß man einige Zugeständnisse machen.

Die Gittermarkierungen waren Farborgeln, die durch ein von Harry entworfenes System an Raouls Musicmaster angeschlossen waren. Wenn man feststellen konnte, daß die Fremden auf Farbsignale reagierten, würde Raoul versuchen, mit seinem Instrument sichtbare Musik zu machen, die Verständigung dadurch anzureichern, daß er das Spektrum mit uns tanzen ließ. Genau wie der akustische Bereich der Musicmaster auf beiden Seiten über die hörbaren Töne hinausging, überschritt der Spektralbereich der Farborgeln das sichtbare Spektrum. Wenn die Sprache der Fremden solche Feinheiten mit einschloß, hätten wir wirklich ein reiches Feld zur Unterhaltung. Selbst der Schiffscomputer würde sich dabei anstrengen müssen.

Was die Musicmaster akustisch von sich gab, würde über unsere Funkgeräte laufen, viel leiser als die Gespräche. Wir wollten die Möglichkeit einer gewissen, gegenseitigen, telepathischen Resonanz vergrößern, und so wurden wir auf Raouls Musik eingestimmt.

Norrey und ich stellten fünf Kameras in einem offenen Kegel vor den Fremden auf, um einen Proszeniumseffekt zu erzielen, im Gegensatz zu der Kugel aus sechs Kameras, die wir gewöhnlich zu Hause für Rundumaufnahmen von 360 ° verwendeten. Keiner von uns hatte Lust, sich um die Fremden herum nach ›hinten‹ zu begeben, um dort die letzte Kamera zu plazieren. Dies würde unser einziger Tanz sein, der aus allen Richtungen außer der aufgezeichnet wurde, in die er zielte, er würde sozusagen nur von ›hinter der Bühne‹ aus aufgenommen.

Um Ihnen die Wahrheit zu sagen, soviel machte das gar nicht aus. Vom Künstlerischen her war der Tanz gar nicht so besonders. Ich hätte ihn nicht für kommerzielle Zwecke freigegeben. Der Grund ist eigentlich klar: er war nie für Menschen bestimmt.

Das war wirklich die Wurzel unseres Kampfes mit den Diplomaten während des ganzen letzten Jahres gewesen. Sie waren völlig davon überzeugt, daß uns die Fremden am besten verstehen würden, wenn wir uns genau an die Reihe der vom Computer erarbeiteten ›Bewegungen‹ hielten. Wir Sternentänzer waren dagegen der Meinung, einhellig, daß die Fremden bei Shara nicht auf eine Folge von Bewegungen reagiert hatten, sondern auf die ›Kunst‹. Auf den künstlerischen Geist hinter den Bewegungen, auf das, was an Herz und Seele in sie hineingelegt wurde – auf genau das, was eine zu starre Choreographie im Weltraum zerstört. Wenn wir das Glaubensgebäude der Diplomaten akzeptierten, waren wir nur computergesteuerte Vorführpuppen. Wenn sie unsere Glaubensstruktur akzeptiert hätten, wären wenigstens Ludmilla Dmirov und Silverman gezwungen gewesen zuzugeben, daß sie für die Sprache der Fremden auf immer taub sein würden – und Chen wäre nie fähig gewesen, vor seinen Vorgesetzten zu rechtfertigen, warum er unsere Partei ergriffen hatte.

Das Ergebnis war natürlich ein Kompromiß, der niemanden befriedigte, mit eingebauten Bestimmungen, das System aufzugeben, das nicht funktionierte, falls Übereinstimmung erzielt werden konnte. Das war noch ein weiterer Grund, warum ich wegen der verdammten Laser unser Leben und das Schicksal unserer Rasse hatte aufs Spiel setzen müssen, um über die erste Bewegung bestimmen zu können. Die Waage würde sich leicht in unsere Richtung neigen: unsere allerersten ›Äußerungen‹ würden etwas mehr sein, als man mathematisch und ballistisch ausdrücken konnte.

Aber selbst wenn wir freie Hand gehabt hätten, hätte unser Tanz sicher jeden außer einem anderen ›homo caelestis‹ in tiefste Verwirrung gestürzt. Und auch jeden Computer.

Ich glaube, Shara wäre begeistert gewesen.

Endlich war alles an Ort und Stelle, die Bühne war bereit, und wir bildeten eine Schneeflocke um den Würfel herum.

»Gib auf deine Atmung acht, Charlie«, warnte mich Norrey.

»Du hast recht, mein Liebes.« Meine Lungen gehorchten meinem Kleinhirn; es schien zu wollen, daß ich aufgeregt war. Aber ich wollte das nicht. Ich begann, meinen Atemzügen einen Takt aufzuzwingen, und bald atmeten wir alle im Einklang – ein, Luft anhalten, aus, anhalten – und bemühten uns, die Abstände auf über fünf Sekunden auszudehnen. Meine Aufregung begann zu schmelzen wie Schnee im Sommer, mein Blickfeld weitete sich sphärisch, und ich spürte meine Familie, als sei wirklich eine elektrische Ladung von einer Hand im Druckanzug zur nächsten weitergegeben worden und habe einen Schaltkreis geschlossen, der uns aufeinander einstimmte. Wir wurden wie Magneten, die sich um einen Pol schließen, auf einen imaginären Punkt im Zentrum unseres Kreises ausgerichtet. Der Vergleich war ermutigend – wie man solche Magneten im freien Fall auch verstreut, mit der Zeit sammeln sie sich immer wieder um den Pol. Wir waren eine Familie; wir waren eins. Nicht nur, daß wir alle Mitglieder einer hypothetischen, neuen Gattung waren; wir kannten uns auch hinter den Kulissen, hatten eine Beziehung, wie es auf oder außerhalb der Erde keine zweite gibt.

»Mr. Armstead«, grollte Silverman, »Sie freuen sich sicher zu erfahren, daß diesmal die Welt tatsächlich auf Sie wartet. Können wir mit der Show anfangen?«

Ich lächelte nur. Wir lächelten alle. Bill wollte etwas sagen, ich unterbrach ihn. »Sicher, Herr Botschafter. Sofort.« Wir lösten die Schneeflocke auf, und ich schwang mich zum äußeren Hauptschaltpult des Würfels. »Programm eingestellt und ... läuft, Licht an, Kameras an, vier, drei, zwei, Vorhang auf!«

Wie ein einziges Wesen betraten wir die Bühne.

Die Füße voraus, die Hände hoch, mit aktivierten Schubdüsen tauchten wir auf den Glühwurmschwarm hinab.

Raouls Markierungen pulsierten sanft, als die unglaubliche Nummer, die er ›Sharas Blues‹ nannte, in Farbe umgesetzt wurde. Die Eröffnungstakte werden ganz tief im Baßregister gespielt; sie wurden in alle Blauschattierungen übersetzt, die es gibt, ein visuelles Wortspiel. Irgendwie schien die ganze, unglaubliche Farbenpracht rings um uns – der Saturn, der Ring, die Fremden, der Titan, die Laser, die Kameralichter, die Würfel, die Limousine wie eine weiche, rote Taschenlampe, und zwei andere Monde, die ich nicht kannte – nur die unerträgliche Schwärze des leeren Weltraums zu betonen, die sie einrahmte, die Unermeßlichkeit des Meeres aus schwarzer Tinte, in dem wir alle schwammen, Planeten und Menschen gleichermaßen. Die buchstäblich kosmische Perspektive, die dieser Raum lieferte, war angenehm und beruhigend. ›Was ist ein Mensch, was ist ein Glühwurm, daß du seiner gewahr werden solltest?‹

Es war keine Gleichgültigkeit, ganz im Gegenteil: Nie zuvor hatte ich mich so lebendig gefühlt. Zum erstenmal seit Jahren spürte ich bewußt, daß mein Druckanzug an meiner Haut haftete, registrierte bewußt die Atemgeräusche in meinen Kopfhörern, den Geruch meines eigenen Körpers und der konservierten Luft, Katheter und die Telemetriekontakte und das schwache Geräusch, mit dem mein Haar raschelnd gegen die Innenseite meines Helms strich. Ich erlebte totale Wahrnehmung, funktionierte mit voller Kapazität, heiter und ein wenig ängstlich. Ich war völlig glücklich.

Die Musik schwoll plötzlich an. Das Gitter weit draußen pulsierte farbig.

Wir gaben alle vier in dichter Formation vollen Schub, so daß wir aus großer Höhe auf den Schwarm der Fremden herabzustürzen schienen. Sie wuchsen mit atemberaubender Schnelligkeit zu unseren Füßen, aber wir waren mehr als drei Kilometer von ihnen entfernt, als ich das Kommando zum Anhalten gab. Wir strafften unsere Körper, orientierten uns auf Kommando, lösten die Fersendüsen aus, öffneten uns wie eine blaue Engelsblume in vier großen Schlingen. Wir schlossen die Schlingen zu Kreisen, jeder von uns drehte sich in Spiralen um einen der ›Kompaßpunkte‹ der Kugel der Fremden, wir klammerten die Kugel mit unseren Körpern ein. Nach drei vollen Kreisen brachen wir gemeinsam aus und trafen uns wieder an dem Punkt, wo wir uns getrennt hatten, wir wurden langsamer, als wir dort ankamen, und machten eine akrobatische Fangfigur in vier Richtungen. Ein kraftvoller Schub brachte uns zum Stehen, wir wirbelten im Raum herum und wandten uns den Fremden zu; dann trennten wir uns radförmig, bildeten ein Viereck mit fünfzig Metern Seitenlänge und warteten.

›Hier bin ich wieder, ihr Glühwürmer‹, dachte ich, ›lange habe ich euch gehaßt. Ich möchte aufhören mit dem Haß, wie immer das gehen mag.‹

Im Laserlicht wurden wir rot, blau, gelb und stechend grün, Raoul hatte die bekannte Musik verlassen und spielte jetzt Neues; seine Spinnenfinger woben Muster, an die vor einer Stunde noch niemand im Traum gedacht hatte, er stickte Farben in den Weltraum und Töne in unsere Ohren. Melancholisch war seine Melodie, Moll die beiden miteinander ringenden Akkorde, die darunter strömenden, pochenden, disharmonischen Bässe, wie ein Migräneanfall kurz vor dem Ausbruch. Es war, als gieße er Schmerz in ein Gefäß, dessen Fassungsvermögen vielleicht nicht ausreichend sein würde.

Mit dieser Umrahmung und dem ganzen Weltraum als Kulisse tanzten wir. Den mechanischen Aufbau dieses Tanzes, die ›Schritte‹ und ihre Beziehungen zueinander, werden Sie niemals erfahren, und ich werde nicht versuchen, sie zu beschreiben. Es begann langsam, tastend; wie damals Shara, so begannen auch wir damit, Ausdrücke zu definieren. Und so widmeten wir selbst der Choreographie weniger als die Hälfte unserer Aufmerksamkeit.

Vielleicht ein Drittel. Und ein Teil unseres Denkens war damit beschäftigt, Computerthemen in künstlerischen Ausdruck umzusetzen, aber ein genauso großer Teil bemühte sich darum, irgendein Zeichen des Feedback von den Fremden aufzufangen, wir griffen uns mit Augen, Ohren, Haut, Geist nach irgendeiner Art von Reaktion, machten uns empfänglich für jede nur denkbare Art der Berührung. Und mit einem ebenso großen Teil unseres Geistes tastete jeder nach den anderen, wir bemühten uns, unser Bewußtsein über Meter von schwarzem Vakuum hinweg zu verbinden, zu sehen, wie die Fremden sahen, durch viele Augen gleichzeitig.

Und dann begann sich etwas zu ereignen.

Es fing langsam an, schleichend, in unmerklichen Stufen. Nach einem Jahr des Studiums entdeckte ich, daß ich einfach begriff und dieses Verstehen ohne Überraschung und Staunen einfach hinnahm. Zuerst dachte ich, die Fremden hätten ihre Geschwindigkeit reduziert – aber dann stellte ich wieder ohne Staunen fest, daß mein Puls und die Atmung aller sich in gleichem Maße verlangsamt hatten. Ich war auf beschleunigter Zeit, entnahm jeder Sekunde des Lebens ein Maximum an Information, ich existierte mit der ganzen Fülle meines Seins. Versuchsweise beschleunigte ich mein Zeitgefühl noch um eine Stufe, sah, wie das Toben der Fremden sich auf eine Geschwindigkeit senkte, die jeder verfolgen konnte. Ich war mir bewußt, daß ich die Zeit völlig zum Stillstand bringen konnte, aber das wollte ich nicht. Ich studierte sie mit unendlicher Ruhe, und das Verständnis nahm zu. Es war jetzt klar, daß es eine greifbare, wenn auch nicht sichtbare Energie gab, die sie streng in ihren jeweiligen Bahnen hielt, so wie der Elektromagnetismus die Elektronen auf ihrer Bahn hält. Aber diese Energie brodelte wild auf, wenn sie es wollten, und sie ritten auf ihren Strömungen wie Holzsplitter, die wie durch ein Wunder niemals zusammenstießen. Sie schufen vor sich eine nie aufhörende Brandungswelle. Langsam, ganz langsam begann ich zu erkennen, daß diese Energie der Energie, die mich mit meiner Familie verband, mehr als ähnlich war. Jeder ritt auf seinem Bewußtsein von den anderen und vom Universum ringsum.

Mein eigenes Bewußtsein von meiner Familie machte keinen Quantensprung nach oben. Ich hörte Norrey atmen, konnte aus ihren Augen heraussehen, spürte, wie Toms verstauchte Wade mich zwickte, spürte, wie sich Lindas Baby in meinem Leib regte, beobachtete zusammen mit Harry uns alle und fluchte unterdrückt, raste Raouls Arm hinunter zu seinen Fingern und zurück in meine eigenen Ohren. Ich war eine Schneeflocke mit sechs Gehirnen und existierte gleichzeitig in Raum und Zeit, in Denken, Musik, Tanz, Farbe, und noch etwas, das ich noch nicht benennen konnte, und alle diese Dinge strebten auf einen Zustand der Harmonie zu.

An keinem Punkt hatte ich irgendwie das Gefühl, mein Ich, mein einmaliges, individuelles Wesen zu verlassen oder zu verlieren. Es war ganz in meinem Körper und meinem Gehirn, dort, wo ich es gelassen hatte, konnte nirgends anders sein, existierte wie zuvor. Es war, als habe ein Teil davon immer unabhängig von Gehirn und Körper existiert, als habe mein Gehirn diese Ebene immer gekannt, sei aber nicht fähig gewesen, die Information aufzunehmen. Waren wir sechs uns die ganze Zeit so nahe gewesen, ganz unbewußt, wie sechs einsame, blinde Menschen im gleichen Weltraumabschnitt? In gewisser Weise hatte ich mich immer danach gesehnt, ohne es zu wissen, ich berührte meine Ichs und liebte sie.

Wir waren uns völlig darüber im klaren, daß die Fremden uns diese Ebene zeigten, daß sie uns geduldig über unsichtbare psychische Treppen auf dieses neue Niveau hinaufgeführt hatten. Wenn irgendeine vom Menschen wahrnehmbare Energie zwischen ihnen und uns hin- und hergegangen wäre, hätte Bill Cox schon seine Laserkanone aufgeheizt und nach einem Bericht geschrien, aber er war immer noch in Konferenzschaltung mit den Diplomaten und ließ uns tanzen, ohne sich einzumischen.

Aber eine Verständigung fand statt, auf Ebenen, die sogar physikalische Instrumente wahrnehmen konnten. Zuerst wiederholten die Fremden nur Abschnitte unseres Tanzes, um anzudeuten, daß sie eine emotionelle oder informatorische Nebenkomponente verstanden hatten, und wenn sie das taten, wußten wir, ohne zu fragen, daß sie jede Nuance, die wir auszudrücken versuchten, voll begriffen hatten. Nach einiger Zeit fingen sie mit komplexeren Antworten an, begannen, auf subtile Weise die Muster zu verändern, die sie uns zurückgaben, boten Variationen zu einem Thema an, dann Gegenstellungnahmen, Alternativen. Jedesmal, wenn sie das taten, lernten wir sie besser kennen, begriffen die Grundzüge ihrer ›Sprache‹ und von da aus ihr Wesen. Sie stimmten unserer Vorstellung von Sphärizität zu, erklärten sich höflich uneins mit unserem Begriff der Sterblichkeit, zeigten sich deutlich einverstanden mit den Begriffen ›Schmerz‹ und ›Freude‹. Als wir genügend ›Worte‹ kannten, um einen ›Satz zu bilden, taten wir das.

›Wir sind über Milliarden von Meilen hierhergekommen, um euch zu beschämen, und jetzt schämen wir uns selbst.‹

Die Antwort war gleichzeitig mitfühlend und belustigt. UNSINN, hätte sie lauten können, WOHER SOLLTET IHR DAS WISSEN?

›Es war jedenfalls offensichtlich, daß ihr weiser seid als wir.‹

NEIN, NUR DASS WIR MEHR WUSSTEN. IN WIRKLICHKEIT WAREN WIR STRÄFLICH UNGESCHICKT UND ÜBEREIFRIG.

›Übereifrig?‹ wiederholten wir fragend.

WIR WAREN IN GROSSER NOT. Plötzlich stürzten alle vierundfünfzig Fremden mit verschiedener Geschwindigkeit auf das Zentrum ihrer Kugel zu, vermieden es unglaublicherweise, dort auch nur einmal zu kollidieren und sagten, das war sonnenklar: NUR EIN WILLKÜRLICHER ZUFALL HAT DEN VÖLLIGEN ZUSAMMENBRUCH VERHINDERT.

Wir begriffen nicht, worin der völlige Zusammenbruch bestand, und das ›sagten‹ wir auch. ›Unsere tote Schwester sagte, ihr müßtet euch vermehren, auf einer Welt wie der unseren. Ist dies euer Wunsch: zu den Menschen zu kommen und bei ihnen zu leben?‹

Ihre Antwort war gleichbedeutend mit kosmischem Gelächter. Sie löste sich schließlich in einen einzigen, unmißverständlichen ›Satz‹ auf:

GANZ IM GEGENTEIL.

Unser Tanz geriet einen Augenblick lang in Verwirrung, dann erholten wir uns.

›Das verstehen wir nicht.‹

Die Fremden zögerten. Etwas wie Besorgtheit strömte von ihnen aus, wie Mitgefühl.

WIR KÖNNEN – WIR MÜSSEN – ES EUCH ERKLÄREN, ABER ES WIRD SEHR ANSTRENGEND SEIN, ES ZU VERSTEHEN. FASST EUCH.

Die Komponente unseres Ich, die Linda war, verströmte eine Flut mütterlicher Wärme, eine Hülle der Ruhe; sie hatte immer am besten von uns allen beten können. Raoul spielte nur noch ein om-ähnliches As, das eine warme, goldene Farbe hatte. Toms vorwärtsdrängender Wille, Harrys unerschöpfliche Kraft, Norreys ruhiges Hinnehmen, mein eigener, unverwüstlicher Sinn für Humor, Lindas unendliche Anteilnahme und Raouls hartnäckiges Ausharren, all das überlagerte sich und zeugte eine Art von Frieden, wie ich ihn nie gekannt hatte, eine heitere Ruhe, die auf einem Gefühl der Vollständigkeit aufbaute. Alle Angst, aller Zweifel waren verschwunden. Dies sollte so sein.

›Dies sollte so sein‹, tanzten wir. ›Laßt es geschehen.‹

Das Echo kam sofort, mit einem Hauch erfreuter, beinahe väterlicher Anerkennung.

JETZT!

Als nächstes vermittelten sie uns einen relativ kurzen Tanz, relativ einfach. Wir verstanden ihn sofort, obwohl er uns völlig neu war, erfaßten seine vollsten Zusammenhänge in einem einzigen Augenblick der Starre. Der Tanz komprimierte jede Nanosekunde von mehr als zwei Milliarden Jahren in einen einzigen Begriff, in eine einzige, telepathische Gestalt.

Und dieser Begriff war in Wirklichkeit nichts anderes als der Name der Fremden.

Entsetzen zerschmetterte die Schneeflocke in sechs getrennte Scherben. Ich war allein in meinem Schädel im leeren Weltraum, ein dünner Plastikfilm trennte mich vom Tod, ich war nackt und schrecklich verängstigt. Verzweifelt suchte ich nach einer nicht vorhandenen Stütze. Vor mir, viel zu dicht vor mir, summten die Fremden wie Bienen. Während ich sie beobachtete, begannen sie sich im Zentrum zu sammeln, machten zuerst ein Nadelloch, dann ein Astloch und schließlich ein Bullauge in die Wand der Hölle, eine einzelne, blitzende, rote Kohle, die vor wütender Energie tobte. Ihr strahlendes Licht stellte sogar die Sonne in den Schatten; mein Helm begann sich automatisch zu verdunkeln.

Der kaum sichtbare Ballon, der den geschmolzenen Kern enthielt, begann, roten Rauch zu verströmen, der sich anmutig nach oben kräuselte und eine Art von Ring bildete. Ich wußte sofort, was das war und wozu es diente, und ich warf den Kopf zurück und schrie, löste in einem blinden Fluchtreflex alle meine Schubdüsen aus.

Fünf Schreie nahmen den meinen auf.

Ich verlor das Bewußtsein.

Kapitel 4

Ich lag auf dem Rücken, mit angezogenen Knien, und war viel zu schwer – um fast zwanzig Kilo. Meine Rippen mühten sich, meine Brust aufzublasen. Ich hatte einen schlimmen Traum gehabt ...

Die Stimmen kamen von oben, wie aus einem alten Röhrenlautsprecher, der erst warm werden muß; zuerst abgehackt und verzerrt lösten sie sich schließlich in einer Art von Klarheit auf. Sie waren nahe, aber sie hatten die Merkmale niedrigen Drucks, sie klangen weit entfernt und hatten keine hohen Töne – und auch sie empfanden die Pseudoschwerkraft als Belastung.

»Zum letztenmal, Towarisch: Sprechen Sie mit uns. Warum sind alle Ihre Kollegen in Katatonie? Wie können Sie weiterfunktionieren? Was ist dort draußen geschehen, in Lenins Namen?«

»Lassen Sie ihn, Ludmilla. Er kann Sie nicht hören.«

»Ich will eine Antwort haben.«

»Wollen Sie ihn erschießen lassen? Wenn ja, von wem? Der Mann ist ein Held. Wenn Sie ihn weiterhin bedrängen, werde ich das ausführlich erwähnen, in unserem Gruppenbericht und in meinem eigenen. Lassen Sie ihn in Ruhe.« Die Stimme von Chen Ten Li war ganz beherrscht, köstlich gleichgültig, bis zu jenem letzten, hitzigen Befehl. Er erschreckte mich so, daß ich meine Augen öffnete, was ich vermieden hatte, seitdem ich mir zum erstenmal der Stimmen bewußt geworden war.

Wir waren in der Limousine. Alle zehn, vier Anzüge des Raumkommandos und sechs buntleuchtende Sternentänzer, ein ganzes Bowlingspiel, jeweils zu zweit in einer senkrechten Gasse angeschnallt. Norrey und ich waren in der letzten oder untersten Reihe. Wir kehrten offensichtlich mit vollem Schub zur ›Siegfried‹ zurück und erreichten gut ein Viertel G. Ich wandte sofort den Kopf zu Norrey, die neben mir lag. Sie schien friedlich zu schlafen; die Sterne vor dem Fenster hinter ihr sagten mir, daß wir den Wendepunkt schon überschritten hatten und abbremsten.

Ich war lange bewußtlos gewesen.

Irgendwie hatte sich, während ich schlief, alles irgendwie geordnet. Logischerweise, nehme ich an: mein Unterbewußtsein hatte mich so lange bewußtlos gehalten, bis ich fähig war, mit allem fertig zu werden, und nicht länger. Ein Teil meines Geistes brodelte in höchstem Aufruhr, aber ich konnte diesen Teil jetzt umschließen und im richtigen Abstand sehen. Der größte Teil meines Geistes war ruhig. Beinahe alle Fragen waren jetzt beantwortet, und die Angst schrumpfte auf eine erträgliche Größe zusammen. Ich wußte sicher, daß Norrey nichts fehlte, daß wir uns alle in einiger Zeit erholen würden. Kein direktes Wissen; das telepathische Band war zerrissen. Aber ich kannte meine Familie. Unser Leben war unwiderruflich verändert; wie, das wußten wir noch nicht – aber wir würden es gemeinsam herausfinden.

Mindestens zwei weitere Krisen würden jetzt schnell aufeinanderfolgen, und dieses Schicksal würden wir teilen.

Zuerst das unmittelbar Notwendige.

»Harry«, rief ich, »du hast gute Arbeit geleistet. Mach jetzt Schluß.«

Er drehte seinen großen, kurzgeschorenen Kopf und blickte von zwei Reihen weiter oben über die Kopfstütze zu mir herunter. Er lächelte selig. »Beinahe hätte ich seinen Musikkasten verloren«, sagte er vertraulich. »Er driftete weg, als das Gewicht einsetzte.« Gleich darauf rollte er den Kopf nach oben, war auch schon eingeschlafen und schnarchte laut.

Ich lächelte nachsichtig vor mich hin. Das war zu erwarten gewesen; ich hätte wissen sollen, daß Harry, der breitschultrige Harry mit dem großen Herzen, sich als der Stärkste von uns erweisen, daß Harry, der Bauingenieur, unendliche Belastbarkeitskapazitäten aufbringen würde. Seine Schultern hatten sich den Anforderungen seines Herzens gewachsen gezeigt, und es war immer noch nicht bekannt, bei welcher Belastung er zerbrechen würde. Er würde in etwa einer Stunde aufwachen wie ein erfrischter Riese.

Die Diplomaten hatten mich angekläfft, seitdem ich mit Harry gesprochen hatte; jetzt wandte ich ihnen meine Aufmerksamkeit zu. »Einer nach dem anderen, bitte.«

Bei Gott, keiner von den vieren wollte nachgeben. Obwohl sie wußten, daß es dumm war, redeten sie alle gleichzeitig weiter. Sie konnten einfach nicht anders.

»RUHE!« dröhnte Bills Stimme aus dem Lautsprecher des Telefons und übertönte das abscheuliche Stimmengewirr. Alle verstummten und wandten sich seinem Bild zu. »Charlie«, fuhr er eindringlich fort und durchforschte mein Gesicht auf seinem eigenen Bildschirm, »bist du noch ein Mensch?«

Ich wußte, was er wissen wollte. Hatten die Fremden mich auf telepathischem Wege irgendwie in ihre Gewalt gebracht? War ich immer noch Herr meiner selbst oder lebte in meinem Schädel ein aggressiver Bienenstockgeist, der meine Schalter und Leitungen betätigte? Wir hatten diese Möglichkeit auf dem Weg ernsthaft besprochen, und ich wußte, wenn meine Antwort ihn nicht überzeugte, würde er uns ohne zu zögern aus dem Weltraum sprengen. Die schwächste seiner Feuerwaffen konnte die Limousine sofort verdampfen.

Ich grinste. »Erst seit etwa zwei oder drei Jahren, Bill. Vorher war ich ein dreckiger Bastard.«

Später würde er erleichtert sein; jetzt war er zu beschäftigt dafür. »Soll ich sie verbrennen?«

»Negativ. Halt dein Feuer zurück! Bill, hör mir gut zu: Wenn du auf sie schießen würdest und sie es jemals herausfänden, könnten sie es als Beleidigung auffassen. Ich weiß, daß du einen Planetenknacker hast; vergiß es; *sie können von hier aus die Sonne abschalten.*«

Er wurde bleich; die Diplomaten verharrten in erschrokkenem Schweigen und wandten sich mühsam um, um mich anzugaffen.

»Wir sind fast zu Hause«, fuhr ich entschieden fort. »Konferenz im Übungsraum, sobald wir uns alle erholt haben; sagen wir in zwei Stunden von jetzt an gerechnet. Alle an Bord. Dann werden wir eure sämtlichen Fragen beantworten – aber so lange werdet ihr eben warten müssen. Wir haben einen gewaltigen Schock erlitten; wir brauchen Zeit, um uns zu erholen.« Norrey begann sich neben mir zu regen, und Linda blickte mit klaren Augen um sich. Tom wiegte seinen Kopf sehr vorsichtig von einer Seite zur anderen. »Jetzt muß ich mich um meine Frau und eine schwangere Dame kümmern. Bringt uns nach Hause und in unsere Zimmer, wir sehen uns dann in zwei Stunden.«

Das schmeckte Bill gar nicht, aber er verschwand vom Schirm und brachte uns nach Hause. Die Diplomaten, sogar die Dmirov und Silverman, schwiegen: sie hatten ein wenig Ehrfurcht vor uns.

Als wir angedockt hatten, hatten sich bis auf Harry und Raoul, die gemeinsam weiterschlummerten, alle erholt. Wir schleppten die beiden in ihr Zimmer, wuschen sie sanft, schnallten sie in ihre Hängematte, damit sie nicht gegen das Lüftungsgitter getrieben wurden und in Kohlendioxid erstickten, und dämpften die Lichter. Sie hielten sich im Schlaf automatisch umschlungen und atmeten im gleichen Rhythmus. Wir ließen Raouls Musicmaster neben der Tür stehen, falls er sie für irgend etwas brauchen sollte, und schwebten hinaus.

Dann gingen wir alle vier in unsere jeweiligen Zimmer zurück, duschten und liebten uns zwei Stunden lang.

Der Übungsraum war der einzige auf der ›Siegfried‹, der groß genug war, um die ganze Schiffsbesatzung bequem aufnehmen zu können. Wir hätten uns alle in den Speisesaal quetschen können; zum Abendessen taten wir das oft. Aber es war eng, und ich wollte nicht eingeengt sein. Der Übungsraum war ein Würfel mit vielleicht dreißig Metern

Seitenlänge. Eine Wand war mit verschiedenen Gespannen und Geschirren für das Ganzkörpertraining im freien Fall übersät, an einer zweiten hingen Keulen, Wurfscheiben, Hula-Hoop-Reifen und Handbälle an Befestigungsgestellen. Zwei gegenüberliegende Wände waren Trampolins. Der Raum bot Ellbogenfreiheit, gute Sicht und wundervolle Beweglichkeit.

Und es war der einzige Raum auf dem Schiff, der nicht mit einer besonderen Ortsvertikalen ausgestattet war.

Die Diplomaten wählten sich natürlich willkürlich eine, klebten Velcrostreifen an die kahle Handballwand, so daß die einander gegenüberliegenden Trampoline ihre ›Decke‹ oder ihr ›Fußboden‹ waren. Wir Sternentänzer reihten uns an der entgegengesetzten Wand zwischen den Übungsgeräten auf und hielten uns lieber mit einer Hand oder einem Fuß daran fest, als uns mit Velcro an der Wand dazwischen anzuheften. Bill und Oberst Song nahmen die Wand links von uns.

»Fangen wir an«, sagte ich, sobald wir alle Platz gefunden hatten.

»Zuerst, Mr. Armstead«, sagte Silverman betrübt, »möchte ich gegen die eigenmächtige Art protestieren, in der Sie dieser Körperschaft nur um Ihrer Bequemlichkeit willen Informationen vorenthalten haben.«

»Sheldon«, begann DeLaTorre müde.

»Nein, Sir«, unterbrach ihn Silverman, »ich protestiere ganz entschieden! Sind wir Kinder, daß man uns zwei Stunden lang Däumchen drehen läßt? Sind alle Menschen auf der Erde so unwichtig, daß sie dreieinviertel Stunden in Ungewißheit bleiben sollen, während diese – Künstler – eine Orgie feiern?«

»Hört sich an, als hätten Sie an den Lautstärkereglern rumgefummelt«, sagte Tom fröhlich. »Sehen Sie, Silverman, ich wußte schon die ganze Zeit, daß Sie zugehört haben. Es hat mir nichts ausgemacht. Ich wußte, wie sehr Sie das wurmen mußte.«

Sein Gesicht wurde leuchtend rot, was im freien Fall

äußerst ungewöhnlich ist; seine Füße mußten genauso rot sein.

»Nein«, sagte Linda verständnisvoll, »ich glaube eher, daß er das Zimmer von Raoul und Harry überwacht hat.«

Silverman wurde noch bleicher als vorher und seine Pupillen zogen sich voll Haß zusammen. Volltreffer.

»Gut, hört auf«, schnarrte Bill. »Sie auch, Herr Botschafter. Spielt den Heckenschützen in eurer eigenen Zeit – wie Sie schon sagten, ganz Terra wartet.«

»Ja, Sheldon«, sagte DeLaTorre heftig. »Lassen Sie Mr. Armstead sprechen.«

Silverman nickte mit bleichen Lippen. »Also, reden Sie.«

Ich ließ das Übungsfahrrad los, an dem ich mich festhielt, und breitete die Arme aus. »Zuerst möchte ich wissen, was sich aus Ihrer Perspektive ereignet hat. Was haben Sie gesehen und gehört?«

Chen ergriff das Wort, sein Gesicht war wie eine Maske, beinahe wächsern. »Sie fingen an zu tanzen. Die Musik wurde ständig fremdartiger. Ihr Tanz fing an, drastisch von den Computervorgaben abzuweichen, und anscheinend bekammen Sie Antwort durch andere Muster, mit denen der Computer nichts anfangen konnte. Die Geschwindigkeit Ihrer Bewegungen steigerte sich mit der Zeit ungeheuer, in einem Maß, das ich nicht für möglich gehalten hätte, hätte ich es nicht mit meinen eigenen Augen, ohne Hilfsmittel gesehen. Die Musik steigerte ihr Tempo in gleichem Maße. Man hörte unterdrücktes Grunzen, Ausrufe, nichts Verständliches. Die Fremden vereinigten sich und bildeten im Zentrum ihrer Hülle ein Einzelwesen, und das begann, Mengen von, wie man uns sagte, organischer Materie auszuscheiden. Sie schrien alle.

Wir versuchten vergeblich, Sie aufzuwecken. Mr. Stein reagierte nicht, als wir ihn anriefen, aber er holte Sie alle fünf äußerst geschickt zusammen, band Sie aneinander und schleppte Sie alle auf einmal zurück zum Fährschiff.«

Ich malte mir aus, was für eine Last wir fünf mit einer Masse von über dreihundert Kilo gewesen sein mußten, als der Schub einsetzte, und bekam erneut Respekt vor Harrys Armen und Schultern. Rohe Muskelkraft war normalerweise im Weltraum so überflüssig wie nur etwas, aber bei einem anderen hätten die Muskeln unter dieser schrecklichen Anstrengung den Dienst vielleicht versagt.

»Sobald sich die Luftschleuse gedreht hatte, brachte er Sie alle an Bord, schnallte Sie fest und sagte nur ein Wort: ›Los.‹ Dann verstaute er sehr sorgfältig Mr. Brindles Musikinstrument und – setzte sich einfach hin und starrte ins Nichts. Wir gaben es gerade auf, uns mit ihm verständigen zu wollen, als Sie aufwachten.«

»Gut«, sagte ich. »Ich möchte zuerst die wichtigsten Punkte behandeln. Erstens haben wir, wie Sie wahrscheinlich erraten haben, eine Beziehung zu den Fremden herstellen können.«

»Und – sind sie eine Bedrohung für uns?« unterbrach Ludmilla Dmirov. »Haben sie Ihnen Schaden zugefügt?«

»Nein. Und nochmals nein.«

»Aber Sie haben geschrien wie jemand im Angesicht des Todes. Und Shara Drummond stellte doch vor ihrem Tod ganz deutlich fest ...«

»Daß die Fremden aggressiv und arrogant seien und daß sie die Erde als Brutgebiet wollten, ich weiß«, stimmte ich zu. »Ein Übersetzungsfehler, ganz geringfügig und im Rückblick beinahe unvermeidbar. Shara war erst ein paar Monate im Weltraum gewesen; sie sagte selbst, daß sie von drei Begriffen vielleicht einen verstand.«

»Wie lautet die korrekte Übersetzung?« fragte Chen.

»Die Erde *ist* ihr Brutgebiet«, sagte ich. »Der Titan ebenfalls. Und noch eine Menge anderer Orte außerhalb dieses Systems.«

»Was meinen Sie damit?« bellte Silverman.

»Es war die letzte Botschaft der Fremden, die uns den Rest gab. Sie war betäubend einfach, wirklich, wenn man in Betracht zieht, wieviel damit erklärt wurde. Man könnte sie mit einem einzigen Wort wiedergeben. Sie sagten uns eigentlich nichts anderes als ihren Kollektivnamen.«

Ludmilla Dmirov grollte: »Und wie lautet der?«

»Sternensäer.«

Zuerst betäubtes Schweigen. Ich glaube, Chen war der erste, der anfing zu begreifen, und Bill war vielleicht fast genauso schnell.

»Das ist ihr Name«, fuhr ich fort, »ihre Beschäftigung, das, was sie tun, um Erfüllung zu finden. Sie bauen auf Sternen an. Sie haben eine Lebensdauer von Milliarden von Jahren, und sie verbringen, ähnlich wie wir, einen großen Teil ihrer Zeit damit, daß sie versuchen, sich zu reproduzieren. Sie säen auf den Sternen organisches Leben. Dieses Sonnensystem haben sie vor langer Zeit angesät. Sie sind die Schöpfer und die entfernten Ahnen unserer Gattung.«

»Lächerlich«, platzte Silverman heraus. »Sie sind doch nicht wie wir, sie sind in keiner Weise wie wir.«

»In welcher Beziehung gleichen Sie einer Amöbe?« fragte ich. »Oder einem Geißeltierchen, einer Pflanze, einem Fisch, einer Amphibie oder sonst einem Ihrer evolutionären Vorfahren? Die Fremden stehen mindestens zwei und möglicherweise drei Evolutionsstufen über uns. Es ist ein Wunder, daß sie sich uns überhaupt verständlich machen können. Ich glaube, die nächsthöhere Ebene über ihnen hat überhaupt keine physikalische Existenz in Raum oder Zeit mehr.«

Silverman verstummte. DeLaTorre und Oberst Song bekreuzigten sich. Chens Augen waren sehr weit aufgerissen.

»Stellen Sie sich den Planeten Erde als einen einzigen, gewaltigen Mutterleib vor«, fuhr ich leise fort, »fruchtbar und ständig schwanger. Mit dem Idealziel, ein Maximum an organischem Leben zu beherbergen, unter der Leitung einer Art Super-DNS ständig immer komplexere Lebensformen wachsen zu lassen und in buchstäblich Milliarden von verschiedenen Kombinationen miteinander zu vermischen, auf der Suche nach einer Form, die komplex genug ist, um außerhalb des Leibes überleben zu können und neugierig genug, es zu versuchen.

Ich hätte einmal beinahe einen Bruder bekommen. Er wurde tot geboren. Er war damals drei Wochen über die Zeit, war über den Geburtszeitpunkt hinaus im Mutterleib geblieben, durch Gott weiß welchen winzigen biologischen Fehler. Seine Abfallprodukte überforderten die Plazenta, sie konnte sie nicht mehr aufnehmen und ableiten; die Plazenta begann um ihn herum abzusterben, zu verfaulen, verseucht von seinen Ausscheidungen. Seine Lebensgrundlage zerfiel, und er starb. Es fehlte gar nicht viel, und er hätte auch noch meine Mutter getötet.

Stellen Sie sich unsere Rasse als Gestalt vor, als einzelnen Organismus mit einem geringfügigen Fehler in der genetischen Kodierung. Eine überstarke Zellwand, so daß in dem Augenblick, in dem sie komplex genug ist, um ein vereintes planetarisches Bewußtsein zu haben, jede einzelne Zelle weiterhin meist als Individuum funktioniert. Die dicke Zellwand behindert den Austausch von Informationen, gestattet dem Organismus nur, die rudimentärste Annäherung an ein Zentralnervensystem zu bilden, ein Netz, das nichts als Schmerz, Leid und Alpträume sendet, an denen alle teilhaben. Die Nachrichten- und Unterhaltungsmedien.

Der Organismus ist nicht hoffnungslos deformiert. Er zittert an der Schwelle des Geborenwerdens, sehnt sich danach zu leben, noch während er spürt, wie er stirbt. Noch kann es ihm gelingen. An der Schwelle der Ausrottung greift der Mensch nach den Sternen, und jetzt, weniger als hundert Jahre, nachdem der Mensch zum erstenmal mit einem energiebetriebenen Fluggerät die Erdoberfläche verließ, versammeln wir uns hier im Saturnorbit, um zu entscheiden, ob das Schicksal unserer Rasse nun verlängert oder abgebrochen werden soll.

Unser Mutterleib ist beinahe völlig angefüllt mit unseren giftigen Abfallprodukten. Die Frage, vor der wir stehen, lautet: Werden wir über unsere neurotische Abhängigkeit von Planeten hinauswachsen oder nicht – ehe sie uns vernichtet?«

»Was ist das für ein Quatsch?« fauchte Silverman. »Noch

einmal dieser verdammte Mist mit dem ›homo caelestis‹? Ist das Ihre nächste Evolutionsstufe? McGillicuddy hatte recht, es ist eine verdammte evolutionäre Sackgasse! Sie könnten in fünfzig Jahren, von jetzt an gerechnet, noch nicht auf eigenen Füßen stehen, bei der Geschwindigkeit, mit der Sie Leute anwerben. Wenn Erde und Mond morgen in die Luft fliegen, was Gott verhüten möge, wären Sie in höchstens zwei oder drei Jahren tot. Sie schmarotzen bei den Wesen, die entwicklungsmäßig unter Ihnen stehen, Armstead, noch dazu sind Sie Ausgestoßene. Sie können in Ihrer neuen Umgebung nicht ohne Zellwände aus Stahl und schnittfestem Plastik leben, lebenswichtige Erzeugnisse, die nur dort unten, im Mutterleib, hergestellt werden.«

»Ich habe mich geirrt«, sagte Tom leise. »Wir sind keine evolutionäre Sackgasse. Ich habe das Bild nur nicht als Ganzes gesehen.«

»Was ist Ihnen entgangen?« schrie Silverman.

»Wir müssen jetzt einen anderen Vergleich nehmen«, ergriff Linda das Wort. »Der hier stimmt allmählich nicht mehr.« Ihre warme Altstimme war maßvoll und beschwichtigend; ich sah, wie Silverman anfing, sich zu entspannen, als ihr Zauber zu wirken begann. »Halten Sie uns jetzt nicht für Sechslinge oder sogar für eine Art Foetus aus sechs Personen. Denken Sie sich die Erde nicht als Uterus, sondern als Eierstock – und uns sechs als ein einziges Ei. Wir tragen alle miteinander die Hälfte der Gene für eine neue Art von Lebewesen in uns.

Der beeindruckendste und wunderbarste Augenblick der ganzen Schöpfung ist der Augenblick der Verschmelzung, der Augenblick, in dem zwei Wesen zusammenkommen, um so unendlich mehr zu bilden als die Summe oder sogar das Produkt ihrer Teile. Der Augenblick der Empfängnis. Das ist der Kreuzweg, davor liegt die Phylogenie, dahinter die Ontogenie, und an diesem Kreuzweg stehen wir jetzt gerade.«

»Was ist die Spermienzelle für Ihr Ei?« fragte Chen. »Der Schwarm der Fremden, nehme ich an?«

»O nein«, sagte Norrey. »Sie sind mehr als das Yin/Yang, die mänlich/weibliche Überinstanz, die die Verschmelzung als Antwort auf ihre eigentlichen Bedürfnisse auslöst. Wenn wir noch einen anderen Vergleich nehmen: Stellen Sie sich vor, diese Wesen seien Bienen, denen sie so ähnlich sind, Bestäuber einer gigantischen, zweigeschlechtigen Blüte, die wir das Sonnensystem nennen. Es ist ein echter Hermaphrodit, der sowohl Stempel wie auch Staubgefäße enthält. Nennen Sie die Erde den Stempel, wenn Sie wollen, wir Sternentänzer sind dann Samenanlage und Narbe kombiniert.«

»Und die Staubgefäße?« wollte Chen wissen. »Der Pollen?«

»Die Staubgefäße, das ist der Titan«, sagte Norrey einfach. »Jene rote organische Materie, die der Ballon der Fremden abgab, war etwas von seinem Pollen.«

Wieder betäubtes Schweigen.

»Können Sie uns erklären, woraus er besteht?« fragte DeLaTorre schließlich. »Ich gestehe, daß ich nichts begreife.«

Jetzt ergriff Raoul das Wort, er zog seine Brille vom Nasenbein herunter und ließ sie am Gummiband zurückschnellen. »Das Zeug ist im wesentlichen selbst eine Art Superpflanze. Die Fremden pflanzen sie seit Jahrtausenden in der oberen Atmosphäre des Titan an, deshalb ist der Planetoid so rot gefärbt. Wenn diese Pflanze mit einem menschlichen Körper in Berührung kommt, findet eine Art beiderseitiger Interaktion statt, die man nicht beschreiben kann. Energie von einer anderen ... von einer anderen Ebene strömt in beide Partner ein. Es kommt zur Verschmelzung, und der vollkommene Metabolismus beginnt.«

»Vollkommener Metabolismus?« wiederholte DeLaTorre unsicher.

»Die Substanz ist eine vollkommene, symbiotische Ergänzung des menschlichen Organismus.«

»Aber ... aber ... aber wie ...«

»Man trägt sie wie eine zweite Haut und kann dann im Weltraum nackt leben«, sagte er ohne Umschweife. »Sie dringt durch Mund und Nase in den Körper ein, schiebt eine Million Mikroranken in das ganze System, kommt wieder heraus und vereinigt sich am Anus mit sich selbst. Sie bedeckt den Menschen von außen und innen, wird in völligem, metabolischem Gleichgewicht ein Teil von ihm.«

Chen Ten Li wirkte wie erschlagen. »Ein vollkommener Symbiot«, hauchte er.

»Bis hinunter zu den Spurenelementen«, stimmte Raoul zu. »Vor einer Milliarde von Jahren so geplant. Er ist unsere ›andere Hälfte‹.«

»Wie geschieht es?« flüsterte Chen.

»Sie tauchen nur in eine Wolke von dem Zeug ein und öffnen Ihren Helm. Die entweichende Luft ist das chemische Stichwort: die Substanz richtet sich aus, schwebt auf dem Luftstrom heran und vermehrt sich. Von dem Augenblick, in dem sie zum erstenmal nacktes Fleisch berührt, bis zum Punkt völliger Absorption und Adsorption, völliger Synthese, vergehen vielleicht drei Sekunden. Wenn sie ungefähr eineinhalb Sekunden im Körper ist, hört man für immer auf, ein Mensch zu sein.« Er schauderte. »Verstehen Sie jetzt, warum wir geschrien haben?«

»Nein«, schrie Silverman. »Nein. Ich verstehe es nicht. Es gibt doch alles keinen Sinn! Das rote Zeug ist also ein lebendiger Raumanzug, ein biologisch maßgeschneiderter, wie Sie sagten. Sie geben ihm Kohlendioxid, er gibt Ihnen Sauerstoff. Sie geben ihm Scheiße, er gibt Ihnen dafür Erdbeermarmelade. Sehr schön: Sie haben gerade Ihre ganzen Unkosten gestrichen, bis auf Treibstoff und Freizeitartikel. Wirklich nette Leute, diese Fremden. Wie wird man nichtmenschlich? Übernimmt das Zeug die Herrschaft über den Geist, oder was passiert?«

»Es hat selbst keinen ›Geist‹«, erklärte Raoul. »Oh, für eine Pflanze ist es bemerkenswert hoch entwickelt, hat ein Bewußtsein, das über die vegetative Ebene hinausgeht. Es gibt ein paar bemerkenswert komplexe Reaktionen, aber empfindend könnte man es nicht nennen. Irgendwie geht es eine Verbindung mit dem Rückenmark ein und kommt selten auch nur so nahe an das Bewußtsein heran wie ein Reflex. Es übt einfach in Übereinstimmung mit seiner biologischen Programmierung seine Funktion aus.«

»Wodurch wird man dann nichtmenschlich?«

Meine Stimme hatte einen komischen Klang, sogar für meine eigenen Ohren. »Sie verstehen nicht«, sagte ich. »Sie wissen es nicht. Wir würden niemals sterben, Silverman. Wir würden nie wieder Hunger oder Durst leiden, nie einen Ort brauchen, um unsere Abfallprodukte abzuladen. Wir würden niemals wieder Hitze oder Kälte fürchten, niemals Angst vor dem Vakuum haben, Silverman; wir würden uns nie wieder vor etwas fürchten. Wir würden sofort und vollständig die Kontrolle über unser autonomes Nervensystem erlangen, würden direkten Zugang zum sensorischen Schaltpult des Hypothalamus bekommen. Wir würden in den Zustand der Symphyse gelangen, der telepathischen Vereinigung, würden ein einziger Geist in sechs unsterblichen Körpern werden, ein Geist, der ewig träumt und doch niemals schläft. Einzeln und miteinander würden wir genauso wenig einem Menschen ähnlich werden, wie ein Mensch einem Schimpansen ähnlich ist. Ich sage ihnen sogar, daß wir dort draußen alle sechs unsere Windeln benützt haben. Ein wenig Angst habe ich immer noch.«

»Aber Sie sind bereit ...« sagte Chen leise.

»Noch nicht«, sagte Linda für uns alle. »Aber bald werden wir es sein. Soviel wissen wir.«

»Diese Sache mit der Telepathie«, sagte Silverman vorsichtig. »Die Geschichte mit dem ›einzigen Geist‹ – ist das sicher?«

»Oh, das hängt nicht von den Fremden ab«, versicherte ihm Linda. »Sie haben uns geholfen, diese Ebene zu finden – aber die Fähigkeit war immer vorhanden, in jedem Menschen, der je gelebt hat. Jeder heilige Mann, der je erleuchtet wurde, kam von seinem Berg herunter und sagte: ›Wir sind alle eins‹ – und jedesmal haben die Leute wieder gemeint, es müsse eine Metapher sein. Der Symbiot hilft uns ein wenig, aber ...«

»Wie hilft er?« unterbrach Silverman.

»Nun, es ist hauptsächlich der Ablenkungsfaktor. Ich meine, die meisten Menschen haben kurzzeitig Ansätze zu telepathischen Fähigkeiten, aber es gibt so viele Ablenkungen. Für Planetenbewohner ist es natürlich noch schlimmer, aber sogar im Studio bekamen wir Hunger und Durst, wurden geil, gelangweilt, müde, erschöpft, wütend und hatten Angst. ›In unseren Köpfen sein‹, nannten wir es. Der animalische Teil hinderte den Engel an seiner Entwicklung. Der Symbiot befreit einen von allen animalischen Bedürfnissen – man kann sie erleben, wenn man Lust dazu hat, aber man ist niemals wieder ihrem willkürlichen Befehl unterworfen. Der Symbiot fungiert als eine Art schwacher Verstärker des telepathischen ›Wellenbandes‹, aber viel mehr hilft er dadurch, daß er das Signal-Geräusch-Verhältnis vom Ausgangspunkt an verbessert.«

»Ich meine folgendes«, sagte Silvermann, »wenn ich, was Gott verhüten möge, zulassen sollte, daß dieser Pilz mich überfällt, würde ich dann wenigstens ein schwacher Telepath werden? Außerdem unsterblich und nicht mehr der Notwendigkeit unterworfen, die Toilette zu benützen?«

»Nein, Sir«, sagte sie höflich, aber entschieden.

»Wenn Sie schon vor dem Eintritt in die symbiotische Partnerschaft ein schwacher Telepath wären, würde diese Eigenschaft bedeutend verstärkt. Sollten Sie zu dieser Zeit zufällig ein voll funktionierender Telepath sein, würde sich diese Eigenschaft exponentiell verstärken.«

»Aber wenn ich, sagen wir mal, den durchschnittlichen Mann von der Straße in einen symbiotischen Anzug stecken würde ...«

»... würden Sie einen unsterblichen Durchschnittsmenschen bekommen, der nie auf die Toilette müßte und ein stärkerer Empath wäre als zuvor«, vollendete ich.

»Empathie ist so etwas wie der kleine Bruder der Telepathie«, sagte Linda.

»Eher wie das Larvenstadium davon«, verbesserte ich.

»Aber zwei durchschnittliche Burschen in symbiotischen Anzügen wären nicht unbedingt fähig, gegenseitig ihre Gedanken zu lesen?«

»Nicht, wenn sie sich nicht lange und angestrengt darum bemüht hätten, es zu lernen«, sagte ich ihm, »was sie aber fast sicher tun würden. Es ist einsam im Weltraum.«

Er fiel in Schweigen, und es entstand eine Pause, während die übrigen sich über ihre Meinungen und Gefühle klarzuwerden suchten. Das dauerte einige Zeit.

Ich mußte mir selbst über einiges klarwerden. Ich war immer noch von der gleichen inneren Sicherheit erfüllt, die ich empfunden hatte, seitdem ich in der Limousine aufgewacht war; ich verspürte dieses beinahe prophetische Gefühl der Unabwendbarkeit, aber der Höhepunkt kam jetzt schnell näher. ›Und wenn du sterben solltest, ausgerechnet in diesem Augenblick?‹ flüsterte eine animalische Stimme in meinem Hinterkopf.

Wie in dem Augenblick, als ich den Fremden gegenübergestanden war, fühlte ich mich völlig lebendig.

»Mr. Armstead«, sagte DeLaTorre mit einem Kopfschütteln und einem tiefen Stirnrunzeln, »mir scheint, Sie wollen damit sagen, daß alle menschlichen Bedürfnisse ein Ende haben müssen.«

»O nein«, sagte ich hastig. »Es tut mir sehr leid, wenn wir diesen Eindruck zufällig erweckt haben sollten. Der Symbiot kann in einer irdischen Umgebung nicht leben. Diese Art von Schwerkraft und Atmosphäre würde ihn töten. Nein, der Symbiot wird den Himmel nicht auf die Erde bringen. Das kann nichts und niemand. Mohammed muß schon zum Berge kommen – und viele werden sich weigern.«

»Vielleicht«, schlug Chen taktvoll vor, »wäre die irdische Wissenschaft fähig, das Geschenk der Fremden genetisch zu verändern?«

»Nein«, sagte Harry rundheraus. »Es gibt keine Möglichkeit, einem Foetus, der darauf besteht, im Mutterleib zu bleiben, Symphonien und Sonnenuntergänge zu bescheren. Diese Symbiotenwolke über dem Titan ist das Geburtsrecht jeder Person – aber man muß es sich zuerst verdienen, indem man damit einverstanden ist, geboren zu werden.«

»Und dazu«, fügte Raoul noch hinzu, »muß man sich für immer von der Erde trennen.«

»Die Vorstellung hat eine ansprechende Symmetrie«, sagte Chen nachdenklich.

»Ja, zum Teufel«, sagte Raoul. »Wir hätten so etwas Ähnliches erwarten sollen. Die ganze Geschichte, daß eine Anpassung an den freien Fall möglich, aber unwiderruflich ist ... sehen Sie, im Augenblick Ihrer Geburt ereignete sich in einem einzigen Moment ein sehr großes Wunder. In der einen Minute waren Sie eigentlich ein Fisch, mit dem Zweikammerkreislaufsystem eines Fisches, und schmarotzten am Mutterleib. Dann schlug ganz plötzlich ein Schalter um, patschbumm, und Sie waren ein Säugetier, einfach so. Vierkammerherz, selbständig – Sie haben einen großen, nicht umkehrbaren physiologischen Sprung auf eine neue Evolutionsebene gemacht. Der Sprung wurde von Schmerz, von einem Trauma und einer Flut von Daten begleitet, die von Sinnen kamen, die Sie gar nicht kannten. Beinahe sofort begann ein ganzer Haufen unendlich weiter fortgeschrittener Wesen in der gleichen, mißlichen Lage mit dem Versuch, Ihnen beizubringen, wie Sie sich verständigen sollten. ›Ansprechend‹? Die beschissene Symmetrie ist überwältigend! Können Sie *jetzt* langsam verstehen, warum wir geschrien haben? Wir befinden uns in dem gleichen Vorgang – und alle Babies schreien.«

»Ich verstehe nicht«, beklagte sich Ludmilla Dmirov. »Sie wären fähig, nackt im Weltraum zu leben – aber wie könnten Sie irgendwohin kommen?«

»Durch Lichtdruck?« schlug Chen vor.

»Der Symbiot kann sich entfalten wie ein Lichtsegel«, stimmte ich zu, »aber es gibt noch andere Kräfte, die wir nützen und die uns überallhin tragen werden, wohin wir wollen.«

»Schwerkraftgradienten?«

»Nein. Nichts, was man feststellen oder messen könnte.«

»Absurd!« schnaubte die Dmirov.

»Wie sind die Fremden hierhergekommen?« fragte ich höflich, und sie wurde rot.

»Was es mir so schwer macht, Ihre Geschichte zu glauben«, sagte Chen, »ist der Unwahrscheinlichkeitsfaktor. Daß Sie hierherkamen, war doch so stark von willkürlichen Zufällen bestimmt.«

»Dr. Chen«, unterbrach ich ihn, »ist Ihnen das Sprichwort vertraut, daß es ein Schicksal gibt, das unsere Ziele bestimmt, wir mögen sie skizzieren, wie wir wollen?«

»Aber tausend Dinge hätten sich verbünden können, um zu verhindern, daß irgend etwas von alledem geschieht.«

»Vierundfünfzig Dinge haben sich verbündet, damit all das geschah. Superdinge. Oder dachten Sie, daß die Fremden rein zufällig zu der Zeit in diesem System auftauchten, als Shara Drummond auf Skyfac zu arbeiten anfing? Daß sie rein zufällig zum Saturn zurücksprangen, als sie nach Skyfac zurückkehrte, um dort zu tanzen? Daß sie rein zufällig in dem Augenblick vor Skyfac auftauchten, als Shara im Begriff war, für immer zur Erde zurückzukehren – als gescheitert? Oder daß diese ganze Reise zum Saturn rein zufällig überhaupt machbar war? Ich frage mich eher, was sie draußen in Richtung Neptun machten, jenes erstemal, als sie auftauchten.« Ich überlegte. »Ich werde nachsehen müssen.«

»Sie verstehen nicht«, sagte Chen eindringlich, dann beherrschte er sich. »Es ist nicht allgemein bekannt, aber vor sechs Jahren wurde unser Planet beinahe durch eine nukleare Katastrophe vernichtet. Zufall und Glück waren unsere Rettung – damals waren keine Fremden in unseren Himmeln.«

Harry ergriff das Wort. »Wissen Sie, was ein trächtiges Kaninchen tut, wenn die Umstände für eine Geburt nicht güngstig sind? Es resorbiert die Foetusse im Mutterleib. Kehrt den Prozeß einfach um, bringt die Bestandteile wieder in den Kreislauf ein und versucht es erneut, wenn die Situation besser ist.«

»Ich kann nicht folgen.«

»Haben Sie jemals von Atlantis gehört?«

Chens Gesicht nahm die Farbe von Meerschaum an, und alle anderen gafften oder keuchten.

»Es kommt in Zyklen«, sagte ich, »wie Wehenschmerzen, die sich zu einem Höhepunkt steigern. Sie kommen manchmal dicht hintereinander, in Abständen von vier- oder fünftausend Jahren – damals wurden die Pyramiden gebaut – und manchmal erst nach zwanzigtausend Jahren.«

»Manchmal gehen sie ziemlich drastisch vor«, fügte Harry hinzu. »Zwischen Mars und Jupiter gab es einmal einen Planeten.«

»Bojemoi«, hauchte die Dmirov. »Der Asteroidengürtel ...«

»Und die Venus ist griffbereit, falls *wir* völlig durchdrehen«, stimmte ich zu. »Sie reduzieren die Atmosphäre so weit wie nötig, säen dann einfach Algen an und warten. Mein Gott, was für eine Geduld sie haben müssen!«

Wieder ein langes, betäubtes Schweigen. Sie glaubten uns jetzt alle, oder fingen wenigstens damit an. Deshalb mußten sie buchstäblich alles, was sie je gewußt hatten, neu ordnen, die ganze Existenz im Licht dieser neuen Information neu formen und herauszufinden versuchen, wer sie in Beziehung zu dieser Verwirrung eigentlich selbst sein könnten. Für diese Art von Entwurzelung waren sie altersmäßig eigentlich schon ziemlich fortgeschritten, ihr Glaube und ihre Ansichten waren im Laufe der Zeit tief eingegraben; daß sie fähig waren, diese Informationen überhaupt aufzunehmen und dabei noch zu denken, bewies deutlich, daß jeder von ihnen einen starken, flexiblen Geist besaß. Wertheimer hatte eine gute Wahl getroffen: keiner brach zusammen, wies die Wahrheit zurück oder fiel wie wir in Katatonie. Natürlich waren sie nicht draußen im freien Weltraum und überlegten ernsthaft, ob sie ihre Druckanzüge ablegen sollten; aber andererseits standen sie unter Belastungen, die wir nicht hatten: sie vertraten einen Planeten.

»Sie haben also die Absicht«, sagte Silverman langsam, »das zu tun.«

Sechs Stimmen antworteten im Chor: »Ja.«

»Sofort«, fügte ich hinzu.

»Und Sie sind sicher, daß alles, was Sie uns gesagt haben, wahr ist, daß die Fremden keine Lügen erzählt, nichts zurückgehalten haben?« Ganz lässig hatte er sich von den anderen Diplomaten entfernt.

»Wir sind sicher«, sagte ich und spannte wieder meine Schenkel an.

»Aber wohin werden Sie gehen?« schrie DeLaTorre. »Was werden Sie tun?«

»Was alle Neugeborenen tun. Wir werden unsere Kinderstube untersuchen. Das Sonnensystem.«

Silverman stieß sich plötzlich ab, sprang zur leeren, vierten Wand. »Es tut mir sehr leid«, sagte er betrübt. »Sie werden nichts dergleichen tun.«

Er hielt eine kleine Beretta in der Hand.

Kapitel 5

In der anderen Hand hielt er einen Rechner. Zumindest sah das Ding so aus. Auf einmal wußte ich, was es wirklich war, und ich fürchtete es mehr als die Waffe.

»Dies«, sagte er und bestätigte damit meine Vermutung, »ist ein Sender mit geringer Reichweite. Wenn irgend jemand sich mir plötzlich nähert, werde ich ihn benützen, um funkgesteuerte Sprengsätze auszulösen, die ich während der Reise hierher angebracht habe. Sie werden den Computer des Schiffs funktionsunfähig machen.«

»Sheldon«, schrie DeLaTorre, »sind Sie verrückt? Der Computer überwacht unsere lebenserhaltenden Systeme.«

»Ich würde das Ding hier lieber nicht benützen«, sagte Silverman ruhig. »Aber ich bin fest entschlossen, die Information, die wir gerade gehört haben, ausschließlich in den Besitz der Vereinigten Staaten von Amerika zu bringen oder von gar niemandem.«

Ich beobachtete die Diplomaten und Soldaten genau daraufhin, ob einer Anzeichen von selbstmörderischer Tapferkeit zeigte und entspannte mich leicht. Keiner von ihnen war so ein Narr, daß er einen Mann mit einer Waffe angesprungen hätte; sie zeigten alle den gleichen Ausdruck intensiven Abscheus. Abscheu vor Silvermans Verrat und Abscheu vor sich selbst, weil sie nicht damit gerechnet hatten. Chen Ten Li sah ich mir am genauesten an, denn er war darauf gefaßt gewesen und hatte versprochen, Silverman mit seinen Händen zu töten – aber er war völlig entspannt, ein sanftes, spöttisches Lächeln breitete sich gerade von seinen Mundwinkeln her aus. Interessant.

»Mr. Silverman«, sagte Susan Pha Song, »das haben Sie sich nicht genau überlegt.«

»Oberst«, sagte er ironisch, »ich hatte den größten Teil

eines Jahres zur Verfügung, und nicht viel anderes zu tun.«

»Trotzdem haben Sie etwas übersehen«, beharrte sie.

»Würden Sie mich bitte aufklären?«

»Wenn wir jetzt alle auf sie losstürzen würden«, sagte sie mit gleichmäßiger Stimme, »könnten Sie vielleicht zwei oder drei von uns erschießen, ehe man Sie überwältigt. Wenn wir es nicht tun, werden Sie uns sicher alle töten. Oder hatten Sie vor, uns zwei Jahre lang mit einer Waffe in Schach zu halten?«

»Wenn Sie sich auf mich stürzen«, versprach Silverman, »werde ich den Computer zerstören, und dann werden Sie alle auf jeden Fall sterben.«

»Also sterben entweder wir, und Sie kehren mit Ihrem Geheimnis zur Erde zurück, oder wir sterben, und Sie kehren nicht zurück.« Sie legte ihre beiden Hände neben sich an die Wand.

»Falsch«, sagte Silverman hastig. »Ich habe nicht vor, Sie alle zu töten. Das ist gar nicht nötig. Ich werde Sie alle hier in diesem Zimmer zurücklassen. Mein Druckanzug ist ganz zufällig gleich im nächsten Raum – ich werde ihn anziehen und dem Computer Anweisung geben, alle Abteile, die an diesen Raum hier angrenzen, luftleer zu machen. Natürlich lasse ich auch Ihr eigenes Terminal hier außer Betrieb setzen. Der Luftdruck und die Sicherheitsverschlüsse werden verhindern, daß Sie eine Tür öffnen, hinter der ein Vakuum ist: ein narrensicheres Gefängnis. Und solange ich über Telefon keine Fluchtversuche entdecke, werde ich zulassen, daß die Systeme zur Versorgung mit Nahrung, Luft und Wasser hier drinnen weiterarbeiten. Ich habe die nötigen Programmbänder, um uns zur Erde zurückzubringen, wo man Sie alle nach internationalen Konventionen als Kriegsgefangene behandeln wird.«

»Was für ein Krieg?«

»Der, der gerade angefangen und aufgehört hat. Haben Sie schon gehört? Amerika hat gesiegt.«

»Sheldon, Sheldon«, beharrte DeLaTorre, »was hoffen Sie

eigentlich mit diesem wahnwitzigen Vorgehen zu erreichen?«

»Machen Sie Witze?« schnaubte Silverman. »Den größten Anteil an den Kapitalinvestitionen bei der Ausbeutung des Weltraums macht die Lebenserhaltung aus. Dieser Mond voll von Pilzen ist ein Freifahrtschein ins ganze Sonnensystem – und die Unsterblichkeit gibt es noch gratis! Und diese Fahrkarte werden die Vereinigten Staaten bekommen, das verspreche ich Ihnen.« Er wandte sich an Li und Ludmilla Dmirov und sagte völlig aufrichtig den unglaublichsten Satz, den ich je in meinem ganzen Leben gehört habe: »Ich werde nicht zulassen, daß Sie Ihren gottlosen Lebenswandel zu den Sternen tragen.«

Chen lachte tatsächlich laut heraus, und ich stimmte ein.

»Sie sind auch einer von diesen Kanakensozialisten, was, Armstead?« schnarrte Silverman.

»Das nervt Sie am meisten, nicht wahr, Silverman?« grinste ich. »Ein ›homo caelestis‹, der in Symbiose lebt, hat keine Bedürfnisse, keine Wünsche: es gibt nichts, was Sie ihm verkaufen können. Und er geht in einer Gruppe auf: ein natürlicher Kommunist. Uneigennützige Menschen jagen Ihnen eine Heidenangst ein, nicht wahr?«

»Pseudophilosophisches Geschwätz«, blaffte Silverman. »Ich bemächtige mich des überwältigendsten militärischen Geheimnisses dieses Jahrhunderts.«

»O mein Gott«, näselte Raoul angeekelt. »Hi Yo Silverman, der John Wayne des Weltraums. Sie stellen sich wirklich Soldaten in Symbioseanzügen vor, nicht? Die Rauminfanterie.«

»Die Idee gefällt mir«, gab Silverman zu. »Ich glaube, ein nackter Mann mit einem Symbioten könnte den meisten Suchgeräten entgehen. Keine Metalle, niedrige Reflexionsenergie – und wenn die Symbiose perfekt ist, würde es auch keine Abwärme geben. Was für ein Saboteur! Keine Versorgung, keine Vorräte erforderlich – bei Gott, mit dieser Infanterie könnten wir den Titan zum Sperrgebiet machen.«

»Silverman«, sagte ich sanft, »Sie sind ein Schwachkopf.

Nehmen wir einen Augenblick an, daß es Ihnen gelingt, den GI Joe dazu zu zwingen, sich das, was Sie einen Pilz nennen, in die Nase hinauf und die Kehle hinunterkriechen zu lassen. Schön. Jetzt haben Sie einen *äußerst* mobilen Infanteristen. Er hat keinerlei Bedürfnisse, er braucht nichts, er weiß, daß er unsterblich ist, wenn er es schafft, nicht getötet zu werden, und seine empathischen Fähigkeiten sind maximal gesteigert. Was sollte ihn daran hindern zu desertieren? Loyalität zu einem Land, das er niemals wiedersehen wird? Verwandte in Hoboken, die in einem Schwerkraftfeld leben, das ihn töten würde?«

»Laserstrahlen, wenn es sein muß«, begann er.

»Wissen Sie noch, wie schnell wir dort draußen tanzten, kurz vor dem Ende? Los, fragen Sie den Computer, ob wir um einen Laserstrahl hätten herumtanzen können – auch um einen computergesteuerten. Sie sagten selbst, es würde verdammt schwer sein, uns auf den Fersen zu bleiben.«

»Ihr militärisches Geheimnis ist wertlos, Silverman«, sagte Tom.

»Die praktischen Einzelheiten werden bessere Geister als ich ausarbeiten«, beharrte er. »Ich erkenne eine militärische Waffe, wenn ich sie sehe. Kommandant Cox«, sagte er plötzlich, »Sie sind Amerikaner. Sind Sie auf meiner Seite?«

»Es sind noch drei Amerikaner an Bord«, antwortete Cox ausweichend. Tom, Harry und Raoul versteiften sich.

»Ja. Einer hat eine schwangere Kanadierin zur Frau, zwei sind pervers, und alle drei stehen unter dem Einfluß jener fremden Geschöpfe. Sind Sie auf meiner Seite?«

Bill schien angestrengt nachzudenken. »Ja. Sie haben recht. Ich gebe es nicht gerne zu, aber so viel Macht kann man nur den Vereinigten Staaten anvertrauen.«

Silverman studierte ihn gespannt. »Nein«, entschied er dann, »nein, Kommandant, ich fürchte, ich glaube Ihnen nicht. Sie haben Ihren Eid vor den Vereinten Nationen geleistet. Wenn Sie nein gesagt oder eine zweideutige Antwort gegeben hätten, hätte ich Ihnen in ein paar Tagen vielleicht ein Ja abgenommen. Aber Sie lügen.« Er schüttelte bedauernd den Kopf. »Gut, meine Damen und Herren, wir werden folgendermaßen vorgehen. Niemand wird eine Bewegung machen, bis ich es sage. Dann werden Sie alle auf Befehl nacheinander zu dieser Wand dort bei den Tänzern springen, die am weitesten von der vorderen Tür entfernt ist. Ich werde dann rückwärts durch diese Tür gehen und ...«

»Mr. Silverman«, unterbrach Chen ihn sanft, »da ist noch etwas, was jeder in diesem Raum vorher wissen sollte.«

»Sprechen Sie.«

»Die Einbauten, die Sie in den Schaltkreisen 364-B und 1117-A vorgenommen haben, und im Zentralkern, wurden etwa zwanzig Minuten, nachdem Sie damit fertig waren, entfernt und durch die Luftschleuse hinausgeworfen. Sie sind ein plumper Narr, Silverman, und völlig zu durchschauen. Ihr Sender ist nutzlos.«

»Sie lügen«, schnarrte Silverman, und Chen gab sich gar nicht die Mühe, darauf zu antworten. Sein spöttisches Lächeln genügte.

Genau in diesem Augenblick bewies Silverman, daß er ein Dummkopf war. Wenn er schnell genug geblufft hätte, wenn er behauptet hätte, er hätte noch andere Einbauten gemacht, von denen Chen nichts wußte, hätte er sogar jetzt noch etwas retten können. Ich bin sicher, daran hat er mit keinem Gedanken gedacht.

Bill und Oberst Song kamen gleichzeitig zu einem Entschluß und sprangen.

Silverman drückte einen Knopf auf seinem Sender, um Licht und Klimaanlage auszuschalten, und nichts geschah. Weinend vor Wut hob er seine alberne Waffe und feuerte.

Ich muß Ian Fleming widersprechen – die kleine Beretta ist eine miserable Schußwaffe, am besten funktioniert sie, wenn man sie über einen Schreibtisch hinweg einsetzt. Aber für Silverman arbeitete das Gesetz des Chaos: die Kugel, die er auf Bill gezielt hatte, erwischte genau die Halsschlagader von Oberst Song, prallte hinter ihr von der Wand ab – der Wand gegenüber von Silverman – traf Bill in den Rücken, brachte ihn zu Fall und verlieh ihm zusätzliche Beschleunigung.

Silverman war kein völliger Idiot – er hatte einen größeren Rückstoß im freien Fall erwartet und war darauf gefaßt. Aber damit, daß seine eigene Kugel Bill schneller zu ihm bringen würde, rechnete er nicht – noch ehe er erneut zielen konnte, rammte ihn Bill. Er ließ die Pistole noch immer nicht los, und jeder im Raum sprang in Deckung.

Aber ich hatte inzwischen den Raum durchquert. Ich schlug auf mehrere Schalter, und diesmal gingen Licht und Klimaanlage wirklich aus.

Danach war es einfach. Wir brauchten nur zu warten.

Silverman fing als erster an zu schreien, dann folgten die Dmirov und DeLaTorre. Die meisten Menschen spielen ein bißchen verrückt, wenn es völlig dunkel ist, und der freie Fall macht es noch viel schlimmer. Ohne Ortsvertikale ist man verloren, das hatte Chen Ten Li erlebt, als die Lichter in seinem Schlafzimmer versagten. Die Bestürzung ist ganz ursprünglich und ziemlich schwer zu überwinden.

Silverman wußte nicht genügend über den freien Fall Bescheid – oder vielleicht hatte er auch nicht gehört, daß die Klimaanlage aussetzte. Er war der einzige im Raum, der noch mit Velcro an einer Wand befestigt war, und er war zu entsetzt, um sich zu bewegen. Nach einiger Zeit wurden seine Schreie schwächer, er keuchte, dann folgte ein letzter Schrei, danach war alles still. Ich wartete noch einen Augenblick, um sicherzugehen – Oberst Song war bestimmt schon tot, aber ich wußte nicht, wie es Bill ging – dann sprang ich zu den Schaltern zurück und stellte Licht und Luft wieder an. Silverman klebte wie eine Fliege an der Wand und war kurz vor dem Abkratzen – in einem Raum voll Luft; eine unsichtbare Blase mit seinen eigenen Ausdünstungen umgab seinen Kopf. Die Waffe schwebte einen halben Meter vor seiner ausgestreckten Hand.

Ich deutete darauf, und Harry holte sie. »Fesselt ihn, ehe er aufwacht«, sagte ich und sprang zu Bill. Linda und Raoul waren schon bei ihm und untersuchten die Wunden. Auf der anderen Seite schwebte schlaff Susan Pha Song, und aus ihrem Hals spritzte kein Blut mehr. Ich hatte mit dieser Dame mehr als ein Jahr gelebt und kannte sie überhaupt nicht; und obwohl das mindestens zur Hälfte an ihr gelegen hatte, schämte ich mich. Während ich hinsah, sammelten sich acht oder zehn kleine rote Bälle im Luftgitter und verschwanden mit einem saugenden, feuchten Geräusch.

»Wie geht es ihm?«

»Ich glaube nicht, daß es kritisch ist«, berichtete Linda. »Eine Rippe ist angekratzt, und dort ist die Kugel ausgetreten. Die Rippe ist vielleicht gebrochen.«

»Ich bin als Medizinerin ausgebildet«, sagte ausgerechnet die Dmirov. »Ich habe zwar nie im freien Fall praktiziert, aber mit Schußwunden hatte ich schon zu tun.«

Linda brachte Bill hinüber zum Sanitätskasten bei den Keulen und Wurfscheiben. Bill zog eine Kette roter Perlen hinter sich her, die in einem trägen Bogen auf das Gitter zutrieben. Ludmilla Dmirov folgte Linda, sie zitterte vor Wut oder aus Reaktion auf den Schrecken oder aus beiden Gründen.

Harry und Tom hatten Silverman wirkungsvoll mit beschwerten Springseilen verschnürt. Es schien überflüssig – ein Mann seines Alters wird mit Sauerstoffmangel schwer fertig; er schlief tief und fest. Chen trieb sich in der Nähe des Computerterminals herum und programmierte etwas, und Norrey und DeLaTorre schickten sich an, Oberst Songs Leiche in das Krankenrevier zu schleppen, wo jemand in grimmiger Voraussicht einen Vorrat an Flüssigkeit zum Einbalsamieren gelagert hatte.

Aber als sie die Tür erreichten, ließ sie sich nicht öffnen. Norrey blickte auf das Meßgerät, das anzeigte, ob auf der anderen Seite Druck herrschte, runzelte die Stirn, schlug auf den Handhebel und runzelte wieder die Stirn, als auch der nicht funktionierte.

»Ich bedauere zutiefst, Mrs. Armstead«, sagte Chen mit aufrichtigem Mitgefühl, »aber ich habe den Computer angewiesen, diesen Raum abzuschließen. Niemand darf ihn verlassen.« Er holte hinter dem Terminal eine tragbare Laserwaffe hervor. »Diese Waffe ist rückstoßfrei, und ich kann Sie alle mit einer einzigen Salve töten. Wenn jemand mich bedroht, werde ich sie sofort gebrauchen.«

»Warum sollte jemand Sie bedrohen, Li?« fragte ich leise.

»Ich bin von so weit hergekommen, um mit den Fremden einen Vertrag auszuhandeln. Das habe ich noch nicht getan.« Er blickte mir direkt in die Augen.

DeLaTorre schien überrascht. »Madre de Dios, die Fremden – was tun sie eigentlich, während wir uns hier gegenseitig bekämpfen?«

»Das meine ich nicht, Ezequiel«, sagte Chen. »Ich glaube, daß Mr. Armstead gelogen hat, als Kommandant Cox ihn fragte, ob er noch ein Mensch sei. Wir müssen immer noch über die Bedingungen gegenseitiger Koexistenz zwischen dieser neuen Gattung und unserer eigenen verhandeln. Beide erheben Anspruch auf dasselbe Territorium.«

»Wie?« fragte Raoul. »Wir haben keine gemeinsamen Interessen.«

»Wir haben beide die Absicht, im Laufe der Zeit das zu bevölkern, was man den menschlichen Weltraum nennt.«

»Aber Sie können gerne alles davon haben, was für die Menschen irgendwie von vorstellbarem Wert ist«, beharrte Tom. »Wir brauchen keine Planeten, wir brauchen keine Asteroiden – wir brauchen nur Weltraum und Sonnenschein. Den Weltraum neiden Sie uns doch nicht, oder? Das können nicht einmal wir uns vorstellen.«

»Wenn der Cro-Magnon und der Neanderthaler jemals friedlich in ein- und demselben Tal zusammenlebten, bedurfte es eines außergewöhnlichen Gesellschaftsvertrags, um den Frieden zu garantieren«, beharrte Chen. »Genau deshalb, weil Sie nichts von dem brauchen, was wir benötigen, wird es schwierig sein, mit Ihnen zu leben. Während ich spreche, wird mir klar, daß es unmöglich sein wird, mit Ihnen zu leben. Wie Sie so wie die Götter auf unser verzweifeltes Herumgerenne herunterblicken, wie unsere schreckliche Geschäftigkeit Sie belustigt – ich hasse Sie schon jetzt! Allein durch Ihre Existenz machen Sie fast jeden lebendigen Menschen zum Versager; und nur die, die die besondere, akrobatische Fähigkeit haben, sphärisch zu funktionieren – und die nötigen Mittel, um zum Titan zu gelangen! – können hoffen, nach Erfolg zu streben. Wenn Sie keine evolutionäre Sackgasse sind, dann ist es der größte Teil der menschlichen Rasse. Nein, ihr Sternentänzer: ich glaube nicht, daß wir je das gleiche Weltraumgebiet mit euch teilen können.«

Er hatte, während er sprach, durch Berührung den Computer programmiert, ohne je seine volle Aufmerksamkeit von uns abzuwenden.

»Die Welt, die wir hinter uns gelassen haben, balancierte auf des Messers Schneide. Seit langer Zeit ist es ein Gemeinplatz, daß die Welt den kritischen Punkt überschritten hat, wenn wir es bis zum Jahre 2010 vermeiden können, uns in die Luft zu jagen, und daß dann ein Zeitalter des Überflusses anbrechen würde. Aber als wir die Erde verließen, waren die Chancen, so lange zu überleben, gering, ich glaube, da stimmen Sie mir alle zu.

Die Atmosphäre auf unserem Planeten ist durch die Armut zum Zerreißen gespannt«, sagte er traurig. »Nichts könnte ihn sicherer in die Tiefe stoßen, als die Untergrabung der planetarischen Moral, die durch Ihre Existenz beschleunigt würde, als das Wissen, daß es Götter gibt, für die der Mensch nicht mehr bedeutet als für den Menschen die Milliarden und Abermilliarden von Spermien und Eiern, die nicht zu Gameten wurden. Daß es Erlösung und Ewiges Leben nur für einige wenige gibt.«

Ezequiel blickte nachdenklich und düster vor sich hin, und die Dmirov, die gerade mit Bills Verband fertig geworden war, tat das gleiche. Ich wollte antworten, aber Chen schnitt mir das Wort ab.

»Bitte, Charles. Ich sehe ein, daß Sie etwas unternehmen müssen, um Ihre Gattung zu retten. Sie verstehen sicher auch, daß ich meine eigene schützen muß?«

In diesem Augenblick war er der gefährlichste Mensch, den ich je gekannt hatte, und der edelste. In Liebe und tiefer Achtung neigte ich den Kopf. »Li«, sagte ich, »ich erkenne Ihre Logik an und bewundere sie. Aber Sie befinden sich im Irrtum.«

»Vielleicht«, stimmte er zu. »Aber ich bin nicht sicher.«

»Ihre Absichten?« Ich kannte sie schon; ich wollte nur hören, wie er sie formulierte.

Er zeigte auf das Computerterminal. »Dieses Schiff wurde mit dem besten Computer ausgestattet, den es gibt. Hergestellt in Peking. Ich habe ein Programm eingegeben, das seine Konstrukteure vor unserer Abreise für mich vorbereitet haben. Ein Bandwurmprogramm. Wenn ich die Taste ›Ausführung‹ drücke, wird es anfangen, die Gedächtnisspeicher des Computers zu leeren, und es wird nur fünfzehn Minuten brauchen, um eine völlige Kernlöschung durchzuführen.«

»Sie würden uns alle töten, wie Silverman?» wollte DeLa-Torre wissen.

»Nicht wie Silverman!« fuhr Chen auf und errötete vor Zorn. Er faßte sich sofort wieder und lächelte ein wenig. »Zumindest erfolgreicher. Und aus anderen Gründen. Er wollte, daß diese Nachricht nur seinem eigenen Land zugänglich gemacht werden sollte. Ich will, daß sie niemandem zugänglich gemacht wird. Ich beabsichtige, die Kommunikationslaser für den tiefen Weltraum auf diesem Schiff unbrauchbar zu machen, seine Gedächtnisspeicher zu leeren und es steuerlos zurückzulassen. Dann werde ich Sie alle töten, schnell und gnädig. Die Bombe, die Sie den ›Planetenknacker‹ nennen, hat ein eigenes Steuersystem; ich kann die Tür der Bombenkammer von Hand öffnen. Ich glaube nicht, daß ich meinen Druckanzug mitnehmen werde.« Seine Stimme war entsetzlich ruhig. »Vielleicht wird das nächste Schiff, das von der Erde kommt, in vier oder fünf Jahren, die Fremden noch hier vorfinden. Aber der Saturn wird dann acht Monde und zwei Ringe haben.«

Linda schüttelte den Kopf. »Das ist so falsch, Li, so falsch.

Sie sind ein konfuzianischer Legalist, der das Tao anschaut ...«

»Ich bin ein Teil eines verängstigten Mutterleibes«, sagte Chen entschieden, »und ich bin der Ansicht, daß eine Geburt zum jetzigen Zeitpunkt die Mutter töten würde. Ich habe entschieden, daß der Mutterleib den Foetus des ›homo caelestis‹ wieder absorbieren muß. Vielleicht wird auf dem Höhepunkt des *nächsten* Zyklus die menschliche Rasse reif genug sein, die Entbindung zu überleben – jetzt ist sie es nicht. Ich bin notwendigerweise für den Mutterleib verantwortlich – denn das ist die Welt, wie ich sie kenne und kennen kann.«

Es hatte in dem Augenblick angefangen, als ich ihn nach seinen Absichten gefragt hatte, obwohl ich sie schon kannte.

Es war schon vorher geschehen, kurz, und zu spät, in dem Augenblick der Kraftprobe mit Silverman. Es war wieder verschwunden, ohne daß die Menschen im Raum es bemerkt hätten. Es hätte auch nichts Sichtbares zu bemerken gegeben: unsere einzige Handlung war gewesen, den Raum zu verdunkeln. Wir hatten Angst gehabt – und ein Mensch war gestorben.

Aber diesmal wurde nicht unsere Freiheit bedroht, sondern unsere Existenz als Gattung. Zum zweitenmal in fünfzehn Minuten nahmen die Mitglieder der Familie Verbindung auf.

Die Zeit lief ab wie ein aufgezogenes Grammophon. Sechs Blickpunkte verschmolzen zu einem einzigen. Mehr als sechs Kamerabilder: die visuelle Integration von dreihundertsechzig Grad war nur nützlich. Sechs Blickpunkte vereinigten sich, die Vorräte an Wahrnehmungen, Ansichten, Fähigkeiten und Einsichten von sechs Leben trafen aufeinander und verschmolzen wie Quecksilbertröpfchen zu einer einzigen Einheit. Da der Teil von uns, der Linda war, Li am besten kannte, benützten wir ihre Augen und Ohren, um seine Worte und seine Energie in Realzeit zu überwachen, während wir darunter und darum herum überlegten, wie wir unserem Vetter am besten Frieden bringen konnten. Als er ein einzigesmal eine Atempause machte, versuchten wir mit Lindas Worten, seine Energie abzulenken, waren aber nicht überrascht, als es uns nicht gelang. Er war zu sehr vom Schmerz geblendet. Als das Monitorbruchstück ihres Bewußtseins meldete, daß sein Finger sich anspannte, um nach der Taste ›Ausführung‹ zu greifen, hatte unsere Einheit ihren Plan mehr als fertig.

Wir steuerten alle sechs die Choreographie zu jenem Tanz bei und polierten ihn geistig auf, bis er unsere Tänzerseelen mit Freude erfüllte. An erster Stelle war das Bandwurmprogramm wichtig; an zweiter die Laserwaffe. Tom, der Experte für Kriegskunst, wußte genau, wo und wie man zuschlagen mußte, damit sich Chens Muskeln unwillkürlich verkrampften. Raoul, der Spezialist für optische Effekte wußte, wo Chens ›toter Winkel‹ war, und er wußte auch, daß im kritischen Moment Norrey an dieser Stelle sein würde. Norrey kannte die Position der Wurfscheiben auf dem Gestell hinter sich, weil Harry und ich sie von da, wo wir uns befanden, seitlich sehen konnten. Und Linda lieferte mir die einzigen Worte, mit denen ich Chens Aufmerksamkeit in jenem Augenblick auf mich ziehen konnte, so daß er seinen Blick auf mich richtete und Norrey in den toten Winkel kam.

»Und was ist mit Ihren Enkelkindern, Chen Ten Li?«

Seine gequälten Augen hefteten sich auf mich und wurden weit. Norrey griff mit ihren beiden Armen hinter sich und gab die Beherrschung über sie auf. Harry, unser bester Schütze, benützte ihren rechten Arm, um die Wurfscheibe zu schleudern, die Chens rechte Hand in einem unkontrollierbaren Schmerzreflex vom Terminal wegriß. Raoul, der Linkshänder war, benützte ihren linken Arm, um die Scheibe zu schleudern, die die Laserwaffe zerstörte und sie aus Chens linker Armbeuge schmetterte. Beide Geschosse trafen, ehe er überhaupt wußte, daß sie geworfen worden waren; noch als sie auftrafen, hatte Tom schon die Leiche von Oberst Song zwischen Linda und die Feuerlinie gestoßen, falls sie fehlgehen sollten, und Norrey hatte für den gleichen Fall zwei weitere Scheiben gepackt. Und ich selbst hatte Chen schon halb erreicht: ich war intuitiv sicher, daß er eine Möglichkeit kannte, mit nackten Händen Selbstmord zu begehen.

In weniger als einer Sekunde Realzeit war alles vorbei. Für die Augen von DeLaTorre und Ludmilla Dmirov mußten wir ... geflackert haben, und dann in neuen Positionen erschienen sein wie ein aufgescheuchter Fischschwarm. Chen schrie auf vor Wut und Scham, ich hielt ihn mit vier Gliedmaßen im Hammerlock, ganz deutlich ohne ihm wehzutun. Harry wartete auf die abprallenden Wurfscheiben und fing sie träge auf; Raoul stand am Computer und löschte Chens Programm.

Der Tanz war zu Ende, und diesmal so, wie es sich gehörte: kein Blut war vergossen worden. Wir wußten, und es tat uns leid, obwohl wir schuldlos waren, daß Song nicht tot und Bill nicht verwundet wäre, wenn wir beim erstenmal unserer Verbindung freier nachgegeben hätten. Wir hatten Angst gehabt, hatten uns nur zaghaft und zu spät hingegeben. Jetzt war auch die letzte Spur von Angst verschwunden; unsere Herzen fühlten sich sicher. Wir waren bereit, Verantwortung zu übernehmen.

»Dr. Chen«, sagte ich förmlich. »Habe ich Ihr Ehrenwort?«

Er versteifte sich in meinem Griff, dann entspannte er sich völlig. »Ja«, sagte er, und seine Stimme war leer geworden. Ich ließ ihn los und bemerkte mit Entsetzen, wie alt er aussah. Dem Kalender nach war er sechsundfünfzig.

»Sir«, sagte ich eindringlich und versuchte, ihn mit den Augen festzuhalten, »Ihre Befürchtungen sind unbegründet. Ihr Schmerz ist unnötig. Hören Sie auf mich: Sie sind kein nutzloses Nebenprodukt des ›homo caelestis‹. Sie sind kein gescheiterter Gamet. Sie sind einer der Menschen, die persönlich, mit bloßen Händen unseren Planeten Erde zusammengehalten haben, bis er die nächste Stufe gebären konnte. Wird dadurch Ihr Leben seiner Bedeutung beraubt, Ihre Würde verringert? Sie sind einer der wenigen lebenden Staatsmänner, die mithelfen können, die Erde durch die kommende Übergangszeit zu schleusen – fehlt es Ihnen dazu an Selbstvertrauen? Oder an Mut? Sie haben mitgeholfen, den Weltraum zu öffnen, und Sie haben Enkel – wollten Sie nicht, daß sie die Sterne erobern? Wollen Sie ihnen das jetzt verwehren? Bitte hören Sie auf das, was unserer Meinung nach geschehen wird. Geschehen kann. Geschehen muß.«

Chen schüttelte den Kopf wie eine zuckende Katze und rieb sich automatisch seinen rechten Arm. »Ich werde zuhören.«

»Zuallererst müssen Sie aufhören, über Vergleiche und Metaphern zu stolpern. Sie sind kein gescheiterter Gamet oder etwas derartiges, außer Sie wollen es sein. Die ganze menschliche Rasse kann zum ›homo caelestis‹ werden, wenn sie will. Viele werden es nicht wollen, aber das ist deren eigene Entscheidung. Und die Ihre.«

»Aber die große Mehrheit von uns kann nicht sphärisch wahrnehmen«, schrie Chen.

Ich lächelte. »Doktor, als einer meiner gescheiterten Schüler zur Erde zurückkehrte, sagte er zu mir: ›Ich könnte nicht lernen, so zu sehen wie Sie, und wenn ich mich hundert Jahre lang darum bemühte.‹«

»Genau. Ich war im freien Raum, und ich stimme zu.«

»Angenommen, Sie hätten zweihundert Jahre Zeit dazu?«

»Wie?«

»Angenommen, Sie gingen jetzt sofort in Symbiose. Dann brauchten Sie zuerst eine maßgeschneiderte Umgebung mit rechten Winkeln, um nicht den Verstand zu verlieren. Aber *Sie wären unsterblich,* und wenn Sie absolut nichts Besseres zu tun hätten, könnten Sie da nicht mit der Zeit Ihre schwerkraftbedingte Einseitigkeit ablegen?«

»Das ist noch nicht alles«, sagte Linda. »Kinder, die im freien Weltraum geboren werden, werden von Geburt an sphärisch denken. Sie werden nicht ein Leben voll im wesentlichen falscher, rein lokaler Informationen darüber, wie die Wirklichkeit funktioniert, vergessen müssen. Li, im freien Fall sind Sie nicht zu alt, um noch mehr Kinder zu zeugen. Sie können mit ihnen lernen, auf telepathischem Wege – und gemeinsam die Sterne erben!«

»Die ganze Menschheit«, fuhr ich fort, »jeder, der willens ist, kann sofort beginnen sich vorzubereiten, indem er auf O'Neill-Kolonien am trojanischen Punkt zieht und in die Symbiose eintritt. Die Kolonisierung des Weltraums kann noch in dieser Generation beginnen.«

»Aber wie soll eine solche Völkerwanderung finanziert werden?« schrie er.

»Li, Li«, sagte Linda, als spräche sie mit einem Kind, »die menschliche Rasse ist von jetzt an reich. Alle Schätze des Systems sind jetzt allen verfügbar, gratis. Warum sind die L-5-Kolonien nicht vom Boden abgekommen, oder der Asteroidenbergbau, der sie tragen sollte? Silverman sagte es vor zehn Minuten: Der größte Einzelposten der Kosten war immer die Lebenserhaltung, und komplizierte Bemühungen, die Mannschaft daran zu hindern, sich dem freien Fall anzupassen, indem man Schwerkraft simulierte. Wenn man nicht mehr braucht als einen Satz rechter Winkel, die ein paar Jahrhunderte lang halten, kann man Städte aus Aluminiumfolie bauen und gewaltige Mengen von Symbioten vom Titan nach Terra schaffen.«

»Stellen Sie sich einen Bautrupp von Telepathen vor«, sagte Harry, »die niemals zu essen oder sich auszuruhen brauchen.«

»Stellen Sie sich eine Explosion von Kunst und Musik vor«, sagte Raoul, »die vom Himmel auf die Erde niederregnet und jedes Herz anzieht, das sich jemals nach den Sternen gesehnt hat.«

»Stellen Sie sich eine Erde vor«, sagte Tom, »die nur von denen bewohnt wird, die wirklich dort sein wollen.«

»Und stellen Sie sich Ihre künftigen Kinder vor«, sagte Norrey. »Die ersten Kinder in der ganzen Geschichte, die ohne die bitteren Ablehnungsgefühle zwischen den Generationen aufwachsen, die daraus entstehen, daß ein Kind völlig von seinen Eltern abhängig ist. Im Weltraum werden Kinder und Eltern einander in Augenhöhe gegenüberstehen, in jedem Sinne. Vielleicht brauchen sie doch keine natürlichen Feinde zu sein.«

»Aber Sie sind keine Menschen!« schrie Chen Ten Li. »Warum sollten Sie uns soviel Zeit und Energie widmen? Was ist der Mensch, daß Sie sich seiner annehmen sollten?«

»Li«, sagte Linda voll Mitgefühl, »wurden wir nicht von Männern und Frauen geboren? Erinnert sich das Kind nicht des Mutterleibs, sehnt es sich nicht sein ganzes Leben lang danach? Ehren Sie nicht Ihre Mutter, obwohl Sie nie wieder ein Teil von ihr sein dürfen? Wir würden die Erde, unseren Mutterleib, erhalten und pflegen, auf daß er lebendig und fruchtbar bleibe und so viele Kinder hervorbringen möge, wie er nur aufnehmen kann.«

»Das ist unsere einzige Verteidigung«, sagte ich ruhig, »gegen die gewaltige Einsamkeit, die das Leben im leeren Weltraum auch für einen ›homo caelestis‹ bedeutet. Der Geist von sechs Menschen ist nicht genug – wenn wir sechs Milliarden in ungestörtem Denken vereint haben, dann werden wir vielleicht einiges erfahren. Die ganze Menschheit ist unser genetisches Erbe.«

»Außerdem«, fügte Raoul ganz fröhlich hinzu, »was sind ein paar Jahrhunderte von unserer Zeit? *Wir haben es nicht eilig.*«

»Li«, fuhr ich fort, »Mensch zu sein, das heißt, zwischen Affe und Engel zu stehen. Engel zu sein wie meine Familie, das heißt, zwischen Mensch und Gott zu schweben und an beiden voll teilzuhaben. Ohne Schwerkraft oder Ortsvertikale kann es keine falschen Vorstellungen von ›hoch‹ und ›niedrig‹ geben: wie könnten wir anders als ethisch handeln? Unsterblich, ohne Bedürfnisse, wie könnten wir böse sein?«

»Als Gattung«, nahm Tom den Faden auf, »werden wir natürlich nur über die Vereinten Nationen verhandeln.

Dr. Chen, glauben Sie mir: wir haben all dies durchdacht, schneller als es ein Computer kann. Es gibt keine Möglichkeit, unsere Pläne zu durchkreuzen, den Symbioten zu entführen. Alle bösen Männer und Frauen auf der Erde können uns nicht aufhalten, und die Tage des Bösen sind gezählt.«

»Aber«, schloß ich, »wir brauchen die Hilfe und Mitarbeit von Ihnen und jedem Menschen wie Ihnen, auf dem Globus oder fern davon. Sind Sie dazu bereit, Chen Ten Li?«

Er schwebte frei, in der leicht geduckten Haltung völliger Entspannung, das Gesicht im Denken erschlafft, die Augen nach innen verdreht. Schließlich erschienen seine Pupillen wieder, das Leben kehrte in seine Züge zurück. Er sah mir in die Augen, und ein leichtes, sanftes Lächeln zuckte um seinen Mund.

»Sie erinnern mich sehr stark«, sagte er, »an einen *Menschen,* den ich einst kannte. Er hieß Charles Armstead.«

»Dr. Chen«, sagte ich und spürte, wie die Spannung von mir wich. »Li, mein Freund, ich *bin* dieser Mensch. Ich bin auch etwas anderes, und du hast richtig erkannt, daß ich meine sechs getrennten ›personae‹ nur aus Höflichkeit dir gegenüber beibehalte, genauso, wie ich meine Körper nach deiner Ortsvertikalen ausrichte. Das beweist eindeutig, daß telepathische Vereinigung nicht das zur Folge hat, was du Ichverlust nennen würdest.« Ich wechselte die persona, während ich sprach, so daß jeder von uns ein einzelnes Wort äußerte, und ich/wir sagten:

»Ich bin«

»mehr«

»als«

»ein Mensch«

»nicht«

»weniger.«

»Gut«, sagte Li und schüttelte den Kopf. »Miteinander werden wir unserem müden Planeten das Paradies bringen.«

»Ich bin auf Ihrer Seite«, sagte DeLaTorre einfach.

»Ich auch«, sagte Ludmilla Dmirov.

»Bringen wir Bill und die Leiche von Oberst Song in die Krankenzelle«, sagten sechs Stimmen.

Und eine Stunde später brachen wir sechs zum Standort der Sternensäer auf. Diesmal belasteten wir uns nicht mit der Fähre. Unsere Anzugdüsen enthielten genug Energie für die Hinreise …

IV

Verschmelzung

Kapitel 1

Der Saturn glühte ockerfarben und braun gegen eine schmerzhafte Schwärze, die so gewaltig war, daß sie vom kalten Licht einer Milliarde Milliarden Sonnen kaum durchbrochen wurde.

Wir tanzten, während wir durch diese Schwärze schossen, beinahe ohne darüber nachzudenken. Wir ließen das Leben als Menschen hinter uns, und wir tanzten unseren Abschied davon. Im wesentlichen schuf jeder von uns seinen eigenen ›Sternentanz‹, und der große, leere Saal des Kosmos hallte wider von Raouls letzter Symphonie. Jeder Tanz war individuell und in sich vollkommen; jeder griff wie von selbst mit den anderen dreien und mit der Musik ineinander, in einer Art Stellungnahme auf zweiter Ebene; und obwohl all das ohne irgendwelche wahrnehmbaren Zwänge durch Zeit oder Entfernung vollbracht wurde, sorgte Harrys Überbewußtsein dafür, daß alle fünf Kunstwerke miteinander vor den Fremden zu Ende kamen. Harry hatte schon immer darauf geachtet, daß wir unsere Termine einhielten.

Nichts davon wurde aufgezeichnet. Anders als Sharas ›Sternentanz‹ war dies hier nicht für Zeugen bestimmt. Es war etwas, das geteilt, getanzt werden wollte.

Aber es gab Zeugen. Die Sternensäer (Fremde waren sie ja nicht) wanden sich beifallähnlich, als wir vor ihnen schwebten und nach Atem ringend das Gefühl des letzten Schweißes auskosteten, den wir je erleben würden.

Wir hatten keine Angst mehr vor ihnen.

IHR HABT EURE ENTSCHEIDUNG GETROFFEN?

›Ja.‹

ES WIRD EINE SCHÖNE GEBURT WERDEN.

Raoul schleuderte seine Musicmaster in den tiefen Raum. ›Laßt es unverzüglich beginnen.‹

SOFORT:

Jetzt war eine Erregung in ihrem Tanz, eine elementare Energie, die irgendwie ein Element von Humor zu enthalten schien, eine unterdrückte Heiterkeit. Sie begannen mit einem Muster, das wir nie zuvor gesehen hatten und doch wie eine Zelle zu kennen schienen, ein Muster, das zwischen dem Einfachen und dem Komplexen wechselte, ohne sich jemals aufzulösen. Der Harry-Teil unseres Geistes nannte es ›Die Benennung von Pi‹, und wir alle sahen gebannt zu, wie es sich entfaltete. Es war das hypnotischste Muster, das je geträumt wurde, der Tanz der Schöpfung selbst, der wesentlichste Ausdruck des Tao, und sogar die Sterne schienen ihm ihre Aufmerksamkeit zu schenken.

Und während wir wie erstarrt hinschauten, begann die halbsichtbare Kugel rund um die Sternensäer zum zweitenmal, blutige Tränen zu weinen.

Sie verschmolzen zu einem dünnen, roten Ring um die gewaltige Kugel, dann zogen sie sich zu sechs kreisenden Blasen zusammen.

Ohne Zögern schoß jeder von uns auf eine Blase zu und tauchte hinein. Sobald wir drin waren, schälten wir uns aus den Druckanzügen und schleuderten sie gegen die Wände unserer Blasen, die sie hinaus in den Weltraum weiterleiteten. Raoul gab noch seine Brille mit. Dann zogen sich die Blasen um uns, in uns und durch uns hindurch zusammen.

Danach ereignete sich alles auf tausend verschiedenen Ebenen, für alle sechs, die ich war; aber Charlie Armstead ist derjenige, der dies erzählt. Ich spürte, wie etwas Kühles meine Kehle hinunter und meine Nasenlöcher hinaufglitt; unterdrückte den Würgereflex mit Hilfe meines Trainings im freien Fall, dachte kurz an Chen Ten Li und die alte chinesische Legende vom eßbaren Gold, das Unsterblichkeit bringt – spürte, daß ich plötzlich und für immer totales Bewußtsein, völliges Wissen und absolute Kontrolle über meinen ganzen Körper und mein Gehirn hatte. In einem erstarrten Moment der Zeitlosigkeit überflog ich die Ansammlung von Erinnerungen, die mein Leben ausmachten, und kostete sie aus, übermittelte sie in einer einzigen Botschaft meiner Familie und kostete deren Erinnerungen aus. Gleichzeitig schaute ich mit Augen, die jetzt ein größeres Spektrum aufnahmen und das Universum in größerer Tiefe sahen, und spielte auf den Tasten meines eigenen, inneren Sensoriums, ich schmeckte krossen Speck und Norreys Brust und den süßen Geschmack von Mut, roch Holzrauch und Norreys Lenden und den süßen Duft der Fürsorge, hörte Raouls Musik und Norreys Stimme und den süßen Laut der Stille. Fast achtlos heilte ich den Schaden an meiner Hüfte und spürte, wie ihre volle Funktionsfähigkeit wiederkehrte, als hätte ich sie nie verloren.

Was die Geschehnisse auf Gruppenebene angeht, so kann ich davon nicht viel erzählen, womit Sie etwas anfangen können. Wir liebten uns, wieder beinahe achtlos, und wir spürten alle miteinander das Sehnen nach Leben in Lindas Leib, spürten, wie der Symbiot, der ihren Körper abschirmte, die gleiche Wahrnehmung machte und anfing, seine eigene Zellteilung vorzubereiten. Ganz bewußt und gewollt empfingen Norrey und ich selbst ein Kind. Dies waren nur Nebensächlichkeiten, aber was kann ich von den wesentlichen Dingen erzählen? Auf einer höheren Ebene teilten wir jede Erinnerung der einzelnen miteinander, verziehen uns die beschämenden Teile und freuten uns über alles, worauf man stolz sein konnte. Auf einer zweiten, höheren Ebene begannen wir, was ein immer weitergehendes, lebensumspannendes Symposion über die Bedeutung der Schönheit werden sollte. Auf einer dritten fingen wir an, die letzten Einzelheiten der Wanderung der Menschen in den Weltraum zu planen.

Ein bedeutender Teil von uns war rein pflanzliches Bewußtsein, eine Blume mit sechs Blütenblättern, die sich ohne zu denken im Sonnenlicht wärmt.

Wir waren weniger als einen Kilometer von den Sternensäern entfernt und hatten völlig vergessen, daß sie überhaupt existierten.

Wir schraken auf und wurden uns unserer Umgebung voll bewußt, als die Sternensäer noch einmal zu einem einzelnen, geschmolzenen Ball unerträglicher Helligkeit zusammenstürzten – und dann verschwanden, ohne Lebewohl, ohne letzte Botschaft.

Sie werden zurückkommen, in nur ein paar Jahrhunderten Realzeit, um nachzusehen, ob jemand bereit ist, ein Glühwurm zu werden.

Betäubt und überrascht schwebten wir herum und sahen jetzt, da unsere Aufmerksamkeit auf das äußere Universum gerichtet war, was uns vorher entgangen war.

Ein Engel mit roten Flügeln näherte sich uns aus der Richtung von Saturns großem Ring. Auf zwei Spannen dünnen, roten Lichtsegels kam eine unwahrscheinliche Gestalt näher.

›Hallo, Norrey, Charlie‹, sagte die vertraute Stimme in unseren Köpfen. ›Hallo, Tom, Linda und Raoul, ich kenne euch noch nicht, aber ihr liebt die, die ich liebe – hallo.‹

›Shara!‹ schrien sechs stimmlose Gehirne.

›Manchmal nehmen die Glühwürmer einen Anhalter mit.‹

›Aber wie?‹

›Ich war eigentlich mehr eine Frühgeburt, aber sie brachten mich lebend zum Titan. Was ihr auflodern saht, waren mein Anzug und meine Tanks. Sie waren verzweifelt und übereifrig, genau, wie sie sagten. Ich ... ich habe im Ring gewartet, bis ihr euch entschieden hattet. Ich wollte den Ausgang nicht beeinflussen.‹

Die Schneeflocke, die ich war, suchte nach ›Worten‹.

›Ihr habt eine gute Ehe geschlossen‹, sagte sie, ›ihr sechs.‹

›Heirate uns!‹ schrien wir.

Und meine Schwester schwärmte in mich hinein, und jetzt sind wir eins.

Das ist im wesentlichen die ganze Geschichte.

Ich – die Charlie-Armstead-Komponente des ›Ich‹ – habe vor langer Zeit mit dieser Arbeit begonnen, es sollte ein Artikel für den Magazin- und Computerdruckverkauf werden. Über Shara war so viel Unsinn geredet und geschrieben worden, daß ich wütend wurde und beschloß, die Sache klarzustellen. In dieser Inkarnation endete das Manuskript mit Sharas Tod.

Aber als ich fertig war, hatte ich es nicht mehr nötig, den Artikel zu veröffentlichen. Ich erkannte, daß ich ihn nur geschrieben hatte, um mir selbst in Gedanken über alles klarzuwerden. Ich hielt das Manuskript zurück und arbeitete weiter daran, mit der vagen Vorstellung, es eines Tages als Grundstock für meine eventuellen Memoiren zu verwenden. (Genau in diesem Geiste hatte Harry sein ›Buch‹ angefangen: weil jemand es tun mußte, und wer war sonst schon da?) Während der folgenden drei Jahre schrieb ich von Zeit zu Zeit daran weiter, mit diesem Ziel, mehr als ›Romanschriftsteller‹ denn als ›Tagebuchschreiber‹, um mir die Mühe zu ersparen, das Manuskript später ändern zu müssen. Einen großen Teil des Jahres, in dem die ›Siegfried‹ zum Saturn unterwegs war, verbrachte ich damit, das Ganze zu schreiben und zu überarbeiten, und kam mit der Geschichte bis an den Punkt, an dem Chen Ten Li ein paar Wochen vor Erreichung des Saturn seinen ersten Raumspaziergang machte.

Das folgende Material wurde alles in einer einzigen Halbtages*sitzung* hier am Computerterminal des Würfels niedergeschrieben. Ich war nur durch die physikalische Geschwindigkeit eingeschränkt, mit der sich die wärmeempfindlichen ›Tasten‹ des Terminals lösen können. Während ich schreibe, treiben andere Teile von mir durch die Ewigkeit. Wir lieben uns. Wir beten Gott an. Wir singen. Wir tanzen. Jeder ist in alle Ewigkeit der andere und doch er selbst. Ich weiß, es scheint, als könne das nicht sein: deshalb habe ich mich entschlossen, meine Geschichte zu erzählen, indem ich Charlies Memoiren vervollständige (während Shara mir aus hundert Kilometer Entfernung zustimmend über die Schulter schaute.) Ich möchte, daß Sie wissen, daß Charles Armstead nicht in etwas Fremdes aufgelöst oder verwässert wurde. Ich bin in keinem Sinne gestorben. Ich werde nie sterben. Es wäre genauer, wenn ich sagte, ich bin Charles Armstead in der siebten Potenz. Schließlich ist es mir doch noch gelungen, die Telefongesellschaft zu vernichten, und meine Freude darüber ist groß. Ich choreographiere immer noch Tänze mit Norrey und Shara und den anderen, tausche immer noch fürchterlich vielschichtige Wortwitze mit Raoul aus (jetzt singt er gerade ein altes Liebeslied aus den vierziger Jahren ›Ich darf nie wieder zur Erde zurück‹), schmecke im Geiste (wo ich es immer tat) das Aroma von feinem Kaffee, empfinde den Biß eines starken Drinks, den Duft guten Grases. Der Abstand zwischen Ihnen und mir besteht nur in der Zeit und in den Veränderungen. Einst war ich ein bitterer, verbogener Krüppel und vergiftete die Luft rings um mich; nun kenne ich nichts Böses mehr, weil ich keine Furcht kenne.

Ich habe einen winzigen Bruchteil meiner Energie darauf verwendet, dieses Manuskript zu vollenden, weil Bill Cox sich anschickt, zur Erde zurückzustürzen (er wird wiederkommen), und es muß jetzt mit, wenn überhaupt.

Diese Geschichte paßt nicht in die Laserbotschaft irgendeines Diplomaten, und selbst jene außergewöhnlichen Männer und Frauen werden nicht fähig sein, sie so auszudrücken, wie ich es kann.

Ich bin Charlie Armstead und habe folgende Botschaft an Sie: Die Sterne können auch Ihnen gehören.